Johnson-Jahrbuch
Band 23/2016

Uwe Johnson-Gesellschaft

# Johnson-Jahrbuch

## Band 23/2016

im Auftrag der Uwe Johnson-Gesellschaft
herausgegeben von
Holger Helbig, Bernd Auerochs,
Katja Leuchtenberger und Ulrich Fries

WALLSTEIN VERLAG

Redaktion: Antje Pautzke und Uva Piterane

Bibliografische Information der Deutschen Nationalbibliothek
Die Deutsche Nationalbibliothek verzeichnet diese Publikation in der Deutschen Nationalbibliografie; detaillierte bibliografische Daten sind im Internet über http://dnb.d-nb.de abrufbar.


www.wallstein-verlag.de
Vom Verlag gesetzt aus der Aldus
Umschlagfoto: © Peter Peitsch / peitschfoto.com
Umschlagkonzept: NEUEFORM, Göttingen
Druck und Verarbeitung: Hubert & Co, Göttingen

ISBN 978-3-8353-1939-4
ISSN 0945-9227

# Inhalt

## Kritik

## Gesellschaft

# Vorwort

Zu den Aufgaben der Uwe Johnson-Gesellschaft gehört es, dafür zu sorgen, dass den gewohnheitsmäßigen Johnson-Lesern der Stoff nicht ausgeht, und zugleich junge Leser auf Johnson aufmerksam zu machen. Weil das eine vom anderen nicht zu trennen ist, bekommen die Mitglieder der Uwe Johnson-Gesellschaft in diesem Jahr zwei Bücher. Im Sommer haben wir bereits das Uwe Johnson-Lesebuch versandt. Es ist ein Buch, das sich in Gestaltung, Textauswahl und Aufbereitung an Schüler richtet. Es hat, vielleicht eben deshalb, ein großes Echo unter den Johnson-Lesern verursacht. Uns erreichte nützliche Kritik, wir erhielten Anfragen, Hinweise, Vorschläge und Einladungen – mehr als wir im Alltag auf Anhieb bewältigen können. Daher danken wir an dieser Stelle allen, die sich bei uns gemeldet haben. Wir sind froh über diese Unterstützung.

Die Arbeit an dem *Literarischen Lesebuch Uwe Johnson* wurde vom Ministerium für Bildung, Wissenschaft und Kultur des Landes Mecklenburg-Vorpommern gefördert, das alle Schulen des Landes mit ein oder zwei Klassensätzen beschenkt hat. Auch darüber sind wir froh. Die damit verbundene rechtliche Konstruktion hat dazu geführt, dass das Buch nicht in den Buchhandel kommt, ein Umstand, den nicht nur wir bedauern. Andererseits hat es uns die Möglichkeit eröffnet, unsere Mitglieder zu beschenken und uns auf diese Weise für ihr Interesse und ihre Hilfe zu bedanken.

Das zweite Buch in diesem Jahr, das 23. *Johnson-Jahrbuch*, ist kein Geschenk, sondern eine luxuriöse Pflicht, die wir uns dank der Mitgliedsbeiträge und der Förderung durch die Hansestadt Rostock leisten können. Zum offensichtlichen Luxus gehören die Einbandbilder und Lesebändchen: In diesem Jahr stammt das Bild auf dem Einband von Peter Peitsch. Er war im Frühjahr 1983 nach Berlin gereist, »um so viele interessante Personen zu fotografieren, wie ich erreichen konnte«. Am 22./23. April fand in der

Akademie der Künste in Westberlin auf Einladung der Abteilung Literatur die »Zweite Berliner Begegnung« statt, ein Austausch zwischen Schriftstellern aus beiden Teilen Deutschlands. Das Treffen stand unter der Überschrift *Den Frieden erklären*. (Die »Erste Berliner Begegnung« hatte im Dezember 1981 an der Akademie der Künste der DDR stattgefunden.) »Leider fiel der Fototermin mit Uwe Johnson sehr kurz aus, und ich erinnere mich, dass es für Uwe Johnson wohl mehr lästig als angenehm war, sich fotografieren zu lassen«, schreibt Peitsch in einer E-Mail zum Bild.

Zu sehen ist Uwe Johnson, der die *Jahrestage* beendet hat. Er nahm sich Zeit für eine politische Bemühung der Akademie, zu der er selbst mit eingeladen hatte. Johnson reiste aus Sheerness-on-Sea an, er hatte seine bevorstehende Lesereise so gelegt, dass er an dem Termin teilnehmen konnte. Am 22. April leitete er die letzte Diskussionsrunde des Tages.

Was Johnson einst für sich feststellte, es sei schlecht möglich, abseits der Zeitgeschichte zu leben, gilt auch für seine Leser: Dass es schlecht möglich ist, Johnson abseits der Zeitgeschichte zu lesen, zeigt dieses *Jahrbuch*. Die Beiträge geben einen Eindruck davon, auf welch unterschiedliche Weise sich der Zusammenhang zwischen Johnsons Gegenwarts- und Geschichtsverständnis, seinen Werken, ihrer Rezeption und ihrer Aktualität fassen lässt.

Sechs der zehn Aufsätze sind aus Vorträgen entstanden, die auf der 4. Internationalen Tagung der Uwe Johnson-Gesellschaft gehalten wurden. Sie fand unter dem Titel *Uwe Johnson in seiner Zeit* vom 3. bis 5. Juni 2016 im Rostocker Rathaus statt. Zum ersten Mal haben wir dabei nicht nur mit der Uwe Johnson-Forschungsstelle der Universität Rostock, sondern auch mit der Arbeitsstelle »Uwe Johnson-Werkausgabe« der Berlin-Brandenburgischen Akademie der Wissenschaften, die ebenfalls an der Rostocker Universität beheimatet ist, zusammengearbeitet. Das lag aus vielen Gründen nahe, nicht zuletzt deshalb, weil zur Kommentierung der Romane das Verständnis ihrer Entstehungszeit unerlässlich ist.

Die nun nachzulesenden Beiträge machen zuerst einmal sichtbar, wie umfassend eingebunden Johnson in das im engen Sinne politische und im weiteren Sinne kulturelle Geschehen seiner Zeit war – und wie lohnend es ist, dem nachzugehen. Man kann dem Thema kaum ausweichen. Selbst wenn man, in bester literarischer Neugier, die Zusammenarbeit von Autor und Lektor betrachtet, kommt man bei der Zeitgeschichte an. Blickt man auf Johnson und Walter Boehlich, stößt man unweigerlich auf die Geschichte von Richard Matthias Müllers Buch *Über Deutschland*. Um davon zu sprechen, bedarf es einer Klärung der Begriffe: Da geht es um mehr als nur den Klang, den das Wort ›Deutschland‹ auf den beiden deutschsprachigen Seiten der Grenze hatte. Die Vokabel ›Engagement‹ durchzieht dieses *Jahrbuch*, in den Beiträgen zu Johnsons Position in der Gruppe 47 kommt sie ebenso vor wie in der Betrachtung seines Verhältnisses zur 68er-Bewegung oder dem Vergleich von *Jahrestage* und Peter Weiss' *Ästhetik des Widerstands*. Der Beitrag über Uwe Johnsons Verhältnis zu Willy Brandt handelt von nichts anderem, auch wenn er ohne das einstige Reizwort auskommt. Was meinten die Worte ›Engagement‹, ›links‹ und ›Literatur‹ seinerzeit, was meinen sie heute? – Die Frage soll anzeigen, dass diese Erkundungen von personellen und politischen Konstellationen ganz unmittelbar mit Literatur zu tun haben. Nicht zuletzt deshalb, weil Johnson zentrale poetologische Kriterien aus diesen Zusammenhängen heraus verstand, etwa die Forderung nach dem Neuen. Es ist also kein Zufall, dass Jisung Kims Befragung von Johnsons Poetologie bei einem der klassischen Johnson-Zitate ansetzt, in dem dieser Balzacs Erzählverhalten für »veraltet« erklärt.

Poetologie und Zeitgeschichte bilden auch gut erkennbare Schwerpunkte im Johnson-Lesebuch, da schließt sich der Kreis: In den Schulen wird Uwe Johnson derzeit als zeitgenössischer Autor entdeckt. Die Förderung dieser Bemühungen im Bundesland ist nicht nur auf Johnson beschränkt, die dazugehörige Initiative trägt den gelegentlich belächelten Titel *Weltliteratur aus Mecklenburg-Vorpommern*. Dabei liegt nichts näher als das: In Italien gehört die Übersetzung der *Jahrestage* zu den vielbeachteten Neuerscheinungen der Saison. Es ist beileibe nicht das einzige Land, in dem in den letzten Jahren an der Übersetzung des Romans gearbeitet wurde. In Japan erfährt Johnson als repräsentativer Autor der Nachkriegsliteratur große Aufmerksamkeit. In England wird eine Edition unter dem Arbeitstitel *Sheerness Writings* vorbereitet. Zudem wird Johnson unter Vorzeichen entdeckt, die die Forschung zwar bereits wahrgenommen hat, die durch die dominierenden Themen allerdings verdeckt wurden. Mit großem Gespür für die Eigenart der Texte stand Uwe Johnson als Reiseschriftsteller in der ARTE-Filmreihe *Die große Literatour* neben John Steinbeck, Joseph Roth, Mark Twain, Hans Christian Andersen sowie Erika und Klaus Mann. (Auch Johann Wolfgang von Goethe und Heinrich Böll gehörten zu der Reihe, aber diese Parallele hätte sich auch anders ziehen lassen.)

Von den auch internationalen Aktivitäten der Uwe Johnson-Gesellschaft haben wir auf der Mitgliederversammlung im Rahmen der Rostocker Tagung berichtet. Die Vorträge der Tagung sind von Felix Georgi und Svenja Ober für das *Jahrbuch* zusammengefasst worden, zwei der Rostocker Studierenden, die das Geschehen über drei Tage verfolgten. Stefanie Kohl und Yuri Yoshikawa geben einen Überblick über die thematische Vielfalt der Bezüge, die sich, quasi um Johnson kreisend, im Gespräch mit japanischen Doktoranden eröffnete.

Wie alle Jahre haben wir auch da, wo wir zu Hause sind, Johnson vorgestellt und vorgelesen. Weißrussische und chinesische Studenten machten ihre erste Bekanntschaft mit Johnson während ihres Besuchs in Rostock, die Berater der Studentenwerke interessierten sich auf ihrer Fachtagung für Johnsons Selbstverständnis, der Rat der Berlin-Brandenburgischen Akademie der Wissenschaften diskutierte die Ideen zur digitalen Edition von Johnsons Werken. Wir sind nach Klütz gereist, um mit dem dortigen Literaturhaus »Uwe Johnson« sein zehnjähriges Bestehen zu feiern. Die 10. Rostocker LichtKlangNacht drehte sich um die Geschichte vom Fischer und seiner Frau, da durfte Johnson nicht fehlen. Und auch die erste Lehrerfortbildung für das Johnson-Lesebuch gehört in diese Reihe, sie fand in Neubrandenburg statt. Mit all diesen Veranstaltungen tragen wir Sorge dafür, dass die Johnson-Leser nachwachsen. Und wir haben auch schon vorgesorgt, damit den gewohnheitsmäßigen Johnson-Lesern der Stoff nicht ausgeht. Im kommenden Frühjahr wird zur Leipziger Buchmesse der erste Band der Rostocker Ausgabe erscheinen: *Mutmassungen über Jakob*.

Für die Gewährung von Rechten danken wir der Peter Suhrkamp Stiftung, der Johannes und Annitta Fries Stiftung, der Friedrich-Ebert-Stiftung, dem Peter-Wapnewski-Archiv der Akademie der Künste, dem Universitätsarchiv Leipzig, Adelheid Bahr, Sabine Baumgärtner, Manfred Bierwisch, Sabine Boehlich, Klaus Peter Dencker, Peter Peitsch und Brigitte Seebacher. Für die Unterstützung danken wir dem Deutschen Literaturarchiv Marbach. Die Rechte am Einbandbild hat uns Wolfgang Söder geschenkt, Dankeschön. Der Hansestadt Rostock danken wir für die anhaltende Förderung der Uwe Johnson-Gesellschaft.

# Johnsoniana

ANDRÉ KISCHEL

# »Lieben Freunde«

## *Zu einer Anrede im Leipziger Freundeskreis*

Es hat ganz offensichtlich Methode: »Lieben Freunde« heben einige Briefe von und an Uwe Johnson an. Die Anrede gehört zu einer Vielfalt von Brieferöffnungen, die den Leser stutzen lässt; er soll hier kurz ins Straucheln geraten, innehalten bereits in der Begrüßung. Es findet ein Spiel statt, das sowohl Anreden als auch Namen zum Gegenstand nimmt, sie variiert, verfremdet, karikiert, und dabei auf eine Fülle sprachgestalterischer Möglichkeiten und Vorlagen zurückgreift.

Die gezeigten Briefausschnitte stammen aus der Korrespondenz des Leipziger Freundeskreises, in den Johnson mit Fortführung seines Studiums an der dortigen Universität gerät. Er fällt auf als »ein großer, schlanker, sehr blonder und etwas ungewöhnlicher Kommilitone«.[1] Aus dem Norden kommend und einen Roman schreibend, war sein Spitzname ›Ossian‹ mindestens naheliegend. Johnson »akzeptierte den Namen, und wir ihn«,[2] erinnert sich Manfred Bierwisch.

Die Studienzeit endet 1956, die Freunde gehen ihrer Wege, bleiben aber bis zum Tode Ossians in Kontakt. Im August 1960 berichten Klaus und Sabine Baumgärtner von einem ihrer Urlaube im Süden der Bundesrepublik; später werden beide endgültig hierhin umsiedeln. Sie adressieren ihr Schreiben mit »Lieben Freunde« und lassen zwei Tage später einen zweiten Brief mit gleicher Anrede folgen. Johnson geht darauf ein und beantwortet die augenfällige Doppelung wortgetreu. Schließlich stimmt auch Manfred Bierwisch diesen Ton einmal an, als er 1963 ebenfalls eröffnet: »Lieben Freunde«.[3]

1 Manfred Bierwisch: Fünfundzwanzig Jahre mit Ossian. Dr. Jürgen Grambow und Teilnehmer eines Jenaer Seminars sprachen mit Prof. Manfred Bierwisch über Uwe Johnson und seine Freunde, in: Johnson-Jahrbuch 1, 1994, S. 17-44, hier: S. 19f.

2 Ebd., S. 20. Zu den weiteren Freunden zählten neben Johnson und Bierwisch Klaus Baumgärtner, Joachim Menzhausen und Eberhardt Klemm.

3 Die hier versammelten Briefauszüge stammen in der gezeigten Reihenfolge aus diesen

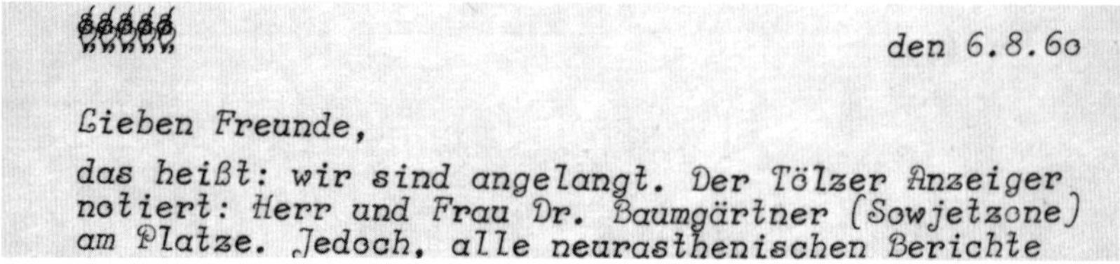

den 6.8.60

Lieben Freunde,

das heißt: wir sind angelangt. Der Tölzer Anzeiger notiert: Herr und Frau Dr. Baumgärtner (Sowjetzone) am Platze. Jedoch, alle neurasthenischen Berichte

Abb. 1: Klaus und Sabine Baumgärtner an Uwe Johnson, 6.8.1960.

Sowohl in Johnsons Briefen als auch in seinen Romanen finden sich diese ungewöhnlichen Anreden. Erdmut Wizisla hat einige davon – »LIEBEN ZIEM«, »Lieben Ingrid« etc. – gesammelt und so gezeigt, dass Johnson das Spiel mit diesen Formeln in seinem privaten Schreiben bereits seit 1955 betrieben hat. Dazu konnte Wizisla von Klaus Baumgärtner aus erster Hand erfahren, dass es sich dabei um eine im »Anschluss an eine niederdeutsche, aus dem Gotischen stammende Form« handelt, die »Aufmerksamkeit erwecken und eine besondere Nähe ausdrücken« soll.[4]

Neben der Anrede eines Einzelnen mit »Lieben«, wie etwa bei »ZIEM« und »Ingrid«, finden sich im Freundeskreis Varianten, die mit »Lieben« beginnen, um dann alle gemeinten Freunde individuell anzusprechen; und schließlich die summarische Form, in der »Lieben Freunde« alle Angesprochenen bedeuten soll. Einmal über diese ungewöhnlichen Formen gestolpert, stellt sich die Frage nach dem Woher. Bei einer Antwort bleibt allerdings, selbst unter den Bedingungen der Intertextualitäts- und Einflussforschung, stets ein Rest Spekulation – ein solcher folgt.

Es ist hinlänglich erwiesen, dass Johnson sich bereits früh und gründlich mit Werken und Schriften Friedrich Schillers auseinandergesetzt hat.[5] Gleichermaßen bekannt ist, dass der Leipziger Freundeskreis literarisch außerordentlich interessiert und ambitioniert war. Da wurde auf

Briefen: Klaus und Sabine Baumgärtner an Uwe Johnson, 6.8.1960, in: Uwe Johnson-Archiv Rostock (Depositum der Johannes und Annitta Fries Stiftung), UJA/H/060181, Bl. 22-22v, hier: Bl. 22; Klaus Baumgärtner an Uwe Johnson, 8.8.1960, in: UJA Rostock, UJA/H/060182, Bl. 23-24, hier: Bl. 23; Uwe Johnson an Klaus und Sabine Baumgärtner, 10.8.1960, in: UJA Rostock, UJA/H/060186, Bl. 29-29v, hier: Bl. 29; Manfred Bierwisch an Uwe Johnson, 15.2.1963, in: UJA Rostock, UJA/H/101317, Bl. 9. Ich danke der Peter Suhrkamp Stiftung, der Johannes und Annitta Fries Stiftung sowie Sabine Baumgärtner und Manfred Bierwisch für die Genehmigung zur Publikation.

4 Erdmut Wizisla: »Ihr sehr ergebener«. Einiges über Anreden und Grußformeln in Briefen Uwe Johnsons. Zu einem Brief an Reinhard Lettau, in: Johnson-Jahrbuch 21, 2014, S. 144-154, hier: S. 144; Versalien im Original.

5 Vgl. etwa Hannah Dingeldein: Die Ästhetik des Schönen und Erhabenen. Friedrich

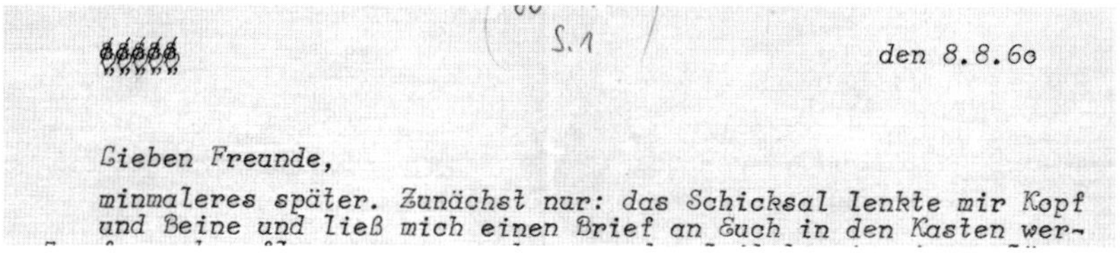

S.1

den 8.8.60

Lieben Freunde,

minmaleres später. Zunächst nur: das Schicksal lenkte mir Kopf und Beine und ließ mich einen Brief an Euch in den Kasten wer-

Abb. 2: Klaus Baumgärtner an Uwe Johnson, 8.8.1960.

einem »Gipfeltreffen in Leipzig« mal eben als »Kulturprogramm Faust aufgeführt«, wo es gerade passte, »auf der Straße oder einem unbebauten Grundstück«.[6] Von einer solchen Gemengelage ausgehend wird wahrscheinlich, dass sich die Kreativität der jungen Leute aus Zitaten, Anspielungen und Verweisen speist, um so die Kommunikation untereinander zu beleben und gegenseitige Vertrautheit zu bekunden. Und vielleicht sind die »Lieben Freunde« nicht nur intim-spielerischer Ausdruck der Verbundenheit, sondern zugleich eben auch Zitat; und zwar eines, das dem Gegenüber bekannt sein muss, nicht aus einem allgemeinen Kanon stets zitierter Phrasen schöpft.

Eine potenzielle Vorlage für die »Lieben Freunde« findet sich in der Literatur des 18. Jahrhunderts an recht prominenter Stelle, in einem Gedicht Friedrich Schillers, das auch sonst geeignet scheint, dem Geschmack der Leipziger Studenten zu entsprechen. Es hebt an wie die gezeigten Briefe: »Lieben Freunde! Es gab schön're Zeiten / Als die unsern – das ist nicht zu streiten!« Dem würde wohl kaum einer der Fünf widersprochen haben. Gleichermaßen wird aber auch die Gegenwart gefeiert: »Wir, wir *leben!* Unser sind die Stunden, / Und der Lebende hat Recht«. Spontan *Faust*-Inszenierende, zu denen ein späterer Direktor des Dresdner Grünen Gewölbes gehörte, stimmten Schiller gewiss zu bei solchen Zeilen: »War die *Kunst* uns freundlich doch gewogen, / Unser Herz erwarmt an *ihrem* Licht«. Einem angehenden Schriftsteller mag besonders das idealisierende, inspirierende Moment eines »Ewig jung ist nur die Phantasie« einprägsam gewesen sein. Aussage und Wortwahl aktualisieren den Klassiker dann in politisch pikanter Weise in den Versen: »Freunde! Es giebt glücklichere Zonen, / Als das Land, worinn wir leidlich wohnen«. Die Reisen sowie die Umsiedlung der Baumgärtners in die Bundesrepublik können

Schiller und Uwe Johnson, Göttingen 2014, und den Beitrag von Martin Fietze in diesem Band, S. 129-151.

6 Bierwisch, Fünfundzwanzig Jahre mit Ossian (Anm. 1), S. 25f.

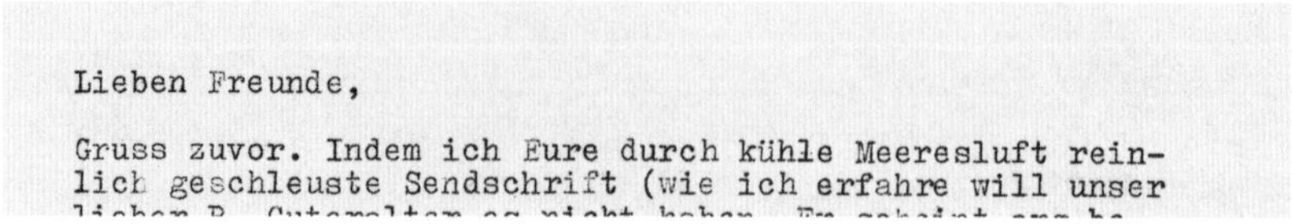
Lieben Freunde,

Gruss zuvor. Indem ich Eure durch kühle Meeresluft reinlich geschleuste Sendschrift (wie ich erfahre will unser

Abb. 3: Uwe Johnson an Klaus und Sabine Baumgärtner, 10.8.1960.

als Indiz dafür gelten. Johnson selbst musste schon vor seinen Freunden erkennen, dass jene ›Zone‹, in der er bis dahin wohnte, ihm kaum ein auch nur ›leidliches‹ Leben bieten würde. Denn »Größ're s mag sich anderswo begeben, / Als bei uns, in unserm kleinen Leben«. Nach dem Studium, als einziger der Freunde ohne feste Anstellung, gab es ›Größ'res‹, die Publikation des eigenen Romans, nur in der Fremde für ihn zu erreichen. Für eine Rezeption gerade dieses Gedichts mag nebenbei auch sprechen, dass hier das für Theaterliebhaber geflügelte Wort geprägt wurde: »Sehn wir doch das Große *aller* Zeiten / Auf den Bretern [sic!], die die Welt bedeuten«. Von heute aus gelesen mutet es sodann beinahe prophetisch an, wenn es bei Schiller weiter heißt: »An der Themse, auf dem Markt der Welt. / […] herrscht der Erde Gott, das Geld«. An die Themse, auf die Insel Sheppey, zog es Uwe Johnson, ironischerweise aber, um genau dem »Markt der Welt«, dem Lärm des Literaturbetriebs, zu entgehen. Exemplarisch zeigt das ein Bericht Johnsons an Hannah Arendt über seinen neuen Wohnort. Ein Nachbar in seiner Straße sei angeblich ein »Künstler«, was Johnson empört kommentiert: »Von denen wollten wir doch gerade weg!«[7] – Ob dieses Gedicht nun eine Vorlage oder Inspiration für die Briefe des Leipziger Freundeskreises gewesen ist, wird offen bleiben müssen, sein Titel wäre dazu geeignet: *An die Freunde*.[8]

Ungeklärt ist noch die merkwürdige grammatische Form der Anrede. Die Schiller-Nationalausgabe kann helfen: Es handelt sich bei der Eröffnung um eine »im 18. Jahrhundert noch häufiger gebrauchte schwache Form des Vokativ«.[9] Erst im Verlauf des 19. Jahrhunderts endeten offen-

7 Uwe Johnson an Hannah Arendt, 18.12.1974, in: Hannah Arendt/Uwe Johnson: Der Briefwechsel 1967-1975, hg. von Eberhard Fahlke und Thomas Wild, Frankfurt am Main 2004, S. 146.

8 Alle nicht gesondert markierten Zitate dieses Absatzes stammen aus Friedrich Schiller: An die Freunde, in: Schillers Werke. Nationalausgabe, hg. von Norbert Oellers und Siegfried Seidel, Bd. 2.1: Gedichte, hg. von Norbert Oellers, Weimar 1983, S. 225f.; Hervorhebung im Original.

9 Schillers Werke. Nationalausgabe, hg. von Norbert Oellers, Bd. 2.2: Gedichte. B.

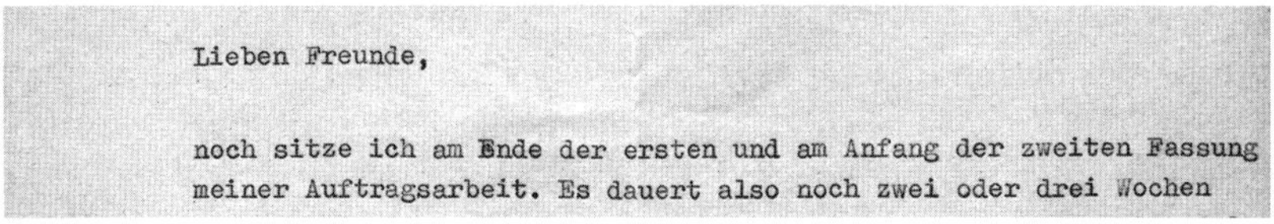
Lieben Freunde,

noch sitze ich am Ende der ersten und am Anfang der zweiten Fassung meiner Auftragsarbeit. Es dauert also noch zwei oder drei Wochen

Abb. 4: Manfred Bierwisch an Uwe Johnson, 15.2.1963.

bar die Versuche »einige[r] Sprachlehrer[]«, die »sclavische Übersetzung des Lateinischen Vocativus«[10] im Deutschen zu etablieren, wie Johann Christoph Adelung sie noch beobachtet hat. Gustav Wustmann echauffierte sich 1891 bereits deutlich darüber: »Obwohl es keinem Menschen einfällt, in der Anrede zu sagen: *teuern* Freunde, *geehrten* Herren, *geliebten* Eltern, schwankt man wunderlicherweise seit alter Zeit bei dem Adjektivum *lieb*«.[11] In der zweiten Auflage seines *Hilfsbuchs* führt er dann auch eine herleitende Begründung an. Das »ursprüngliche« sei, »daß beim Vokativ die schwache Form steht«.[12] Und hier schließt sich der Kreis zur Erklärung Klaus Baumgärtners, denn im »Gotischen ist es immer so. Aber bereits im Althochdeutschen dringt die starke Form ein und im Neuhochdeutschen gewinnt sie bis zum achtzehnten Jahrhundert die Oberhand«.[13] An das Sprachempfinden appellierend fährt Wustmann fort, dass »wir bei einer Verbindung wie *lieben Freunde* nicht mehr das Gefühl von etwas organischem, von etwas, was so in Ordnung wäre« haben, »sondern die Empfindung einer gequälten Altertümelei«.[14] Heute kommt der Anrede- oder Ruffall nicht mehr als eigene Form vor, seine Funktion hat der Anredenominativ übernommen.

Es kommt nicht nur Schillers Gedicht als Vorlage für den Leipziger Freundeskreis infrage. Hier und da finden sich weitere Zeugen für die Verwendung eines solchen Vokativs. In August Wilhelm Schlegels Überset-

(Anmerkungen zu Band 2.1), hg. von Georg Kurscheidt und Norbert Oellers, Weimar 1993, S. 161.

10 Johann Christoph Adelung: Rufêndung, in: woerterbuchnetz. URL: http://www.woerterbuchnetz.de/Adelung?lemma=rufendung [Zugriff vom 18.9.2016].

11 Gustav Wustmann: Allerhand Sprachdummheiten. Kleine deutsche Grammatik des Zweifelhaften, des Falschen und des Häßlichen. Ein Hilfsbuch für alle die sich öffentlich der deutschen Sprache bedienen, Leipzig 1891, S. 48; Hervorhebung im Original.

12 Gustav Wustmann: Allerhand Sprachdummheiten. Kleine deutsche Grammatik des Zweifelhaften, des Falschen und des Häßlichen. Ein Hilfsbuch für alle die sich öffentlich der deutschen Sprache bedienen, 2., verb. und verm. Ausg., Leipzig 1896, S. 33.

13 Ebd.

14 Ebd.; Hervorhebung im Original.

zung von Shakespeares *Heinrich V.* appelliert dieser König an seine Truppen bei der Belagerung von Harfleur: »Noch einmal stürmt, noch einmal, lieben Freunde!«[15] Gleich zweimal verwendet Jean Paul diesen Vokativ in seinem *Billet an meine Freunde*, das er *anstat der Vorrede* dem *Leben des Quintus Fixlein* voranstellt. Darin werden Anweisungen gegeben, für wen welcher Teil des Buches am geeignetsten sein wird: »Den ersten oder sogenannten Mustheil [...] bescheer' ich, lieben Freunde, blos lieben Freundinnen«.[16] Bemerkenswert an dieser Stelle ist die Differenzierung zwischen dem in generischem Maskulinum stehenden Vokativ und den explizit weiblichen Adressatinnen. Darauf folgt sogleich die warnende Ankündigung, dass der »zweite und größte Theil des Buches [...] schon weniger für Mädchen passet«.[17] Der zweite Vokativ ist dann dem Anliegen nach nicht weniger wichtig, »will nun der Verfasser euch, lieben Freunde, nicht sowol ein Vergnügen machen als euch lehren, eines zu geniessen«.[18] Achim von Arnim lässt in einem Brief Klelia über ihre sizilianische Tante berichten: »lieben Freunde, sie ist gut, sehr gut, ich verstehe mich aber nicht mit ihr; ich suche die Stille, sie wünscht in ihrem Hause beständige Neckereien, Herumlaufen, Tanz«.[19] Und auch noch Theodor Fontane legt seinen Figuren gelegentlich diese ›altertümelnde‹ Formel in den Mund: »›Seht, lieben Freunde‹, so etwa waren seine Worte gewesen«.[20] Und schließlich darf in einer solchen Klassiker-Riege Goethe nicht fehlen, mit einem augenzwinkernden Rat am Ende seines *Pygmalions:* »Nun, lieben

15 William Shakespeare: König Heinrich der Fünfte, in: Shakespeares sämtliche dramatische Werke, aus dem Englischen übersetzt von Schlegel und Tieck, Bd. 2: König Heinrich der Vierte. 2. Teil – König Heinrich der Fünfte – König Heinrich der Sechste. 1. Teil, Leipzig o.J., S. 85-168, hier: S. 112.

16 Jean Paul: Billet an meine Freunde, anstat der Vorrede, in: ders., Leben des Quintus Fixlein, aus funfzehn Zettelkästen gezogen; nebst einem Mustheil und einigen *Jus de tablette*, Bayreuth 1796, S. III-XVI, hier: S. IV.

17 Ebd., S. VI.

18 Ebd., S. VIf.

19 Achim von Arnim: Armut, Reichtum, Schuld und Buße der Gräfin Dolores, in: ders., Werke in sechs Bänden, hg. von Roswitha Burwick, Jürgen Knaack und Paul Michael Lützeler, Bd. 1: Hollin's Liebeleben. Gräfin Dolores, hg. von Paul Michael Lützeler, Frankfurt am Main 1989, S. 101-684, hier: S. 282. In einem weiteren Brief tauchen die »lieben Freunde« gleich doppelt auf; ebd., S. 589f.

20 Theodor Fontane: Frau Jenny Treibel oder »Wo sich Herz zum Herzen findt«, in: ders., Romane und Erzählungen in acht Bänden, hg. von Peter Goldammer, Gotthard Erler und Anita Golz, Bd. 6: Unwiederbringlich. Frau Jenny Treibel, Berlin 1969, S. 267-459, hier: S. 321. Weitere Vorkommen: »Nun, lieben Freunde, dann bitt ich ...«; ebd., S. 332. »›Nun, lieben Freunde‹, nahm Treibel das Wort, ›alles nach der Ordnung.[‹]«; ebd., S. 379. Diese Novelle erschien in Buchform 1892, Fontane hätte da vielleicht bei Wustmann nachschlagen können.

Freunde, merkt euch dies, / Und folget mir genau; / Sonst straft euch Amor ganz gewiß, / Und gibt euch eine Frau«.[21]

Die Recherche nach solchen Textstellen ist nicht frei von Gefahren und Irrwegen. In einer alten Ausgabe von Eichendorffs *Dichter und ihre Gesellen* findet sich ebenfalls die Formel: »Ja, lieben Freunde, es war niemand anders, als ein geheimer Jesuit, so ein verdammter proselytenmacherischer Emissär!«[22] Die Freude über eine weitere Belegstelle schlägt in diesem Fall aber rasch in Misstrauen um. Denn die historisch-kritische Ausgabe schreibt »liebe Freunde«, der textkritische Apparat schweigt ganz dazu.[23] Erst ein Vergleich mit der Erstausgabe – wesentliche Grundlage dieser Edition – bringt Klarheit, hier steht deutlich: »liebe Freunde«.[24] Lediglich die Ausgabe der *Goldenen Klassiker-Bibliothek*, die *Hempels Klassiker-Ausgaben in neuer Bearbeitung* bietet, hat die Stelle offenbar eigenmächtig zu »lieben Freunde« geändert; in diesem Fall somit verfälscht.

Dieses letzte Beispiel zeigt, dass es seinen guten Sinn hat, zu einer möglichst verlässlichen Textausgabe zu greifen. Besser noch ist es, einen kritisch edierten Text samt seinem Original zum Vergleich zu haben; auch Editoren machen bisweilen Fehler. Inzwischen gibt es zum Glück die technischen Möglichkeiten, immer mehr Editionen nutzen sie. Die Abteilung *Briefe* der Uwe Johnson-Werkausgabe wird mit dem Briefwechsel der Leipziger Freunde beginnen, digital werden die Originale zu sehen sein. Zwischen kreativen Anreden und Abschiedsgrüßen gibt es da noch vieles zu entdecken.

21 Johann Wolfgang Goethe: Pygmalion. Eine Romanze, in: ders., Sämtliche Werke nach Epochen seines Schaffens, hg. von Karl Richter, Münchner Ausgabe, Bd. 1.1: Der junge Goethe. 1757-1775, hg. von Gerhard Sauer, München 2006, S. 115-117, hier: S. 117.

22 Joseph von Eichendorff: Dichter und ihre Gesellen, in: Eichendorffs Werke. Auswahl in vier Teilen, hg. mit Einl. und Anm. vers. von Ludwig Krähe, Bd. 2.4: Dichter und ihre Gesellen. Satirische Schriften – Erlebtes, hg. von dems., Berlin [1910], S. 13-217, hier: S. 122.

23 Vgl. Joseph von Eichendorff: Dichter und ihre Gesellen, in: ders., Werke in sechs Bänden, hg. von Brigitte Schillbach und Hartwig Schultz, Bd. 3: Dichter und ihre Gesellen. Sämtliche Erzählungen II, hg. von dens., Frankfurt am Main 2007, S. 105-353, hier: S. 237f.; ders., Dichter und ihre Gesellen, in: ders., Sämtliche Werke des Freiherrn Joseph von Eichendorff. Historisch-kritische Ausgabe, hg. von Hermann Kunisch und Helmut Koopmann, Bd. 4: Dichter und ihre Gesellen. Text und Kommentar, hg. von Volkmar Stein, Tübingen 2001, S. 3-299, hier: S. 160.

24 Joseph von Eichendorff: Dichter und ihre Gesellen, Berlin 1834, S. 203.

21. Juli 1971
2419

Dr. K. P. Dencker

Herrn
Uwe Johnson
c/O Suhrkamp Verlag

6 Frankfurt/Main
Lindenstr. 29-35

Sehr geehrter Herr Johnson!

Für die Edition einer 2bändigen Prosagedichtanthologie, in die Ihre Texte "Ein Brief aus New York" und "Über eine Haltung des Protestierens" aufgenommen wurden, benötigen wir ein kurzes statement von Ihnen, das im Kommentar abgedruckt wird. Können Sie unserer These zustimmen, daß diese Texte als Prosagedichte anzusehen sind, - oder haben Sie Bedenken?

Für eine baldige Antwort wären wir Ihnen zu Dank verpflichtet.

Mit sehr freundlichen Grüßen

Ihr

Abb. 1: Klaus Peter Dencker an Uwe Johnson, 21.7.1971.

Uwe Johnson, Stierstrasse 3, 1 Berlin West 41
11. August, 1971

Herrn Dr. Klaus Peter Dencker
Universität Erlangen-Nürnberg
Deutsches Seminar

Sehr geehrter Herr Dencker,

ich bedanke mich für Ihren Brief vom 21. Juli und will versuchen, Ihre Fragen zu beantworten.

"Ein Brief aus New York" bekam seine Form so: In der ersten Fassung war er, durch weggelassene Interpunktion und mitten abgeteilte Zeilen, notiert wie ein Gedicht, und zwar zum Spass, wie ja auch der Gegenstand spasshaft ist, nämlich die Erschaffung eines neuen Klischees von New York. Danach erschien mir der Versuch zu leichtfertig für eine Spielerei auch noch mit der Form des Gedichts, und ich schickte ihn an Herrn H.M. Enzensberger für seine Zeitschrift "kursbuch" als Prosa geschrieben. Darauf machte er mir den Vorschlag, das in den äusseren Formen der Lyrik zu drucken, und da wir Zeit sparen wollten, war er es, der die Interpunktion wegnahm und neue Absätze einrichtete, meistens sogar an den Stellen, wo meine erste Fassung sie aufgewiesen hatte. Das macht den Text auf eine besondere Weise zu einem "Prosa-Gedicht", vielleicht aber nicht in der herkömmlichen.

Auch "Über eine Haltung des Protestierens" würde ich nicht bedenkenlos als ein Prosagedicht bezeichnen, da damit ja jeder Einzeltext diesen Rang bekäme, ist er nur konzentriert und konzise. Sie mögen zu Ihrer Annahme gekommen sein, weil der Text von der essayistischen Darstellung recht bald zu einer Haltung des Argumentierens übergeht; erlauben Sie mir nun, Ihnen die endgültige Feststellung zu überlassen.

Mit der Bitte, die Unbrauchbarkeit meiner Antwort zu entschuldigen,
und freundlichen Grüssen,
Ihr

Abb. 2: Uwe Johnson an Klaus Peter Dencker, 11.8.1971.

HOLGER HELBIG

# Vom Nutzen des Unbrauchbaren

## *Prosa, Gedicht und Uwe Johnsons Briefwechsel mit Klaus Peter Dencker*[1]

in memoriam Ulrich Fülleborn

1965 wurde Ulrich Fülleborn (1920-2012) auf das Ordinariat für Neuere deutsche Literaturgeschichte an der Friedrich-Alexander-Universität Erlangen-Nürnberg berufen, im Dezember 1966 hielt er sein Antrittskolleg über *Das deutsche Prosagedicht*. Das Thema hatte er aus seiner Zeit als Assistent bei Adolf Beck in Hamburg mitgebracht, nun entwickelte er ein eigenes Forschungsfeld daraus. Es entstanden drei Bücher, die das Feld umreißen sollten. Das erste erschien vier Jahre später, ein mit 55 Seiten ebenso wohlinformierter wie knapper Bericht über die Schwierigkeiten, die Gattung Prosagedicht für die deutsche Literatur zu definieren.[2] Für das zweite brauchte es einige Jahre mehr. 1976 erschien *Deutsche Prosagedichte des 20. Jahrhunderts. Eine Textsammlung.*[3] Und schließlich, 20 Jahre nach dem Antritt der Professur, komplettierte das dritte das Vorhaben, die Geschichte der Gattung von ihren Anfängen an zu dokumentieren: *Deutsche Prosagedichte vom 18. Jahrhundert bis zur letzten Jahrhundertwende.*[4] Der Zusammenhang war von Anfang an geplant. Schon an den Erscheinungsdaten ist zu erkennen, wie unermüdlich Fülleborn seine Vorhaben anging. Die Titel der Anthologien zeigen, wie gründlich er zu sein pflegte, an ihrer Zusammenstellung wird sichtbar, wie unvoreingenommen und zugleich unbeirrbar er war.

1 Für die gewohnt verlässliche Kooperation Erlangen-Rostock danke ich Andreas Kohlmaier und Dr. Aura Heydenreich. Klaus Peter Dencker danke ich für die Gewährung der Rechte und umstandslose Auskünfte.

2 Vgl. Ulrich Fülleborn: Das deutsche Prosagedicht. Zu Theorie und Geschichte einer Gattung, München 1970.

3 Vgl. Deutsche Prosagedichte des 20. Jahrhunderts. Eine Textsammlung, hg. von Ulrich Fülleborn in Zusammenarbeit mit Klaus Peter Dencker, München 1976.

4 Vgl. Deutsche Prosagedichte vom 18. Jahrhundert bis zur letzten Jahrhundertwende. Eine Textsammlung, hg. von Ulrich Fülleborn in Zusammenarbeit mit Klaus Engelmann, München 1985.

Fülleborn verstand die drei Bücher als zwingende Bestandteile ein und desselben Vorhabens:

> Denn sollte die Grenze zwischen Prosa- und Versgedicht weder an Beispielen gezeigt noch theoretisch erwiesen werden können, wäre jedes weitere Nachdenken über den Gegenstand, um den es uns geht, umsonst, und eine textliche Dokumentation deutscher Prosagedichte bliebe literaturwissenschaftlich auf Sand gebaut.[5]

Die erste Textsammlung beginnt mit Else Lasker-Schüler und endet mit Hans Magnus Enzensberger. Zu sichten allerdings war weit mehr als das Enthaltene, denn das Vorhaben war ja auf Grenzziehung angelegt: Zu bestimmen waren die Eigenheiten einer Gattung. Dafür sind eindeutige Beispiele hilfreich, aber nicht ausreichend. Die Tauglichkeit einer Definition zeigt sich erst an den Grenzfällen. Um diese zu sammeln und zu bedenken, brauchte es Zeit und auch die Hilfe eines unermüdlichen Assistenten.

Von 1965 bis 1974 arbeitete Fülleborn in Erlangen mit Klaus Peter Dencker zusammen, den er aus Hamburg mitgebracht hatte. Ihm »oblag über lange Jahre vor allem die Textsammlung und Materialbeschaffung für den Anhang«.[6] Zu dem letzteren Zweck schrieb er auch Johnson an. Das Anschreiben entspricht der Sachlage, es ist im Tonfall entschieden. Da ist von einer auf zwei Bände angelegten Anthologie die Rede, zwei Texte Johnsons werden als »aufgenommen« angezeigt, es wird »ein kurzes statement« benötigt. Ob der Autor Bedenken habe, seine Texte als Prosagedichte abgedruckt zu sehen? Johnsons Antwortbrief ist im Nachlass von Ulrich Fülleborn erhalten.[7]

Wie die umstandslose Anfrage an Uwe Johnson zeigt, traute man ihm Prosagedichte zu und las das *Kursbuch* gründlich. Zudem wusste man zu unterscheiden.

*Ein Brief aus New York* sieht, wenn es denn keins ist, einem Prosagedicht zum Verwechseln ähnlich. *Über eine Haltung des Protestierens* ist eine Polemik in Prosa, argumentativ komplex, intertextuell aufgeladen und rhetorisch ausgefeilt. Zum rhetorischen Inventar gehören eine recht aufdringliche Anapher und ein stellenweise rhythmisiertes Sprechen. Auf der Suche nach Beispielen, die eine Gattungsgrenze zwischen Prosa und Lyrik markieren, lohnt es also durchaus, den Text in Betracht zu ziehen.

5 Fülleborn, Prosagedicht (Anm. 2), S. 6.

6 Ulrich Fülleborn: Vorwort, in: ders. (Hg.), Prosagedichte des 20. Jahrhunderts (Anm. 3), S. 13.

7 Der Teil des Nachlasses, in dem der Brief enthalten ist, befindet sich inzwischen im Deutschen Literaturarchiv Marbach, unter der Signatur A:Fülleborn.

Aber es dürfte nicht gleichermaßen wahrscheinlich gewesen sein, dass Johnson den jeweiligen Text als Prosagedicht verstehen würde. Dieser Unterschied wird in der Anfrage deutlich.

Beide Texte sind in Enzensbergers *Kursbuch* erschienen, im selben Jahr. *Über eine Haltung des Protestierens* war im Juni 1967 in der Nummer 9 enthalten, *Ein Brief aus New York* im Oktober desselben Jahres in der Nummer 10.[8] Dencker fragt gegen die Chronologie zuerst nach dem Text, dessen Einordnung unter die Prosagedichte wahrscheinlicher erschien.

*Ein Brief aus New York* war eine naheliegende Wahl.[9] Das liegt nicht nur daran, dass der kurze Text wie ein Gedicht gesetzt ist, sondern auch am Kontext der Veröffentlichung: Das *Kursbuch 10* war eine veritable Verführung für Prosagedichtsammler. Velimir Chlebnikovs *Tiergarten* ist ein Gedicht an der Grenze zur Prosa (aber kein deutsches), Christian Enzensbergers *Größerer Versuch über den Schmutz I* ist ein Essay mit unverkennbar lyrischen Qualitäten, Chris Bezzels *straßen und häuser* und Hans Magnus Enzensbergers *Vorschlag zur Strafrechtsreform* haben Fülleborn und Dencker aus diesem Band des *Kursbuchs* in die Anthologie aufgenommen.[10] Johnsons *Ein Brief aus New York* ist schon im Titel auf eine Gattung festgelegt, aber angesichts des Titels von Jürgen Beckers Gedicht *Momente. Ränder. Erzähltes. Zitate,* das im selben *Kursbuch* enthalten ist, muss das nichts heißen. Mitten im Heft definiert Günter Herburger in *Dogmatisches über Gedichte* en passant das Prosagedicht:

> Gedichte sind keine Romane, keine Erzählungen, keine Hörspiele, keine Theaterstücke, sie sind von allen auf jeden Fall die viel kleinere Ausgabe. Zunächst würde ein einziger Einfall genügen. So ein Häufchen, ein wenig geordnet und in Schwung gebracht, kann wie ein Gedicht gelesen werden.[11]

Herburger zeigt dann auch ein Gedicht aus eigener Produktion vor, *soso Vietnam aha,* ein Prosagedicht.[12]

8 Vgl. Uwe Johnson: Über eine Haltung des Protestierens, in: Kursbuch 9, 1967, S. 177f.; ders., Ein Brief aus New York, in: Kursbuch 10, 1967, S. 189-192.

9 Zumal wenn man die strategisch-entschlossene Definition der Gattung bei Fülleborn bedenkt, deren traditionsbewusster Kern lautet: »Ein Prosagedicht ist ein Prosagedicht, ist ein Prosagedicht, ist Prosa, ist ein Gedicht …« Ulrich Fülleborn: Einleitung, in: ders. (Hg.), Prosagedichte des 20. Jahrhunderts (Anm. 3), S. 15-43, hier: S. 17.

10 Vgl. dazu Kursbuch 10 (Anm. 8), S. 27-30, 87-105, 138f., 144f. sowie Fülleborn (Hg.), Prosagedichte des 20. Jahrhunderts (Anm. 3), S. 245f., 271f.

11 Günter Herburger: Dogmatisches über Gedichte, in: Kursbuch 10 (Anm. 8), S. 150-161, hier: S. 158.

12 Vgl. Günter Herburger: soso Vietnam aha, in: ebd., S. 162f.

Denckers Anschreiben läuft auf eine Frage hinaus, deren Zweiteilung die Autoren zu einer ausführlicheren Antwort verführen soll. Er fragt, ob sie sich der These der Anthologisten anschließen, die erwähnten Texte seien Prosagedichte, oder ob sie Bedenken haben.

Johnson greift die Formulierung auf: »würde ich nicht bedenkenlos als ein Prosagedicht bezeichnen«, heißt es. Er trägt in beiden Fällen Bedenken vor.

Im Fall von *Ein Brief aus New York* legt er offen, auf welche Weise der Text zustande gekommen ist. Er, Johnson, habe einen interpunktionslosen Text mit ›abgeteilten Zeilen‹ geschrieben, »zum Spass, wie ja auch der Gegenstand spasshaft ist«. Die Entsprechung von Form und Inhalt sei ihm dann zu leichtfertig erschienen, also habe er das Stück für die Einsendung an Enzensberger umgearbeitet, »als Prosa geschrieben«. Enzensberger habe sodann vorgeschlagen, den Text doch als Gedicht zu setzen, und Johnson habe ihm freie Hand gelassen. Herausgekommen sei ein Prosagedicht: Auf gewisse, »besondere Weise«, könne man den Text so einordnen, nicht aber auf die herkömmliche.

Johnson bringt eine Einschränkung unter: Zwar habe er den Text »als Prosa geschrieben«, Enzensberger ihn jedoch »in den äusseren Formen der Lyrik« gedruckt. Das soll heißen: Es sieht nur so aus. Den wichtigsten Einwand verschweigt Johnson allerdings: Es handelt sich um einen Brief. Das mitzuteilen wäre vielleicht zu viel Offenlegung gewesen, auch wenn man es kaum übersehen kann. Der Text heißt *Ein Brief* und er endet mit einer klassischen Briefformel: »schöne Grüße aus New York // Uwe Johnson«.[13]

Johnson hatte den Text angelegt als das, was er war, nämlich eine briefliche Mitteilung, die zwischen privat und öffentlich changierte. Es ist anzunehmen, dass er wollte, dass dies (zumindest später einmal) erkennbar wird. Im April 1966 war Johnson nach New York gezogen, im Juni wünschte sich sein Freund Enzensberger Neuigkeiten aus New York: »mein new york hat schon ein bisschen gelbe raender, wie ein altes foto«.[14] Die gelben Ränder wurden Johnsons Stichwort. Enzensberger bekam einen Brief in extremem Flattersatz:

13 Johnson, Ein Brief aus New York (Anm. 8), S. 192.

14 Hans Magnus Enzensberger an Uwe Johnson, 13.6.1966, in: Hans Magnus Enzensberger / Uwe Johnson: »fuer Zwecke der brutalen Verstaendigung«. Der Briefwechsel, hg. von Henning Marmulla und Claus Kröger, Frankfurt am Main 2009, S. 122.

Lieber Doktor Enzensberger
willst Du diesen Brief in deinem Fahrplan abdrucken
du hast gesagt dein Kursbuch soll alle moeglichen Zuege fahren lassen
ein Leserbrief ist ein möglicher Zug in einer Zeitschrift
ich schreibe dir aber nicht etwa bloss weil du mir nicht schreibst
Ende der Anrede[15]

Das schien Johnson dann doch zu viel des Spiels gewesen zu sein. Er sandte eine überarbeitete Fassung in Prosa. Enzensberger übernahm die ergänzten Passagen aus der zweiten Fassung und entschied sich für den Satz als Gedicht. Das sei »dem leser nützlich und willkommen und dem text zuträglich«,[16] schrieb er an Johnson. Der ließ ihn machen. – *Ein Brief aus New York* ist ein Leserbrief in Form eines Prosagedichts.

Johnson setzt seinen Text mit distanzierenden Anführungszeichen und zerlegendem Bindestrich ins Verhältnis zur Gattung: Es handele sich um ein »Prosa-Gedicht«. Dann allerdings wendet er den Einzelfall ins Allgemeine und mindert damit seinen gattungstheoretischen Wert: »Auch ›Über eine Haltung des Protestierens‹ würde ich nicht bedenkenlos als ein Prosagedicht bezeichnen, da damit ja jeder Einzeltext diesen Rang bekäme, ist er nur konzentriert und konzise.«

Auch *Über eine Haltung des Protestierens* hat deutlich mehr den Charakter eines Leserbriefs denn den eines Gedichts. Uwe Johnson war im August 1966 um einen Beitrag für einen internationalen Sammelband gebeten worden, der unter dem Titel *Authors Take Sides on Vietnam* in England erscheinen sollte. Johnson feilte lange an der knappen Seite Text. Er schrieb auf Englisch, mit großer Sorgfalt. Der originale Text erschien allerdings später als die vom Autor selbst besorgte Übersetzung.[17] Das war unbedenklich, weil wohl die wenigsten englischsprachigen Leser Johnsons Stellungnahme in den deutschen Kontext hätten einordnen können. Der kurze Text provoziert durch seinen konfrontativen Gestus. Er läuft hinaus auf den Satz: »Die guten Leute sollen das Maul halten.«[18] Das eine

15 Uwe Johnson an Hans Magnus Enzensberger, 21.9.1966, in: EJB, 136.

16 Hans Magnus Enzensberger an Uwe Johnson, 5.10.1966, in: EJB, 146.

17 Vgl. Uwe Johnson: [Ohne Titel], in: Authors Take Sides on Vietnam. Two questions on the war in Vietnam answered by the authors of several nations, edited by Cecil Woolf and John Bagguley, London 1967, S. 108f. In der Anthologie trägt der Beitrag keinen Titel, er ist mit dem Autornamen überschrieben. Als Johnson später die deutsche und die englische Fassung in den Band *Berliner Sachen* aufnahm, fügte er den Titel *Concerning an Attitude of Protesting* hinzu; vgl. dazu Uwe Johnson: Concerning an Attitude of Protesting, in: ders., Berliner Sachen. Aufsätze, Frankfurt am Main 1975, S. 95-98.

18 Johnson, Über eine Haltung (Anm. 8), S. 178.

»Haltung des Argumentierens« zu nennen, ist eine sehr zurückhaltende Umschreibung. Johnson sprach mit Nachdruck aus, was ihm als Kritik an wohlfeilem Protest schon lange auf der Seele lag. Seine Bedenken, den Text als Prosagedicht zu verstehen, sind durchaus verständlich.

Andererseits deklarierte Johnson seine briefliche Antwort als unbrauchbar. Das sahen Fülleborn und Dencker anders, und machten von der Erlaubnis Gebrauch, »die endgültige Feststellung« selbst zu treffen. Sie nahmen beide Texte in die Anthologie auf und zitierten Johnsons Brief nahezu vollständig im Kommentarteil.[19] Das taten sie allerdings nicht ohne Johnsons Kommentar wiederum zu kommentieren. Sie verweisen zum einen auf die »ausführliche Analyse beider Texte«[20] in der Dissertation von Ingrid Riedel. Deren Ergebnisse, *Über eine Haltung des Protestierens* betreffend, geben sie im Zitat wieder:

> Johnsons ästhetisches Programm, seine schriftstellerischen Mittel an der Aufgabe politisch-gesellschaftlicher ›Wahrheitsfindung‹ zu entwickeln und zu bewähren, ist durch die Gestaltung eines Prosagedichtes als Medium politischer Rhetorik konsequent verwirklicht.
>
> Gerade die Form des Prosagedichtes bietet sich an, um die wiederholende, hämmernde Eindringlichkeit der Argumentation zugleich mit der dichten gegenseitigen Verknüpfung einer Vielzahl von Aspekten und Objekten, die der Beweisführung dienen, sinnfällig auszudrücken.[21]

Zum zweiten Text merken Fülleborn und Dencker an, der Text werde bei Riedel »wegen geringerer Einheitlichkeit des Prosarhythmus und wegen der Länge nur als der Prosalyrik ›nah verwandt‹ bezeichnet, obwohl die ›gleichen Mittel und Wirkungen‹ nachweisbar« seien.[22] Dann schlagen sie sich, als Kenner des *Kursbuchs*, auf Enzensbergers Seite: »Enzensberger dagegen hat mit seiner typographischen Behandlung eindeutig auf den (Prosa-)Gedichtcharakter hingewiesen«.[23] Auf diese Weise kam Johnson zu seinem Platz in der Geschichte des deutschen Prosagedichts. Ein Umstand, der weitgehend folgenlos blieb.

Ingrid Riedel hatte ihr Promotionsthema *Wahrheitsfindung als epische Technik* auch nicht beim Lesen von Gedichten entdeckt, sondern in einer Vorlesung mit dazugehörigem Oberseminar, die beide vom modernen

19 Vgl. Fülleborn (Hg.), Prosagedichte des 20. Jahrhunderts (Anm. 3), S. 193-197, 312f.

20 Ebd., S. 313.

21 Ebd. Zitiert wird an dieser Stelle Ingrid Riedel: Wahrheitsfindung als epische Technik. Analytische Studien zu Uwe Johnsons Texten, München 1971, S. 175.

22 Fülleborn (Hg.), Prosagedichte des 20. Jahrhunderts (Anm. 3), S. 313.

23 Ebd.

Roman handelten. Gehalten wurden Vorlesung und Seminar in Erlangen, von Ulrich Fülleborn, der auch Riedels Dissertation betreute. Er hatte die Eigenarten von Johnsons Texten, von Prosa und Gedicht, schon von zwei Seiten aus betrachtet. Der Umstand steht für eine weitere seiner Eigenheiten: Man traf ihn selten unvorbereitet.

# Aufsätze

RAINER PAASCH-BEECK

# »TROTZ DER ROSEN VON DAMALS«[1]

## *Willy Brandt im Blick des Zeitgenossen und Autors Uwe Johnson*

Am 19. Mai 2016 bringt *Die Zeit* einen ganzseitigen Artikel über die Nachkriegskarriere von Hitlers Rüstungsminister Albert Speer mit dem Titel *Zum Dank ein Bild vom Führer*. Volker Ullrich schreibt dort: »Bislang unveröffentlichte Dokumente zeigen, wie umfassend der Verleger Wolf Jobst Siedler und der Journalist Joachim Fest dem ›guten Nazi‹ Albert Speer zu Diensten waren«.[2] Als Speer – Ullrich nennt ihn in der Bildunterschrift »Bürger Massenmörder« – am 30. September 1966 aus dem Kriegsverbrechergefängnis Berlin-Spandau entlassen wird, amtiert Willy Brandt noch genau zwei Monate als Regierender Bürgermeister von Berlin, während der Wahl-Berliner Uwe Johnson schon seit fünf Monaten in New York lebt und arbeitet. Hätte Gesine Cresspahl, die Protagonistin der *Jahrestage*, im Detail von dieser Allianz zwischen bundesdeutschem Bürgertum und Nazi-Verbrecher erfahren, wäre es wohl ein weiterer Grund gewesen, Abstand zu Deutschland zu halten. Dass Johnson, der Genosse Schriftsteller, den Fall Speer gleichwohl auch aus der US-amerikanischen Perspektive genau beobachtet hat, werden wir später noch sehen.

Der Politiker Willy Brandt und der Autor Uwe Johnson haben seit Johnsons Übersiedlung nach Westberlin im Juli 1959 über sieben Jahre zusammen in der geteilten Stadt gelebt. Weil es in dieser Zeit einige Berührungspunkte und Begegnungen zwischen beiden gegeben hat, lohnt es

1 Uwe Johnson an Willy Brandt, 27.4.1972, in: Uwe Johnson-Archiv Rostock (Depositum der Johannes und Annitta Fries Stiftung), UJA/H/100417, Bl. 11; Versalien im Original. Für die Genehmigung zur Einsicht in den und zur Zitation aus dem unveröffentlichten Briefwechsel Willy Brandt/Uwe Johnson danke ich der Peter Suhrkamp Stiftung, der Johannes und Annitta Fries Stiftung, Brigitte Seebacher und der Friedrich-Ebert-Stiftung sowie Antje Pautzke von der Uwe Johnson-Forschungsstelle für Unterstützung.

2 Volker Ullrich: Zum Dank ein Bild vom Führer, in: Die Zeit, Nr. 22 vom 19.5.2016, S. 19.

sich, Johnsons Blick auf einen der bedeutendsten deutschen Nachkriegspolitiker und dessen Partei, die Sozialdemokratische Partei Deutschlands, einmal genauer unter die Lupe zu nehmen, aber auch weil Heinrich Cresspahl, einer der Protagonisten von Johnsons Epochenroman *Jahrestage*, selbst mindestens zwölf Jahre Mitglied dieser SPD gewesen ist. Die Geschichte der ältesten deutschen Partei währte bereits während der Arbeit an den *Jahrestagen* länger als 100 Jahre und beeinflusste alle wichtigen Abschnitte neuzeitlicher deutscher Geschichte – und damit auch der Biografie Heinrich Cresspahls – im Kaiserreich, der Weimarer Republik, der Zeit von Illegalität und Widerstand im Nationalsozialismus, später in der DDR sowie im Falle seiner Tochter Gesine in der Bundesrepublik. Keine Überraschung also, dass Norbert Mecklenburg zu der Einschätzung gelangt, dass »im historisch-politischen Diskurs seines Hauptwerks *Jahrestage*« Johnsons »Bilanz der Geschichte der deutschen Arbeiterbewegung und ihrer Parteien [...] ein Leitmotiv abgibt«.[3] Und es ist ebenfalls keine Überraschung, dass allein der Versuch, nur die Spiegelung der Geschichte der SPD in den *Jahrestagen* beschreiben zu wollen, im Rahmen eines knappen Aufsatzes zum Scheitern verurteilt sein muss.

Wir werden daher auf einiges verzichten müssen, so auf einen gründlichen Blick auf die Darstellung der Rolle der SPD in der Cresspahl-Chronik *Heute Neunzig Jahr* und auf den Komplex in den *Jahrestagen*, der die Wiedergründung der SPD im Westen und natürlich in Mecklenburg betrifft, v.a. alle Umstände der Zwangsvereinigung mit der KPD zur SED. Das ist schade, denn so verpassen wir nicht nur den dritten Auftritt des Genossen Erwin Plath, sondern auch die Darstellung der skurrilsten Sitzung eines SPD-Ortsvereins in der deutschen Literatur. Auf drei Seiten kann man im Band 3 der *Jahrestage* das Protokoll einer Versammlung nachlesen,[4] von der es »ein Protokoll nicht gibt« (JT, 1362). Kein Wunder, denn »[h]ier war nicht Versammlung« (JT, 1362).

Rolf Becker hat Heinrich Cresspahl in seiner Rezension der *Jahrestage* »der einstige Sozialdemokrat«[5] genannt, während er für Klaus Kokol, Krefelder Sozialdemokrat und Mitherausgeber des *Jahrestage-Kommentars*, ein »linker Sozialdemokrat mit ausgeprägtem Gerechtigkeitssinn«[6] ist.

3 Norbert Mecklenburg: Die Erzählkunst Uwe Johnsons. *Jahrestage* und andere Prosa, Frankfurt am Main 1997, S. 69; Kursivdruck im Original.

4 Vgl. Uwe Johnson: Jahrestage. Aus dem Leben von Gesine Cresspahl, Bde. 1-4, Frankfurt am Main 1970-1983, S. 1360-1362.

5 Rolf Becker: Jerichow in New York, in: Der Spiegel, Nr. 41 vom 5.10.1970, S. 228-230, hier: S. 228.

6 Klaus Kokol: MIT DEN AUGEN CRESSPAHLS. Der Anhang zu Band 2 der *Jahrestage*, in: Johnson-Jahrbuch 9, 2002, S. 99-217, hier: S. 117.

Schon dieser Widerspruch lässt erahnen, dass ein sehr genauer Blick nötig sein wird, um diesem literarischen Vertreter der deutschen Sozialdemokratie – und zwar über einen Zeitraum von über 40 Jahren, vier Staatsformen und weit über 1.000 Seiten in drei Texten Uwe Johnsons – gerecht werden zu können. Auch hier muss ein kleiner Ausschnitt genügen: zwei Abstecher Cresspahls in die Hansestadt Lübeck – der Heimatstadt Willy Brandts und zugleich der Ort seiner politischen Sozialisation.

Lübeck könnte also – in der Romanerzählung – der eine Ort von Begegnungen mit Brandt sein, während die anderen – realen oder gewünschten – Schauplätze sich auf Berlin und Klütz beschränken müssen. Bonn, die Hauptstadt des bei Johnson und Gesine Cresspahl gleichermaßen unbeliebten Westdeutschlands, fehlt und spielt – geografisch – nur am Rande eine Rolle.

Und trotzdem führt gleich der erste Weg in dieses Bonn, und zwar am 27. April 1972. Fangen wir damit an, was Willy Brandt, der erste sozialdemokratische Kanzler der Bundesrepublik Deutschland, an diesem Tag gesagt und gemacht hat.

Um fünf Minuten vor zwölf, so sagt es die Legende, schloss er seine Rede am Pult des Deutschen Bundestages in Bonn mit den Worten: »Und nun, meine Damen und Herren, bleibt frei nach Kant nichts anderes übrig, als unsere verdammte Pflicht und Schuldigkeit zu tun«.[7] Danach hat er gewartet, so wie die fast 500 Abgeordneten des Bundestages und mit ihnen viele Millionen Menschen in der Bundesrepublik und auch in der DDR, denn gerade dort, im östlichen Teil Deutschlands, hatte man große Hoffnungen in einen Bundeskanzler Brandt gesetzt. Sie haben gewartet auf das Ergebnis der Abstimmung über das sogenannte konstruktive Misstrauensvotum, das die CDU/CSU-Fraktion und ihr Vorsitzender Rainer Barzel gegen den SPD-Bundeskanzler Brandt gestellt hatten. Glaubt man den Zeitzeugen und Chronisten, so waren es dramatische Stunden und Tage damals.[8] Barzel und mit ihm Franz Josef Strauß waren sich sicher, dass SPD und FDP ihre Mehrheit verloren hatten und die CDU/CSU durch mehrere sogenannte ›Überläufer‹ die für die absolute Mehrheit nötigen 249 Stimmen aufbringen würde. Wir wissen heute, dass es anders gekommen ist.

7 Arnulf Baring: Machtwechsel. Die Ära Brandt-Scheel, Stuttgart 1982, S. 420.

8 Die deutschen Gewerkschaften im DGB hatten darauf verzichtet, ausgesprochene Kampfmaßnahmen zu ergreifen, trotzdem hatten die Belegschaften zahlreicher Betriebe in ganz Deutschland für kurze Zeit die Arbeit niedergelegt: aus Solidarität mit Willy Brandt, aber auch als Warnung an die Opposition; vgl. ebd., S. 418.

»Das Ergebnis der Abstimmung wird um 14 Uhr erwartet«,[9] schreibt Peter Merseburger in seiner großen Biografie über Brandt. In Bonn war es schon kurz zuvor durchgesickert: Nur 247 Abgeordnete hatten für Barzel gestimmt, damit war das Misstrauensvotum gescheitert und Brandt blieb Bundeskanzler. »Ein verblüffter, in den ersten Minuten beinahe ungläubiger, aber doch überglücklicher, strahlender Willy Brandt [...] wird von jubelnden Anhängern, die ihm begeistert auf die Schulter klopfen und die Hände schütteln, nahezu erdrückt«,[10] so schildert Merseburger diese historischen Augenblicke.

Johnsons Biograf Bernd Neumann teilt uns zwar mit, dass Johnsons »erste[] Hälfte des Jahres 1972« von der »Arbeit am nunmehr dritten Band der *Jahrestage*«[11] bestimmt wurde und Johnson trotzdem »[b]ereits im April des gleichen Jahres«[12] die Sozialdemokratische Wählerinitiative im Landtagswahlkampf in Baden-Württemberg unterstützt hat, verrät aber nicht, was Johnson an diesem für die Geschichte der Bundesrepublik so entscheidenden Datum getan hat.

Uwe Johnson hat gearbeitet. Er hat gearbeitet, und zwar in Berlin, er hat geschrieben am dritten Band der *Jahrestage*, auf den seine Leser, vor allem aber sein Verleger Siegfried Unseld, nun schon etwas ungeduldig warten. Wenn er an diesem Nachmittag am Tageskapitel vom 27. April 1968 gearbeitet hätte, wäre es wohl ein Zufall zu viel gewesen, aber immerhin, es ist der Eintrag vom 21. April 1968, Sonntag. Doch Johnson hat an diesem Tag nicht nur gearbeitet, sondern auch Radio gehört: American Forces Network. Woher wir das alles so genau wissen?

Auch für Johnson war dieser Tag offensichtlich kein Tag wie jeder andere. Denn noch am selben Tag schreibt er einen Brief an Siegfried Unseld:

> Heute um 14:22 gab American Forces Network die endgültige Stimmenzahl gegen das Strauß'sche Misstrauensvotum bekannt. Ich hatte geschrieben in dem Moment: ›Siege‹, am Anfang eines Absatzes. Danach entschloss ich mich, die Fortsetzung des Satzes mit einem Punkt zu unterbinden. Nach dem Punkt geht es weiter: ›Und doch –‹. Ich versi-

9 Peter Merseburger: Willy Brandt. 1913-1992. Visionär und Realist, München 2013, S. 644.

10 Ebd., S. 645.

11 Bernd Neumann: Uwe Johnson, Hamburg 1996, S. 662; Kursivdruck im Original.

12 Ebd., S. 665. Glaubt man Eberhard Fahlke, dem langjährigen Leiter des Frankfurter Uwe-Johnson-Archivs, hat es sich damals um die »Unabhängige Wählerinitiative Schwäbisch Hall« zur Landtagswahl in Baden-Württemberg gehandelt; vgl. hierzu Eberhard Fahlkes kurze Einführung zu Uwe Johnson: Meinung für ein Tonband der Sozialdemokratischen Wählerinitiative, in: Eberhard Fahlke (Hg.): »Ich überlege mir die Geschichte ...« Uwe Johnson im Gespräch, Frankfurt am Main 1988, S. 137f., hier: S. 137.

chere dir also, dass dies meine erste absichtliche Privat-Datierung beim Schreiben war, und dass ihr keine folgen wird.
Sincerely yours,
Uwe.[13]

Ob dies wirklich Johnsons einzige »absichtliche Privat-Datierung« beim Schreiben der *Jahrestage* gewesen ist, lassen wir einmal so stehen. Tatsächlich aber ist diese Unterbrechung aus historischem Anlass bis heute genau so im Band 3 der *Jahrestage* nachzulesen:

> Siege. Und doch, wie langsam geriet die Abtrennung, die Unabhängigkeit in diesem Gelände des Kräftemessens, des Wettbewerbs, des Kampfes, des Trainings – wie lange mußte Marie den eigenen Leumund noch beziehen von der Anderen, der unausweichlich Vorgesetzten! (JT, 1023)

Ganz Deutschland hält an diesem 27. April 1972 den Atem an und Uwe Johnson hält einen kurzen Moment inne in seiner Arbeit an seinem großen Romanprojekt.

»Siege«, ein bisher weitgehend unbeachtet gebliebenes Wort in einem Tageskapitel, dem – auch wenn es das zweite im Band 3 ist – eher weniger Aufmerksamkeit zuteil geworden ist.[14] »Siege«, ein literarisches Denkmal für den gescheiterten Versuch, die bundesrepublikanische Geschichte zurückzudrehen, oder nicht doch nur ein kleiner Stolperstein in der Geschichte der BRD, die der bekennende Westberliner Johnson stets mit einem gewissen Argwohn betrachtet hat? Für einen solchen Argwohn spricht mit Sicherheit eine auffällige Formulierung im Brief an Unseld: Vom »Strauß'sche[n] Misstrauensvotum« ist dort die Rede, obwohl jeder wusste, dass Rainer Barzel, der Parteivorsitzende der CDU und Vorsitzende der CDU / CSU-Bundestagsfraktion, Brandt als Kanzler nachfolgen wollte. Unmittelbar nach dem Scheitern des Misstrauensantrags macht Johnson den CSU-Vorsitzenden Franz Josef Strauß zum eigentlichen Drahtzieher dieses parlamentarischen Manövers. Und wie Johnson diesen Strauß einschätzte, wissen wir spätestens seit der fast zweiseitigen Auflistung seines Sündenregisters im Abschlussband der *Jahrestage*:

13 Uwe Johnson an Siegfried Unseld, 27.4.1972, in: Uwe Johnson / Siegfried Unseld: Der Briefwechsel, hg. von Eberhard Fahlke und Raimund Fellinger, Frankfurt am Main 1999, S. 738f.

14 Nur Roland Berbig hat – ausgerechnet im Kontext eines Gesprächs Johnsons mit Franz Josef Strauß – auf diesen »versteckten Bezug im Erzählwerk« hingewiesen; Roland Berbig: Uwe Johnson in Hans Werner Richters »Politisch-literarischem Salon«. Das »Salon-Gespräch mit Franz Josef Strauß, 26. Mai 1964«, in: Roland Berbig u.a. (Hg.): Uwe Johnson. Befreundungen. Gespräche, Dokumente, Essays, Berlin 2002, S. 61-74, hier: S. 73.

> Als junger Mann ist er im Studentenbund der Nazis gewesen […]: politisch zuverlässig; Bereitschaft immer tiefer in das nationalsozialistische Gedankengut einzudringen. Im Krieg war er ›Offizier für wehrgeistige Führung‹ an einer Flakschule im Bayerischen; Voraussetzung: aktivistischer Nationalsozialist. […] Der kann keinen Jagdschein erwerben, ohne daß es abginge mit Schummelei. Der Mann möchte Kanzler von Westdeutschland werden und Atomwaffen unter den Druckknopf bekommen […]. (JT, 1872-1874)

Bemerkenswert ist eine weitere Passage aus dem Strauß'schen Lebenslauf, mit der Gesine und ihr Autor für den kundigen Leser zugleich eine Brücke zu Brandt schlagen:

> 1961 verunglimpfte er einen politischen Gegner, einen Emigranten so: ›Aber eines wird man doch fragen dürfen: Was haben Sie in den zwölf Jahren draußen gemacht, wie man uns gefragt hat, was habt ihr in den zwölf Jahren drinnen gemacht.‹ (JT, 1873f.)

Bis heute ist diese Strauß-Äußerung eine der meistzitierten Schmähungen, mit denen Deutschlands Konservative und Rechte Willy Brandt von den 1950ern bis in die 1980er Jahre überzogen. Indem Johnson Gesine hier eine Strauß-Äußerung vom Februar 1961 zitieren und – mit der Aussage: »Das las ich schon in New York, erleichtert, aus der Reichweite des Herrn Ministers zu sein.« (JT, 1874) – kommentieren lässt, fügt er sie passgenau in die New Yorker Familienchronologie von Gesine und Marie ein, die einige Zeilen später erzählt wird: »Jetzt sind wir im März 1961, unterwegs nach NYC. New York City!« (JT, 1874) Strauß hatte seine denunzierende Unterstellung im Februar 1961 im bayerischen Vilshofen »[losge]donnert«,[15] wie Merseburger berichtet. Gesine offeriert auf der New York-Ebene im August 1968 eine Charakterstudie des bun-

15 Merseburger, Brandt (Anm. 9), S. 410. Während Johnson in den *Jahrestagen* die historisch verbriefte, ausführliche Version des Ausspruches zitiert, weicht die von Merseburger zitierte Version davon ab und verkürzt den Ausspruch. Das ist ein Vorgang, der die Beschäftigung mit diesem Strauß-Zitat auszeichnet und sich auch in Brandts Autobiografie fortsetzt. Am Ende eines insgesamt recht nüchternen Porträts setzt Brandt sich auch mit dem Wahlkämpfer Strauß und dessen »ehrabschneiderische[r] Frage: ›Was haben Sie in den zwölf Jahren draußen gemacht?‹« auseinander; Willy Brandt: Erinnerungen, Frankfurt am Main 1989, S. 293. Dabei werden nicht wenige der Anklagen in den *Jahrestagen* bestätigt, wenn Brandt über den »ungezügelten Machtwillen« von Strauß und seinem Hang zu »mancherlei dubiose[n] Aktivitäten« spricht. Brandts Fazit, »[s]ein Einfluss hätte weiter gereicht, wären ihm stärkere Sicherungen eingebaut gewesen«, hätten Gesine Cresspahl und Johnson vielleicht teilen können; ebd., S. 292.

desdeutschen Finanzministers Strauß, während der Autor Johnson am Ende seiner über fünfzehnjährigen Arbeit am Romanprojekt *Jahrestage* und im viertletzten Tageskapitel des Romans dieses vernichtende Porträt von Strauß natürlich auch im Wissen um den politischen Status quo vom Frühjahr 1983 schreibt: Strauß hat als Kanzlerkandidat die Bundestagswahl 1980 verloren und sich als Ministerpräsident nach Bayern zurückgezogen, Helmut Kohl ist bei der Bundestagswahl 1983 als Kanzler bestätigt worden. Die Möglichkeit, ja die Gefahr, dass Strauß noch einmal deutscher Bundeskanzler werden könnte, hat sich damit für alle Zeit erledigt. Willy Brandt, der von Gesine namenlos gelassene »Emigrant«, ist – nach dem Ende der Kanzlerschaft von Helmut Schmidt – immer noch Parteivorsitzender der SPD und damit zum Zeitpunkt der Fertigstellung der *Jahrestage* deren wichtigste und prägendste Persönlichkeit. Strauß, der ehemalige Nationalsozialist und politische Hasardeur, ist Geschichte, sein Widersacher, der Emigrant und Antifaschist Willy Brandt dagegen im Jahr 1983 unangefochtene moralische Instanz in Deutschland und in der politischen Welt. Vielleicht ist das auch ein verborgenes Statement, am Romanende und unmittelbar vor dem Abflug Gesines nach Prag, in das Abenteuer einer Mitarbeit an einem demokratischen Sozialismus – eine Vision, die sowohl Johnson als auch Brandt nie aufgegeben haben.

Davon weiß Gesine im August 1968 aber noch nichts. »Hätt ich je Heimweh nach der westdeutschen Politik, ein Bild hängt ich mir auf von dem« (JT, 1874), entgegnet sie ihrer Tochter Marie auf deren Beschwichtigungsversuch. »Der kriegt keinen Namen?« (JT, 1874), fragt Marie ihre Mutter. »Der verdient den Namen, den er sich macht« (JT, 1874), lautet die abschließende Antwort.

Doch zurück zum Sieger des Polit-Krimis im deutschen Frühling 1972, zurück zu Brandt und damit auch zu Johnsons Tätigkeiten an diesem 27. April. Er hat an diesem und auch an den nächsten Tagen keine weiteren auffälligen Briefe geschrieben. Stattdessen hat er noch am selben Tag ein Telegramm aufgegeben, adressiert an Herrn Willy Brandt, Bundeskanzleramt, 53 Bonn. In Johnsons knappem Telegramm, das sich heute im Rostocker Uwe Johnson-Archiv befindet, heißt es:

> TROTZ DER ROSEN VON DAMALS STOP HEUTE GLUECKWUNSCH UND SOLIDARITAET IHRES
> UWE JOHNSON[16]

16 Uwe Johnson an Willy Brandt, 27.4.1972 (Anm. 1), Bl. 11; Versalien im Original.

Der Bundeskanzler scheint sich über diese Glückwünsche und die Anteilnahme des Berliner Schriftstellers gefreut zu haben, denn im Mai erhält dieser eine hochoffizielle Karte mit Adlerprägung, auf der ihm der Bundeskanzler der Bundesrepublik Deutschland für »Beweise des Vertrauens und der Verbundenheit«[17] dankt. Es ist keine Reaktion Johnsons auf dieses Schreiben Brandts bekannt; schriftlich geantwortet hat er dem Bundeskanzler jedenfalls nicht noch einmal.

Es ist sicher hilfreich, den Status der Beziehungen zwischen dem Politiker Brandt und dem Schriftsteller Johnson in den 1960er Jahren darzustellen, bevor wir uns der Frage widmen, was es denn mit den »ROSEN VON DAMALS« auf sich hat. Nach seiner von ihm stets als ›Umzug‹ deklarierten Übersiedlung aus der DDR in den Westen hatte Johnson sehr schnell Westberlin zu seinem neuen Wohnort erkoren. Durch den großen Erfolg mit seinem ersten Roman *Mutmassungen über Jakob* fand er schnell Zugang zur literarischen Szene Berlins und der BRD. Nachdem auch Günter Grass nach Berlin gezogen war, entwickelte sich zwischen beiden Autoren eine enge Verbindung. Durch Johnsons Nähe zu Grass kam es früh zu ersten Begegnungen zwischen Johnson und Willy Brandt, dem Regierenden Bürgermeister von Westberlin, und Egon Bahr, damals noch Leiter des Berliner Presseamtes. Zahlreiche Gespräche fanden im Gästehaus des Senats statt, von denen man die meisten wohl als ›Arbeitstreffen‹ bezeichnen kann. Es gab aber auch einige, die ganz anders verlaufen sind. Und hier kommt wieder Grass ins Spiel. Der Schriftsteller-Kollege Peter Härtling erinnert sich an einen solchen Abend auf der Terrasse von Grass' Haus in Berlin-Friedenau, an dem neben Grass, Johnson und Brandt auch Ingeborg Bachmann und die Politiker bzw. Journalisten Horst Ehmke und Günter Gaus teilgenommen haben: »Den Hunger seiner Gäste stillte er spätabends mit einer Linsensuppe, die für einen beschwerten Schlaf sorgte. Die jeweiligen Einlagen überraschten mich: anstatt der üblichen Würstchen Rinderzunge oder Fasan«.[18] Wir können uns solche Konstellationen heute kaum noch vorstellen: Führende Politiker treffen sich regelmäßig mit namhaften Schriftstellern und sie plaudern nicht nur, sondern sie tauschen sich über handfeste Politik aus. Auch Hans Mayer berichtet in seinen *Erinnerungen an Willy Brandt* über ein solches Treffen. Im Sommer 1964 versammelte man sich auf Einladung von Grass in dessen Berliner Haus. Neben Brandt nahm ein großer Teil der sozialdemokratischen Füh-

17 Willy Brandt an Uwe Johnson, Mai 1972, in: UJA Rostock, UJA/H/100418, Bl. 12.

18 Karen Noetzel: Viele Jahre lebte Günter Grass mit seiner Familie in Friedenau, in: Berliner Woche, vom 20.4.2015. URL: http://www.berliner-woche.de/friedenau/leute/viele-jahre-lebte-guenter-grass-mit-seiner-familie-in-friedenau-d75222.html/action/recommend/1/send/1/#form [Zugriff vom 22.4.2015].

rung an diesem Gespräch teil – u.a. seine Stellvertreter Herbert Wehner und Fritz Erler, der Wirtschaftsprofessor Karl Schiller und der bei solchen Gelegenheiten unverzichtbare Egon Bahr. Außer Grass und Johnson gehörten auch Hans Werner Richter, Walter Jens und Ingeborg Bachmann zu den Kulturvertretern. Konkret ging es vor allem um eine mögliche zweite Amtszeit des Bundespräsidenten Heinrich Lübke. Mayer erinnert sich Jahre später aber vor allem an eins: »Willy Brandt beschränkte sich an jenem Abend auf die Gesprächsleitung. Er saß da, trank seinen Rotwein, erteilte das Wort. Seine innere Anteilnahme schien weitgehend der Nachbarin Ingeborg Bachmann zu gelten, die wunderschön war an jenem Abend«.[19]

Mit großer Wahrscheinlichkeit fand das erste Treffen zwischen Johnson und Brandt am 5. September 1961 statt, also gut drei Wochen nach dem Beginn des Baus der Berliner Mauer. Es war ein ›Treffen im kleinen Kreis‹, der Regierende Bürgermeister Willy Brandt traf sich mit einigen Schriftstellern, neben Johnson und Grass noch mit Richter und Martin Walser.[20] Es ist vielleicht übertrieben, von einem regelmäßigen Meinungsaustausch zu sprechen, tatsächlich kam es aber immer wieder zu Treffen in ihrer gemeinsamen Berliner Zeit, gleich mehrmals wurden solche Gespräche auch öffentlich gemacht und als Rundfunkgespräche ausgestrahlt. Diese wurden meistens von Hans Werner Richter organisiert, geleitet und im Hörfunk des SFB gesendet. Als herausragendes Beispiel kann hier ein ›Live-Gespräch‹ am 28. April 1965, im Vorfeld der Bundestagswahl 1965, genannt werden, an dem neben Brandt auf Autorenseite Grass, Richter, Wolfdietrich Schnurre und auch Johnson teilnahmen.[21] Willy Brandt, der Kanzlerkandidat der SPD, suchte damals nicht nur das Gespräch, sondern

19 Hans Mayer: Erinnerungen an Willy Brandt, Frankfurt am Main 2001, S. 36.

20 Vgl. Martin Kölbel: Nachwort. »Ohne Zweifel: wir geraten in schwieriges Gelände«. Briefe als Instrument politischer Machtbeteiligung, in: Willy Brandt / Günter Grass: Der Briefwechsel, hg. von Martin Kölbel, Göttingen 2013, S. 1059-1144, hier: S. 1067. Bemerkenswert, dass Grass – als vermeintlicher ›Anarchist‹ – zu einem ersten Treffen zwischen Brandt und mehreren Autoren in Bonn noch nicht eingeladen war.

21 An dieser Stelle widersprechen sich allerdings die Chronisten. Im Nachwort nennt Kölbel den 28. April 1965 als Termin für die Ausstrahlung im Rahmen von Richters regelmäßiger Sendung *Berlin, X-Allee,* während in der anschließenden *Zeittafel* das Jahr 1964 angeführt wird; vgl. ebd., S. 1068, 1151. Auch in einer *Übersicht über die Sendungen Hans Werner Richters* wird das Jahr 1964 genannt, hier allerdings ohne konkretes Datum und als Bestandteil seiner Sendereihe *Jour fixe. Berlin 33, Hasensprung*; vgl. Übersicht über die Sendungen Hans Werner Richters, in: Hans Werner Richter: Mittendrin. Die Tagebücher 1966-1972, hg. von Dominik Geppert, München 2012, S. 360-369, hier: S. 360. Zu Richters »Salon-Gesprächen«, an denen in den 1960er Jahren auch Johnson mehrfach teilgenommen hat, und die als Hearings zum Teil live im Rundfunk ausgestrahlt worden sind, vgl. Berbig, Politisch-literarischer Salon (Anm. 14).

auch die Unterstützung durch die Schriftsteller und Intellektuellen. Heute weiß man, dass er damit vor allem bei einem erfolgreich war, bei Günter Grass. Über die Verbindung zwischen Grass, der eine Zeitlang nicht nur Johnsons Nachbar in Berlin, sondern wohl auch ein Freund war, und Brandt ist so viel geschrieben worden, dass an dieser Stelle darauf nicht näher eingegangen werden muss.[22] Eins aber ist klar: Ohne Grass hätte es ein solches durchaus politisches Engagement Johnsons nicht gegeben.[23] Parteipolitisch, wie bei Grass, war es bei Johnson aber nicht.[24]

Das hielt jedoch die Ostberliner Dauerbeobachter von der »Hauptabteilung V/1/III« nicht davon ab, im März 1964 in einem »Auskunftsbericht« festzuhalten, dass Johnson, »soweit seine ›schwankende Stellung‹ solche Festlegung überhaupt gestatte, ›der SPD sehr nahe‹« stehe.[25] Johnson leistete keine unmittelbare Wahlkampfhilfe für die SPD oder Brandt, ließ sich aber 1965 von Grass dazu überreden, ein Projekt zu übernehmen, in dem dessen Einkünfte aus Wahlkampfeinsätzen sinnvoll verwendet werden sollten. Grass spendete das Geld, um in Bundeswehrkasernen zeitgemäße Büchereien zu etablieren. Johnson stellte die Auswahl der Bücher für mehrere Kasernen zusammen.[26]

Johnson hat in diesen Berliner Jahren die Politik und den Kurs von Brandt und Bahr aufmerksam und vielleicht sogar mit Hoffnung begleitet. Denn eine Normalisierung des Lebens insbesondere für die Berliner Bevölkerung und eine Annäherung der beiden deutschen Staaten waren ja auch Johnsons Anliegen. Vielleicht war daher Johnsons 1964 gestartete Aktion, für den Westberliner *Tagesspiegel* das Programm des DDR-Fernsehens täglich zu kommentieren, auch ein kleiner Schritt einer ›kulturellen Deutschlandpolitik‹.

22 Der Briefwechsel Brandt/Grass bietet dafür eine Vielzahl von eindrücklichen Zeugnissen, insbesondere für die erste Phase der Kontakte und Zusammenarbeit, die auf beiden Seiten von großer Ernsthaftigkeit geprägt ist; vgl. Brandt/Grass, Briefwechsel (Anm. 20).

23 Bernd Neumann spricht für das Jahr 1964 von einer »verstärkten politischen Artikulation« und einem »eher außergewöhnlichen politischen Engagement« Johnsons; vgl. Neumann, Johnson (Anm. 11), S. 512.

24 Für 1965, das Jahr der Bundestagswahl, konstatiert Neumann, dass Johnson dem politischen Geschehen »schon eher fern« gestanden habe, und belegt diese Einschätzung mit einer Aussage Johnsons in einer Umfrage zur Wahl 1965; ebd., S. 549. Nicht nur, weil er sich dort nicht gegen den CDU-Kanzler Ludwig Erhard ausspricht, sondern auch, weil er alle genannten Parteien »für austauschbar« erklärt; ebd., S. 550.

25 Ebd., S. 354.

26 Vgl. Erdmut Wizisla: Bücher für die Bundeswehr. Eine Initiative von Günter Grass und eine Liste Uwe Johnsons (1965), in: Johnson-Jahrbuch 13, 2006, S. 11-15. Dort abgedruckt findet sich auch Günter Grass' *Rede zur Übergabe der Bibliotheken für die Bundeswehr (9. September 1965)*, sowie die Reproduktion von Uwe Johnsons *Liste für die Bundeswehr-Bibliotheken (1965)*, vgl. ebd., S. 17, 19-29.

Mit Sicherheit aber wird Brandts Biografie Johnson den Umgang mit ihm leichtgemacht haben in den 1960er Jahren in Berlin: Willy Brandt, der Emigrant, der Widerständler, der glaubwürdige Antifaschist und der Berliner Bürgermeister, der sich z.B. mit dem Berliner Passierscheinabkommen kurz vor Weihnachten 1963 um die Menschen in der geteilten Stadt kümmerte. Am 1. Dezember 1966 nahm dieses Bild Schaden, als Kurt-Georg Kiesinger mit den Stimmen der SPD zum Bundeskanzler einer Großen Koalition gewählt wird und Willy Brandt als Außenminister und Vizekanzler in diese Regierung eintritt. Johnson lebt zu diesem Zeitpunkt schon seit einem halben Jahr in New York und verfolgt die Ereignisse in Deutschland auch mit der täglichen Lektüre der *New York Times*.[27]

Wie genau seine Romanfigur Gesine Cresspahl diese Entwicklung Brandts verfolgt hat, zeigen zwei Einträge in den *Jahrestagen*. Schon im ersten Band, unter dem Eintrag des 14. Oktober 1967, kann man lesen:

> Auf der ersten Seite bringt die New York Times heute ein Bild, das im Vordergrund den allbekannten Antifaschisten Willy Brandt als Außenminister der Westdeutschen zeigt und, weniger scharf, hinter und über ihm den Chef der so genannten Christlichen Demokraten, der während der Herrschaft der Faschisten blind, taub und lahm gewesen ist. (JT, 173)

Man fragt sich, ob der »allbekannte[] Antifaschist[]« an dieser Stelle noch ein Statement oder doch schon Ironie ist. Vier Arbeitsjahre später, im dritten Band, stellt sich eine solche Frage nicht mehr, jedenfalls nicht für die *New York Times*-Leserin Gesine. Wie viele andere hat sie mit Besorgnis registriert, dass die NPD bei den Landtagswahlen im April 1968 in Baden-Württemberg 9,8 Prozent der Stimmen und 12 Landtagsmandate erreicht hat:

> Elf Länder hat der Bund von Westdeutschland, und in sieben von ihnen sind die Neuen Nazis bereits vertreten. Es soll dem Kanzler Kiesinger peinlich sein, Nazi der er war, und sein Kompagnon Brandt, der Anti-Faschist, er soll den Verlust an Vertrauen bedauern. So heißt es.
> Einen gesalzenen Preis nennt die New York Times, was die Sozialdemokraten da bezahlen für ihren Teil an einer Regierung der Rechten. (JT, 1091)

27 Nur zwei Wochen nach dem Start der Großen Koalition schreibt Johnson aus New York an Anna Grass: »Liebe Anna: Du schreibst uns nicht, und wir würden es gern auf das Benehmen der Espedé schieben«; Uwe Johnson an Anna Grass, 13.12.1966, in: Uwe Johnson / Anna Grass / Günter Grass: Der Briefwechsel, hg. von Arno Barnert, Frankfurt am Main 2007, S. 75.

Brandt ist nun zwar noch – als Apposition – der »Anti-Faschist«, vor allem aber ist er nun der »Kompagnon« des ehemaligen Nazis Kiesinger. Das ist eindeutig, und noch eindeutiger sind die Kommentare von Mutter und Tochter Cresspahl einige Zeilen später: »– Was geht's dich an! du hast bloß mal da gewohnt! sagt Marie. / – Da hab ich bloß mal gewohnt« (JT, 1092).

Uwe Johnsons eigenes Bild von Willy Brandt hatte aber schon zwei Jahre vorher erste Risse bekommen – und damit kommen wir endlich auf die »ROSEN VON DAMALS« aus dem Telegramm vom Tag des Misstrauensvotums zurück. Deutlich werden diese Irritationen in einem Brief, den er am 4. Oktober 1966 aus New York an Brandt schreibt, der zu diesem Zeitpunkt noch Bürgermeister von Berlin ist:

> Lieber Herr Brandt
> (vielleicht erinnern Sie sich an eine Unterhaltung im Gaestehaus des Senats), die New York Times schreibt, Sie haetten der aeltesten Tochter eines Kriegsverbrechers Blumen geschickt, als er seine Strafe verbuesst hatte, und zwar weil Sie so geruehrt gewesen waeren von ihren Anstrengungen, ihn frueher rauszukriegen als das Gericht in Nuernberg bestimmt hat.
> Es kann dem Senat, oder der Sozial-Demokratischen Partei, nicht entgangen sein, dass die Tochter Goerings bei ihrem Streit mit der Stadt Koeln um Diebesgut ihres Vaters natuerliche Gefuehle gezeigt hat. Frau Hess soll ja sehr an ihrem Mann haengen. Bei eigenen Kindern wuerde von Schirach sich die Sache ja noch mal ueberlegen. Speer soll uebrigens beim Besuch seiner Lager schlecht geworden sein. Da sind also noch viele Adressen, bei denen der Senat, oder die Sozial-Demokratische Partei, menschliche Regungen zu wuerdigen haette. Manchen allerdings werden Sie nicht finden. Das sind die, die dem Reichsminister fuer Bewaffnung und Munition nichts verdanken als ein Loch in der Erde und keine Blumen.
> Ich schreibe Ihnen dies lediglich der Ordnung halber, da Sie mein Buergermeister sind und damit Sie nicht annehmen, Sie haetten das auch in meinem Namen getan.
> Ihr sehr ergebener
> Uwe Johnson[28]

Johnson reagiert mit diesem Brief auf ein Ereignis, das im Herbst 1966 in Deutschland als ›Blumenaffäre‹ ein breites Presseecho hervorrief. Am 30. September 1966 wurden die NS-Kriegsverbrecher Albert Speer und

28 Uwe Johnson an Willy Brandt, 4.10.1966, in: UJA Rostock, UJA/H/100409, Bl. 2.

Baldur von Schirach nach Verbüßung ihrer zwanzigjährigen Haftstrafe aus dem Spandauer Gefängnis entlassen. Willy Brandt, der Regierende Bürgermeister von Berlin, hatte aus diesem Anlass – als Privatmann, wie er stets betonte – einen Strauß Blumen an Hilde Schramm, eine der Töchter Speers, übermitteln lassen.

Nun gab es offenbar schon vor 50 Jahren Paparazzi, und ein *BILD*-Journalist, der vor Schramms Haustür gelauert hatte, machte die Sache publik. Es würde an dieser Stelle zu weit führen, auf diesen Skandal näher einzugehen.[29] Fakt ist aber, dass man sich auf Seiten Brandts intensiv bemüht hat, einem falschen Anschein sofort und intensiv entgegenzutreten. Davon zeugen zahlreiche Schreiben Brandts und seiner Mitarbeiter an Pressevertreter in ganz Deutschland. Mehrere solcher Schreiben von Brandt befinden sich heute in Rostock. Auf welche Weise diese Dokumente in den Besitz Johnsons gelangten, verdeutlicht der folgende Brief Egon Bahrs vom 9. November 1966:

> Lieber Uwe Johnson,
> der Chef hat Ihren Brief gelesen. Es sind turbulente Zeiten hier. Ich darf Sie daher sehr herzlich um Verständnis bitten, wenn ich Ihnen heute nur die folgenden Beilagen übersende.
> Mit bestem Gruss
> Ihr
> Egon Bahr[30]

Es muss in diesen Wochen und Monaten ein ungewöhnliches, ein enges und vertrauensvolles Verhältnis zwischen dem zweiunddreißigjährigen Johnson und Bahr bestanden haben, denn zu diesen kopierten Beilagen gehörten nicht nur einige klärende Briefe Bahrs und Brandts an Pressevertreter in ganz Deutschland, etwa ein Fernschreiben an Günter Hammer von der Dortmunder *Westfälischen Rundschau*,[31] sondern u.a. auch der

29 Vgl. den zeitgenössischen Artikel Kriegsverbrechen. Fahler Morgen, in: Der Spiegel, Nr. 40 vom 26.9.1966, S. 42f. sowie Zwanzig Jahre danach. Keine Pension für die Spandauer – Blumen von Brandt – Gespräche über Heß, in: Die Zeit, Nr. 41 vom 7.10.1966. URL: http://www.zeit.de/1966/41/zwanzig-jahre-danach [Zugriff vom 2.8.2016].

30 Egon Bahr an Uwe Johnson, 9.11.1966, in: UJA Rostock, UJA/H/100414, Bl. 8. Für die Genehmigung zur Einsicht in den unveröffentlichten Briefwechsel Egon Bahr/Uwe Johnson danke ich Egon Bahr, der Peter Suhrkamp Stiftung sowie der Johannes und Annitta Fries Stiftung; für die großzügige Genehmigung, aus diesem Briefwechsel zu zitieren, danke ich Frau Prof. Adelheid Bahr.

31 Willy Brandt an Günter Hammer, o.D., in: UJA Rostock, UJA/H/100411, Bl. 4. Auch Kristina Meyer geht in ihrer Monografie über *Die SPD und die NS-Vergangenheit* auf dieses Fernschreiben und Brandts Hinweis ein, dass er die Blumen selbstverständlich nicht dem

Dankesbrief von Hilde Schramm an Brandt.[32] Trotz der Informationsoffensive von Brandt und Bahr hatte die Geste von Brandt nicht nur in der Öffentlichkeit, sondern auch innerhalb der Sozialdemokratie für Unverständnis und Protest gesorgt.[33] In seinen späteren Erinnerungen hat Brandt die ›Blumenaffäre‹ ausgespart und lediglich im Zusammenhang mit den Nürnberger Prozessen darauf verwiesen, dass sich von den Angeklagten »einzig Albert Speer […] zu seiner Verantwortung«[34] bekannt habe. Auch Bahr hat noch einmal 20 Jahre später die Blumen vergessen und festgehalten, dass Brandt nach der Haftentlassung Speers 1966 dafür gesorgt habe, »dass er nicht einem Spruchkammerverfahren unterworfen wurde«.[35]

Besonders drei Aspekte in Johnsons Brief an Brandt erscheinen bemerkenswert und zugleich typisch für Johnsons grundsätzliches Verhalten angesichts des bundesdeutschen Umgangs mit der NS-Vergangenheit; und zwar als politischer Zeitgenosse und als Autor. Dazu zählt erstens, dass er sich überhaupt in New York – er ist gerade einmal fünf Monate mit Frau und kleinem Kind in der Stadt – mit dieser Affäre so intensiv beschäftigt und umgehend einen Brief an Brandt, den SPD-Vorsitzenden und Regierenden Bürgermeister von Berlin, verfasst hat. Es ist zweitens auffällig, was er am Briefende schreibt: »Ich schreibe Ihnen dies lediglich der Ordnung halber, da Sie mein Buergermeister sind und damit Sie nicht annehmen, Sie haetten das auch in meinem Namen getan«. Willy Brandt ist auch Johnsons, ist *sein* Bürgermeister und es scheint, als habe er das im Oktober 1966 (noch) ganz ernst gemeint. Umso größer, umso tiefer ist deshalb auch Johnsons Enttäuschung, die sich in diesem Brief auf ganz bittere, auf sarkastische, am Ende sogar zynische Weise Bahn bricht. Der entscheidende Passus verbirgt sich in der Briefmitte, in dem er Stellung zur NS-Biografie und den Verbrechen Albert Speers bezieht:

> Speer soll uebrigens beim Besuch seiner Lager schlecht geworden sein. Da sind also noch viele Adressen, bei denen der Senat, oder die Sozial-

aus Spandau entlassenen Speer, sondern dessen Tochter geschickt habe, und darauf besteht, dass er dies für einen privaten Vorgang halte; vgl. Kristina Meyer: Die SPD und die NS-Vergangenheit. 1945-1990, Göttingen 2015, S. 292.

32 Vgl. Hilde Schramm an Willy Brandt, 19.10.1966, in: UJA Rostock, UJA/H/100410, Bl. 3.

33 Vgl. Meyer, SPD und NS-Vergangenheit (Anm. 31), S. 291-293; Isabell Trommer: Rechtfertigung und Entlastung. Albert Speer in der Bundesrepublik, Frankfurt am Main 2016, S. 22, bes. Anm. 54.

34 Brandt, Erinnerungen (Anm. 15), S. 145.

35 Egon Bahr: »Das musst du erzählen«. Erinnerungen an Willy Brandt, [3]Berlin 2013, S. 59.

> Demokratische Partei, menschliche Regungen zu wuerdigen haette. Manchen allerdings werden Sie nicht finden. Das sind die, die dem Reichsminister fuer Bewaffnung und Munition nichts verdanken als ein Loch in der Erde und keine Blumen.

Johnson stellt hier als für ihn gesichert heraus, dass Speer eben nicht »nur« der verführte Architekt und Rüstungsminister Hitlers gewesen ist, sondern Kenntnis von den Arbeits- und Vernichtungslagern besaß und solche Lager auch selbst besucht hatte. Er widerspricht damit ausdrücklich der breiten öffentlichen und veröffentlichten Meinung nach Speers Entlassung und ist nicht nur Speers publizistischen Helfershelfern wie Fest und Siedler, sondern auch der wissenschaftlichen Beschäftigung mit der Beteiligung und Mitverantwortung Speers an den nationalsozialistischen Massenmorden weit voraus: Diese erfolgte erst in den 1980er Jahren, worauf auch Volker Ullrich 50 Jahre nach Johnsons Brief an Brandt in der *Zeit* hinweist. Mit dem letzten Satz greift Johnson dann einen Punkt auf, der für die Konzeption der *Jahrestage* eine entscheidende Rolle spielen wird: das Eingedenken an die Opfer; hier an diejenigen des Massenmörders Speer, die keinen Ort der Erinnerung, keinen Platz des Gedenkens haben, sondern nur »ein Loch in der Erde und keine Blumen«.

Den *Jahrestage*-Kennern ist bei der Brieflektüre sicher aufgefallen, dass Johnson den ›Fall Göring‹ später auch in seinem Roman aufnimmt: »In den Zeitungen war das Bild von der Taufe Edda Görings, der selben, die sich heute noch mit den Gerichten streitet über ihre Rechte an Cranachs Bild Madonna mit dem Kinde, das die Stadt Köln ihrem Vater zum freudigen Ereignis hatte schenken müssen« (JT, 720), heißt es im Tageskapitel vom 14. Februar 1968. Für Speer hatten er und Gesine dagegen kein Wort übrig auf fast 2.000 Seiten.

Von Johnsons moralischem Rigorismus und seinem sprichwörtlich »homerisch[n] Gedächtnis«[36] zeugen nicht nur das Telegramm zum Misstrauensvotum 1972 – »TROTZ DER ROSEN VON DAMALS« –, sondern mehr noch ein weiteres Telegramm, das Johnson schon am 28. September 1969 von Berlin nach Bonn verschickt hatte. Auch der Abend der Bundestagswahl 1969 ist ein historischer in der Geschichte der Bundesrepublik, weil hier die Entscheidung für eine sozialliberale Koalition zwischen SPD und FDP gefallen und damit der Weg zur Wahl des ersten sozialdemokratischen Bundeskanzlers frei gemacht worden war. Auch dieses Telegramm liegt heute im Archiv in Rostock vor:

36 Max Frisch: Tagebuch 1966-1971, Frankfurt am Main 1979, S. 24.

WILLY BRANDT AUSSENMINISTERIUM BONN =
SCHICKEN SIE SPEER NOCH EINEN BLUMENSTRAUSS = UWE
JOHNSON ++[37]

Kurt-Georg Kiesinger, »[d]er Kanzler Westdeutschlands, ehemals Angehöriger und Beamter der Nazis« (JT, 253), kann vom Sozialdemokraten und Antifaschisten Brandt als Kanzler abgelöst werden und Johnson schreibt dieses Telegramm? Kein Kommentar!

Der zukünftige Bundeskanzler Brandt wird an diesem Abend und in den nächsten Tagen unzählige Telegramme und Glückwünsche bekommen haben – nicht nur deshalb liegt wohl keine ›offizielle Antwort‹ vor. An anderer Stelle ist Johnsons Telegramm aber ganz genau registriert worden. In seinem *Werktagebuch, zum Wahltag am 28. September 1969* resümiert Günter Grass die dramatischen Stunden und Tage dieser Wahl – und er, der unermüdliche Trommler und Wahlkämpfer für Brandt und die SPD, immer mittendrin. Er nimmt an Sitzungen teil, trifft sich mit der Führung der SPD und dem Bundespräsidenten und erhält zwei Tage nach der Wahl, mitten in all der Euphorie, einen Telefonanruf aus Bonn von Leo Bauer, SPD-Mitglied und enger Berater Brandts: »Anruf von Bauer: Telegramm von Johnson: ›Schicken Sie jetzt Blumen an Speer.‹ / Danach müde, Schnupfen«.[38] So endet dieser Tagebucheintrag vom 1. Oktober, Grass ist zurück in Berlin und man kann sich kaum vorstellen, was Grass in diesem Moment gedacht und was er vielleicht ein paar Tage später zu seinem Berliner Nachbarn Uwe Johnson gesagt hat.

Es liegen keine weiteren Briefe zwischen Johnson und Brandt vor – bis auf das oben zitierte »TROTZ DER ROSEN VON DAMALS«-Telegramm, das Johnson Brandt im April 1972 nach dem überstandenen Misstrauensvotum schickt –, und es gibt auch keine weiteren Zeugnisse, die engere Kontakte nach 1972 belegen könnten. Das heißt aber nicht, dass Johnson Brandt und die deutsch-deutsche Politik aus den Augen verloren hätte – im Gegenteil. Und erneut sind es Briefe, noch dazu an zwei seiner wichtigsten Gesprächspartner, die uns heute, über 40 Jahre später, verraten, was Johnson gedacht und empfunden hat, als im Mai 1974 die Kanzlerschaft von Willy Brandt mit dessen Rücktritt ihr Ende fand. Der erste Ausschnitt stammt aus einem Brief, den er am 8. Mai 1974 aus Berlin an den Schweizer Schriftsteller Max Frisch geschrieben hat, der sich zu diesem Zeitpunkt in New York aufhielt:

37 Uwe Johnson an Willy Brandt, 28.9.1969, in: UJA Rostock, UJA/H/100416, Bl. 10; Versalien und Unterstreichung im Original.

38 Günter Grass: Werktagebuch, zum Wahltag am 28. September 1969, in: Brandt/Grass, Briefwechsel (Anm. 20), S. 897.

> Vorgestern war die angesammelte Post wenigstens geordnet, und es hätte folgen können, was man in diesem Gewerbe so Arbeit nennt. […] Was wir tatsächlich gestern gemacht haben, Sie werden es sich denken: den ganzen Tag bis in den Abend hörten und sahen wir die Nachrichten und Folgen des Rücktritts von Willy Brandt; mit fast eindeutigen Meinungen fingen wir an, jetzt frisst fast jeder Vorbehalt den anderen auf. Auch darüber also möchten wir gerne mit Ihnen sprechen.[39]

Auch der zweite Brief einen Tag später ging in die USA, Adressatin war die Johnson seit einigen Jahren freundschaftlich verbundene Philosophin Hannah Arendt in New York:

> Sie denken sich, was wir in dieser Woche tun, statt zu arbeiten. Tagsüber hören wir die Nachrichten im Radio, abends sehen wir die im Fernsehen über den Mist, den der ostdeutsche Spion (›Kundschafter‹) in der westdeutschen Regierung angerichtet hat, immer in der sorgenvollen Voraussicht, es möge in diesem trüben Kessel noch von ganz unten ein unbekannter dicker Fisch nach oben schiessen, und längst haben wir die eindeutigen Urteile eingebüsst. Es kann auch anders gewesen sein. Oder so rum. Und wenn wir es erfahren, wird es zwar unsere Lage beschädigt haben, aber wir werden die Kenntnis nicht mehr benutzen können.

39 Uwe Johnson an Max Frisch, 8.5.1974, in: Max Frisch / Uwe Johnson: Der Briefwechsel 1964-1983, hg. von Eberhard Fahlke, Frankfurt am Main 1999, S. 79f. Auch Frisch hat der Brandt-Rücktritt offensichtlich so bewegt, dass er noch in der Nacht aus New York bei Christa Wolf angerufen hat, die sich zu diesem Zeitpunkt als Gastdozentin des Oberlin College, Ohio, ebenfalls in den USA aufhielt. In der Erinnerung Wolfs war Frisch »außer sich« und überschüttete die DDR-Autorin mit Vorwürfen: »Was habt ihr da wieder gemacht!« Jörg Magenau: Christa Wolf. Eine Biographie, Berlin 2002, S. 252. Und man könnte an einen weiteren Autor erinnern, der sich anlässlich des Brandt-Rücktritts in diesen Tagen geäußert hat: Martin Walser mit seinem – wie man heute wohl sagen darf – irrlichternden offenen Brief an Erich Honecker, der eine Woche später im *Spiegel* abgedruckt worden ist. Mit »Sehr geehrter Genosse Honecker« spricht Walser – völlig ironiefrei – den SED-Vorsitzenden an und mit »sozialistischen Grüßen« beendet er den Brief, in dem er völliges Unverständnis gegenüber einer gemutmaßten Beteiligung offizieller DDR-Stellen am Rücktritt Brandts äußert (»diese[] Außenpolitik-Intrige ekelhafter Art«) und gleich mehrfach die Verdienste Brandts sowohl für eine fortschrittliche Entwicklung in der BRD als auch für die »Verbesserungen der Beziehungen zur DDR« hervorhebt. Obwohl er »seit 1965 nicht mehr das, was man einen Brandt-Anhänger nennen könnte«, sei, fordert er den »Genossen Honecker« wegen dessen Verantwortung für den Rücktritt des »um die Vaterländer verdienten Brandt« seinerseits zum Rücktritt auf. Leider hat Honecker damals nicht auf den ›Genossen Walser‹ gehört, sondern noch bis 1989 weitergemacht; Martin Walser: Treten Sie zurück, Erich Honecker! Martin Walser an den Ersten Sekretär des ZK der SED, in: Der Spiegel, Nr. 20 vom 13.5.1974, S. 136.

> Schriftsteller in der Politik: Günter Graß [sic!] hat den Abgang Willy Brandts verglichen mit dem Sturz Allendes durch das chilenische Militär. Wir sagen uns erleichtert, dass Herr Brandt wohl hätte noch eher gehen müssen, wären ihm die Ratschläge von Günter Grass nicht so bald verdächtig erschienen, aber der Anblick bleibt: Schriftsteller in der Politik.[40]

Man spürt noch heute beim Lesen den Schauder, den Johnson damals empfunden haben mag: »Schriftsteller in der Politik« – das war mit Sicherheit nichts für Johnson.

Auch deshalb wollen wir einen Sprung machen, von Berlin über New York in die Provinz nach Lübeck und damit zum zweiten Schauplatz der Geschichte zwischen Uwe Johnson, Willy Brandt und der SPD.[41]

*Lübeck habe ich ständig beobachtet*, so lautet frei nach Thomas Mann der Titel von Johnsons Dankesrede anlässlich der Entgegennahme des Lübecker Thomas-Mann-Preises am 25. März 1979 in der Hansestadt.[42] »[W]ie Thomas Mann habe ich Lübeck ständig beobachtet, nämlich von seiten jenes Mecklenburg, das ich mir genommen habe für meine tatsächlichen Erfindungen«,[43] erklärt der Preisträger. Und in Anlehnung an den Satz, dass er keinen »Menschen in die Stadt Lübeck gesetzt« habe »ohne zu

40 Uwe Johnson an Hannah Arendt, 9.5.1974, in: Hannah Arendt/Uwe Johnson: Der Briefwechsel 1967-1975, hg. von Eberhard Fahlke und Thomas Wild, Frankfurt am Main 2004, S. 126f.

41 Vorher soll das Augenmerk kurz auf das gerichtet werden, was fehlt, auf das, wozu Johnson geschwiegen hat, jedenfalls in allen bisher veröffentlichten Briefwechseln: Kein Wort zum triumphalen Wahlsieg von Brandt und der SPD bei der Bundestagswahl am 19. November 1972 – aber auch kein »Rosentelegramm«!, – obwohl die SPD mit 45,8 Prozent erstmals stärkste Partei wurde und Johnson bei dieser Wahl ausdrücklich auch parteipolitisch Stellung bezogen hat: »Aus diesem Grunde wünsche ich mir auch für die Zukunft eine Regierung BRANDT.« Johnson, Meinung für ein Tonband (Anm. 12), S. 138; Versalien im Original. Auch zur Verleihung des Friedensnobelpreises im Herbst 1971 liegt keine Äußerung vor. Am meisten verwundert aber Johnsons Schweigen zum berühmt gewordenen Kniefall Willy Brandts am Denkmal des Warschauer Ghettos am 7. Dezember 1970. Die in Danzig und Ostpreußen geborenen Kollegen Günter Grass und Siegfried Lenz hatten den Bundeskanzler zur Unterzeichnung der Warschauer Verträge begleitet, der in Pommern geborene Johnson schweigt. Er schweigt zu Brandts Kniefall, aber nicht zum Aufstand im Warschauer Ghetto und seinen mehr als 40.000 jüdischen Opfern, denen er in den *Jahrestagen* in New York (vgl. JT, 1058f.) und schon in seiner Büchner-Preis-Rede 1971 einen Ort des Gedenkens errichtet hat.

42 Vgl. Uwe Johnson: Lübeck habe ich ständig beobachtet, in: Fahlke (Hg.), »Ich überlege mir die Geschichte …« (Anm. 12), S. 79-85.

43 Ebd., S. 79.

wissen, daß ich mich aufhielt in einer Gegend Thomas Manns«,[44] könnte man ergänzen, dass er dabei vermutlich auch Julius Leber, den Lübecker Reichstagsabgeordneten, im Blick hatte[45] und ebenso vielleicht Willy Brandt, der Anfang der 1930er Jahre als Herbert Frahm zu den ›jungen Wilden‹ unter Lübecks Sozialdemokraten zählte.

Ein Mitglied desselben SPD-Parteibezirks und desselben Reichstagswahlkreises Lübeck-Mecklenburg war auch Heinrich Cresspahl. Der als Sohn kleiner Leute geborene Tischlermeister gehört der SPD seit 1910 an. 1920 war er als Mitglied eines Arbeiterrates an der Niederschlagung des Kapp-Putsches in Mecklenburg beteiligt und 1921 heißt es anlässlich der Reichstagswahlen im Juni, dass »er noch einmal für die Sozialdemokraten [stimmte]«.[46] Auch wenn Cresspahl sein Parteibuch kurze Zeit später endgültig zurückgegeben hat (vgl. JT, 198, 375), scheinen die ehemaligen Genossen es ihm aber kaum übel genommen zu haben, denn sie behandeln Cresspahl als einen der ihren.[47]

Am 2. März 1933 kehrt Cresspahl aus England zurück, auf dem Weg zur Geburt seiner Tochter. Doch das Deutschland, das er betritt, ist ein anderes als bei seiner Abreise vor zwei Jahren. Hitler und die NSDAP haben die Macht übernommen und Cresspahl sieht und spürt in der bis vor Kurzem noch ›roten Hansestadt‹ den Wandel, er spürt die Veränderung, er spürt die Bedrohung und er spürt die Angst, auch die Angst der Lübecker Sozialdemokraten. Im November 1938 kommt er erneut im Auftrag der Partei nach Lübeck. Wie schon bei seinem ersten Besuch 1933 fährt er durch die Arbeitervororte wie St. Lorenz-Nord, dem Stadtteil, in dem Willy Brandt aufgewachsen ist. Er trifft die alten Genossen und erfährt, dass einer ihrer Führer tot ist, »dem hatten die Nazis im Konzentrationslager Fuhlsbüttel den nackten Schädel eingeschlagen« (JT, 677). Die Parteisitzung wird geleitet von einem

44 Ebd., S. 80.

45 Die beiden von Lebers Witwe Annedore Leber gemeinsam mit Willy Brandt herausgegebenen Bände *Das Gewissen steht auf* (mit dem Porträt Julius Lebers) und *Das Gewissen entscheidet* hat Johnson für die schon genannten Bundeswehr-Bibliotheken angeschafft. Beide Bände befanden sich auch in seiner eigenen Bibliothek; vgl. Das Gewissen entscheidet. Bereiche des deutschen Widerstandes 1933-1945 in Lebensbildern, hg. von Annedore Leber in Zusammenarbeit mit Willy Brandt und Karl Dietrich Bracher, ³Berlin 1958, in: UJA Rostock, UJA BA 01822; Das Gewissen steht auf. 64 Lebensbilder aus dem deutschen Widerstand 1933-1945, hg. von dens., ⁸Berlin 1959, in: UJA Rostock, UJA BA 01823.

46 Uwe Johnson: Heute Neunzig Jahr, aus dem Nachlaß hg. von Norbert Mecklenburg, Frankfurt am Main 1996, S. 47.

47 Sie vertrauen ihm im März 1933 in Lübeck wichtige Papiere und falsche Pässe für ihre Verfolgten an (vgl. JT, 197), schicken ihm im Sommer 1933 ihre Flüchtlinge nach England ins Haus (vgl. JT, 376f.) und laden ihn noch im November 1938 zu konspirativen Treffen der Genossen ein (vgl. JT, 678).

> verwegene[n] Junge[n] von kaum mehr als zwanzig Jahren, der in einem unerbittlich und lustig sein konnte. Gelegentlich strich er sich über die kurzgeschnittenen Haare, als sei da früher ein üppigerer sandfarbener Schopf niederzuhalten gewesen. Er konnte Plattdeutsch, und sein Hochdeutsch hatte einen dänischen Akzent […]. (JT, 677)

Man muss mögliche Analogien nicht überstrapazieren, aber man kann dabei schon an Willy Brandt denken, der im Dezember 1913 in Lübeck geboren wurde und 1938 noch wie »kaum mehr als zwanzig Jahre[]« alt wirken konnte. In St. Lorenz-Nord aufgewachsen, sprach er natürlich Hoch- und Plattdeutsch, und aus dem »dänischen Akzent« in den *Jahrestagen* lässt sich leicht ein norwegischer heraushören.

Johnson kritisiert die Sozialdemokratie, ihre Politik und ihr Handeln in der Weimarer und später in der Bonner Republik – keine Frage.[48] Aber indem er von ihrem Widerstand und ihrem Kampf gegen die Nationalsozialisten erzählt, setzt er ihren Opfern – Julius Leber, Johannes Stelling, Wilhelm Spiegel – nicht nur ein literarisches Denkmal, sondern bleibt »mit den Augen Cresspahls« als kritischer Begleiter lange an ihrer Seite. Cresspahl leistet Widerstand gegen den Nationalsozialismus. Er leistet diesen Widerstand als Cresspahl, aber er leistet ihn auch, und zwar regelmäßig, planvoll und im Auftrag, als Sozialdemokrat. Johnson erzählt, wie der ausgetretene Sozialdemokrat gleich zweimal nach Lübeck kommt, um dort die ehemaligen Genossen zu treffen, im März 1933 und im November 1938. Beide Monate sind nicht nur schicksalhaft für die deutsche Geschichte, sondern auch für die Familiengeschichte der Cresspahls aus den *Jahrestagen*. Man kann durchaus feststellen, dass Johnson nicht nur die NS-Unrechtsgeschichte mit dem Leben Gesine Cresspahls zusammenführt, sondern auch die Geschichte der Lübecker und damit ein Stück weit auch der deutschen Sozialdemokratie.

Thomas Mann hat Lübeck »ständig beobachtet«, Johnson hat dasselbe getan, und dass Willy Brandt nach der Rückkehr aus dem Exil 1945 stets eine besondere Beziehung zu seiner Heimatstadt Lübeck gepflegt hat, muss kaum betont werden. Johnson hat das gewusst. Ob er aber auch gewusst hat, welche besondere Beziehung Brandt mit Mecklenburg und besonders mit Klütz, in vielerlei Hinsicht ›Vorbild‹ für das Jerichow der *Jahrestage*, verbunden hat, ist eher unwahrscheinlich. Denn die Brandt-Biografen haben sich spät mit den familiären Wurzeln Brandts beschäftigt – mit Ausnahme des von konservativer Seite mit Häme und Perfidie verfolgten angeblichen Makels einer unehelichen Herkunft – und wenig

48 Vgl. Mecklenburg, Erzählkunst (Anm. 3), S. 69-71.

mit Brandts Mutter Martha Luise Wilhelmine Frahm, womit wir beim dritten Ort besonderer Begegnungen zwischen Brandt und Johnson angekommen wären, in Klütz.[49] Denn dort, im Klützer Winkel, in Kalkhorst, wurde Brandts Mutter am 16. März 1894 geboren. Getauft wurde sie in Kalkhorst, in Klütz ging sie zur Volksschule. Sie stammte aus einer Familie von Landarbeitern, sogenannten Hoftagelöhnern, und zog mit ihrer Familie 1907 nach Lübeck, wo ihr Stiefvater, der Landarbeiter Ludwig Frahm, Arbeit bei den Drägerwerken fand und Willy Brandt im Dezember 1913 zur Welt kam. Dieser Ludwig Frahm spielte durch die Übernahme der Vaterrolle eine überragende Rolle für Brandt und engagierte sich als SPD-Mitglied früh für die Arbeiterbewegung in Lübeck. Die Legende sagt, dass Frahm schon während seiner Zeit als Landarbeiter auf Gut Klütz »als Roter« galt, »weil er einen Versuch des Gutsverwalters verhinderte, die in der Verfassung garantierte allgemeine, direkte und geheime Wahl zum Reichstag durch Überwachung der Stimmabgabe seiner Landarbeiter zu kontrollieren«, indem er »wie zufällig« die Wahlurne, eine große Suppenterrine, umwarf.[50] Willy Brandt war stets stolz auf seine Herkunft,[51] hat aber über seine mecklenburgischen Wurzeln öffentlich erst relativ spät gesprochen.[52]

Das sollte sich 1989 ändern, denn mit der Öffnung der Grenzen war nicht länger nur der Blick von Lübeck nach Mecklenburg frei, sondern man konnte auch wieder problemlos in das alte ›Hinterland‹ fahren. Auch Brandt, der – wie Johnson – die Deutschen in der DDR nie aus den Augen verloren hatte, nutzte diese Gelegenheit, war er doch in diesen bewegten Wochen und Monaten ein gefragter Redner und Ratgeber. Am 2. Dezember 1990 fand die erste gesamtdeutsche Bundestagswahl statt. Traditionell hielt Brandt seine letzte Wahlkampfveranstaltung in Lübeck ab, am Abend des 30. November. Brigitte Seebacher, Brandts letzte Ehefrau, hat auf An-

49 Die Details der Klützer Wurzeln Brandts sind vor allem der Biografie von Martin Wein zu verdanken; vgl. Martin Wein: Willy Brandt. Das Werden eines Staatsmannes, Berlin 2003, bes. S. 9-19. Reizvoll sind dabei die zahlreichen Parallelen in den mecklenburgischen Landarbeiter-Biografien der 1894 geborenen Mutter von Brandt und des 1888 geborenen Heinrich Cresspahl, Gesines Vater; vgl. auch Brigitte Seebacher: Willy Brandt, München 2006, S. 97f.

50 Merseburger, Brandt (Anm. 9), S. 17.

51 »Der Großvater Ludwig Frahm, bei dem ich aufwuchs und zu dem ich Papa sagte, gehörte in seiner mecklenburgischen Heimat zu den ersten unbequemen sozialdemokratischen Landarbeitern«; Willy Brandt: Links und frei. Mein Weg 1930-1950. Mit einem aktuellen Vorwort des Autors, München 1982, S. 11f.

52 Eine – lange wenig beachtete – Ausnahme bilden von Leo Lania aufgezeichnete frühe Erinnerungen; vgl. Willy Brandt: Mein Weg nach Berlin, aufgezeichnet von Leo Lania, München 1960.

fragen, die sich aus ihrer Brandt-Biografie[53] ergeben haben, freundlicherweise geantwortet:

> Wir sind abends, begleitet von Björn Engholm, über Schönberg nach Schwerin gefahren, und am anderen Morgen, dem 1. Dezember, ging es ohne Begleitung, nach Klütz! Dort sind wir herumspaziert, und er hat mir gezeigt, wo ›Onkel Wilhelm‹ gewohnt habe …[54]

Und in einer weiteren Mail hat Frau Seebacher später hinzugefügt:

> W.B. war bewegt, aber auch nicht mehr. Worte machte er bei solchen persönlichen Anlässen nicht, das war sicher ein mecklenburgisches Erbe. Sehr früh nach dem Mauerfall hat er mit dem Gedanken gespielt, Ministerpräsident in Mecklenburg zu werden, aber wie ernst er es meinte, wer weiß! Die emotionale Bindung galt überhaupt eher dem Landstrich als dem Ort Klütz.[55]

Auch Björn Engholm, im Dezember 1990 Ministerpräsident von Schleswig-Holstein, erinnert sich an den Auftritt Brandts in Lübeck noch recht gut:

> Auch, daß wir hernach in Richtung Schwerin fuhren. Auf der Fahrt durchs Nordwestmecklenburgische, als wir Richtung Schwerin abbogen, fragte Willy nach Klütz, dem Jerichow Uwe Johnsons. Und erinnerte, nostalgisch, wie mir schien, der Begegnungen mit ihm Anfang der 60iger (wohl bei Grass in Berlin). Er mochte ihn, den eigenwilligen, nie besserwisserischen Literaten, dessen Cresspahls ihm offensichtlich vertraut waren …
> Mir selbst liegt immer wieder der Jakob, über den Johnson so wundervoll gemutmaßt hat, im Kopf wie im Herzen – weil er einer war, der das Leben im geteilten Deutschland widerspiegelt: im Westen ein Fremder, im Osten ohne wirkliche Heimat, einer, der suchte und nicht fand. Wie so viele von uns …[56]

Der Abstecher nach Klütz im Dezember 1990 war nicht Brandts erster Besuch in Mecklenburg nach der Öffnung der Grenzen. Schon am 6. Dezember 1989 trat Brandt in der überfüllten Rostocker Marienkirche auf,

53 Vgl. Seebacher, Brandt (Anm. 49), S. 306f., 337f.
54 Brigitte Seebacher an Rainer Paasch-Beeck, E-Mail vom 26.2.2015.
55 Brigitte Seebacher an Rainer Paasch-Beeck, E-Mail vom 8.3.2015.
56 Björn Engholm an Rainer Paasch-Beeck, E-Mail vom 10.5.2016.

Zehntausende hörten seiner Rede auch vor der Kirche zu, als Brandt ihnen eröffnete, wie bewegend dieser Tag für ihn sei,

> weil ich ja zur Hälfte ein Mecklenburger bin. (Beifall) Meine Mutter kam aus Klütz, und ich habe in meiner Kindheit nicht nur Klütz und Wismar besucht, sondern auch Rostock und Schwerin und Malchin und Güstrow. Das Land ist mir vertraut, aber es sind 53 Jahre her, seit ich das letzte Mal als junger Mann meinen Fuß auf Rostocker Boden setzte [...].[57]

Der Publizist und langjährige Brandt-Berater Klaus Harpprecht[58] hat sich noch kurz vor seinem Tod nicht daran erinnert, dass Brandt sich intensiv mit Johnson beschäftigt hätte – aber »er respektierte ihn gewiss« –, und schreibt weiter: »Vermutlich war er ihm nur flüchtig begegnet und ich fürchte, die ›deutsche Schwere‹ U.J.s (von der er ja selber einiges hatte) langweilte ihn. Aber das sind Vermutungen«.[59]

Es sind auch nur Vermutungen, wie Johnson auf die Ereignisse in der DDR 1989 reagiert hätte, ob er wie Grass eine deutsche Wiedervereinigung abgelehnt und damit Brandt »persönlich enttäuscht«,[60] oder ob er Brandts berühmter Formel »Jetzt wächst zusammen, was zusammengehört.« zugestimmt hätte. Vielleicht hätte er sich auch mit dem alten Briefpartner Egon Bahr unterhalten und dabei erfahren, wie Brandt und er im Nachhinein über die erste Große Koalition der SPD gedacht haben: Brandt war sie »zuwider«[61] und für ihn selbst habe sie »den Geschmack ›widernatürlicher Unzucht‹«[62] gehabt. Beidem hätte Johnson wohl zugestimmt und vielleicht hätte es ihn am Ende sogar mit der SPD und mit Willy Brandt, der ja fünf Jahre auch »sein Bürgermeister« war, versöhnt.

Im Oktober 1992 sind beide tot, der deutsche Autor Uwe Johnson und der deutsche Politiker Willy Brandt. Als der Lübecker Björn Engholm, als SPD-Parteivorsitzender einer der Nachfolger Brandts, am 17. Oktober 1992 auf dem Staatsakt für den am 8. Oktober verstorbenen Brandt in Berlin die Gedächtnisrede hält, kommen sie noch einmal zusammen:

57 Rede des Ehrenvorsitzenden der SPD, Brandt, in der St. Marienkirche Rostock. 6. Dezember 1989, in: Willy Brandt: Berliner Ausgabe, hg. von Helga Grebing, Gregor Schöllgen und Heinrich August Winkler, Bd. 10: Gemeinsame Sicherheit. Internationale Beziehungen und deutsche Frage 1982-1992, Bonn 1998, S. 398-405, hier: S. 399.

58 Harpprecht wurde von Johnson in den *Jahrestagen* als namentlich genannter westdeutscher Publizist verewigt; vgl. JT, 794.

59 Klaus Harpprecht an Rainer Paasch-Beeck, E-Mail vom 28.7.2016.

60 Seebacher, Brandt (Anm. 49), S. 319.

61 Bahr, Erinnerungen (Anm. 35), S. 52.

62 Ebd., S. 51.

> Die Ostsee fügte sich für ihn [Willy Brandt, R.P.-B.] ›zu dem liebgewonnenen Bild von der engeren Heimat‹. In der Hansestadt Lübeck wurde er ›in die sozialistische Bewegung hineingeboren‹. [...]
>
> Thomas Mann war ihm sozial gewiß fern und dennoch kulturell vertraut: der Weltbürger – hier wurde er wohl auch geprägt.[63]

Und der Sozialdemokrat Engholm hält sich bei seiner Trauer über den Verlust Willy Brandts an Johnson:

> Uwe Johnson, der der mecklenburgischen Heimat, der mütterlichen Wiege ein literarisches Denkmal setzte, sagte einmal: ›Wenn es einen Trost gibt, wir könnten ihn beziehen von dem Menschen, dessen wir gedenken‹.[64]

63 Björn Engholm: [Ohne Titel], in: ders. (Hg.), Abschied. Dank an Willy Brandt, Marburg 1992, S. 73-75, hier: S. 73.

64 Ebd.

CHRISTOPH KAPP

# »Kaum gibt sich der Lektor mit einem Autor auch ausserhalb des Geschäftshauses ab«

## *Uwe Johnson und Walter Boehlich*

Von Marcel Reich-Ranicki 1967 befragt, ob es für einen Verlag überhaupt die Möglichkeit gebe, auf einen Autor Einfluss auszuüben, dessen Manuskript zu ändern, antwortete Walter Boehlich, Cheflektor des Suhrkamp Verlages: »Ich halte es für fast ausgeschlossen«.[1] Bei den *Mutmassungen über Jakob* sah er aber auch kaum die Notwendigkeit: »Ich habe in meinem ganzen Leben nur ein druckfertiges Manuskript gesehen, das war das von Uwe Johnson«.[2] Allerdings können Schriftsteller Lektoren ändern: Boehlich hat seine Zeit als Lektor bei Suhrkamp von 1957 bis 1968 als prägend bezeichnet. Nicht zuletzt durch die Bekanntschaft mit Uwe Johnson erweiterte sich für Boehlich, der bis dahin als das »konservative Element im deutschen Rezensionsbetrieb«[3] galt, sein Literaturbegriff. Die sowohl berufliche als auch private Beziehung trübte sich jedoch in den 1960er Jahren ein. Offenkundig wurde das zum ersten Mal 1964 beim Streit um die Publikation von Richard Matthias Müllers Buch *Über Deutschland.*[4] Dabei zeigten sich beider konfligierende Vorstellungen davon, welche Funktion die Literatur in der Bundesrepublik haben und ob und wie der Suhrkamp Verlag sich in ihr politisch positionieren sollte.

Dass die *Mutmassungen* einen Wendepunkt in Boehlichs Literaturverständnis markierten, zeigt ein Blick auf seine Biografie. 1921 in Breslau geboren, hatte Boehlich, nachdem er aus der Wehrmacht ausgeschlossen worden war, dort vom Sommersemester 1941 bis in das Wintersemester

1 Walter Boehlich im Gespräch mit Marcel Reich-Ranicki und Hans Mayer. Im literarischen Caféhaus, Erstsendung: Norddeutscher Rundfunk am 13.12.1967.

2 Walter Boehlich an Erwin Walter Palm, 1.7.1960, in: DLA Marbach, Siegfried Unseld Archiv, SUA:Suhrkamp/03 Lektorate; Unterstreichung im Original.

3 Thesen zur Literaturkritik. Der Kulturspiegel, Erstsendung: Bayerischer Rundfunk am 27.11.1968.

4 Vgl. Richard Matthias Müller: Über Deutschland. 103 Dialoge, Olten 1965.

1944/45 hinein Germanistik und Kunstgeschichte studiert. Da er nach Inkrafttreten der Nürnberger Rassengesetze als ›Halbjude‹ galt, konnte er die Universität zunächst als Gasthörer, später dann nur noch heimlich besuchen. Dennoch begann zu dieser Zeit seine publizistische Karriere. Durch Vermittlung des Germanistik-Professors Paul Merker konnte er in der *Zeitschrift für deutsche Philologie* erste Rezensionen veröffentlichen. Nach dem Krieg studierte Boehlich in Hamburg und gehörte zum erweiterten Lektorats-Flügel der *Hamburger Akademischen Rundschau*. Doch erst nachdem er 1947 eine Assistentenstelle bei Ernst Robert Curtius in Bonn erhielt, wurden seine Texte auch überregional wahrgenommen. Dieser hatte ihn dem *Merkur* als Autor vorgeschlagen und gleich sein erster Artikel, der 1948 erschienene Verriss des *Doktor Faustus*, erregte Aufsehen.[5] Auch wenn Boehlich in der Folge eine rege publizistische Tätigkeit entfaltete, widmete er sich selten der zeitgenössischen Literatur. Neben Thomas Mann wurden von den noch lebenden deutschen Autoren nur Lion Feuchtwangers *Der Tag wird kommen*, Gottfried Benns Prosa, Rudolf Alexander Schröders *Gesammelte Werke* und Wolf von Niebelschütz' *Blauer Kammerherr* von ihm rezensiert, und alle äußerst positiv. Was er unter dem programmatischen Titel *Die fehlende Generation* 1954 für die Literaturwissenschaft konstatierte, galt in seinen Augen wohl auch für die Literatur selbst: »daß die unter Hitler erzogene Generation der heute Fünfundzwanzig- bis Vierzigjährigen [...] nicht (oder noch nicht?) existiert«.[6] In seiner Literaturkritik zeigte sich Boehlich stark von der Curtius' beeinflusst, der als ihre Funktion proklamierte: »eine Forderung, die aller Kritik höherer Art gestellt ist, freilich meist unerfüllt bleibt: Rangordnung der Autoren«.[7] Und Autoren von Rang, wie Boehlich sie in Rudolf Borchardt und Hugo von Hofmannsthal sah, meinte er in der Gegenwart nicht finden zu können. Für Max Rychner, Redakteur bei der *Tat*, erklärte Boehlich es so: »Über Positives schriebe auch ich gelegentlich gern, aber was mir positiv erscheint, ist meistens nicht actuell, und dann druckt es keiner«.[8]

Die Ablehnung zeitgenössischer Literatur legte Boehlich erst mit seiner Tätigkeit im Suhrkamp Verlag ab, der die auch Johnson prägenden Autoren Bertolt Brecht und Ernst Bloch verlegte. Wären beide Anfang der

5 Vgl. Walter Boehlich: Thomas Manns *Doktor Faustus*, in: Merkur 2, 1948, S. 588-603.

6 Walter Boehlich: Die fehlende Generation, in: Joachim Moras / Hans Paeschke (Hg.): Deutscher Geist zwischen Gestern und Morgen. Bilanz der kulturellen Entwicklung seit 1945, Stuttgart 1954, S. 382-397, hier: S. 383.

7 Ernst Robert Curtius: Goethe als Kritiker, in: Merkur 2, 1948, S. 333-355, hier: S. 344.

8 Walter Boehlich an Max Rychner, 2.12.1954, in: DLA Marbach, Nachlass Rychner, Max. A:Rychner.

1950er Jahre unter Boehlichs antikommunistisches Verdikt gefallen, ein kommunistischer Autor könne keine guten Texte schreiben, weil er sie an ein politisches Glaubensbekenntnis binde, lernte er sie nun schätzen.[9] Freilich zuerst noch trotz und nicht wegen ihres Marxismus. Ernst Blochs *Prinzip Hoffnung* lobte er im *Morgenblatt für Freunde der Literatur*:

> Dies ist Marxismus, kann Marxismus sein, ein Marxismus der Freiheit und Menschenwürde, ein Marxismus fast der Toleranz und Liberalität, der sich auf die Ursprünge seines Denkens besonnen hat, nicht der Wirklichkeit seiner Verformungen angepaßt ist.[10]

An seinen ehemaligen Hamburger Kommilitonen Peter Wapnewski schrieb er 1961 über Brecht:

> Immerhin, lesen Sie doch einmal die gerade erschienenen Flüchtlingsgespräche. Sie werden dann einen Teil Ihrer Befangenheit verlieren, wie ich auch. Mir fiele es leichter, ihn zu bewundern, wenn er nie und nirgendwo Zugeständnisse gemacht hätte, moralischer also gewesen wäre, aber vermutlich hat er doch in diesen Ulbricht-Staat mehr Sprengstoff eingeschmuggelt als das von aussen hätte irgendeiner tun können.[11]

Uwe Johnson war der zeitgenössische Schriftsteller, der ihn umdenken ließ. An Rychner berichtete er von seiner »Überraschung«:

> ein 26jähriger Romancier, von dem ich mir vorstelle, daß er das Gerede über Zweit- und Drittrangiges überflüssig machen könnte. Er heißt Uwe Johnson (verzeihen Sie seinen Eltern den Uwe) und hat einen Roman geschrieben, der im Herbst bei uns erscheinen wird: ›Mutmaßungen über Jakob‹. Tun Sie alles für ihn, was Sie können, entdecken Sie ihn, feiern Sie ihn, preisen Sie ihn [...].[12]

Seine Rolle reflektierend – und dabei implizit auch Siegfried Unseld bewertend –, bestand er auf der Unabhängigkeit seines Urteils:

9 Explizit ist Boehlichs Stellungnahme gegen den Marxismus in seiner Rezension von Georg Lukács' *Goethe und seine Zeit*; vgl. Walter Boehlich: Goethe und seine Zeit, in: Hamburger Akademische Rundschau 3, 1949, S. 700-703.

10 Walter Boehlich: Blochs Träume vom besseren Leben. Zum »Prinzip Hoffnung«, in: Morgenblatt für Freunde der Literatur, Nr. 14 vom 2.11.1959, S. 1, 5f., hier: S 6.

11 Walter Boehlich an Peter Wapnewski, 7.1.1961, in: Akademie der Künste, Berlin, Peter-Wapnewski-Archiv, Nr. 31.

12 Walter Boehlich an Max Rychner, 30.7.1959, in: DLA Marbach, A:Rychner.

> Nicht wahr, Sie glauben nicht, daß ich schon der Verlegerpsychose verfallen bin, die dazu führt, daß jeder Verleger jedes Jahr ein- bis zweimal erklärt, diesmal habe er den großen deutschen Autor entdeckt. Ich bin nicht Verleger, sondern Lektor, was bedeuten soll, daß diese im Gegensatz zu jenen, wofern sie etwas taugen, ihre kritischen Fähigkeiten erhalten.[13]

Und nun wirklich superlativisch werdend, charakterisierte er den Roman:

> Ich glaube, so müßte dem alten Samuel Fischer zumute gewesen sein, als er die ›Buddenbrooks‹ druckte […] und die ›Mutmaßungen‹ haben dazu noch den Vorteil, daß sie wesentlich kürzer sind, ein ganz ungeschwätziges Buch, ein wenig Faulkner (von irgend jemandem muß mans lernen und dann möglichst von Faulkner und nicht von Hans Friedrich Blunck), ein wenig Mecklenburg (kennen Sie Jerichow, wo ein Teil der Geschichte spielt? ›Deutsche Sondergotik‹), viel Johnson.[14]

Auch dem gerade in Heidelberg ordinierten Wapnewski empfahl er das Buch und verteidigte es dann auch gegen dessen Kritik:

> Die verquere Syntax hat nichts mit Dialekt zu tun, aber sehr viel mit der Bibel. Unseld hat zuerst auch so reagiert wie Sie; dem habe ich dann geraten, jeweils die richtige Wortfolge wiederherzustellen und sich dann zu fragen, was anders geworden sei. Bei dem hats geholfen.[15]

Hans Magnus Enzensbergers einleitende Sätze seiner Rezension der *Mutmassungen* mögen also stimmen: »Daß es keine deutsche Literatur gebe, diese Behauptung kann man von mißmutigen Kritikern, die die Sechzig überschritten und bessere Tage gesehen haben, oft genug hören«.[16] Nur die generationelle Zuschreibung geht fehl. Ein paar Jahre zuvor wäre das auch von Walter Boehlich vertreten worden. Jetzt war er mit dem Lektorat von Johnsons erstem veröffentlichten Roman betraut und hatte nur wenige Einwände. In den Uwe Johnson zugeschickten Fahnen hatte er die Getrenntschreibungen von »irgend wie« und »irgend wo« mit Fragezeichen markiert, was diesen erwidern ließ, dass er die Schreibweise gerne erhalten sähe:

13 Ebd.
14 Ebd.
15 Walter Boehlich an Peter Wapnewski, 7.11.1959, in: AdK, PWA, Nr. 31.
16 Hans Magnus Enzensberger: Die große Ausnahme, in: Frankfurter Hefte 14, 1959, S. 910-912, hier: S. 910.

> Ich kann von den Vorschriften des Duden unter ihnen nur die Bosheit sagen dass ich sie halte für eine Sammlung von Üblichkeiten, die nicht alle so einleuchtend sind wie üblich; das mögen Sie aber vielleicht nicht hören. [...] Ich bestehe nicht gern darauf und würde es mir nicht ungern erlauben lassen.[17]

Für Boehlich sollten die Fragezeichen aber nicht auf eine Verletzung der Rechtschreibnormen hinweisen: »na, die drei Fragezeichen, die galten zum Teil auch meinen eigenen Zweifeln. Der Duden ist mir widerwärtig und ich halte mich nur dort an ihn, wo ich mich sonst genieren müßte«.[18] Vielmehr verwiesen sie für Boehlich auf ein Problem in der Sache:

> Also: es ist ein Unterschied, ob ich schreibe ›er war irgend wie verändert‹ oder ›er war irgendwie verändert‹. Sie können es daran sehen, daß es auch einen Unterschied macht, ob ich von einem Menschen sage, er sei ›wie verändert‹ gewesen oder ›verändert‹. Im einen Falle wirkt er nur verändert, ist es aber nicht, im anderen ist er wirklich verändert. [...] Und nachdem ich Ihnen das so schön auseinanderklabüsert habe, gestehe ich, ohne zu erröten, daß ich Ihre Schreibart habe stehen lassen.[19]

Boehlich war es auch, der Johnson die so naheliegende Frage stellte, warum er dem Ort der Handlung in den *Mutmassungen* den Namen ›Jerichow‹ gegeben habe. Johnson antwortete:

> Jerichow habe ich mir aus der Bibel genommen, wenn ich nicht irre. Ich weiss nicht, was die Gründer der sächsischen Orte dieses Namens oder des märkischen sich gedacht haben mögen; es ist ja aber kaum zu übersehen dass eine Stadt, die lange Zeit mächtig ist, eines Tages einer bloss symbolischen Kraftanstrengung nicht standhält: und die Mauern werden fallen hin. Statt der Trompeten könnte man auch einen Lautsprecherwagen nehmen. Oder gesticktes Tuch an einer Stange. (Als Trompeten maskierte Ultraschall-Erreger.) Und da ich fand dass der Laut dieses Namens an der Ostsee angenehm blaugrau (etwa als Luft und Fischgeruch) auf der Zunge liegt, habe ich mir ein Jerichow aufgebaut an der Ostsee; es ist besser, da gibt es auch eins.[20]

17 Uwe Johnson an Walter Boehlich, 5.8.1959, in: Uwe Johnson-Archiv Rostock (Depositum der Johannes und Annitta Fries Stiftung), UJA/H/400554, Bl. 20.

18 Walter Boehlich an Uwe Johnson, 6.8.1959, in: UJA Rostock, UJA/H/400555, Bl. 21.

19 Ebd.

20 Uwe Johnson an Walter Boehlich, 28.8.1959, in: UJA Rostock, UJA/H/400563, Bl. 31-32, hier: Bl. 32.

Da Johnson bei seinem Lektor auf Verständnis stieß, erweiterte sich das Themenspektrum der Briefe über das Dienstliche hinaus. Privates wurde angesprochen:

> Lieber Herr Boehlich, da hat man es, da sieht man es. Kaum gibt sich der Lektor mit einem Autor auch ausserhalb des Geschäftshauses ab, so hat er schon aus allen Fernen familiäre Ansinnen zu gewärtigen, zu deren Bedienung nicht einmal die kaufmännische Loyalität ihn dringen würde etc.[21]

Die sieben aufgezählten Ansinnen, die darauf folgten, sind teils geschäftlich, die drei privaten seien hier zitiert:

> a) empfehlen Sie mich dem Hunde [...] f) Unter den Postsendungen, die für meinen Namen in der Klettenbergstrasse eintreffen, wird eine sein von ›Record Hunter, 5th Ave., New York, etc.‹. Dies Paket wollen Sie bitte öffnen um ihm die Platte von Gertrude Stein zu entnehmen; die ist ein Präsent für Herrn Boehlich. [...] g) Bitte werden Sie nicht dicker.[22]

Zum Privaten zählte Johnsons Hochzeit mit Elisabeth Schmidt mit den Trauzeugen Siegfried Unseld und Walter Boehlich. Von Nähe zeugt auch die Widmung von Uwe Johnson in Walter Boehlichs Exemplar der französischen Übersetzung der *Mutmassungen*: »Meinem lieben Boehlich ⟨und bedeutet das Pronomen nicht eine Possession sondern einen Aspekt⟩«.[23]

Die Bitte um einige Seiten Vertretertext für den von Johnson übersetzten Roman *A separate peace* von John Knowles erfüllte Johnson mit einem zweiseitigen Essay über eine imaginierte Vertreterkonferenz, der in eine Beschreibung der Urlaubsbekanntschaften in Dahme mündet:

> Tante Anna hat es mit dem Herzen, eine Zeitlang kam der Arzt immer mit Spritzen und befahl ihr Bettruhe. Wollte sie immer wissen wann er wiederkäme. Sagte er ihr nicht, damit sie nicht nur für sein Kommen sondern immer im Bett blieb. Jedesmal traf er sie auf den Beinen an. Ist ja auch wahr: sagt sie entrüstet: Der Mensch muss sich doch waschen. Und Frühstück im Bett, was ist das wohl. Von der holen wir Milch.[24]

21 Uwe Johnson an Walter Boehlich, 18.5.1961, in: DLA Marbach, SUA:Suhrkamp/01 Verlagsleitung/Autorenkonvolute/Johnson, Uwe.

22 Ebd.

23 Widmung in Uwe Johnson: La frontière, Paris 1962, in: Walter Boehlich-Bibliothek, Potsdam, Boe 4698.

24 Uwe Johnson an Walter Boehlich, 6.6.1963, in: DLA Marbach, SUA:Suhrkamp/03 Lektorate.

Öffentliche Äußerungen Boehlichs über Johnson sind hingegen selten. Uwe Johnson fragte Boehlich 1962, ob er die Tagung der Gruppe 47 in Berlin besuchen werde: »der Notwendigkeit halber, des Spasses halber«.[25] Boehlich lehnte ab, »da die Gruppe 47 und ich getrennte Welten sind. Sie zieht ihren Kreis, ich den meinen. [...] Es heisst dies nicht, dass ich etwas gegen die Gruppe 47 hätte; wir berühren einander (als Institutionen) nur nicht, höchstens in Personen wie der Ihren«.[26] Das verweist auf einen Rollenkonflikt: Als Literaturkritiker hätte er auf den Tagungen auch von ihm lektorierte Autoren kritisieren müssen. Nicht nur bei öffentlichen Auftritten, auch in seiner Publizistik erlegte Boehlich sich deshalb Schranken auf. So findet sich nur ein werbender Hinweis auf Johnson, nachdem der *Münchner Merkur* 1965 um einen Beitrag für die Rubrik *Mein liebstes Buch* gebeten hatte:

> Das ›liebste‹ Buch – das gibt es nur, weil der M.M. darauf besteht. Ihm zuliebe seien es dieses Jahr die ›Zwei Ansichten‹ von Uwe Johnson. Nicht weil sie erfolgreich sein werden, sondern weil einer der jüngeren deutschen Autoren des Suhrkamp Verlages sie geschrieben hat. Einer, an dem zu hängen, selbst in Liebe zu hängen, dem Lebenden nur schmeicheln kann.[27]

Nur nebenher findet Johnson in Boehlichs Besprechung von Horst Bieneks *Werkstattgesprächen mit Schriftstellern* Erwähnung. Während er in diesem Artikel Friedrich Sieburgs Publikationen im Nationalsozialismus, vor allem dessen Pariser Rede von 1941, direkt kritisiert, kommt dieser Aspekt in seiner Verteidigung der Gruppe 47 gegen Sieburg, die zwei Monate später ebenso in der *Zeit* erschien, nicht mehr explizit vor.[28] Hier imaginiert er mittels rhetorischer Fragen einen inneren Monolog des vereinsamenden Sieburg, der unter der Nichtbeachtung durch die jüngeren Autoren leidet:

25 Uwe Johnson an Walter Boehlich, 6.10.1962, in: DLA Marbach, SUA:Suhrkamp/03 Lektorate.

26 Walter Boehlich an Uwe Johnson, 9.10.1962, in: DLA Marbach, SUA:Suhrkamp/03 Lektorate.

27 Ich konnte bis jetzt noch nicht klären, ob der Text in dieser Form auch erschienen ist. Er ist handschriftlich auf einem Papier mit Suhrkamp-Kopfbogen notiert; Walter Boehlich: [Ohne Titel], in: DLA Marbach, SUA:Suhrkamp/03 Lektorate.

28 Vgl. Helmut Peitsch: Der Angestellte und freie Mitarbeiter als Intellektueller. Walter Boehlich, in: Carsten Gansel/Werner Nell (Hg.): Vom kritischen Denker zur Medienprominenz? Zur Rolle von Intellektuellen in Literatur und Gesellschaft vor und nach 1989, Bielefeld 2016, S. 109-130.

> Er ist konservativ geworden und kann sich keinen Reim aus Leuten machen, die so viel weiter links stehen, die es ablehnen würden, im eigenen Staate mit einem Faschisten zu sprechen, die aber das Gespräch mit einem Kommunisten jenseits der Grenzen nicht ablehnen.[29]

So mache Sieburg ein Schweigekartell der Literaturkritiker gegen ihn aus: »Warum reden sie denn immer nur von Frisch und Dürrenmatt, von Nossack und Koeppen, von Grass und Johnson, von Walser und Enzensberger, von der Bachmann und der Aichinger?«[30]

Wenn auch die öffentlichen Stellungnahmen zu Johnson rar sind, ließe sich das Arbeitsverhältnis von Uwe Johnson und Walter Boehlich an weiteren Themenkomplexen konkretisieren: die Zusammenarbeit an der geplanten Internationalen Zeitschrift *Gulliver*,[31] Boehlichs Vermittlungsversuche bei Helene Weigel, wenn es zu Streit um den *Me-ti*-Herausgeber kam, Boehlichs Rolle bei den Buchmessen in Leipzig und als Unterstützer von Fritz Rudolf Fries.

In den 1960er Jahren strebten Johnsons und Boehlichs Vorstellungen von der kulturpolitischen Rolle des Verlages auseinander. Das zeigte sich an den poetologischen Diskussionen um Richard Matthias Müllers Buch *Über Deutschland*. Das Buch spielte nicht nur 1968 beim sogenannten ›Lektorenaufstand‹ eine Rolle als das vermeintlich einzige, dessen Veröffentlichung Siegfried Unseld gegen das Votum der Lektoren abgelehnt habe[32] – und das ausgerechnet Theodor W. Adorno nach seinem Erscheinen im Walter Verlag 1965 »als das wichtigste politische [Buch], das in Deutschland während der letzten zwanzig Jahre veröffentlicht worden ist«,[33] bezeichnete –, sondern auch, weil es Anlass war für einen Streit, der dazu führte, dass der Verlag, wie Boehlich meinte, fast auseinandergefallen wäre.

29 Walter Boehlich: Friedrich Sieburgs Unmut, in: Die Zeit, Nr. 17 vom 7.12.1962, S. 9.

30 Ebd.

31 Zu *Gulliver* vgl. Henning Marmulla: Enzensbergers Kursbuch. Eine Zeitschrift um 68, Berlin 2011, S. 45-67.

32 Vgl. Ruth Tilliger: Dr. Unselds Kunst, Bomben zu entschärfen, in: Christ und Welt vom 10.1.1969, S. 11, 15.

33 Adorno nennt das Buch hier im Zusammenhang mit den »engbegrenzten Stücke[n] Wirklichkeit, zu denen der reflektierte und aktive Einzelne etwas beitragen kann«, also als eines der für seine praxisabstinente Philosophie seltenen Beispiele »eingreifender Veränderung«; Theodor W. Adorno: Tabus über dem Lehrberuf, in: ders., Gesammelte Schriften, hg. von Rolf Tiedemann unter Mitwirkung von Gretel Adorno, Susan Buck Morss und Klaus Schulz, Bd. 10.2: Kulturkritik und Gesellschaft II. Eingriffe. Stichworte. Anhang, Frankfurt am Main 1997, S. 656-673, hier: S. 672.

In 103 Dialogen zwischen Vater und Sohn werden in Müllers Buch das Verhältnis zur faschistischen Vergangenheit und die aktuelle Innen- und Außenpolitik der BRD diskutiert. Ihre Bewertung unterliegt für den Sohn nur einem Kriterium: wie sie sich zum ›Osten‹, zur DDR, zum Kommunismus verhalten. Der Vater ist in diesem Buch die reflektiertere Figur, die den Sohn überrascht, ihm seine Widersprüche durch Ironie, Logik, Kontextualisierung klar zu machen sucht. Im 54. Dialog *Das Loch und die Mauer* berichtet der Vater von einer Reise nach Berlin im Jahr 1959, auf der man sich auf die Suche nach der Mauer begeben hatte:

S Entschuldige. Wie konntet ihr nach der Mauer fragen?
V Wir haben gefragt, warum sie noch nicht da ist und ob sie bald gebaut wird.
S Willst Du damit sagen, daß der 13. August für dich gar keine Überraschung war?
V Ich will sagen, daß es 1959 eine Überraschung war, keine Mauer vorzufinden.
S Aber ihr wußtet doch, daß es keine Mauer gab. So sehr habt ihr hier doch nicht hinter dem Mond gelebt!
V Gewiß. Aber es ist eben, wie du sagst: Gesehen mußte man das haben: dieses Loch im Eisernen Vorhang![34]

Der Dialog will dem Sohn und damit auch dem Leser nahelegen, den Mauerbau nicht allein moralisch zu verurteilen, sondern ihn aus den historischen Gegebenheiten zu erklären, weil nur so realistische politische Handlungsoptionen erkennbar würden. Diese Intention trifft sich mit der, die Uwe Johnson während des Streits mit Hermann Kesten formulierte. In seiner Presseerklärung vom 5. Dezember 1961 zitierte er aus dem Tonbandprotokoll der Veranstaltung mit Giangiacomo Feltrinelli in Mailand: »Ich meine nicht, dass die Aufgabe der Literatur wäre, die Geschichte mit Vorwürfen zu bedenken«.[35] Gegen Kestens Vorwurf, er habe die Mauer als »gut, vernünftig und sittlich« (BU, 210) bezeichnet, verwies er auf seine die Intentionen der »ostdeutschen Behörden« (BU, 217) analysierende Darstellung:

Die ostdeutschen Kommunisten haben, als sie diese Mauer zogen, nicht die Absicht gehabt, unmoralisch zu handeln, sondern sie befanden sich

34 Müller, Über Deutschland (Anm. 4), S. 79.

35 Uwe Johnson: Begleitumstände. Frankfurter Vorlesungen, Frankfurt am Main 1980, S. 217.

> in der Notwehr. […] Da die Grenze offen war, war die natürliche Folge, dass vier Millionen Leute weggingen, weil es ihnen nicht gefiel. (BU, 217)

Weitere Gemeinsamkeiten zwischen Müller und Johnson lassen sich benennen: Während Vater und Sohn sich bei Müller über den »Zonenrundfunk« streiten, ihn zumindest aber hören,[36] schreibt Uwe Johnson für den *Tagesspiegel* Rezensionen von Sendungen des DDR-Fernsehens.[37] Gemeinsam ist beiden Autoren auch die Abgrenzung vom verordneten Antikommunismus im Rahmen des ›antitotalitären Gründungskonsenses‹ der Bundesrepublik.

Es hätte also für Johnson durchaus Gründe gegeben, sich für die Publikation des Buches im Suhrkamp Verlag auszusprechen. Er votierte aber, wie Siegfried Unseld und Martin Walser, dagegen. Dafür stimmten die Lektoren Walter Boehlich, Günther Busch, Walter Maria Guggenheimer und Karl Markus Michel. Im Verlagsarchiv finden sich die Gutachten zu dem Vorgang. Dieser Umstand ist für die damalige Zeit ungewöhnlich und ein Hinweis auf die Bedeutung des Streits um das Manuskript. Von Uwe Johnson ist zwar kein Gutachten, aber eine Stellungnahme gegenüber dem Verleger Otto F. Walter überliefert. Diskutiert wurden Anfang 1964 sehr allgemeine Fragen: Was ist (gute) Literatur? Was will der Verlag oder was sollte er wollen? Einig war man sich darin, dass das Manuskript in der damals vorliegenden Fassung nicht zu drucken war. Gestritten wurde, ob die Schwächen durch eine Überarbeitung zu beheben wären.

Boehlich stellte den literarischen Charakter des Textes heraus:

> ich höre schon die Mitläufer der NSCDU, ihre Bundestagsmitglieder und notfalls auch Minister sagen, es handle sich da um eine ekelhafte Propagandaschrift – was in meinen Augen eben nicht der Fall ist, und in den Augen keines, der sich nicht nur für Politik, sondern auch für Literatur interessiert, der Fall sein dürfte.[38]

Trotz seines politischen Gegenstandes sei der Text »der Formulierungsfähigkeit wegen Literatur«.[39] Weil er Teil einer längeren literarischen Tradition der Gestaltung von Dialogen sei, könne man ihn auch im Vergleich zu

36 Vgl. Müller, Über Deutschland (Anm. 4), S. 99-101.

37 Vgl. Uwe Johnson: Der 5. Kanal, Frankfurt am Main 1987.

38 Walter Boehlich: Gutachten zu Müller. Vater-Sohn Gespräche 1963, in: DLA Marbach, SUA:Suhrkamp/03 Lektorate, Bl. 1.

39 Ebd., Bl. 2.

Brechts *Flüchtlingsgesprächen* nicht als »Epigonenkunststück«[40] bezeichnen. Zudem formulierte Boehlich ein gesellschaftliches Ziel für die Veröffentlichung, weil es sich »um einen Versuch zu politischer Erziehung [...], der uns über die Maßen angenehm sein sollte«,[41] handele. Die politische Wirkungsabsicht wird verknüpft mit der Forderung nach einem anderen Verlagsprofil und einem anderen, weiteren, nicht allein auf die Moderne fixierten Literaturbegriff:

> Da unser Interesse an den Verhältnissen, unter denen wir leben und die wir haben werden oder vielleicht haben könnten, ein gemeinsames sein sollte, kann die Aufgabe dieses Verlages, trotz Hesse und Schröder, nicht lediglich darin bestehen ›Neuerer‹ zu Wort kommen zu lassen [...].[42]

Obwohl sie soweit nicht gingen, betonten auch Karl Markus Michel und Walter Maria Guggenheimer die literarische Qualität des Textes. Für Michel besteht sie darin, »daß Vernunft und Logik, die bei uns immer wie Kommunismus aussehen, durch die landesübliche Diskriminierung nicht Schaden leiden, nicht verbissen oder larmoyant wirken, sondern souverän und geschliffen auftreten«.[43] Guggenheimer sah das Problem, dass Dialoge als Gattung zwar in Frankreich, nicht aber in Deutschland etabliert seien. In Deutschland hingen sie »etwas vereinsamt zwischen guter journalistik und den flüchtlingsgesprächen, an die man aber halt nicht denken darf, weil sie einen grad von abstraktion (in der zeit und von den personen) anstreben und erreichen, an den hier eben auch nicht gedacht ist«.[44] Vielmehr gehe es um den »ethischen Sprung«[45] in den Realismus. Diesen grenzt er ab von anderen literarischen Verfahren: »dass brecht oder vielleicht auch ein johnson die sache auf einer anderen stil-ebene angepackt hätten, ist wahrscheinlich. damit wäre sie aber auch in eine ganz andere distanz gerückt«.[46]

40 Ebd., Bl. 1.

41 Ebd., Bl. 2.

42 Ebd., Bl. 1.

43 Karl Markus Michel: Müller. Vater-Sohn-Gespräche 1963, in: DLA Marbach, SUA: Suhrkamp/03 Lektorate, Bl. 3.

44 Walter Maria Guggenheimer: Gutachten zu Müller, Richard Matthias. Vater-Sohn-Gespräche, in: DLA Marbach, SUA:Suhrkamp/03 Lektorate, Bl. 2.

45 Ebd.

46 Ebd. Die Verbindung zu Brecht zog Guggenheimer im gleichen Jahr auch im Nachwort zu *Karsch, und andere Prosa*. Wenn er Johnsons Sprache als Reaktion auf die Teilung der Welt beschreibt, verwendet er eines der Argumente, das die Lektoren für die Annahme des Manuskripts von Müller votieren ließ: »Mitleidslos, angeekelt aber läßt er jede Vokabel fallen, umgeht sie mit List, die zur bloßen Formel für nicht mehr vorgestellte Wirklichkeiten

Alle Lektoren betonten die Wirkungsabsicht und benannten mögliche Adressaten des Textes. Michel meinte sogar, die »effektive Wirkung [...] vorausbestimmen« zu können: Eine Diskussion werde in Gang gebracht, die dazu führe, dass die »Fronten [...] sich klarer abzeichnen«.[47] Günther Busch sah gerade in den erwarteten negativen Reaktionen der Bewahrer des Althergebrachten die Bestätigung dafür, »daß dieses Manuskript heute und hier am Platze ist«.[48] Guggenheimer dachte sich als Leser nicht den politischen Gegner, sondern »die jungen«.[49]

Martin Walser hingegen analysierte die Dialogführung auf ihre logische Stringenz hin. Deswegen warf er dem Autor auch nicht dessen Voreingenommenheit und Parteinahme vor, die sich aus dem ebenfalls nicht kritisierten Zweck der Agitation ergäben. Gegen die Veröffentlichung sprachen für ihn zwei Argumente: zum einen die logischen Fehlschlüsse in den Dialogen, die ein schlechtes Licht werfen könnten auf die von Walser geteilte Intention, die westdeutsche Ostpolitik zu ändern; und zum anderen ein literarisches Argument, da Müller anachronistisch schreibe. Aus diesem Grund wollte er sich nicht ausmalen, was geschähe, wenn Johnson den Text läse.[50]

Uwe Johnson muss an zumindest einer Diskussion über das Buch im Verlag beteiligt gewesen sein. Dass es überhaupt zu einer schriftlichen Stellungnahme von ihm kam, hatte seinen Grund in einem Vorfall, den er als Indiskretion empfand. Nachdem das Manuskript vom Suhrkamp Verlag abgelehnt worden war, druckten die *Frankfurter Hefte* 1964 auf Anregung Guggenheimers in drei aufeinanderfolgenden Nummern 31 der Dialoge ab.[51] Daraufhin wollte Otto F. Walter das Buch veröffentlichen. Auch

wurde; gemacht wurde«; Walter Maria Guggenheimer: Nachwort, in: Uwe Johnson: Karsch, und andere Prosa, Frankfurt am Main 1964, S. 85-96, hier: S. 95. Das einzige Bedenken bezieht sich auf Johnsons Darstellung der Bundesrepublik. Nicht nur Achim hätte die »Szene mit der Erhängung des flüchtigen Gefangenen [...] nicht gern in seinem Curriculum gesehen [...] und sofern er [Karsch, C.K.], jugendlich, einmal einen Ostermarsch mitgemacht haben sollte, so wäre ihm ein Foto davon heute auch nicht recht angenehm gewesen. Behindert wird die Wahrheit überall, Karsch wird es zuhause rasch genug lernen, und man wundert sich ein wenig, daß er es noch zu lernen hatte«; KP, 93f.

47 Michel, Müller (Anm. 43), in: DLA Marbach, SUA:Suhrkamp/03 Lektorate, Bl. 3.

48 Günther Busch: Müller. Gespräche zwischen Vater und Sohn, in: DLA Marbach, SUA:Suhrkamp/03 Lektorate.

49 Guggenheimer, Gutachten zu Müller (Anm. 44), in: DLA Marbach, SUA:Suhrkamp /03 Lektorate, Bl. 3.

50 Martin Walser: Zu Richard Matthias Müller Vater-Sohn-Gespräche 1963, in: DLA Marbach, SUA:Suhrkamp/03 Lektorate, S. 6.

51 Vgl. Richard Matthias Müller: Der Nationalfeiertag, in: Frankfurter Hefte 19, 1964, S. 396-401; ders., Was gegen die Natur ist und fröhlich macht, in: Frankfurter Hefte 19, S. 479-484; ders., Michael Kohlhaas und die Deutschen, in: Frankfurter Hefte 19, S. 552-556.

er ließ zwei Gutachten, von Peter von Haselberg und Klaus Wagenbach, einholen und erkundigte sich bei Boehlich über das Buch, der ihm vom Streit im Verlag berichtete und auch davon, dass Uwe Johnson gegen den Abdruck gestimmte hatte. Aus diesem Anlass schrieb Johnson den ersten Brief an Boehlich, in dem er ihn kritisiert:

> Zwar weiss ich nicht, wieviel leichter Ihnen der Atem ging, nachdem Sie Herrn Walter meine Meinung aus dem internen Gespräch über Müllers Gespräche zwischen Vater und Sohn mitgeteilt hatten; ich versichere Ihnen aber, es ist eine heikle und peinliche Sache, dem Verleger des von Suhrkamp abgelehnten Manuskripts Nachteiliges darüber zu sagen, nachdem er in die Lage versetzt war, höflich danach zu fragen; und ich wäre wohl dankbar, könnte ich ausgenommen sein von dem wilden Gewälze von Gesehenhaben, Gehörthaben, Weitersagen, einfach des Zeitgewinns halber.[52]

Boehlich wies den Vorwurf der Indiskretion zurück:

> in Zukunft werde ich Ihre Meinung so geheimhalten wie unsere Regierung sogenannte Staatsgeheimnisse gehalten sehen möchte. Herrn Walter war nichts peinlich, denn es war ihm nicht unbekannt, daß in unserem Hause die einen für, die anderen wider Müller waren. Herr Walter hat sich für das Buch entschieden, da wird ihn nicht stören, daß Sie gegenteiliger Meinung sind. Daß ihn Ihre Meinung dennoch interessiert, spricht nicht gegen ihn. […] Meinungen zu verschweigen habe ich bisher keinen Grund gesehen. Das ist etwas anderes als Tratsch weiterzutragen – ein Unterschied, den Sie wohl sehen können.[53]

In einem Brief an Walter bestritt Johnson dann, »gegen die Publikation der Müllerschen Gespräche zwischen Vater und Sohn« votiert zu haben. Auch wenn er das »Unternehmen aussichtsreich« nannte und ihm »Glück für die Publikation« wünschte, führte er drei Argumente an, die das Manuskript in Gänze infrage stellten. Die Konfrontation von Vater und Sohn scheint ihm zu »stilisiert« und »nicht geeignet, wirkliche Fronten zu bilden«. Wie Walser bemängelt auch Johnson »logische Fehler«. Am gewichtigsten aber war das poetologische Argument: »neu Geschriebenes sollte

52 Uwe Johnson an Walter Boehlich, 26.10.1964, in: DLA Marbach, SUA:Suhrkamp/03 Lektorate.

53 Walter Boehlich an Uwe Johnson, 29.10.1964, in: DLA Marbach, SUA:Suhrkamp/03 Lektorate.

schon Geschriebenes übertreffen, zumindest an Neuigkeit«. Auch wenn Form und Inhalt hier von Johnson auf Innovation verpflichtet werden, schränkte er gleich ein, »zumindest« der Gehalt müsse Neues bieten. Wo Guggenheimer den Realitätsgehalt der Dialoge im Gegensatz zu Brechts *Flüchtlingsgesprächen* betont hatte, vermisste Johnson gerade diesen, weil Müllers Dialoge »sehr wenig Wirklichkeit mitführen, Nachrichten über das Jahr, das im Titel steht, Gegenstände des Alltags, die den abstrakten Schlüssen und Beweisführungen reele Kraft zufügen könnten«.[54]

Im Vergleich zu Boehlichs Gutachten fällt vor allem Johnsons Forderung nach Innovation auf, die ersterer als Kriterium infrage stellte. Auffällig ist auch, dass Johnson als Einziger die beabsichtigte politische Wirkung nicht in den Blick nimmt, die die Lektoren als einen der Hauptgründe für die Veröffentlichung anführten. Gegenüber diesen Vorstellungen der Verlagsangestellten blieb der Schriftsteller Johnson, wie sich an seinen 1965 gegebenen Selbstauskünften zum Roman *Zwei Ansichten* zeigt, skeptisch: »Wirkungen? um sie zu versuchen, müßte man sie berechnen können«.[55] An gleicher Stelle äußerte er auch seine Ablehnung eines Konzeptes von Literatur, das gerade auf gesellschaftliche Wirkung zielt: »Tatsächlich nicht Engagement; En-Gagement müßte ja zwei Seiten haben, nicht nur die Ausführung der Arbeit, auch den Auftrag dazu und das Honorar dafür«.[56] Dem wird implizit das Verhalten der Studenten der Fluchthilfegruppe gegenübergestellt, die »wenigstens einmal republikanische Überzeugungen in Taten um[]setzen, mit dem Fälschen von Personalpapieren und dem Verkleiden von Personen, und zwar mit dem Einsatz der eigenen Person, und ohne Honorar«.[57] Diese die »frei[] gewählte Verpflichtung des Indivi-

54 Alle Zitate dieses Absatzes stammen aus Uwe Johnson an Otto F. Walter, 26.10.1964, in: DLA Marbach, SUA:Suhrkamp/03 Lektorate.

55 Uwe Johnson: Auskünfte und Abreden zu *Zwei Ansichten*. (Auf Fragen von Mike S. Schoelman), in: Eberhard Fahlke (Hg.): »Ich überlege mir die Geschichte …« Uwe Johnson im Gespräch, Frankfurt am Main 1988, S. 86-89, hier: S. 87. Dieses Motiv bestimmte auch Johnsons Haltung zu öffentlichem politischen Protest, weil er »nur solchen anerkennt, der auch wirksam ist, der Folgen hat für das, wogegen er gerichtet ist«; Holger Helbig: Die guten Leute sollen das Maul halten. Uwe Johnson protestiert, in: Johnson-Jahrbuch 18, 2011, S. 125-149, hier: S. 130.

56 Johnson, Auskünfte und Abreden (Anm. 55), S. 87.

57 Ebd., S. 89. Wenn Johnson sein »poetologisches Programm explizit ökonomisch fundiert«, dann ist der Ausschluss engagierten Schreibens Ausdruck eines Existenzialismus, der, ohne Vermittlungskategorien wie etwa Geld, unmittelbare Betroffenheit und Wirksamkeit zum Kriterium macht; Holger Helbig: Ein besonderes Verhältnis zum Gelde. Ökonomie und Poetik bei Uwe Johnson, in: Ulrich Fries u.a. (Hg.): »So noch nicht gezeigt«. Uwe Johnson zum Gedenken. London 2004, Göttingen 2006, S. 333-355, hier: S. 336. Öffentlichkeit als Vermittlungsinstanz für Engagement wurde ihm immer suspekter. So trat er 1969 in den Verband deutscher Schriftsteller ein, aber nur weil dieser eine »reine Interessenorganisation« sei. Die im Statut als

duums auf überindividuelle Ziele«[58] gerade ausschließende Definition des Engagements dürfte in Zusammenhang stehen mit Johnsons Ablehnung einer zentralen Kategorie des sozialistischen Realismus, der Parteilichkeit. Schon 1961 hatte er in Reaktion auf Kestens Vorwürfe seine Literatur von einer »sozialaktivistische[n]« (BU, 215) Aufklärung abgegrenzt, die vom Leser verlange, »dass er sich sofort verändert« (BU, 215). Diese Auffassung hat er 1965 im Interview mit der Schülerzeitung *Konturen* als eines der »Prinzipien des sozialistischen Realismus« vorgestellt, »nach denen man durch Beschreibung der Welt in einer parteilichen Form die Auffassung der Leser von der Lage verändern zu können glaubt«.[59] Dagegen setzte er eine Literatur, die nicht wisse, »ob dann eine Meinungsänderung dabei herauskommt, das ist erstens nicht nachweisbar und zweitens nicht die wichtigste Wirkung von Literatur«.[60] Auch 1964 machte Johnson die Unterscheidung im Gespräch von Schriftstellern aus der DDR und der BRD:

> Die Literatur in der DDR hat zum Beispiel die Aufgabe, das Bewußtsein ihrer Leser von der Lage zu verändern. Eine ganz ausgesprochen sozialaktivistische Aufgabe. Eine solche hat die westdeutsche, westlich deutsch sprechende Literatur nicht.[61]

Diese Abgrenzung von einer »sozialaktivistischen« Literatur findet sich in den journalistischen Arbeiten Johnsons nicht. Schon in seinem Interview mit Horst Bienek hatte er 1961, gefragt nach seiner Position als Deutscher zum zweigeteilten Deutschland, gesagt: »Der Gedanke der Wiedervereinigung scheint mir zu verlangen, daß wir uns gründlich und geduldig, d.h. also durch den Versuch eines Verständnisses und der Kenntnisnahme, darauf vorbereiten«.[62] Der Zusammenhang des Interviews legt nahe, diese

Ziel formulierte »Mitwirkung an öffentlichen Angelegenheiten« lehnte er 1969 im Interview mit der *Glocke* dagegen ab; Uwe Johnson: »Ich habe die Chance, vom Ausdenken von Geschichten leben zu können …«, in: Matthias Dannemann (Hg.): Glauben, dass Neues möglich wird. Ausgewählte Interviews der sechziger Jahre, Stuttgart 2012, S. 202-224, hier: S. 202f.

58 Vgl. Helmut Peitsch: Engagement / Tendenz / Parteilichkeit, in: Ästhetische Grundbegriffe (ÄGB). Historisches Wörterbuch in sieben Bänden, hg. von Karlheinz Barck u.a., Bd. 2: Dekadent – Grotesk, Stuttgart 2001, S. 178-223.

59 Peter Michael Stahlberg / Ulrich Schmitz: Begegnung mit Uwe Johnson. (Am 26.10.1965), in: Fahlke (Hg.), »Ich überlege mir die Geschichte …« (Anm. 55), S. 213-216, hier: S. 215.

60 Ebd., S. 214. Die »wichtigste Wirkung« wird im Interview dann aber nicht benannt.

61 »Sie sprechen verschiedene Sprachen«. Schriftsteller diskutieren, in: alternative 7, H. 38/39, 1964, S. 97-100, hier: S. 98.

62 Horst Bienek: Werkstattgespräch mit Uwe Johnson. (Am 3.-5.1.1962 in West-Berlin), in: Fahlke (Hg.), »Ich überlege mir die Geschichte …« (Anm. 55), S. 194-207, hier: S. 207.

Bestimmung nicht direkt auf das literarische Werk Johnsons zu beziehen, sondern auf seine Haltung als Bürger der Bundesrepublik.[63] Seine 1964 – also im Jahr des Streits um das Manuskript von Müller – veröffentlichten Rezensionen von Sendungen des DDR-Fernsehens im Berliner *Tagesspiegel* wurden zwar einerseits als »Dienst am Kunden«[64] eingeführt mit dem Ziel der »Vervollständigung der Nachrichten«.[65] Diese informierende Qualität der Rezensionen wurde aber andererseits mit einem politischen Ziel verknüpft, »da wir die so veränderten Nachbarn unverhofft wiedersehen könnten und uns vorbereiten sollten, sie zu verstehen«.[66] Siegfried Unseld gegenüber, der fürchtete, die Beschäftigung mit dem DDR-Fernsehen sei »Zeitverschwendung«,[67] bestimmte Johnson die politische Zielstellung noch präziser als »contribution to the community«.[68] Dieser Beitrag bestehe im Unterlaufen der Hallstein-Doktrin auf kulturellem Gebiet und in dem Versuch, ein anderes Bild der DDR zu vermitteln als die die veröffentlichte Meinung monopolisierende Springer-Presse. Er habe die Artikel dem *Tagesspiegel* angeboten, um

> den Lesern dieses konservativen Blattes die ostdeutschen Verhältnisse bekannter zu machen, und mögen sie auch die Kenntnis des ostdeutschen Bewusstseins- und Informationsstandes noch lange nicht brauchen für eine Gelegenheit von Wiedervereinigung, vielleicht stimmen sie Massnahmen der Entspannung einsichtiger zu.[69]

Eine strikte Trennung von journalistischen und literarischen Texten lässt sich nicht vornehmen, wie Johnsons 1961 veröffentlichter Essay *Berliner Stadtbahn* zeigt. Diesen hatte er Boehlich mit der Bitte zugesandt, ihn dem *Merkur* anzubieten. Von dem Text zeigte sich Boehlich mehr als angetan: »Daß Sie schreiben können, das wußte ich ja, aber ich wußte bis jetzt nicht, daß Sie so intelligent nachdenken können. Ich bin jetzt ganz

63 Denn auf Bieneks fragwürdige Parallelisierung des Schreibens von Johnson und Proust – dessen Erzähler habe beschrieben, »was er sieht, kühl, registrierend, genau« – geht Johnson nicht ein; ebd.

64 Uwe Johnson: Zum Programm Adlershof, in: ders., 5. Kanal (Anm. 37), S. 7f., hier: S. 7.

65 Ebd., S. 8.

66 Ebd., S. 7f.

67 Siegfried Unseld an Uwe Johnson, 13.7.1964, in: Uwe Johnson / Siegfried Unseld: Der Briefwechsel, hg. von Eberhard Fahlke und Raimund Fellinger, Frankfurt am Main 1999, S. 339.

68 Uwe Johnson an Siegfried Unseld, 15.7.1964, in: JUB, 339.

69 Ebd., in: JUB, 340; vgl. Robert Gillett: ›Wer turnt da? Wer turnt da mit?‹ Uwe Johnsons Fernsehkritiken, in: Johnson-Jahrbuch 10, 2003, S. 135-158.

sicher, daß viel aus Ihnen werden wird. Der Rest ist wie bei der Kanonade von Valmy«.[70] Dem Text *Berliner Stadtbahn* schreibt Johnson selbst einen eigentümlichen Status zu. Er habe diesen verfasst, weil er in einem »epischen Text« daran gescheitert sei, »eine Geschichte: eine Beschreibung« zu verfassen.[71] Es ist kein journalistischer Text, weil Johnson versucht, die »literarischen Konsequenzen«[72] aus der Teilung Berlins zu ziehen. Es ist aber auch nicht »reine Kunst«, weil der Text »noch eine Art der Wahrheitsfindung ist«, nur die Beschreibung der »Schwierigkeiten mit einem Bahnhof der Berliner Stadtbahn«, noch nicht die des Bahnhofs selbst.[73] Die nicht allwissende Position des Erzählers müsse transparent gemacht werden, weil der Autor Geld für den Text verlange.[74]

Zu der politischen Distanzierung, die die Ablehnung von Müllers Text erklärt, kommt die poetologische. Wenn Johnson in *Berliner Stadtbahn* »im Modus der Beschreibung Repräsentativität«[75] erreichen will, dann in den *Zwei Ansichten* ein »Modell der Welt«:

> Es ist nicht mehr, als daß ein erzählendes Buch ein Modell der Welt anbietet, Geschichten als Beispiele, die Welt in der Version des Verfassers, Lesern vorgelegt zum unterhaltsamen Vergleichen mit ihrer eigenen Version. Eine Art Information, in der Form von Erzählung, wahrscheinlich weit weniger wirksam als die regelrechte Nachricht.[76]

Müllers Dialoge setzen gerade auf die hier erneut gering veranschlagte Wirkung. Auch sie bieten ein Modell, eine Version der geteilten Welt. Sie sind aber – und das ist der poetologische Unterschied – nicht als die Version eines Verfassers ausweisbar, sondern typisiert. Und sie ergeben keine Geschichte, kaum eine Beschreibung.

Für das 1965 mit dem Titel *Über Deutschland. 103 Dialoge* vom Walter Verlag gedruckte Buch schrieb Boehlich ein Nachwort, das sich auch als Erwiderung auf die Einwände von Walser und Johnson lesen lässt. Zur von beiden geforderten Stringenz schrieb er: »In Müllers Fall ist strenge

70 Walter Boehlich an Uwe Johnson, 8.5.1961, in: DLA Marbach, SUA:Suhrkamp/01 Verlagsleitung/Autorenkonvolute/Johnson, Uwe.

71 Uwe Johnson: Berliner Stadtbahn, in: Merkur 15, 1961, S. 722-733, hier: S. 722.

72 Ebd., S. 733.

73 Ebd.

74 Vgl. ebd. Zu den biografischen Motiven der Poetologie in Auseinandersetzung mit der Position von Georg Lukács vgl. Kristin Felsner: »Ich benutze mit Vorliebe meine eigenen Erfahrungen«. Zum Zusammenhang von Biografie und Poetik bei Uwe Johnson, in: Johnson-Jahrbuch 17, 2010, S. 70-82.

75 Felsner, »Ich benutze mit Vorliebe meine eigenen Erfahrungen« (Anm. 74), S. 75.

76 Uwe Johnson, Auskünfte und Abreden (Anm. 55), S. 87.

Logik nicht gewollt«.[77] Zum Einwand, die Opposition von Vater und Sohn sei stilisiert, merkte er an: »Literatur ist fiktiv; die Figuren dieser Dialoge sind exemplarisch, sie sind typisiert«.[78]

Roland Berbig hat die Jahre 1962 und 1963 als Johnsons »politisch aktivste Zeit«[79] bezeichnet. Die Rekonstruktion der Diskussion um Müllers Buch ist daher auch ein Beitrag zur Erklärung, warum Johnson wieder weniger aktiv wurde. Und so wie Berbig diesen Prozess anhand der Beziehung zu Wolfgang Neuss als widersprüchlich gekennzeichnet hat, gilt das auch in Bezug auf Boehlich. Die Unterzeichner der *Erklärung über den Krieg in Vietnam* »distanzieren« sich 1965 von der bundesdeutschen Kriegsunterstützung, »begrüßen« Forderungen nach einem Stopp der Bombardements, »schließen sich an« den Protest amerikanischer Akademiker an, »solidarisieren« sich mit der Bürgerrechtsbewegung und »appellieren« an alle, die Erklärung zu unterstützen.[80] Unterzeichnet wurde der öffentliche Aufruf u.a. von Walter Boehlich und Uwe Johnson, von Hans Magnus Enzensberger, Martin Walser und Siegfried Unseld.[81]

Auch auf der persönlichen Ebene bedeutete der Disput keinen Abbruch. Boehlich schmuggelte für Johnson Tabak aus Helgoland und Johnson versicherte ihm in einem Brief seiner »hochprozentige[n] Ergebenheit«.[82] Boehlichs Bedenken gegen den Titel *Königskinder* für die *Zwei Ansichten* gab Johnson in einem Brief recht, dessen Anrede von Ironie untypischerweise fast ganz frei ist: »Lieber guter Herr Boehlich, Ihr Brief ist mir eine Augenweide. Ihr Brief ist mir eine Augenweide. Damit Sie es auch glauben«.[83]

77 Walter Boehlich: Nachwort, in: Müller, Über Deutschland (Anm. 4), S. 163-170, hier: S. 168.

78 Ebd., S. 167.

79 Roland Berbig: »Es wird dich seltsam berühren, daß ich wir sage.« Wolfgang Neuss trifft Uwe Johnson, in: ders. (Hg.), Uwe Johnson. Befreundungen. Gespräche, Dokumente, Essays, Berlin 2002, S. 13-56, hier: S. 46.

80 Die Erklärung, in: Die Zeit, Nr. 51 vom 17.12.1965. URL: http://www.zeit.de/1965/51/die-erklaerung/komplettansicht [Zugriff vom 2.6.2016].

81 Vgl. ebd. Mit Blick auf den Vietnamkrieg gab es für Johnson hier also keine zwei Ansichten vom geteilten Vietnam. Der Aufruf unterscheidet zwischen einer »[f]alsche[n] Benennung des Konflikts« durch die amerikanische Regierung und einer »[r]ichtigen«; ebd. Von einer weiteren von Johnson und Grass in diesem Zusammenhang angeregten Erklärung berichtet der *Spiegel*; vgl. Vietnam-Proteste. Wasser in den Augen, in: Der Spiegel, Nr. 52 vom 22.12.1965, S. 33.

82 Uwe Johnson an Walter Boehlich, 16.11.1966, in: DLA Marbach, SUA:Suhrkamp/03 Lektorate.

83 Uwe Johnson an Walter Boehlich, 16.6.1965, in: Universitätsarchiv Frankfurt am Main, Walter Boehlich, N WB K.

Gesprächsbereitschaft war sogar noch zu Zeiten des sogenannten ›Lektorenaufstandes‹ vorhanden, in dessen Verlauf Johnson sowohl die Sitzung am 14. Oktober 1968 leitete als auch an dem Gespräch teilnahm, das am 16. Oktober die Konflikte zwischen Boehlich und Unseld beilegen sollte.[84] Dabei hatte der Streit mit einem Brief der Lektoren an Siegfried Unseld begonnen, den Johnson wohl als »sozialaktivistisch« bezeichnet hätte:

> Ihr öffentliches Auftreten und Ihre Äußerungen während der Messetage haben in uns – und nicht nur in uns – den Eindruck erweckt, daß Sie die Tendenz der Verlagsprogramme, die nach unserer Meinung die Grundlage unserer Zusammenarbeit bildet, für sich selbst vielleicht nicht als verbindlich anerkennen, sie aber jedenfalls nicht mit der notwendigen Konsequenz vertreten und sie in den Augen solcher, die sie als Autoren und Käufer ermöglichen, desavouiert haben.[85]

Johnson gab sich dennoch Mühe, die von Unseld gegen Boehlich erhobenen Beschuldigungen, etwa die, dieser habe Max Frischs Bücher in der Öffentlichkeit kritisiert, zu überprüfen.[86] Der von Unseld explizit als wichtigster bezeichnete Vorwurf gegen seinen Cheflektor Boehlich lautete aber, er habe in einer Besprechung in Anwesenheit von Martin Walser gesagt: »Literatur ist tot, Autoren gehören abgeschafft«.[87] Boehlich bestritt, diese Sätze in der Form gesagt zu haben. Für Manchen mag der Vorwurf aber plausibel geklungen haben, weil Boehlich in seinem dem *Kursbuch 15* beigelegten Text *Autodafé* die bürgerliche Kritik für tot erklärt und, Walter Benjamin zitierend, nach einer verlangt hatte, »die den fadenscheinig gewordenen Kunstwerk-Begriff über Bord wirft und endlich die gesellschaftliche Funktion jeglicher Literatur als das Entscheidende versteht und damit die künstlerische Funktion als eine beiläufige erkennt«.[88] Ob nun der Satz gefallen ist oder nicht, Unseld nahm ihn als Ansporn: »Ich werde mit meiner Arbeit den Satz von Boehlich widerlegen«.[89] Als John-

84 Vgl. Siegfried Unseld Chronik, hg. von Raimund Fellinger, Bd. 1: 1970. Mit den Chroniken Buchmesse 1967, Buchmesse 1968 und der Chronik eines Konflikts 1968, hg. von Ulrike Anders u.a., Berlin 2010, S. 26-31.

85 Anlage 1: Brief der Lektoren vom 27.9.1968, in: JUB, S. 1137f., hier: S. 1137.

86 Vgl. Walter Boehlich an Uwe Johnson, 30.10.1968 und 14.11.1968, in: UAF, Walter Boehlich, 1967-1968.

87 Siegfried Unseld an Ernst Bloch, 21.10.1968, in: Unseld, Chronik 1970 (Anm. 84), S. 70-76, hier: S. 75.

88 Walter Boehlich: Autodafé, in: Helmut Peitsch / Helen Thein (Hg.): Walter Boehlich. Die Antwort ist das Unglück der Frage. Ausgewählte Schriften, Frankfurt am Main 2011, S. 55-58, hier: S. 57f.

89 Siegfried Unseld an Ernst Bloch, 21.10.1968, in: Unseld, Chronik 1970 (Anm. 84),

son 1969 dann ein Manuskript an Unseld schickte, schrieb er, dass er es »für geeignet halte, den Tod der Literatur in der geplanten Nummer von ›dichten und trachten‹ zu kennzeichnen«.[90] Auch wenn diese Nummer der Verlagsvorschau nicht mehr erschien, Johnsons Nachruf auf sich selbst, *Dead Author's Identity in Doubt; Publisher Defiant*, lässt sich nicht nur als »Prolog zu den *Jahrestagen*«[91] lesen. Er ist auch die Antwort auf das Boehlich zugeschriebene Diktum. Johnson bezieht es auf seine eigene Person und malt sich aus, was es hieße, wenn die Literatur tot sei und er als Autor abgeschafft.

Erst mit der Kündigung der Lektoren Walter Boehlich, Karlheinz Braun, Klaus Reichert, Peter Urban und Urs Widmer redet Boehlich Johnson wieder als »Lieber, mürrischer Herr Johnson« in einem Brief an, in dem er verschiedene »Ideologie[n]« als wahren Grund der Trennung der Lektoren vom Verlag ausmachte.[92] Zudem versorgte Boehlich Johnson weiter mit Literaturhinweisen zur Alltagsgeschichte im Nationalsozialismus für die *Jahrestage*.[93] Zum Bruch kam es erst 1970, bezeichnenderweise, weil Johnson einen moralischen und einen politischen Vorwurf formulierte:

> ich möchte nun doch nicht versäumen, mich von Ihnen zu verabschieden. Ich wurde an Sie erinnert, als ein enorm progressiver Mensch mir für den Fall, dass ich die Beziehung zu ihm abbreche, mit Indiskretionen drohte.
> Tatsächlich möchte ich nichts zu tun haben mit einer solchen Art, sich links zu verhalten.
> Und wünsche Ihnen eine gute Reise.[94]

S. 70-76, hier: S. 75. An Ingeborg Bachmann schreibt Boehlich seine Version der Diskussion: »Dann sprachen wir wieder über die Consequenzen der ›Verwissenschaftlichung‹ des Verlages, von denen eine, habe ich gesagt, die sei, dass die dominierende Rolle, die bisher einige literarische Autoren gespielt hätten, abgeschafft werden würde. Der Verlag werde dann eben nicht mehr der von Brecht und Frisch und Walser und Johnson & c sein, sondern ein ganz anderer, in dem freilich auch die Werke der genannten Autoren veröffentlicht würden«; Walter Boehlich an Ingeborg Bachmann, 8.12.1968, in: Walter Boehlich / Karlheinz Braun / Klaus Reichert (Hg): Chronik der Lektoren. Von Suhrkamp zum Verlag der Autoren, Frankfurt am Main 2011, S. 126.

90 Uwe Johnson an Siegfried Unseld, 16.4.1969, in: JUB, 560.

91 Holger Helbig: Who am I now? Zur Inszenierung von Autorschaft in Uwe Johnsons *Dead Author's Identity in Doubt; Publisher Defiant*, in: Johnson-Jahrbuch 17, 2010, S. 33-47, hier: S. 46.

92 Walter Boehlich an Uwe Johnson, 3.2.1969, in: Boehlich, Chronik der Lektoren (Anm. 89), S. 130.

93 Vgl. Walter Boehlich an Uwe Johnson, 4.3.1969, in: UAF, Walter Boehlich, Mappe Korr K1 1967-1969.

94 Uwe Johnson an Walter Boehlich, 8.7.1970, in: UJA Rostock, UJA/H/100384, Bl. 12.

Boehlich, von dem Brief überrascht, schrieb umgehend: »Wenn Sie vorhaben, die Beziehung zu mir abzubrechen, aus realen oder auch nur eingebildeten Gründen, so ist das Ihr freier Entschluss, nur sollten Sie sich den nicht durch unsinnige Vermutungen erleichtern«.[95] Den politischen Grund für Johnsons Trennungsbrief lässt er nicht gelten: »Wenn ein ›enorm progressiver Mensch‹ Ihnen tatsächlich mit Indiskretionen gedroht hat, sollten Sie das weder für eine ›Art, sich links zu verhalten‹ halten noch diese ›Art‹ allen ›Linken‹ unterstellen«.[96] Johnson antwortete darauf mit einer Absage an alles »Linke«, zumindest alles Linke, was Boehlich mit dieser Person gemein habe:

> Dann tat ein Ihnen im Politischen vergleichbarer Mensch das selbe, und so wurde ich an Sie erinnert: ›erinnert‹ habe ich geschrieben. Um Verhältnisse solcher Art von mir aus zu bereinigen, habe ich mich von Ihnen verabschiedet.
> Und in einem Aufwaschen von einem ›linken‹ Verhalten. Was die ›gute Reise‹ angeht, so bezog sich das darauf, dass man unterwegs ist, Jeder auf seine Weise, ›links‹ oder links oder linkslinks &c., und vielleicht nicht gemeinsam.[97]

Auch wenn beide den Begriff »links« hier zitierend in Anführungsstrichen schreiben, verweist dessen Wiederholung bei Johnson auf den politischen Hauptvorwurf: Boehlich habe sich zusehends immer weiter nach links begeben. Verabschiedet aber hat sich Johnson.

95 Walter Boehlich an Uwe Johnson, 9.7.1970, in: UJA Rostock, UJA/H/100385, Bl. 13-13v, hier: Bl. 13.

96 Ebd., Bl. 13v.

97 Uwe Johnson an Walter Boehlich, 26.7.1970, in UJA Rostock, UJA/H/100386, Bl. 14.

HELMUT BÖTTIGER

# »Dämonisch-interessant-langweiliges mutmaßliches Schweigen«

## *Uwe Johnson und die Gruppe 47*[1]

Als sich die Gruppe 47 im Jahre 1960 im Rathaus von Aschaffenburg traf, war sie auf dem Zenit ihrer Bedeutung angelangt. Aber das war ihr noch überhaupt nicht klar. Sicher, zwei Jahre zuvor, im Gasthof Adler in Großholzleute im Allgäu, hatte der bis dahin unbekannte Lyriker Günter Grass mit den ersten Abschnitten aus seinem Debütroman *Die Blechtrommel* einen aufsehenerregenden Erfolg erzielt. Für die Elmauer Tagung ein Jahr später gab es deswegen so viele Anfragen wie niemals zuvor – von Journalisten, Funktionären und sonstigen Neugierigen, und gerade diese wollte der Gruppenchef Hans Werner Richter unbedingt vermeiden. Walter Hasenclever schrieb in seinem Tagungsbericht für die Zeitschrift *Der Monat*, dass unter den Anwesenden nur noch 20 Prozent Dichter, aber 80 Prozent Manager waren. Und in Aschaffenburg 1960 herrschte dann Alarmstimmung. Richter beschwor im Vorfeld den jungen Klaus Wagenbach, der Lektor im Frankfurter Verlag S. Fischer war und der die Tagung vor Ort organisieren sollte:

> Weiterhin bitte ich Dich dafür zu sorgen, dass nicht aus Frankfurt eine Schar von nicht eingeladenen Skribenten, geistig und kaufmännisch Interessierten und sonstigen Schlachtenbummlern in Aschaffenburg erscheint. Ich kann niemanden zulassen, da der Kreis derer, die ich einladen muss, schon zu groß ist.

In den Diskussionen der Tagung selbst merkte man von alldem aber nichts. Es wiederholte sich nur das, was schon seit einigen Jahren zu be-

1 Bei dem Text handelt es sich um den Abendvortrag der 4. Internationalen Uwe Johnson-Tagung *Uwe Johnson in seiner Zeit*. Helmut Böttiger hielt diesen am 3. Juni 2016 im Festsaal des Rostocker Rathauses. Für den Druck wurde die Vortragsform beibehalten.

obachten gewesen war: Die Gründerväter der Gruppe um Hans Werner Richter verteidigten ihre bodenständige, harte, moralische Auffassung von Literatur, während es bei den Jüngeren unsichere Befreiungsversuche gab, vortastende Schritte in Richtung westlicher Moderne. Was da zaghaft an neuen Formen, an Sprachspielen, experimentellen Ansätzen und Perspektivverschiebungen ausprobiert wurde, stieß bei dem harten Kern der Realisten auf Argwohn und Widerstand. Nach den ersten Lesungen, bei denen sich einige Debütanten formal sehr anstrengten, rief ein älterer Kritiker verzweifelt aus: »Ich warte jetzt auf einen Text, der einfach anfängt: Es war einmal ein Mann, der hieß Eduard«. Helmut Heißenbüttel zitierte in seinem Tagungsbericht in der *Deutschen Zeitung* diesen Zwischenruf und fügte hinzu: »Statt Goethe, so würde ich etwas überspitzt und etwas ungerecht sagen, kam eben Uwe Johnson. Darauf müsste sich die Kritik einstellen«.

Es kam Uwe Johnson. Aber wohin er da geraten war, war ihm wohl selbst nicht ganz geheuer. Alte Haudegen erzählten etwas vom Schützengraben, und politisch aufrechte Kämpfer gegen die Restauration in der Adenauer-Ära hatten literarische Vorstellungen, die sich von den offiziellen Vorgaben in der DDR, aus der er soeben ausgereist war, verblüffend wenig unterschieden. Autoren wie William Faulkner, die er aufgesogen hatte wie ein erfrischendes Lebenselixier, spielten bei Weitem nicht die Rolle, die sie für ihn spielten. Die Kritik hatte sich noch auf gar nichts eingestellt. Nur ein experimenteller Lyriker wie Helmut Heißenbüttel, der in frühen Jahren in seiner Hamburger Bibliothek auf Texte von Gertrude Stein gestoßen war, erwies sich als Bündnispartner, aber damit hatte Johnson letztlich doch weniger zu tun, als es schien. Er saß zwischen den Stühlen.

Johnson hatte aus der DDR etwas mitgebracht, was seine Generationsgenossen in der frühen Bundesrepublik gar nicht so sehr interessierte: ein gesellschaftliches Bewusstsein, ein moralisch stark aufgeladenes Verständnis für Politik. Diejenigen in der Gruppe 47, die auf ähnliche Weise geprägt waren, waren deutlich älter und lehnten wiederum seine Ästhetik ab: Politisches Engagement und formale Innovation, das ging in der Gruppe 47 am Ende der 1950er Jahre keineswegs zusammen, das waren im Gegenteil die beiden Fraktionen, die sich nahezu unversöhnlich gegenüberstanden. Uwe Johnson aber vereinte diese beiden Fraktionen in seiner einzigen, mecklenburgisch brüsken, unzugänglichen und schroffen Person.

Die Tagung in Aschaffenburg, die den Anlass für Helmut Heißenbüttels goldene Worte über Uwe Johnson gab, war bereits das zweite Treffen der

Gruppe 47, an dem dieser so schwer integrierbar scheinende junge Autor teilnahm. Auf Schloss Elmau im Herbst 1959 war er auch schon dabei gewesen. Der Suhrkamp Verlag hatte soeben auf der Frankfurter Buchmesse die *Mutmassungen über Jakob* präsentiert, am Stand des Verlags wurde der Roman als Spitzentitel neben Ernst Blochs *Prinzip Hoffnung* ausgestellt – für den jungen, fünfundzwanzigjährigen Autor war das ein Start, der ihn sofort ins Zentrum des Literaturbetriebs beförderte. Marie Luise Kaschnitz schrieb in ihr Tagebuch über »das schon mit viel Lorbeer umkränzte Fohlen aus Suhrkamps Stall«. Der neue Suhrkamp-Chef Siegfried Unseld nahm Johnson, der erst kurz zuvor aus der DDR nach Westberlin umgezogen war, fast direkt von der Buchmesse gleich zur Tagung auf Schloss Elmau mit.

Damit befand sich der junge Autor direkt im Fadenkreuz. Die Tagung war eine Börse, an der Aktien der neuen Autoren gehandelt wurden und sich auf einen Schlag eine Karriere entscheiden konnte. Insofern war der Schlagabtausch, den sich Uwe Johnson auf dieser Tagung gleich mit dem nur unwesentlich älteren, aber bereits sehr berühmten Hans Magnus Enzensberger lieferte, sehr geeignet, sein Profil zu schärfen. Man kann aber voraussetzen, dass dies nicht Johnsons ursprüngliche Absicht war. Der Disput mit Enzensberger war ein äußerst charakteristischer zwischen Ost und West, zwischen dem spielerisch-wendigen jungen Provokateur und dem prinzipientreuen Moralisten, der durch harte staatliche Strukturen hindurchgegangen war. Er entzündete sich an Enzensbergers Gedicht *Schaum*, einem seitenlangen Versuch über das Abgleiten von Kritik an sich schnell auflösenden Blasen. Während Enzensberger das Prinzip der repressiven Toleranz in der Wohlstandsgesellschaft benannte und davon auch sofort profitierte, kam Johnson von einer Erfahrung unmittelbarer Repression her. Es existieren von dieser Zeit noch keine Rundfunkmitschnitte der Gruppentagungen. Was da im Einzelnen genau geschah, ist nur andeutungsweise überliefert. Auffällig jedenfalls war, dass Hans Werner Richter entgegen seiner sonstigen Praxis das Rededuell der beiden jungen Autoren, das sich vom gelesenen Text schnell ins Prinzipielle entfernte, nicht unterbrach.

Klaus Wagenbach zitierte in seinem Tagungsbericht in den *Frankfurter Heften* Enzensberger-Zeilen wie »Kauft euch Särge mit Klima-Anlage und Wasserspülung« oder »Rohes Hackfleisch ist nichts für Alexandriner« und gab Joachim Kaiser recht, der in seiner Kritik meinte: »Die Freude am wohlgelungenen Bild fährt Enzensberger manchmal in die Parade«. Dann gab er einige Details aus der Johnson-Enzensberger-Kontroverse wieder.

Johnsons Kritik bezog sich auf Bertolt Brecht, der an Hollywood-Bildern genau das benannt hatte, was ihn selber jetzt an Enzensberger störte: »zum an die Wand hängen, – aber es hilft nicht. So soll die Welt nicht sein, aber wie denn?« Enzensberger versetzte darauf in seiner bereits typisch listigen Art: »Wenn Sie jemandem sagen, dass er sich ändern solle, so ist dies das sicherste Mittel, dass er sich nicht ändert«. Und Wagenbach dokumentiert auch Johnsons Schlusswort: »Ich halte es für einen pädagogischen Fehler, die Antwort auszulassen«.

Das Wort ›pädagogisch‹ als wichtiges Kriterium in einer ästhetischen Debatte! Johnson hatte sich in der DDR an didaktischen Fragen geschult und traf nun auf Bestrebungen, sich derlei Fragen zu entziehen, er traf auf lustvolle Ausweichbewegungen. Das musste er als Gefahr empfinden, das verstieß gegen alles, was ihn ausmachte. Dennoch waren die Gemeinsamkeiten durch die Gruppe 47 so groß, dass sich zwischen Johnson und Enzensberger eine durchaus freundschaftliche Beziehung ergab, die bis in die Jahre 1967/68 anhielt, als dieselben Fragen noch einmal viel präziser gestellt wurden. Das hat etwas mit der Dynamik der Gruppe 47 zu tun und der besonderen gesellschaftspolitischen Konstellation, in der sie sich bewegte. Dieser von Hans Werner Richter 1947 gegründete Werkstattkreis von jungen, unbekannten Autoren wurde von den tonangebenden Akteuren des literarischen Geschehens bis weit über die Mitte der 1950er Jahre hinaus für unbedeutend gehalten. Friedrich Sieburg, der einflussreichste Feuilletonist und mächtigste Literaturredakteur dieser Jahre, beschäftigte sich mit der Gruppe 47 fast gar nicht. In den zwei, drei Glossen, in denen sie vorkam, nannte er sie, in einem Gestus illustrer Verachtung, nicht einmal mit Namen. Die Bedeutung der Gruppe 47, wie sie heute in der Literaturgeschichte erscheint, war lange Zeit kaum zu ahnen. Erst mit dem Auftritt von Günter Grass 1958 begann sich dies zu ändern, und die beiden ersten Tagungen, an denen Uwe Johnson teilnahm, 1959 und 1960, markieren eine spannungsvolle und aus heutiger Sicht faszinierende Übergangsperiode. Autoren, die durch und durch mit der Gruppe 47 zu identifizieren waren, wie Grass, Johnson oder Enzensberger, konnte man nicht mehr ignorieren, und es fand um 1960 ein Kampf um die Deutungshoheit im Feuilleton statt, der bereits nach kurzer Zeit entschieden war. Johnson war einer der Autoren, die dabei zum Symbol für die Gruppe 47 wurden. Politisch war es ihm vollkommen bewusst, in welche Kreise er da hineingeriet.

Die Feuilletons und Zeitschriften, die hegemoniale Literaturszene in den bundesdeutschen 1950er Jahren waren voll von Namen, die heute meist vergessen sind. Als der französische Germanist Robert Minder 1952 die aktuellen westdeutschen Lesebücher untersuchte, stellte er fest:

> Fielen dem Mann vom Mond solche Lesebücher in die Hände, er dächte: Ein reiner Agrarstaat muss dieses Deutschland sein, ein Land von Bauern und Bürgern, die in umhegter Häuslichkeit schaffen und werkeln und seit Jahrhunderten nicht mehr wissen, was Krieg, Revolution, Chaos ist.

Minder war kein Polemiker. Denn die blühende Zeitschriftenszene der unmittelbaren Nachkriegsjahre verwelkte nach der Währungsreform 1948 in Westdeutschland sofort. Als die Besatzungsmächte nicht mehr die literarischen Neuerscheinungen lizenzierten und finanzierten, beherrschte sofort wieder die deutsche Generation der etwa Fünfzig- bis Siebzigjährigen die Zeitungen und den Buchmarkt. Sie nahm nahezu geschlossen eine »innere Emigration« für sich in Anspruch. Viel war nun von den »Dämonen« die Rede, von der »dunklen Zeit«, von »Heimsuchung«. Gertrud von le Fort dichtete: »Die Schuld ist ausgeweint«. Als der größte zeitgenössische Lyriker galt Rudolf Alexander Schröder. Er war der Repräsentant der deutschen Gegenwartsliteratur und hielt fast jeden feierlichen Festvortrag. Am Silvesterabend 1951 wurde seine *Hymne an Deutschland* anlässlich der Neujahrsansprache des Bundespräsidenten Theodor Heuss in den Rundfunkanstalten gesendet. Heuss versuchte, sie als neue Nationalhymne durchzusetzen. Schröders religiöse Dichtung drückte das deutsche Selbstgefühl der 1950er Jahre ideal aus:

> Wir harren, Christ, in dunkler Zeit.
> Gib deinen Stern uns zum Geleit auf winterlichem Feld.
> Du kamest sonst doch Jahr um Jahr!
> Nimm heut auch unsre Armut wahr
> in der verworrnen Welt.

Am wichtigsten war den Deutschen der deutsche »Geist«, der trotz des Hitlerregimes immer noch existiere. Das sahen die Emigranten naturgemäß etwas anders. Irmgard Keun schrieb 1947 in einem Brief aus Deutschland nach New York: »Der ganze Boden in Deutschland stinkt nach Mord und Leichen, und nun zieht sich ein Schleim von Frömmigkeit darüber hin. In der Ostzone beten sie anders herum«. Ein eindrucksvoller Beleg für das Selbstverständnis des verbliebenen deutschen Restbürgertums ist der Artikel, den die *Frankfurter Allgemeine Zeitung* am 6. Juni 1950 als Aufmacher pünktlich zum 75. Geburtstag Thomas Manns im Feuilleton druckte. Der Verfasser ist der im Umfeld von Ernst Jünger praktizierende Gerhard Nebel. Der Text beginnt so:

> Es geht nicht an, in Geburtstags-Sentimentalität zu vergessen, was uns von Thomas Mann scheidet. Er tritt uns als Exponent einer bis zur Dummheit gehenden Abneigung gegen Deutschland entgegen, und diesem Affekt, der ihn zu verzehren scheint, antworten aus dem Volk, dem er einmal angehörte und von dessen Schicksal er sich nicht 1933, sondern 1945 trennte, Verachtung und Wut. Dieser Schriftsteller ist eine Linse, die die Strahlen der Partisanen-Bosheit sammelt.

Eine große Karriere als Lyriker und Essayist machte nach dem Krieg auch der junge Hans Egon Holthusen. Er wurde neben Friedrich Sieburg der wichtigste Kritiker. Sein Essayband *Der unbehauste Mensch* war das Buch der Stunde. In welchem Umfeld sich die Gruppe 47 bewegte, wird deutlich, wenn dieser Mann mit Mitte dreißig im Jahr 1951 über das geistige Leben der Gegenwart schreibt:

> Wenn die ›grand old men‹ der deutschen Gelehrtenrepublik wie Rudolf Alexander Schröder und Ernst Robert Curtius einander über die Köpfe des profanum vulgus der literarischen Tagesproduktion hinweg zublinzeln und kleine kritische Blumensträuße darbringen, dann fällt gleichsam die ganze mittlere und jüngere Generation der heutigen deutschen Literatur als unerheblich unter den Tisch. Denn wo noch der [sic!] strenge erzene Kontur eines Vergil-Verses als maßgebend angesehen wird, da ist ein moderner Romanschreiber nicht diskutabel.

Unübersehbar werden die Schwierigkeiten, die jüngere, unbekannte Autoren hatten, wenn sie nach etwas Offenem suchten, sich ins Unbekannte vorwagten. Sie stießen dabei zwangsläufig auf die Herren des Diskurses. Der Bundeskanzler Konrad Adenauer hatte 1926 als Oberbürgermeister der Stadt Köln nach der Uraufführung von Bela Bartóks musikalischer Pantomime *Der wunderbare Mandarin* weitere Aufführungen untersagt; es hieß, das sei »sexuelle Musik par excellence«. Und es konnte keine Rede davon sein, dass sich an diesem Kunstverständnis mittlerweile etwas geändert hatte. Die Gruppe 47, so harmlos sie auch erscheinen mochte und so sehr sie sich programmatisch auf literarische Diskussionen beschränkte, wurde zwangsläufig zu einer kulturellen Opposition in der Adenauerzeit. Dies war atmosphärisch sofort spürbar, nahm aber mit der Zeit immer deutlicher auch politische Konturen an. Man hatte im staatlich geförderten Kulturbetrieb, in den tonangebenden Medien, aber auch in den politischen Repräsentanten klar zu definierende Gegner. Sie standen meist für eine erstaunlich bruchlose Kontinuität zur Zeit des Nationalsozialismus. Man bildete in der Gruppe 47 bis zum Ende der 1950er Jahre eine kleine, subjektiv durchaus ausgegrenzte Minderheit, und das schaffte untereinander eine starke Verbindung. Nur das erklärt die erstaunliche Leistung Hans Werner Richters, diese Gruppe von Individualisten, die sich in ihren literarischen Vorstellungen zum Teil heftig widersprachen, so lange zusammenzuhalten.

Uwe Johnson, der sich nicht von ungefähr später Hannah Arendt als Laudatorin für den Georg-Büchner-Preis wünschte, hatte ein feines Gespür für Machtverhältnisse und gesellschaftliche Hegemonien. Dass er in der Bundesrepublik auf ehemalige Nazis stieß, aber im Gegensatz zu den Verhältnissen in der DDR die Chance sehen konnte, totalitäre Strukturen zu bekämpfen, prädestinierte ihn auch abseits des literarischen Marktes für die Gruppe 47. Und sogar dafür, mit Hans Magnus Enzensberger solidarische Gefühle zu verbinden.

Es gehört zu dieser frühen Phase der Bundesrepublik, dass der Gruppe 47 eine Bedeutung zuwuchs, die nur zeitgeschichtlich zu begreifen ist und auf andere historische Situationen nicht übertragbar scheint. Zwischen 1958 und 1968 wurden in der Literaturszene die Fragen gestellt, die im Bonner Parlament so entweder gar nicht gestellt oder aber gleich übergangen wurden. Es existierte in der Gruppe 47 in den 1960er Jahren eine organisch wirkende Verbindung von Politik und Literatur, die historisch nahezu einzigartig anmutet. Die politische Bedeutung wuchs der Gruppe 47 nach dem Durchbruch zur definierenden Macht im Literaturbetrieb umso stärker zu. Denn nach dem *Blechtrommel*-Furor um Günter Grass 1958 kam zum Gefühl, eine junge intellektuelle Opposition zu bilden, ein anderer Aspekt dazu: Man begann, den Literaturbetrieb zu bestimmen. Mit Grass und Johnson war auch für die etablierten Medien abseits des Einflussbereiches der Gruppe 47 deutlich geworden, dass die interessanten jungen Autoren auf den Tagungen dieser schwer festzulegenden Vereinigung zu suchen waren, und dadurch traten die ökonomischen Aspekte des Literaturbetriebs zum ersten Mal unübersehbar zutage: Die ursprünglich als »Werkstattgespräche unter Autoren« konzipierten Tagungen der Gruppe 47 entwickelten sich zu Testfeldern für künftige Auflageprognosen, zur Marktforschung. Die Bedeutung der Kritiker, die in der Spontankritik die gelesenen Texte diskutierten und das Werkstattgespräch in eine Bühne für literaturkritische Positionierungen verwandelten, nahm sprunghaft zu.

Johnsons erste Teilnahmen an den Tagungen 1959 und 1960 markieren genau die Zeit, in der die Gruppe von einer Außenseiterrolle in eine Machtposition hineinwuchs. Die Wahrnehmungen dieses Vorgangs unterschieden sich allerdings erheblich. Hans Werner Richter störte sich zunächst sehr an der Rolle, die die Kritiker einzunehmen begannen. Denn dass sich eine Riege von Berufskritikern von den Autoren abhob, war in den ersten Jahren überhaupt nicht vorgesehen gewesen. Es ging anfangs darum, unter Schriftstellern kollegial, kritisch und kompromisslos über Texte zu diskutieren. Mit der Zeit bildete sich aber eine Gruppe heraus, die ausschließlich als Kritiker agierte: die Professoren Walter Höllerer, Walter Jens und Hans Mayer sowie die Journalisten Joachim Kaiser und Marcel Reich-Ranicki. Richter schrieb am 24. September 1961 an Wolfgang Hildesheimer: »Schwer fällt mir Ranicki. Was mache ich nur mit dem? Ich mag ihn gar nicht mehr. Er ist in einer Gruppe von Freunden ein toter Punkt … oder ein blindes Huhn, das immerfort gackert … und Windeier legt«.

Der Impresario der Gruppe 47 stieß sich daran, dass Reich-Ranicki hier ausschließlich ein Forum für die eigene marktstrategische Positionierung sah und dadurch das verkannte, was Richter den »Corpsgeist« der Gruppe nannte. Er wollte in einem fast schon verzweifelten Akt das Ruder noch einmal herumreißen: Die Einladungspolitik vor der Tagung auf Schloss Göhrde 1961 war äußerst restriktiv, es kam vereinzelt zu heftigen Brüskierungen selbst alter Gruppenmitglieder. Die Tagung in Aschaffenburg 1960, bei der Uwe Johnson mit seiner *Beschreibung einer Beschreibung*, einem Auszug aus dem späteren Roman über das DDR-Radsport-Idol Täve Schur, so glänzend abgeschnitten hatte, war für Hans Werner Richter mehr als zwiespältig gewesen. Die mehr als 140 Teilnehmer sprengten den früheren intimen Rahmen offenkundig. Wohl noch gravierender waren aber die Risse innerhalb der Gruppe selbst. Die ältere Generation um Hans Werner Richter geriet ästhetisch immer mehr ins Hintertreffen, Walter Kolbenhoff und Adriaan Morriën wurden verrissen, Richter selbst traute sich bereits seit geraumer Zeit nicht mehr, als Autor aufzutreten. Dennoch war der harte Kern der Gruppe um Richter, der sie initiiert hatte, noch ein erheblicher Machtfaktor. Jüngere Autoren, die sich formal hervorwagten, wie Dieter Wellershoff, Jürgen Becker und Ludwig Harig, stießen auf Unwillen und Unverständnis.

Dass die Jungen sich nicht mehr im Sinn der Kriegsgeneration politisch engagierten und sich eher von Ideen wie dem Nouveau Roman anstecken ließen, wies darauf hin, dass es keinen übergreifenden Konsens mehr in der Gruppe gab. Es kam zu einer beinahe paradoxen Situation: Der durchaus ideelle Konsens, der die Gruppe zehn Jahre lang geprägt hatte, wurde abgelöst durch ihren jetzt eintretenden kommerziellen Erfolg. Dieser hielt die Gruppe dann, obwohl er immer größere Spannungen mit sich brachte, noch einmal zehn Jahre zusammen. Denn für die jungen Autoren der 1960er Jahre, die ästhetisch und auch weltanschaulich nichts mehr mit Richters ursprünglichen Intentionen zu tun hatten, war die Gruppe 47 als Sprungbrett ungeheuer attraktiv: Der Auftritt Peter Handkes in Princeton 1966 brachte die Sache genau auf den Punkt.

Uwe Johnson hatte von Anfang an eine Sonderstellung. Seine Verbindung von politischem Engagement und ästhetischer Avanciertheit machte ihn für beide Seiten attraktiv, aber gleichzeitig wurde er von beiden Seiten dafür auch tendenziell beargwöhnt. Fast zwanzig Jahre nach seiner Einführung in die Gruppe 47 blickte Johnson auf diese Herausforderung zurück, in einem Brief vom 21. Oktober 1978 an seinen Verleger Siegfried Unseld:

> Die Geschichte von der Gruppe 47 gehörte zu den schwerer fasslichen unter denen, die du mir 1959 erzähltest in deinem Bemühen, mich einzuführen in das Land. Erstaunlich nämlich, dass eine lakonische Postkarte von Hans Werner Richters Hand ausreichte, einen fest gefügten Terminplan von zehn Tagen umzustülpen; befremdend, dass es unumstößlich comme il faut sein sollte, einer solchen Einladung zu folgen, auch wenn er bisher nur ein einziges Buch veröffentlicht hatte. Nicht nur brachten deine Scheinwerfer sehr wenig Weiss in den nachtschwarzen Serpentinenwald unterhalb der Elmau, auch kam ich aus einer Gegend, in der der Literatur eine durchaus andere Öffentlichkeit bereitet wurde als die, die du mir in Kurve nach Kurve ankündigtest. Hab vielen Dank für deine Geduld. Meine Vorbehalte gegen die Einpersonenherrschaft Hans Werner Richters zerstreutest du zuversichtlich mit deiner Erwartung, er wie ich würden aus der Nähe unserer Herkunftsorte bald eine Verwandtschaft erkennen; so private Verhältnisse waren mir bei Tagungen unbekannt und verdächtig. Kaum hattest du mir auseinandergesetzt, dass diese Vereinigung gar keine sei, lediglich ein Freundeskreis Hans Werner Richters, beständig erweitert durch seine Neugier auf neue Stimmen und Gesichter, kam ich dir mit jener Verwendung, die der Begriff Gruppe in der Sprache der großdeutschen Militärs erfahren hatte, und du musstest mir aus den Umständen der ersten Jahre nach dem Krieg bei euch die Notwendigkeit auch einer anderen Art von Militanz herleiten. Bei dem ›Elektrischen Stuhl‹, auf dem die jeweils Vorlesenden so lange sitzen durften, bis es dem Publikum und seinem

> Vorsitzenden unzumutbar schien, fiel mir die Benutzung eines solchen Möbels gegen Sacco, Vanzetti und andere ein; du wusstest eine Menge von Leuten anzuführen, die tatsächlich gerettet wurden vor dem Berufe des Schriftstellers und zufrieden in einem anderen, wenn Hans Werner Richter im Verein mit seinen Zuhörern ihn hingerichtet hatte mit der Bitte, doch lieber aufzuhören – offenbar gab es nach solcher Exekution eine Auferstehung. Meine Bedenken gegen solch einen offenen Markt, auf dem die Verleger mit Vorverträgen eingriffen in den Vorgang des Schreibens, wusstest du zu begegnen mit dem Hinweis, oftmals müsse eben dieser Vorgang finanziert werden bei euch, schlicht dem zukünftigen Buch zuliebe.

Fremd, und doch zugehörig: Das war Uwe Johnsons Idealposition. Ungefähr mit dieser Rezeptionshaltung nahm er vermutlich auch Helmut Heißenbüttels Lob entgegen, mit dem dieser ihn programmatisch von traditionellen Erzählweisen absetzte. Das entsprach sehr schön dem Verdikt, das in der DDR der Cheflektor des Aufbau Verlags Max Schroeder 1956 über Johnsons Manuskript *Ingrid Babendererde* verhängt hatte: »Typischer Fall von ›Westkrankheit‹«. Mit einem Rückzug in den Elfenbeinturm, mit einem rein formalen Interesse, mit Nouveau Roman und konkreter Poesie hatte Johnson aber auch nichts zu tun. Ihn interessierten, das bewiesen *Mutmassungen über Jakob* und *Das dritte Buch über Achim*, gesellschaftliche Prozesse und ihr Einfluss auf menschliche Verhaltensweisen.

Den goldenen Schnitt zwischen all diesen Anfechtungen bildete Günter Grass. Das ist eine mögliche Erklärung für die Freundschaft, die diese beiden von ihrem Temperament und ihrem Habitus her extrem unterschiedlichen Protagonisten verband. Die Geburtsstunde ihrer Freundschaft ist gleichzeitig auch die Geburtsstunde einer selbstbewussten bundesdeutschen Literatur: Auf der Frankfurter Buchmesse 1959 wurden gleichzeitig Grass' *Blechtrommel* und Johnsons *Mutmassungen über Jakob* vorgestellt. Damit hatte die Moderne endlich auch Einzug in die deutsche Gegenwartsliteratur gehalten. Johnson hatte auf jeden Fall Faulkner gelesen – wie er allerdings in den 1950er Jahren in der DDR, ausgehend von der Scheune seines Onkels in der Schmiede von Recknitz über die Dachkammer in Güstrow bis zum Souterrain-Zimmer in Rostock, zu seinem unverwechselbaren Schreibstil gelangen konnte, ist eines der immer noch nicht restlos gelüfteten Geheimnisse –, und Grass sprengte durch die Rückbesinnung auf Döblin und Grimmelshausen das enge Korsett der Adenauerzeit. Grass und Johnson absolvierten in der Folge gelegentlich gemeinsam Lesungen. Es ist vermutlich eine bestimmte Mentalität des

Ostens, die hier zum Tragen kam, und eine ähnliche Gestimmtheit, was die Politik anbelangte. Beide neigten nicht zu politischer Radikalität, und was für Grass die mäßigende Kraft der Sozialdemokratie war, entsprach bei Johnson der Abwehr totalitärer Vorstellungen. Durch die Gruppe 47 ergaben sich zudem handwerkliche Übereinstimmungen zwischen den beiden. Es verband sie die konkrete Arbeit am Text, und sie hatten dabei ähnliche Ansichten. Allerdings war Grass Johnsons die Avantgarde umspielende Satzbautechnik manchmal ein bisschen suspekt. Er sagte einmal öffentlich, dass er in Johnsons Text einfach Kommata eingesetzt habe, und dann lese sich das Ganze plötzlich ganz flüssig. Johnson, der Empfindliche, reagierte darauf erstaunlich souverän: Er sprach bedächtig von seinem »Satzzeichenschwund« und zog sich in bekannt juristisch-verschnörkelter Klarheitsprosa so aus der Affäre, dass Grass daneben fast ein bisschen banal aussah.

Im Rückblick erinnerte sich Grass 1984:

> Eine Freundschaft über viele Jahre, die schwierig war, wie offenbar Freundschaften zwischen Schriftstellern in der Regel schwierig sind; eine Freundschaft mit Auf und Ab, die unseren Arbeitsprozess begleitete. Für mich gehören Kneipenbesuche in Berlin mit Uwe Johnson in den 60er Jahren, manchmal auch noch in den 70er Jahren zu fruchtbaren Erinnerungen. Es ist nicht oft möglich, mit einem Kollegen über das Schreiben entspannt, heiter, handwerklich zu sprechen, einen Bereich auszuloten, den nur die Schriftsteller kennen, den die Germanistik ausspart, das Entstehen von Manuskripten; stundenlange Gespräche, die nicht trocken waren, über Kapitelanfänge, über harte und sanfte Übergänge, über das richtige Adjektiv; Gespräche auch über das eigene literarische Herkommen, was man im Fall Uwe Johnsons zum Beispiel von Raabe lernen konnte, wie in meinem Fall das Verhältnis zu Döblin gewesen ist.

Eines steht außer Frage: Johnson nannte Anfang der 1960er Jahre Günter Grass offiziell den bedeutendsten deutschsprachigen Gegenwartsschriftsteller, und er hantierte damals auch bereits mit dem Nobelpreis für seinen Freund. Der Indikator für Ironie war dabei offensichtlich nur ein Schutz. Johnson bewunderte die *Danziger Trilogie* von Grass wirklich. Und das war das höchste Lob, das überhaupt denkbar war.

Der Beginn ihrer Freundschaft fiel mit einer starken Politisierung der Gruppe zusammen. Willy Brandt und die SPD zeigten nicht nur bei

Günter Grass, sondern auch bei Johnson Spuren. Doch bald wuchs die Politisierung darüber hinaus. Am deutlichsten wurde dies auf der Tagung 1962 am Berliner Wannsee, zur Zeit der *Spiegel*-Affäre, als im Hause des Verteidigungsministers Franz Josef Strauß wegen des Aufdeckens militärischer Geheimnisse ein »Abgrund von Landesverrat« konstatiert wurde. Einige Autoren der Gruppe schrieben darauf eine Protestresolution, und getippt wurde sie von Uwe Johnson auf seiner Schreibmaschine. Abseits der offiziellen Gruppentagung trafen sich die Beteiligten dafür in Johnsons Privatwohnung. Ein Satz aus dieser Resolution zog weite Kreise – es ist nicht ausgeschlossen, dass Johnsons Autorschaft dabei mit zu bedenken ist, obwohl er in einem Brief an Martin Walser schrieb, dass die anderen es ihm in die Schreibmaschine diktiert hätten, vor allem Alfred Andersch. Der Satz lautet:

> In einer Zeit, die den Krieg als Mittel der Politik unbrauchbar gemacht hat, halten sie (die Unterzeichneten) die Unterrichtung der Öffentlichkeit über sogenannte militärische Geheimnisse für eine sittliche Pflicht, die sie jederzeit erfüllen würden.

Die Sache mit den »sogenannten militärischen Geheimnissen« entfachte in Kreisen der Regierung und der parlamentarischen Mehrheit sofort einen Proteststurm.

Mit Martin Walser verband Johnson eine wohl zeitweilig engere, aber noch weitaus komplizierte Freundschaft als mit Grass. Sie hatten nämlich einen gemeinsamen Verleger. In seinem Brief an Walser setzte sich Johnson fast noch im Moment des Verfassens der Resolution in interessanter Weise wieder von ihr ab. Am nächsten Morgen war Johnson auf der eigentlichen Tagung das Sammeln von Unterschriften für die Resolution übertragen worden. Er schrieb an Walser:

> Ich sammelte aber nicht, blieb in meiner Ecke und ließ jeden der wollte unüberredet unterschreiben, da erhob Grass plötzlich seine Stimme gegen meinen Rücken, zog sofort mit ihrem Wohllaut einen beträchtlichen Halbkreis um sich und sagte einige auffällige Dinge. So, er warne vor dem Unterzeichnen dieser albernen Erklärung, denn es gäbe nur zwei Gruppen, die das Grundgesetz angreifen, die eine die rechtsradikalen Nationalen, die andere die irregeleiteten Linken etc, worauf einige ihre Unterschrift wieder ausstrichen. […] Da hatte ich nichts zu wehren. Ich wollte es in jedes Belieben lassen da zu unterschreiben, mir schien das eine sinnlose Demonstration von Anstand. Inzwischen kommt es

> mir doch vor wie Unverschämtheit. Denn was hätten wir Schriftsteller da der Öffentlichkeit zu empfehlen, als wären unsere Namen Markenartikel für politisches Urteil.

Das wiederum wirkt wie ein radikaler Gegenentwurf zu Grass. Sich politisch derart eindeutig zu positionieren, gar parteipolitisch, war Johnson fremd. Die *Spiegel*-Affäre jedoch gab ihm allemal Anlass zu moralischer Empörung, und diese steigerte sich noch, als der Geschäftsführende Vorsitzende der CDU Josef-Hermann Dufhues im Anschluss an die *Spiegel*-Resolution sein legendäres Wort von der Gruppe 47 als einer neuen »Reichschrifttumskammer« verlautbarte. Hans Werner Richter reichte dagegen mit einigen anderen Klage ein. Im Juli 1963 suchte Uwe Johnson dann zusammen mit Ingeborg Bachmann und Günter Grass das Landgericht Berlin auf, wo diese Angelegenheit verhandelt wurde. Es wurde jedoch zum Problem, dass es unterschiedliche Vorgehensweisen gab: Wolfdietrich Schnurre, in Westberlin ansässiges Urgestein der Gruppe 47, riss den Prozess mit einem eigenen Rechtsanwalt an sich. Er hatte Sonderinteressen, weil er auf Betreiben von CDU-Politikern aufgrund eines Kommentars nicht mehr beim Westdeutschen Rundfunk in Köln beschäftigt wurde. Schnurre jedoch galt Hans Werner Richter und auch Uwe Johnson als ein unsicherer Hitzkopf und Einzelkämpfer. Johnson schrieb an Richter: »So können die oft übertriebenen Einzeläußerungen des Einzelklägers Schnurre regelmäßig der Gruppe 47 angelastet werden, zu ihrem Schaden, wie sich zum Beispiel versteht. Hier fühle ich mich nicht mehr vertreten«.

Mit dem letztendlich geschlossenen Vergleich mit Dufhues, dem Richter aus taktischen Erwägungen zustimmte und der für die Gruppe 47 ziemlich günstig ausfiel, war Johnson nicht einverstanden. Er war kein politischer Taktiker und Stratege wie Hans Werner Richter und er war auch kein sozialdemokratischer Realpolitiker wie Günter Grass. Er war ein Schriftsteller, der sich gelegentlich aus politischen Gründen empörte und in diesen Fällen Kompromisse fragwürdig fand. Das bedeutete aber nicht, dass er politisch radikal war. Er war in erster Linie ein radikaler Schriftsteller.

Immer, wenn Hans Werner Richter zu politischen Aktionen blies – und im Laufe der 1960er Jahre tat er das oft; er versuchte, die literarische Bedeutung der Gruppe 47 politisch direkt nutzbar zu machen, eine Zeitlang mit Verve etwa für den sozialdemokratischen Hoffnungsträger Willy Brandt –, immer dann fiel auch der Name Uwe Johnson. Bei Treffen mit Willy Brandt, bei Einladungen zu Richters »politisch-literarischem Salon«, den er ab Anfang 1964 in Berlin für im Lauf der Zeit mehrere Rundfunk- und Fernsehanstalten organisierte – die Namensliste, mit der er warb, begann immer automatisch mit »Günter Grass« und »Uwe Johnson«. Johnsons Etikett als »Dichter der beiden Deutschland«, das diesem selbst zunehmend unangenehm war, erwies sich im kulturpolitischen Bereich als ein effektives Markenzeichen. Richter nutzte das intensiv. Johnson machte dabei anfangs sehr aktiv, später oft schon eher widerstrebend mit.

Es fällt auf, dass Johnson nur einmal auf einer Tagung der Gruppe 47 einen Text las, 1960 in Aschaffenburg. Er war zwar oft anwesend, so 1961, 1962, 1963, 1965 und 1966, aber er stellte sich nie mehr den Kritikern und der Öffentlichkeit auf dem sogenannten »Elektrischen Stuhl«. Was andere offensiv als Forum nutzten, machte ihn noch stummer, als er eh schon war. Hans Werner Richter schrieb in dieser Zeit an seine Freundin Susanne Brenner-Rademacher vom »dämonisch-interessant-langweiligen mutmaßlichen Schweigen von Johnson«. Die Gründe dafür sind wohl in demselben Zusammenhang zu sehen, in dem er seine Teilnahme an der großen Auslandstagung der Gruppe 1964 in Schweden ablehnte. Im Anschluss an die eigentliche Tagung in Sigtuna am Mälarsee fand noch eine repräsentative »Stockholmer Woche« mit Lesungen und Außendarstellungen statt. Johnson schrieb am 20. Juni 1964 an Richter:

> Diesmal werde ich nicht kommen können, und zwar weil ich mit der Zeit knapp bin. Vier Tage wären möglich gewesen, aber dann nicht noch einmal sieben, aus denen zehn werden, für die Stockholmer Woche der Gruppe 47. Man kann die zweite Einladung noch so beliebig nennen. Loyalität und insbesondere Höflichkeit gegenüber den Gastgebern verlangen nach einer ersten Zusage auch diese zweite. (Und ich gebe zu, wie wenig ich den Zeitschriftenfotografen vergessen kann, der in Saulgau uns nach Art einer Fußballmannschaft aufstellen und festhalten wollte. Ich fürchte ähnliche Effekte bei offiziellen Anlässen.)

Für Johnson, der der Gruppe 47 und Hans Werner Richter gegenüber immer loyal war, bedeutete diese Absage etwas. Vehementer und verbalradikaler als er agierte Martin Walser, der Richter in dieser Zeit öfter damit nervte, die Gruppe 47 revolutionieren und sozialisieren zu wollen. Die Einladung nach Schweden lehnte Walser mit der Begründung ab, er wolle nicht Teil einer »Literatur-Nationalmannschaft« sein. Die Literaturbetriebs-Aspekte waren Johnson früh ein Dorn im Auge, da zeigten sich seine mecklenburgische Beharrlichkeit wie seine DDR-Sozialisation gleichermaßen. In seiner *Frankfurter Poetikvorlesung* versetzte sich Uwe

Johnson 1979 noch einmal in die Situation, als er 1959 zum ersten Mal auf die Gruppe 47 stieß, auf Schloss Elmau, und hier hörte es sich so an:

> Mir fehlten für dies viel umrätselte Gebilde ganz zwölf Jahre Vorgeschichte, zuviel, als dass irgendeine Erläuterung mir hätte verhelfen können in das Gefühl eines inneren Kreises. Gast allerdings war ich gerne. Tatsächlich konnte man lernen, welche Fehler beim Vorlesen zu vermeiden sind, oder, anders herum, wie einer sich selbst vermittels seiner Gedichte versteht, sodass man rechtzeitig erfuhr, wie Günter Grass seine Gedichte im Druck aufgenommen wünschte. Zum Erschrecken war es andererseits, wenn Ingeborg Bachmann ihr Gedicht ›Liebe – dunkler Erdteil‹ der verstörten Zuhörerschaft ein zweites Mal zu Gehör bringen musste und schließlich vor die Frage gestellt wurde, in welchem verzweifelten Sinne dies wohl mit Afrika zu tun haben könnte. 1960 hatte ich am eigenen Leibe die Risiken eines solchen Kritisierens aus dem Sprung erfahren dürfen: nachdem ich etwas vorgestellt hatte, in dem neben anderen Personen auch ein Vater vorkam, verwandelte Günter Grass sich aus einem Nachbarn und Freund in einen Psychologen, der bei mir ein Vater-Trauma feststellte, väterlich warnend. An dieser Funktion der Tagungen unterhielt ich seitdem Zweifel.

An Günter Grass, vor allem an dessen Berühmtheit, arbeitete sich Uwe Johnson offensichtlich ab. Im Jahr dieser Darstellung war das Verhältnis zwischen den beiden schon ziemlich abgekühlt. Der unterschiedliche Umgang mit der Gruppe 47 – Grass als offensiver Mitspieler und Chancenverwerter, Johnson als Defensivstratege – ist nur eines der Indizien dafür. Viele Jahre hatten die beiden Schriftsteller unmittelbar nebeneinander gewohnt, Tür an Tür in Berlin-Friedenau, und hatten ständig direkten Umgang. Johnson hatte Grass die Nachbar-Wohnung in der Niedstraße sogar besorgt. Der Höhepunkt der Beziehung zwischen den beiden Dichtern lag in der Zeit, als sich Johnson von 1966 bis 1968 in New York aufhielt, der Keimzelle seiner *Jahrestage*. Er hatte Grass gebeten, auf seine Wohnung in der Stierstraße und das Arbeitsatelier in der Niedstraße aufzupassen. Er ahnte nicht, wie konkret das werden würde. Denn es war die Zeit der Kommune I in Westberlin. Diese popkulturelle Institution, dieses Irrlicht im Vorfeld der 68er-Bewegung wurde heimlich in Uwe Johnsons Wohnung gegründet, als er in New York weilte. Den Schlüssel hatte der skrupulöse Mecklenburger Ulrich Enzensberger, dem Bruder des Kollegen Hans Magnus, gegeben, sowie der von Hans Magnus mittlerweile getrennt lebenden Ehefrau Dagrun, die offensichtlich nach ihrem zweiten Frühling suchte. Was sich daraus ergab, konnte Uwe Johnson eines Tages in der *New York Times* lesen, und er war davon durchaus elektrisiert: In seinem Westberliner Atelier hatte die Kommune I unter der Federführung des Kommunarden Fritz Teufel das sogenannte »Pudding-Attentat« auf den US-Vizepräsidenten Humphrey vorbereitet. Die Staatsgewalt reagierte darauf fast schon ebenso wie später auf die Baader-Meinhof-Gruppe, und in der *New York Times* las sich das genauso dramatisch, wie es sich in der bundesdeutschen Innenpolitik wohl auch ausnahm. Johnson bat seinen Nachbarn Grass, nach dem Rechten zu sehen, und dieser überwachte dann die polizeiliche Räumungsaktion. Grass bezeichnete sich in einem gehorsamen Brief an Johnson als den »großen Rausschmeißer der Pudding-Schmeißer«, und in die Anekdoten der 68er-Bewegung ging Grass als der humorlose Zerstörer der Kommune I ein. Wie ironisch und selbstironisch er allerdings die Szene Johnson gegenüber beschrieb, zeigt, dass er seine Kontrahenten zu nehmen wusste. Johnson war überglücklich und bat noch um die Bestellung einer Putzfrau, die das Ganze »mit Seife und Wasser« ordentlich herrichten sollte, bevor er mit seiner Familie wieder zurückkam.

Im Gegenzug fahndete Uwe Johnson in New York nach einem Hut für Günter Grass, weil diesem ein ganz bestimmter in Berlin geklaut worden war. Er rechnete Grass' Kopfumfang – dieser nannte 56 Zentimeter – genau in Inches um. Bald aber nahmen die Empfindlichkeiten zu, und was in anderen Beziehungen sehr viel detaillierter über Johnsons schwierige Entwicklung nachzuverfolgen ist, findet sich in Kurzform auch mit Grass. Johnson reagierte äußerst pikiert, als Grass ihn bei einer seiner umtriebigen Aktionen irgendjemand Wichtigem als »DDR-Schriftsteller« empfahl. Das verzieh ihm Johnson nie.

Zur Tagung der Gruppe 47 im US-amerikanischen Princeton 1966 fuhr Johnson nur, weil der Termin mit dem Anfang seines zweijährigen Aufenthalts in New York zusammenfiel. In einem langen Brief an seine Leipziger Freunde wird die Tagung in Princeton nur in charakteristischer Weise gestreift: »Sobald ich von der lächerlichen Tagung der so genannten Gruppe 47 zurückkam nach New York und USA, begann ich die Immobilienseiten der New York Times zu lesen, der Einübung halber«. Das ist alles, was von der Initiation in den deutschen Literaturbetrieb geblieben ist.

Johnson war aber auch sentimental, und manchmal gelang es ihm, das nicht so sorgsam zu verstecken wie sonst. Am 12. November 1983 feierte Hans Werner Richter seinen 75. Geburtstag in Saulgau, an dem Ort, an dem 1963 wohl die ideale Tagung der Gruppe 47 stattgefunden hatte: Sie war damals schon berühmt, aber es war gelungen, den alten intimen Stil noch einmal einigermaßen hinzubekommen, und die Qualität der gelesenen Texte war sehr hoch. Zur kleinen, privaten, aber emotional durchaus aufgeladenen Spätlese zwanzig Jahre später reiste auch Johnson an, ein halbes Jahr vor seinem Tod, und er trug sogar einen Text vor, der wohl zum Stoffkreis des unvollendet gebliebenen Prosaprojekts *Heute Neunzig Jahr* gehörte. In seinem Erinnerungsbuch *Im Etablissement der Schmetterlinge* schrieb Richter:

> Er las eine Geschichte vor, die in der Zeit vor dem ersten Weltkrieg spielte, zwischen der Kaiserin Victoria und der Kronprinzessin Cäcilie angesiedelt war und in die er auch mich eingebaut hatte, und zwar mit einem Satz, der sich auf das Jahr 1908 bezog. Er hieß: ›In diesem Jahr wurde in Bansin an der Ostsee Hans Werner Richter den Windeln entwöhnt.‹ Wir lachten darüber, und ich hielt es für einen Scherz, er aber behauptete, der Satz bliebe in der Erzählung stehen, was da auch immer käme.

Es kam nicht mehr viel. Aber in den in Johnsons Nachlass gefundenen Materialien zu *Heute Neunzig Jahr* ist der Satz natürlich nicht zu finden.

HENRI SEEL

# »Do not trust anybody over thirty. Es ist also kein Aufstand.«[1]

## *Uwe Johnson und die 68er-Bewegung*

Am 6. Mai 1968 schrieb Uwe Johnson in einem Brief an Fritz J. Raddatz, bezugnehmend auf die Forderungen der 68er-Demonstranten nach der Enteignung des Springer-Konzerns: »vor meiner Rückkehr nach Westberlin werde ich wohl einen Schnellkurs beim SDS nehmen müssen«.[2] Am 14. April 1968 lässt er Gesine Cresspahl in *Jahrestage* mit Anita Gantlik telefonieren, welche die Diskussionskultur bei einem Teach-In an der Technischen Universität Berlin beschreibt als gestaltet »[m]it einem Vokabular, für das schon ein studierter Mensch einen Sonderkurs braucht« (JT, 991).

Der Text *Berlin für ein zuziehendes Kind* erklärt sowohl dem Kind als auch den Lesern diese komplexe Situation bei Johnsons Rückkehr aus New York und zeigt im Stakkato die Auseinandersetzung mit der Thematik sowie die Gleichzeitigkeit der darzustellenden Bereiche an:

> Studenten marschieren gegen Kriege überhaupt Macht überhaupt Ehen überhaupt Verkehrsampeln überhaupt
> Älteren Zuschauern zittert die Lippe der Stock das Konto
> Go-ins, sit-ins, Polizei im Sturmhelm
> Berlin im Auslandsdienst der WABC-TV[3]

1 Uwe Johnson: Jahrestage. Aus dem Leben von Gesine Cresspahl, Bde. 1-4, Frankfurt am Main 1970-1983, S. 989.

2 Uwe Johnson an Fritz J. Raddatz, 6.5.1968, in: Uwe Johnson / Fritz J. Raddatz: »Liebes Fritzchen« – »Lieber Groß-Uwe«. Der Briefwechsel, hg. von Erdmut Wizisla, Frankfurt am Main 2006, S. 66.

3 Uwe Johnson: Berlin für ein zuziehendes Kind, in: ders., Berliner Sachen. Aufsätze, Frankfurt am Main 1975, S. 99-101, hier: S. 100.

In einem direkteren Modus äußert sich der Text *Über eine Haltung des Protestierens*, nach dem die guten Leute das Maul halten sollten.[4] In *Jahrestage* gibt es parallel zu den guten Leuten die »professionals, diese Helden mit dem Maul!« (JT, 562), und damit zugleich einen Hinweis auf die linke bzw. literarische Intelligenz.

Diese Beispiele zeigen Johnsons Auseinandersetzung mit der linken Studentenbewegung des Jahres 1968, besonders eine gewisse Skepsis. Zwar verbrachte der deutsche Schriftsteller das Jahr in New York und war damit dem dortigen politischen Leben näher, er informierte sich aber in Medien und Briefen über die Geschehnisse in Deutschland. Zudem zeigen die Beispiele, dass die Beschäftigung mit den unterschiedlichen Haltungen des politischen und literarischen Jahres 1968 über Selbstaussagen und Poetologisches hinausgeht und u.a. in *Jahrestage* fortgeführt wird. Der 68er-Protest wird literarisiert.

Wie erzählt dann dieses Buch, dessen Rahmenhandlung in den Jahren 1967 und 1968 angesiedelt ist, jenen Protest? Und wie geht der Autor Uwe Johnson mit der Literarisierung eines Phänomens um, das er in Selbstaussagen und Poetologischem zwar meidet, aber letztlich doch mitbehandelt und kritisch begleitet? Welche Schlüsse lassen sich aus der entstehenden Differenz zwischen öffentlichen und literarischen Äußerungen des Autors Uwe Johnson zu demselben Thema ziehen? Und schließlich: Kann eine Lektüre von *Jahrestage* heute noch über das Phänomen ›68‹ informieren bzw. sogar Haltung vermitteln? Diese Frage folgt der Annahme, Literatur ermögliche die Verwandlung einer Information in eine Erfahrung: Sie mache damit verständlich und konserviere. Zur Beantwortung der aufgeworfenen Fragen werden zunächst Wechselwirkungen von Protestbewegung und Literatur um das Jahr 1968 dargestellt, nachfolgend Uwe Johnsons Position innerhalb dieses Verhältnisses herausgearbeitet.

›68‹ ist zunächst als Chiffre für eine internationale Protestbewegung zu verstehen, die mit dem Selbstverständnis agiert, als relevante revolutionäre Klasse die Welt verändern zu können. Von den USA ausgehend, wo der Protest sich maßgeblich als Friedensbewegung gegen Vietnamkrieg und Rassendiskriminierung konstituierte, ging die Bewegung auf Europa über und fasste dabei weitere gesellschaftliche Bereiche in den Blick: so

4 Vgl. Uwe Johnson: Über eine Haltung des Protestierens, in: ebd., S. 95f., hier: S. 96. Von Holger Helbig wurde herausgestellt, dass Johnson in diesem Text die Haltung der guten Leute aufzeigt, deren Protest Pose und damit in seiner Anlage schon falsch ist, sogar echte Veränderung verhindert; vgl. Holger Helbig: Die guten Leute sollen das Maul halten. Uwe Johnson protestiert, in: Johnson-Jahrbuch 18, 2011, S. 125-149.

z.B. die Machtkonstellationen von Bildungseinrichtungen in Frankreich, die Ost-West-Konstellation und den Einfluss der Sowjetunion in der Tschechoslowakei. In Deutschland kamen insbesondere die fehlende Aufarbeitung von Nationalsozialismus und Zweitem Weltkrieg, damit einhergehend die Auseinandersetzung mit der Generation der Väter und deren Schuld hinzu.

Will man die Protestbewegung der 68er also in Gänze zusammenfassen, so lässt sich eine Fülle von Themen herausstellen: Proteste gegen den Vietnamkrieg, das Schah-Regime in Persien und dessen Duldung, die Ausbeutung der sogenannten Dritten Welt, die Lebensumstände des Kapitalismus im Allgemeinen, die vermutete Unterdrückung durch die Notstandsgesetze, die sexuelle Biedermeierlichkeit, die fehlende Auseinandersetzung mit der NS-Vergangenheit, der anhaltende Faschismus der Gesellschaft und der Umgang der bundesdeutschen Medien, insbesondere des Springer-Verlags, mit öffentlichem Geschehen. Hinzu kam die Situation der bundesdeutschen Universitäten, welche auf den Zustrom größerer Zahlen von Studierenden nicht vorbereitet waren und deren Personal im Verdacht stand, im Nationalsozialismus verstrickt gewesen zu sein. Noch weiter reduziert, bedeutete das ein Aufbegehren gegen Autorität und Establishment – der Protest wurde auch zur Generationenfrage.

Die bisherige Aufarbeitung der Vergangenheit wurde fragwürdig, besonders durch die Auschwitz-Prozesse und den Eichmann-Prozess in den 1960er Jahren. Die Jugend fragte, theoretisch bewaffnet u.a. mit Schriften von Theodor W. Adorno und Herbert Marcuse, nach Existenz und Lebensgestaltung unter den Bedingungen von Kapitalismus und Faschismus. Ein weiteres Ziel war die gesamtgesellschaftliche Befreiung u.a. durch sexuelle Revolution. Mit dem Aufkommen der Taschenbücher wurden Theorieschriften, prominent Adornos *Minima Moralia,* zum ständigen Begleiter und zur Basis jeglicher Diskussion. Die gewollte Veränderung soll durch vielgestaltigen Protest erreicht werden: Demonstrationen, Sit-ins, Anschläge, Plakat-Aktionen, Happenings, Diskussion oder das Zurückziehen aus öffentlichen Strukturen sowie Leben in Kollektiven.

Die Studenten fechten dabei in ihrem Selbstverständnis die von Marx und Engels prognostizierten Kämpfe des Proletariats aus. Die empfundene Notwendigkeit solcher Stellvertreterkriege brachte Ernst Bloch auf den Punkt, wenn er den Studenten zuruft:

> Der biologische Ort des Neuen ist die Jugend. Der soziologische Ort der Revolution ist die unzufriedene Klasse. Also früher waren es die Bauern oder die Bürger und dann die Proleten in der sozialistischen Revolution. Die fehlen uns heute. Dafür haben wir […] eine Art von soziologisch

> schwer unterbringbarem Ersatz: die Jugend. […] Doch die Jugend muss aus dem Zustand, der bloß biologisch ist, heraus. Sie muss sich auch als Statthalter und Stellvertreter einer elenden Masse sehen und fühlen und deren Geschäfte machen.[5]

Der Protest findet demnach also in einer Stellvertreter-Position statt, da die Arbeiterklasse die eigentliche Kraft des Protests wäre. Das ist die utopische Dimension: Es wird eine fiktive Situation vorgestellt, die auf Einlösung angelegt ist. Damit handelt es sich um eine der von Ernst Bloch in *Das Prinzip Hoffnung* beschriebenen Utopien. Der Protest der Studierenden bedarf also einer Vermittlung für die Arbeiterklasse und sonstige Gesellschaft. Mit Niklas Luhmann ist er zu verstehen als »Kommunikationen, die an *andere* adressiert sind und *deren* Verantwortung anmahnen«.[6] Dieses Hinweisende des Protests zeigt an, dass das den Protest konstituierende Moment stets zwar die Ablehnung einer bestehenden Situation, nicht aber deren eigenständige Veränderung ist. Als Basis ist ein Wertekonsens anzunehmen, das hieran anschließende kollektive Handeln kann jedoch sehr unterschiedlich ausfallen, auch bestimmt durch die divergierenden Motivationen der Zeit. Also sind Ausgangspunkt und Handeln des Protests zunächst zu trennen.

Parallel zu den Vorwürfen der Protestbewegung hatten Teile der deutschen Literatur der 1950er und besonders 1960er Jahre festgestellt, dass die Bundesrepublik an vielen Stellen im Nationalsozialismus hängengeblieben sei. Mit Eintritt der Protestbewegung wurde das darüber empfundene Unbehagen auch im zugehörigen Literaturbetrieb deutlich. Der meisten Literatur vor 1968 wurde parallel dazu vorgeworfen, sich in Sprachromantik geflüchtet zu haben, statt für Schrecken und Aufarbeitung des Zweiten Weltkrieges eine Sprache zu finden.

Damit begann der Unterschied: Die Fiktionalität als Mittel der Literatur reichte der Jugend nicht aus in einer Zeit, in der das Gefühl dominierte, die reale Vergangenheit nicht hinreichend aufgearbeitet zu haben. Die Frage nach der gesellschaftlichen Bedeutung und Verantwortung von Literatur war wieder ein Thema. 1968 war u.a. Jean Paul Sartres Entwurf

5 Heiterkeit in die Diskussion bringen. Aus dem Protokoll einer Diskussion mit Ernst Bloch und Rudi Dutschke in Bad Boll, in: Der Spiegel, Nr. 10 vom 4.3.1968, S. 38-57, hier: S. 39.

6 Luhmann zitiert nach Kai-Uwe Hellmann: Systemtheorie und Neue Soziale Bewegungen. Identitätsprobleme in der Risikogesellschaft, Opladen 1996, S. 189; Kursivdruck im Original.

einer ›Littérature engagée‹ (engagierte Literatur)[7] prägend, nach dem Prosatexte praktische Handlungen sind und damit jeweils eine politische Positionierung bedeuten. Indem die literarische Sphäre inhaltlich geöffnet wird, gewinnt sie auch eine breitere gesellschaftliche Funktion. Gleichzeitig steht damit aber auch ihre Unabhängigkeit infrage. Die Diskussion um die Bedeutung von Literatur kulminierte unter dem Schlagwort ›Tod der Literatur‹ im *Kursbuch 15*, 1968 von Hans Magnus Enzensberger herausgegeben. Jedoch wird in diesem nicht der Tod der Literatur, sondern das Konzept literarischen Engagements thematisiert. Es steht zur Debatte, ob Literatur als Massenkultur der Welt eine Alternative entgegensetzen oder sich nur noch der Beschreibung der Gegenwart widmen dürfe.[8]

Die erste Feststellung zu diesen Alternativen im Verhältnis von Literatur und Politik lautete parallel zum Verhältnis von Gesellschaft und Protest: Sie sind zumeist getrennt durch das Alter der Schreibenden. Martin Walser bestimmte in einem Interview, »daß da also auch Literatur beitragen sollte, in modernen Industriegesellschaften zur Entmythologisierung und nicht neue Mythen zu schaffen«.[9] Hans Mayer antwortet in Princeton auf die Frage »Wozu Dichter?«,[10] dass jede gelungene Literatur schon engagiert sei. – Dies wurde von der jüngeren Generation nicht hingenommen und so stand der Vorwurf der Studentenbewegung im Raum, dass die Literaten ihrer gesellschaftlichen Verantwortung nicht gerecht würden. – Die bisherige Haltung des Protestierens, unterschriebene öffentliche Bekundungen wie z.B. der Gruppe 47, wurde nicht mehr als ausreichend erachtet. Hieran ist gut der Übertrag des politischen Ereignisses ›68‹ auf die literarische Sphäre und damit in ein literarisches Ereignis zu sehen.

Der Sozialistische Deutsche Studentenbund (SDS) stellte fest, dass ein Schriftsteller, der sich nicht in Negation übt, immer nur einer wäre, der die bestehenden Verhältnisse bestätigt.[11] Dies mündete u.a. im Ruf nach

7 Vgl. u.a. Jean-Paul Sartre: Was ist Literatur?, hg., neu übersetzt und mit einem Nachwort von Traugott König, Reinbek bei Hamburg 1981, S. 21.

8 Vgl. Hans Magnus Enzensberger: Gemeinplätze, die Neueste Literatur betreffend, in: ders. (Hg.), Kursbuch 15, November 1968, in: ders. (Hg.), Kursbuch 11-15. 1968. Sonderausgabe, Frankfurt am Main 2008, S. 187-197.

9 Romain Luckscheiter: Wider die »Neueste Stimmung im Westen«, in: Ralf Bentz u.a. (Hg.): Protest! Literatur um 1968. Eine Ausstellung des Deutschen Literaturarchivs in Verbindung mit dem Germanistischen Seminar der Universität Heidelberg und dem Deutschen Rundfunkarchiv im Schiller-Nationalmuseum Marbach am Neckar, Marbach 1998, S. 379-394, hier: S. 383.

10 Christoph König: Die Gruppe 47 am Ende, in: ebd., S. 111-126, hier: S. 112.

11 Vgl. Berliner SDS-Gruppe »Kultur und Revolution«: Kunst als Ware in der Bewusstseinsindustrie, in: Die Zeit, Nr. 48 vom 29.11.1968. URL: http://www.zeit.de/1968/48/kunst-als-ware-der-bewusstseinsindustrie [Zugriff vom 23.5.2016].

surrealistischer Destruktion oder mit Uwe Herms gesprochen: »Die Sinnlosigkeit, das Anarchische ist eine völlig angemessene Spiegelung der Gesellschaft, in der diese Literatur schreibt«.[12]

Ein zweiter Weg literarischen Protests bestand in der Dokumentation. Mit dieser sollte gegen die real existierenden Probleme demonstriert und den Stimmen abseits der herrschenden Eliten Gehör verschafft werden. Ziel des literarischen Handelns war dabei, den Menschen in seiner faktischen gesellschaftlichen Bedingtheit darzustellen. Frei nach Marx sollte das Sein aufgedeckt werden, welches das Bewusstsein bestimmt. Im anderen Deutschland fand sich diese Vorstellung, programmatisch überzogen, im sozialistischen Realismus und wurde von der Studentenbewegung der BRD rezipiert.

Peter Handke warf im Jahr 1966 in Princeton der Gruppe 47 »Beschreibungsimpotenz«[13] vor, Rolf Hochhuth provozierte mit seinem Papst-Drama *Der Stellvertreter*, Alexander Kluge dokumentierte in *Schlachtbeschreibung* den Untergang der 6. Armee in Stalingrad und Peter Weiss verarbeitete die Auschwitz-Prozesse protokollarisch in seinem Theaterstück *Die Ermittlung*.

Sowohl Provokation durch Verstöße gegen etablierte Formen als auch literarische Dokumentation sollten also u.a. den Faschismus und die Ungerechtigkeit der Gesellschaft aufdecken. Hieran sieht man deutlich, dass ›68‹ auch Literatur zum Teil der Protestbewegung wird, nicht einheitlich, aber in erkennbarer Tendenz. Ein Abgleich des Literaten Uwe Johnson mit der 68er-Bewegung muss also auch ein Abgleich mit dem literarischen Jahr 1968 sein.

Im Folgenden wird nun Uwe Johnsons Stellung zu den beschriebenen Diskursen herausgestellt. Sein Verhältnis zum literarischen Engagement wurde schon häufiger thematisiert,[14] hier wird beispielhaft gezeigt, an welchen Stellen in Johnsons Werk und Poetik Überschneidungen sowohl

12 Harms zitiert nach Klaus Briegleb: 1968. Literatur in der antiautoritären Bewegung, Frankfurt am Main 1993, S. 118.

13 Vgl. Jürgen Kaube: Literatur? Alles läppisch. Das Ende der Gruppe 47, in: FAZ Online vom 22.4.2016. URL: http://www.faz.net/aktuell/feuilleton/buecher/autoren/schriftsteller-peter-handke-bei-gruppe-47-in-princeton-14191769.html?printPagedArticle=true#pageIndex [Zugriff vom 2.5.2016].

14 Vgl. Klaus Briegleb: Widerstand als tätige Erinnerung. Uwe Johnson und Peter Weiss, in: Das Argument 192, 1992, S. 205-218; Eberhard Fahlke: »Gute Nacht, New York – Gute Nacht, Berlin«. Anmerkungen zu einer Figur des Protestierens anhand der *Jahrestage* von Uwe Johnson, in: Werner Martin Lüdke (Hg.): Literatur und Studentenbewegung. Eine Zwischenbilanz, Opladen 1977, S. 186-218; Helbig, Die guten Leute sollen das Maul halten (Anm. 4).

zum literarischen als auch politischen ›68‹ zu finden sind und wie eine Lektüre Johnsons diesen Teil der globalen Geschichte noch heute beleuchten kann. Dabei werden, ausgehend von der bisherigen Auseinandersetzung mit der 68er-Bewegung, die Schwerpunkte besonders auf literarisches Engagement und den Umgang mit Dokumentation und Wirklichkeit gelegt.

Johnson erteilt dem 68er-Anspruch an engagierte Literatur eine Absage: Eine reine Abbildtheorie der Welt in Literatur wird abgelehnt. So heißt es zwar prominent in *Vorschläge zur Prüfung eines Romans*, Literatur sei »eine Welt, gegen die Welt zu halten«, im vorangehenden Satz aber einschränkend, Literatur sei »auch nicht ein Spiegel der Welt und weiterhin nicht ihre Widerspiegelung«.[15] Damit verteidigt Johnson die Autonomie des Kunstwerks. Alexandra Kleihues hat gezeigt, wie der hier ausgeführte Dokumentationsanspruch der 1960er Jahre in sich scheitert, da Literatur das Dokumentierte immer überformt, und wie Johnson nicht einfach Wirklichkeit dokumentiert, sondern sie in erzählte Wirklichkeit transformiert und damit vom eigentlichen Dokumentationsanspruch der 68er weiter entfernt ist, da insbesondere auch der Rezeptionszusammenhang relevant für die Wirkung erscheint.[16] Zu fragen bleibt aber, das zeigt auch Kleihues' Untersuchung, ob der 68er-Anspruch selbst Wirklichkeit hätte abbilden können.

Im Interview äußerte Johnson dann in Abgrenzung zum Realismus, mit einem Seitenhieb auf die Kritik an etablierten Autoren, Folgendes:

> Ich mache meine Recherchen, aber: um meine Geschichte zu erzählen. Während es auf der anderen Seite Versuche gibt, das bei allgemeinen – nicht gezielten – Recherchen gefundene Material zu verwerten. Das ist dann Zitat, Montage. Die bedarf nicht des Vorwandes der Geschichte. […] Selbstverständlich. Jeder macht seins. Aber da ich ›über dreißig bin‹ und man mir ›demzufolge nicht trauen darf‹, so Wondratschek, muß ich mich damit abfinden, daß da manches mit meinen Lesegewohnheiten kollidiert.[17]

15 Uwe Johnson: Vorschläge zur Prüfung eines Romans, in: Rainer Gerlach / Matthias Richter (Hg.): Uwe Johnson, Frankfurt am Main 1984, S. 30-36, hier: S. 35.

16 Vgl. Alexandra Kleihues: Medialität der Erinnerung. Uwe Johnson und der Dokumentarismus in der Nachkriegsliteratur, Göttingen 2015, S. 260.

17 Harald Gröhler: »Ich fabriziere keinen Text, ich schreibe ihn.« Ein Gespräch mit dem Schriftsteller Uwe Johnson. (Am 19.11.1970 in Köln), in: Eberhard Fahlke (Hg.): »Ich überlege mir die Geschichte …« Uwe Johnson im Gespräch, Frankfurt am Main 1988, S. 250-252, hier: S. 251.

Damit ist die von protestierenden 68ern postulierte Generationengrenze ironisch umrissen. In einem von Katja Leuchtenberger bereits vorgestellten Brief Johnsons an Fritz Rudolf Fries formulierte Johnson eine deutliche Ablehnung dessen, was oben als engagierte Literatur herausgestellt wurde:

> Martin Walsers Verzweiflung am erfundenen Beispiel lässt ihn nun die Beichten und Protokolle anderer als Nachricht von der Wirklichkeit vorziehen […]; Enzensberger hat die Poesie schon längst mit theoretischer Agitation vertauscht und berät kubanische Verlagsbehörden bei der Auswahl des wahrhaft revolutionären Schrifttums in Europa; Günter Grass bezieht eine Wohnung in Bonn, um darin für die Wahl der S.P.D. Dinge zu tun.[18]

Johnson schreibt weniger über Ereignisse der Zeit oder um Faschisierung, Ausbeutung oder Diskriminierung aufzudecken, vielmehr beleuchtet er diese Ereignisse literarisch, indem er ihre Stellung im Geschichtsverlauf nachverfolgt. Das ist dann Arbeit, nicht Protest, und so endet Johnsons Brief an Fries mit der Hoffnung, dieser möge, wie Johnson selbst, in seinem Kämmerchen weiter: arbeiten.[19]

Mit Johnsons Absage an den allwissenden Erzähler wird von dem Roman gefordert, dass dieser, wie Johnson es formuliert, »die schwierige Suche nach der Wahrheit ausdrücklich vorführt«.[20] Damit ist sein Schreiben an diesen Stellen kein Protest, die Schlüsse aus der jeweiligen Darstellung werden den Lesern überlassen und Wahrheit selbst wird fragwürdig. Im Werk wird das ausdrücklich formuliert, wenn Niebuhr sagt: »*Wahrheit. Wahrheit. Schietkråm*« (JT, 980; Kursivdruck im Original). Zugleich ist dieses Vorgehen aber verstanden als Notwendigkeit, so Johnson im Interview: »Es ist schlecht möglich, abseits der Zeitgeschichte zu leben. […] Ich glaube, das hat zu tun mit der Machtergreifung des Faschismus und seinen Folgen«.[21]

18 Uwe Johnson an Fritz Rudolf Fries, 17.12.1968, in: Katja Leuchtenberger: Spiel. Zwang. Flucht. Uwe Johnson und Fritz Rudolf Fries. Ein Rollenspiel in Briefen, in: Ulrich Fries u.a. (Hg.): »So noch nicht gezeigt«. Uwe Johnson zum Gedenken. London 2004, Göttingen 2006, S. 45-68, hier: S. 55.

19 Vgl. ebd.

20 Uwe Johnson: Berliner Stadtbahn (veraltet), in: ders., Berliner Sachen (Anm. 3), S. 7-21, hier: S. 21.

21 »Ein verkannter Humorist«. Gespräch mit A. Leslie Willson. (Am 20. April 1982 in Sheerness-on Sea), in: Fahlke (Hg.), »Ich überlege mir die Geschichte …« (Anm. 17), S. 281-294, hier: S. 281.

Erdmut Wizisla schreibt von der »durch eben diesen Erinnerungsbogen herbeigezwungene[n] Moralität«.[22] Diese ist zwar weniger augenfällig und anders erreicht als die Moralität der engagierten Literatur, sie bleibt aber: Moralität. Wolfgang Strehlow macht die nach Friedrich Engels zitierte Realismus-Formel von der »Wahrheit des Details« und »d[er] getreue[n] Wiedergabe typischer Charaktere unter typischen Umständen«[23] stark gegen das Tatsächliche, dies sei »zunächst nur Faktenmaterial und muß – für sich genommen – überhaupt keine Aussagekraft über gesellschaftliche Zusammenhänge besitzen«.[24]

Damit teilt Uwe Johnson zwar einen Ausgangspunkt der 68er-Bewegung und anscheinend auch einen Teil ihres Wertekonsens', es wird jedoch ein Unterschied zwischen dem 68er-Protest, dessen Überschlag in die engagierte Literatur und Johnsons Art der Darstellung deutlich. Johnsons ›Haltung‹ steht damit dem 68er-Protest und der engagierten Literatur gegenüber.

Zwar ist durch Johnsons Schreiben keine Form des Protests vorgestellt, die vermeintliche Wahrheit wird stetig gebrochen und dem Leser überlassen. Protest würde jedoch Wahrheit der eigenen Auffassung behaupten und einen Anspruch von Aufforderung oder Belehrung beinhalten. Als »tätige [...] Erinnerung«[25] gerät das Schreiben zu einer Form der Aufarbeitung, wie sie von den 68ern gefordert wird. Mehrfach wurde herausgestellt, wie Johnson Überlegungen zum Nachwirken der deutschen Schuld an der Shoah an seinen Figuren vorführt.[26] Wie die Darstellung der 68er-Bewegung zeigt, tut sich damit eine Schnittmenge auf: das Aufzeigen von unterdrückten Verbindungen zwischen Gegenwart und Nationalsozialismus. Jedoch resultiert dann das Schreiben nicht notwendig aus dem Protest, eher kann eine Korrelation nachgewiesen werden: der gemeinsame Ausgangspunkt in der gesellschaftspolitischen Situation der Zeit. Im Fall ›Uwe Johnson‹ findet also kein direkter Übertrag von Politik auf Literatur statt, sondern einer aus der Zeitgeschichte, die ihre Themen eigenständig

22 Fritz J. Raddatz: Auf den Spuren Uwe Johnsons, in: JRB, S. 275-302, hier: S. 279.

23 Engels zitiert nach Wolfgang Strehlow: Ästhetik des Widerspruchs. Versuche über Uwe Johnsons dialektische Schreibweise, Berlin 1993, S. 47.

24 Ebd., S. 45.

25 Briegleb, Widerstand als tätige Erinnerung (Anm. 14), S. 205.

26 Vgl. Michael Hofmann: Dr. med. vet. Arthur Semig. Ein Jude in Jerichow. Zur Erinnerung an die Opfer des Nationalsozialismus in Uwe Johnsons »Jahrestage«, in: Zeitschrift für deutsche Philologie 114. Sonderheft. Vom Umgang mit der Shoah in der deutschen Nachkriegsliteratur, 1995, S. 65-84; Susanne Knoche: Generationsübergreifende Erinnerung an den Holocaust. *Jahrestage* von Uwe Johnson und *Die Ästhetik des Widerstands* von Peter Weiss, in: Johnson-Jahrbuch 9, 2002, S. 297-316.

vorführt. Wie diese Situation sich faktisch in Literatur spiegelt, wird im Folgenden nachzuweisen sein.

Auch wenn Johnson nicht den Anspruch erhebt, in Protest zu schreiben, sind Spuren der Auseinandersetzung mit der Protestbewegung in seinem Werk zu finden: Zum einen direkte Aussagen über Protest, die zum anderen häufig durch Zeitungsberichte angeregt sind. So sind verschiedene Proteste selbst in *Jahrestage* dokumentiert: Proteste gegen Polizeigewalt, Diskriminierung von Schwarzen, Vietnamkrieg, Proteste in der Tschechoslowakei und Polen, Studentenproteste in den USA sowie die Proteste in Deutschland gegen Springer, die Erschießung Dutschkes oder die Zustände an den Universitäten. Von den meisten Formen des Protests erfährt Gesine Cresspahl aus der *New York Times*. Die Berichte über Studentenproteste werden von ihr größtenteils passiv, häufig mit Verwunderung aufgenommen.

In dem eingangs erwähnten Telefonat Gesines mit Anita Gantlik werden die großen Themen der Demonstrationen behandelt: Vietnam, Hồ Chí Minh, Martin Luther King, Dutschke, Springer, Teach-Ins an der TU Berlin, darüber hinaus Ost-West-Politik, Unruhen und Aufstände von Schwarzen in New York – die Protestbewegung wird hier in all ihren Wirrungen übermäßig knapp dargestellt, wie es auch in dem zu Beginn zitierten Text *Berlin für ein zuziehendes Kind* geschieht. Durch die distanzierte Darstellung wird verdeutlicht, dass man die Gesellschaft derart nicht zum Aufstand motiviert, zumindest sagt auch die ›rote‹ Anita: »Na vielleicht sollen wir es ja nicht verstehen, Gesine« (JT, 989). Zurückgedacht auf Blochs Forderung, die Jugend solle die Proteste der Arbeiterschaft ausfechten, wird deutlich, dass in *Jahrestage* diese Forderung als gescheitert verstanden wird, da der Protest nicht vermittelt werden kann.

An anderer Stelle verlangen die Toten, bezugnehmend auf einen Artikel der *New York Times* über Proteste, Rechtfertigung von Gesine, warum sie nicht Position bezieht und an den Demonstrationszügen teilnimmt: »*Und es genügt dir, daß du die Vorfälle bei den gestrigen Demonstrationen hier und in der Welt erfährst aus der Zeitung? Damit läßt sich leben, statt mit Anwesenheit, Mitmachen, Eingreifen, Aktion?*«, worauf Gesine antwortet: »*Es ist was mir übriggeblieben ist: Bescheid zu lernen. Wenigstens mit Kenntnis zu leben*« (JT, 209f.; Kursivdruck im Original). Damit ist die Relevanz der *New York Times*-Erzählungen für die Behandlung des 68er-Protests betont: Statt Teilhabe am Protest gerät Kenntnis über die Läufe der Welt zum Kriterium moralischer Integrität und die Zeitung zu einem Medium der Aufklärung.

Auf den Einwand, Publicity durch Berichte der *New York Times* über die Proteste wäre ein Gewinn, entgegnet Gesine, hier in Medienkritik umschlagend: »*Wir wissen ja nicht einmal, was die Zeitung mit ihren Fotos vorhat*« (JT, 207; Kursivdruck im Original). Damit ist die Bedeutung der Medien für Protestbewegungen klar akzentuiert. Durch das Nebeneinander der Nachrichten des Tages wird der Protest, hergerichtet als eine Nachricht *fit to print*, vermeintlich wertfrei neben andere gestellt. Jedoch wird der ›Tante Times‹ ebenso nachgewiesen, Ordnung und damit Meinung herzustellen. Zu einem Foto, »von den Jugendlichen, die sich gestern morgen vor das Gebäude gesetzt haben, in dem die Rekruten in die Armee gezogen werden«, heißt es: »Sie hat nicht einen Moment ausgesucht, in dem die Polizisten mit mehr freundlicher Miene vor den Sitzenden stehen« (JT, 414). Und zu den Wahlergebnissen rechter Parteien in Westdeutschland: »Aber sie bleibt sich treu, unsere biedere Tante, und gibt die Schuld auch den unzufriedenen Studenten« (JT, 1091).

Im Tageskapitel vom 23. Oktober 1967 heißt es dann weiter: »Die Demonstration in Washington ist inzwischen zubereitet für die Geschichte, nachzulesen in der Nachrichtenanalyse der New York Times« (JT, 212). Das, was von den Demonstrationen bleibt, ist weniger durch die Demonstration, vielmehr durch Medien bestimmt. Dabei wird deutlich, dass der 68er-Protest notwendig als ein Teil von Welt in *Jahrestage* aufgeht, wobei Auswahl und Darstellung durch die *New York Times* als gerechtfertigt präsentiert werden. Der Anschein von Vollständigkeit bricht an dem Wissen über die Vielfalt des 68er-Protests und es wird deutlich, dass diese Auswahl, genau wie auch die in *Jahrestage*, fokussiert und auslässt, also erzählt.

Zugespitzt wird diese Wertung des Protests in direkterer Auseinandersetzung, beispielsweise in Gesprächen mit dem linken Gewissen des Buches wie Anita, Marie oder den Toten:

> *Warum warst du gestern nicht bei der Demonstration in Washington.*
> *Weil ich daran nicht glaube. Die Politik des Präsidenten in Viet Nam wird nicht durch die Proteste von Minderheiten geändert.*
> *Du wolltest das Geld für den Bus sparen.* (JT, 206; Kursivdruck im Original)

Gesines Haltung zum Protest ist damit vorgestellt nicht als eine des Nicht-Wissens, sondern des Nicht-Könnens. Zwar sind Information und Überzeugung vorhanden, allein die Umstände lassen idealistisches Handeln wie das der Studentenbewegungen nicht zu. Begründet wird dies mit einem

Zitat aus dem sozialistisch orientierten Band *Monopolkapital*,[27] welcher der Annahme folgt, dass monopolistische Unternehmen Wirtschaft und Gesellschaft kontrollieren, und eben nicht protestierende Minderheiten. Die Argumentation bleibt sozialistischer Klassenkampf, die Umsetzung soll jedoch deutlich von jener der Studenten unterschieden sein. Und dennoch wird durch die abschließende Unterstellung, der eigentliche Grund sei das Geld für den Bus, die Argumentation infrage gestellt.

Die vorgestellten Formen des Protests, exemplarisch für den Protest der 68er, sind keine Option, da sie die falschen Formen sind. Noch deutlicher wird das in einem weiteren Dialog mit den Toten:

> *Beweist es mir! Beweist es mir! Zeigt mir, wie ich einem einzigen helfen könnte, zuverlässig! Sofort!*
> *Wenn du nicht klein anfängst, hast du noch in fünf Jahren den Krieg.*
> *Und wenn ich es nun nicht mehr bloß mit Worten versuche, und gehe mit einem Plakat im Riverside Park spazieren und wedele mit einer Fahne des Viet Cong in der Bank umher und schicke Schecks an die Students for Peace?*
> *Schon besser, Gesine.* (JT, 583; Kursivdruck im Original)

Interessant ist, dass hier Wirksamkeit zu einem Maßstab für das Eintreten in Protest erhoben wird, zusätzlich zu den bereits erläuterten: moralische Integrität und Konsequenz des eigenen Handelns.

Neben Anita und der *New York Times* konfrontiert auch Marie Gesine und die Leser mit dem weltweiten Protestgeschehen – sei es durch Gespräche oder das Bestehen darauf, an Demonstrationen teilzunehmen. Die hieraus entstehenden Situationen sind Kernpunkte der Auseinandersetzung mit der Protestkultur, z.B. in der Schilderung eines Friedensmarsches, der in der Darstellung eher an ein Volksfest denn an gesellschaftliche Umwälzung erinnert:

> Alle waren fröhlich, wie auf einem Ausflug. Anreißer schrien fröhlich WAS WOLLEN WIR, und die Chöre antworteten mit synkopischem Spaß: FRIEDEN, JETZT. Oder: WAS: FRIEDEN; WANN: JETZT! Als sie vom Bürgersteig herunter wollte, zwischen die Gleichgesinnten, kam die Show. (JT, 1073; Versalien im Original)

27 22. Oktober 1967, in: Holger Helbig u.a. (Hg.): Kommentar zu Uwe Johnsons Roman »Jahrestage« (Online-Version). URL: http://www.philfak.uni-rostock.de/institut/igerman/johnson/johnkomm/6710/671022.html [Zugriff vom 10.5.2016].

Maries Position zum Protest wird nicht durch die Begeisterung für das aufregende Fremde erklärt, hier mit »Show«, »Anreißer« und »synkopischem Spaß« deklassiert, sondern durch grundsätzliche moralische Vorstellungen, denn »[s]ie hat es so gelernt, daß jedermann seine Meinung soll öffentlich vortragen dürfen; nun kamen Leute an, die wollten anderen Kleidung und Haartracht vorschreiben« (JT, 502). Grundsätze wie Meinungsfreiheit sprechen gegen Kritik an dem Protest. Das Eintreten der globalen Perspektive wird betont durch einen Bericht der *New York Times* über die Wahlerfolge der rechten Parteien in der Bundesrepublik, dass es sich hier nicht um grundsätzliches Befürworten von Protest, sondern um Wirken aus wahrgenommener Notwendigkeit handelt: »Was geht's dich an! du hast bloß mal da gewohnt! [...] Hier aber haben wir eine Revolution, bloß zwanzig Blocks von unserer Haustür!« (JT, 1092)

Besonders prominent tritt der Prager Frühling durch den Abdruck der *Dva Tisíce Slov*, der *Zweitausend Worte*, in das Werk. Indem sie Teil von *Jahrestage* werden, heißt es auch in diesem Buch,

> [m]an muß Mittel anwenden, die sie zum Rücktritt zwingen. Zum Beispiel: Öffentliche Kritik, öffentliche Beschlüsse, Demonstrationen, demonstrative Arbeitseinsätze, Spendensammlungen für ihren Ruhestand, Streik, Umgehung ihrer Büros. (JT, 1444)

Spätestens damit und durch die ständigen Überlegungen zu einer Chance des Sozialismus mit menschlichem Antlitz wird ›68‹ als globales Ereignis erfahrbar gemacht.

Auch Johnsons Absage gegenüber den engagierten Literaten zum einen und der engagierten Literatur zum anderen[28] setzt sich im Werk fort. So in *Jahrestage* z.B. anhand der Figur des Schriftstellers Norman Mailer; dieser, so heißt es im Tageskapitel vom 22. Oktober 1967,

> *wurde gestern am Pentagon verhaftet.*
>
> *Wegen ›technischer Mißachtung‹ einer Polizeisperre. Wetten, er ist längst wieder zu Hause in Brooklyn Heights?*
>
> *Er hat sich zu erkennen gegeben als Gegner der U.S.A.-Politik in Viet Nam.*
>
> *Außer dem hat er seinen Beruf ausgeübt: demnächst wird er uns seine Erfahrungen verkaufen.* (JT, 208; Kursivdruck im Original)

28 Vgl. das sogenannte »Geständnis gerichtet an Freunde und Feinde auf der linken Seite«, dass ein Roman keine revolutionäre Waffe sei; Johnson, Vorschläge zur Prüfung eines Romans (Anm. 15), S. 35.

Weiterhin werden u.a. Hans Magnus Enzensbergers Kritik an den USA[29] sowie ein vermeintliches Hilfe-Ersuchen an John Steinbeck nebst dessen Aufenthalt in Vietnam dokumentiert (vgl. JT, 51) und als falscher Protest dargestellt. Neben solchen »professionals, diesen Helden mit dem Maul« (JT, 562) kritisiert Gesine den eigennützigen Protest vieler Anti-Vietnamkriegs-Demonstranten. In erster Linie, so der Vorwurf, proklamieren diese Demonstranten nicht ihre politischen Forderungen, sondern sich selbst. Und ihre Moral bliebe außerhalb der Demonstration auf der Strecke. So heißt es von einem Demonstrationsführer: »Den sah ich zuletzt, als er mit seinen Freunden in das Warenhaus Saks einzubrechen versuchte« (JT, 502f.). Und Demonstrationen blieben zumeist ohne konkrete Ergebnisse:

> Ich könnte einen Leserbrief an die New York Times schreiben; ich könnte fürs Leben ins Zuchthaus gehen wegen eines erfolglosen Attentats auf den Präsidenten Johnson; ich könnte mich öffentlich verbrennen. Mit Nichts könnte ich die Maschine des Krieges aufhalten um einen Cent, um einen Soldaten; mit Nichts. (JT, 894)

Hier klingt Johnsons Kritik am unwirksamen Protest der Nicht-Betroffenen aus *Über eine Haltung des Protestierens* an. Dort heißt es über die ›Guten Leute‹: sie »stehen auf dem Markt und weisen auf sich hin als die besseren. Auch diese guten Leute werden demnächst ihre Proteste gegen diesen Krieg verlegen bezeichnen als ihre jugendliche Periode«.[30]

Andere Formen des Protests erscheinen teilweise surreal. So erfährt der Leser aus der *New York Times*, dass einem russischen Schriftsteller der Prozess gemacht wurde, »weil er protestierte dagegen, daß Schriftstellern ein Prozeß gemacht wurde« (JT, 133). Und »[e]inem schwarzen Moslem, vor dem obersten Staatsgericht New Yorks unter Anklage wegen Polizistenmords, wurde der Mund mit einem Handtuch gestopft, als seine Proteste gegen die Verhandlung die Verhandlung störten« (JT, 92). Diese Proteste Einzelner werden zumeist kommentarlos dargestellt, bedürfen aber durch ihre Absurdität auch keines Kommentars. Sie sind keine Beispiele für 68er-Protest, erscheinen aber durch ihre Darstellung als notwendiger Protest gegen Staatsgewalt. Hier darf protestiert werden, der Einzelne ist betroffen und nicht wie die 68er-Studenten in der beschriebenen Stellvertreterposition.

29 Johnson stellt hier Enzensbergers Vergleich des Vietnamkriegs und der NS-Verbrechen dessen gleichzeitiger Anstellung an einer amerikanischen Universität entgegen; vgl. JT, 794-803.

30 Johnson, Über eine Haltung (Anm. 4), S. 95f.

Unter anderem von Ulrich Fries wurde herausgearbeitet, wie die Figur Gesine Cresspahl als Gegenentwurf zu der falschen Protesthaltung vieler deutscher Intellektueller konzipiert ist, deren Protest die eigene Geschichte verleugnet. Dieser Entwurf endet jedoch nicht in einer positiven Neubestimmung der Protesthaltung, die Vergangenheit sowie die daraus erwachsene Gegenwart lassen in Fries' Deutung eine solche Haltung nicht zu.[31] Mir erscheint hier relevant, dass die Perspektive des individuellen Erinnerns anstelle kollektiver Proteste nicht in Passivität endet, sondern in einer Verantwortung des Einzelnen für dessen Handeln und insbesondere: Haltung.

Bei Johnson lässt sich so eine Geschichtlichkeit des Ethos herausstellen. Aus der speziellen deutschen Geschichte ergibt sich ein andauerndes Erinnern an die kollektive deutsche Schuld an der Shoah. Diese nach 1945 fortwährende deutsche Schuld wird in *Jahrestage* als eine vorgestellt, die nicht zu vergessen ist: »Die Wirkung hat bis heute nicht aufgehört. Betroffen war die eigene Person: ich bin das Kind eines Vaters, der von der planmäßigen Ermordung der Juden gewußt hat« (JT, 232). Indem der Einzelne auf die eigene Verantwortung zurückgeworfen wird, wird der Stellvertreter-Protest abgewiesen. Zurückverwiesen auf Luhmanns Definition von Protest als »Kommunikationen, die an *andere* adressiert sind und *deren* Verantwortung anmahnen«,[32] wird deutlich, dass diese Art von Kommunikation mit der hier beschriebenen Haltung nicht vereinbar ist, da sie die Verantwortung des Einzelnen abweist.

Diese Überforderung, gepaart mit der Last der eigenen Geschichte, geht über in eine Ethik der verantwortlichen Informiertheit: »Wenigstens in Kenntnis zu leben« (JT, 210). Darunter ist auch Gesines Informiert-Sein darüber zu fassen, »wie viele Sommergäste jüdischen Glaubens vor dem Jahr 1933 in Rande gezählt wurden« (JT, 8), als Gegenentwurf zum sekundären Antisemitismus in der Bundesrepublik nach 1945. So wird gegen Vergessen und Restauration gearbeitet. Dieses Arbeiten geht aber nicht in Protest über und so stehen Protest und jene Haltung einander gegenüber.

Auch in *Jahrestage* wird also der 68er-Protest erzählt. Bisher wurde dargelegt, dass es sowohl zu einfacher Darstellung als auch zu direkter Auseinandersetzung kommt. Die reine Darstellung überwiegt jedoch deutlich, so erscheint der Protest als randständiges Phänomen, das die Zeitläufe der Familiengeschichte Gesines nicht beeinflusst. Diese Betrachtung kann

31 Vgl. Ulrich Fries: Uwe Johnsons »Jahrestage«. Erzählstruktur und Politische Subjektivität, Göttingen 1990, S. 166-172.

32 Luhmann zitiert nach Hellmann, Systemtheorie (Anm. 6), S. 189; Kursivdruck im Original.

münden in eine Unterscheidung des Erzählten und Ausgelassenen: Neben den aufgeführten Protestformen fällt auf, dass bekannte Themen wie Hippie-Bewegung, Kommunardenleben oder die Situation der Dritten Welt nicht behandelt werden. Die Bürgerrechts- und Studentenbewegungen werden schon aufgrund ihrer Präsenz in den Medien mitbehandelt, hinterfragt zumeist auf ihre Ziele und den Zusammenhang von Aktionen und der geplanten Umsetzung. Im Falle der schwarzen Bürgerrechtsbewegung in Amerika erfolgt solches Hinterfragen weniger. Die entstehende Differenz scheint eine Klassifizierung von 68er-Protesten zuzulassen: Es werden insbesondere diejenigen erzählt, denen es um Menschenrechte und Moral geht. Die Auseinandersetzung schwankt zwischen simpler Darstellung und Skepsis. Der deutsche Protest wird weniger beachtet als der amerikanische, auch bedingt durch die Ansiedlung der Handlung in New York. Relativ resolut wird angegangen gegen öffentlichkeitsfixierte Protestformen wie von Autoren oder selbstverstandenen Stellvertretern. Hier bricht der Umgang mit Protest von reiner historischer Darstellung des Geschehens in eine politische Wertung und eine Wertung der Verhältnisse von Literatur und Politik. Historische Vollständigkeit wird nicht erreicht, aber die Auswahl scheint Bedeutung zu haben. Johnson führt das Politische als nicht rein subjektiv-chronistisch, sondern als Teil des Weltgeschehens vor, was im Hinblick auf die deutlichen Auswahlprozesse fragwürdig wird. Das heißt nicht, dass *Jahrestage* ein politisches, geschweige denn protestierendes Buch ist. Aber es zeigt eine Auseinandersetzung, Wertung und letztlich auch Teilhabe.

Die *Jahrestage* können trotz der Auslassungen auch gelesen werden als ein Beispiel für mehrere ›68s‹: Die übliche Fokussierung auf Studenten- und Friedensbewegung findet sich ebenso wie eine Darstellung der Reaktion der sogenannten kulturellen Intelligenz. Wichtiger aber ist, dass nicht zuletzt in Gesines Haltung zum Protestieren *Jahrestage* als ein Dokument der Nebenschauplätze des Protests gelesen werden kann: Es ist eine Position, die zwar Ansatzpunkte teilt, deren Auseinandersetzung aber deutlich stiller und weniger medienwirksam stattfindet, da die Formen des Protests abgelehnt werden. Mit dem hier vorgestellten Blick auf Johnsons Werk werden besonders die Kategorien ›Haltung‹, ›Geschichtlichkeit‹ und ›Wirklichkeit‹ in der Lektüre betont und erscheinen als Zentralkategorien des Johnson'schen Erzählens in *Jahrestage*. In der Gegenüberstellung der ›Wirklichkeit‹ der 68er und Johnsons »Schwierigkeiten des sich erinnernden Erzählens von Geschichte«[33] wird die unterschiedliche Perspektivie-

33 Greg Bond: Veraltet? Die Beschäftigung mit Uwe Johnson heute, in: Text + Kritik. Uwe Johnson, H. 65/66, 2. Aufl., Neufass., München 2001, S. 9.

rung der literarischen Antworten auf die Frage nach Möglichkeiten des Lebens nach Auschwitz deutlich, zugleich aber auch die Gemeinsamkeit.

Es scheint somit falsch, Johnson lediglich in Opposition zur 68er-Bewegung zu verstehen, da Überschneidungen in Thematik und Moralität nicht zu leugnen sind. Diese Teilhabe wird offensichtlicher, wenn heute die strenge Fokussierung auf Kundgebungen, Sit-ins und Kommunenleben als Hauptbestandteile des deutschen ›68‹ aufgegeben wird. Für die faktischen Veränderungen sind die globale Ausbreitung der Proteste sowie die Ausweitung von Protest zu einer sozialen Bewegung relevanter. Der Beobachter Uwe Johnson stellt solche Deutung schon in *Jahrestage* heraus. »Do not trust anybody over thirty«, als Losung der Protestierenden, wird in *Jahrestage* als Protest verstanden, ist aber, wie Gesine und Anita in dem eingangs zitierten Telefonat feststellen, »kein Aufstand«.

WILLI GOETSCHEL

# Versuch einer Korrespondenz

## *Uwe Johnson und Hannah Arendt*

Für Uwe Johnson stellte die Begegnung mit Hannah Arendt zweifellos einen Höhepunkt seines Aufenthalts in New York dar. Diese Begegnung überließ Johnson nicht dem Zufall, er arbeitete vielmehr zielstrebig auf sie zu. Sie stellt ein symbolisches Schlüsselerlebnis dar, das Johnson bedacht war, literarisch zu Buche schlagen zu lassen. Sein Umgang mit Hannah Arendt ist dabei als Teil von Johnsons Projekt einer umfassenden Vergangenheitsaufarbeitung zu verstehen, das sich des Verfahrens literarischer Verarbeitung bedient, die sich als intertextuelle Bestätigung und Selbstvergewisserung beschreiben lässt.[1]

Die Diskussion der Beziehung zwischen Johnson und Arendt hat inzwischen einen Saturationspunkt erreicht, angesichts dessen die Beschwörungslitanei dieser Beziehung als einer Freundschaft eher einen Schleier über den Charakter der Begegnung wirft, als zu ermöglichen, erst einmal nachzusehen, worin denn genau diese »Freundschaft« eigentlich bestanden haben mag, wenn es denn eine war.[2] Das scheint doch die entscheidende Frage zu sein: Ob die überlieferten Zeugnisse der Beziehung es überhaupt erlauben, hier von einer Freundschaft im genauen Sinn des Wortes zu sprechen. Das ist eine Frage, die beim gegenwärtigen Stand der Dinge zuerst an den Briefwechsel zwischen Arendt und Johnson zu richten ist.

1 Zu einer paradigmatischen Studie der Funktion von Intertextualität in Johnsons *Jahrestagen* vgl. Holger Helbig: Intertextualität und Identität in den *Jahrestagen*. Über Traditionsstiftung für Figuren und Interpreten, in: Johnson-Jahrbuch 13, 2006, S. 169-184.

2 Vgl. dazu Thomas Wild: Nachwort, in: Hannah Arendt/Uwe Johnson: Der Briefwechsel 1967-1975, hg. von Eberhard Fahlke und Thomas Wild, Frankfurt am Main 2004, S. 301-332; ders., Nach dem Geschichtsbruch. Deutsche Schriftsteller um Hannah Arendt, Berlin 2009; sowie das Kapitel *Eine tapfere deutsch-jüdische Freundschaft* in Stefan Gädtke: Jüdische Nachbarschaften in New York. Eine Lektüre der lesbaren Spuren der »jüdischen Frage deutscher Art« in Uwe Johnsons *Jahrestage*, Frankfurt am Main 2012, S. 287-325.

Während sich die Literatur zu Johnson in einvernehmlichem Einverständnis darüber befindet, dass es sich hier um eine Freundschaft handelt, hat die Frage, wie diese denn aussah, wie sich ihre Dokumentation in Texten als Übung in intertextueller Performanz dargestellt, wie sie inszeniert wurde und wie diese Beziehung sich also abgespielt hat, relativ wenig oder keine Beachtung gefunden. Doch sind es gerade die Aspekte der literarischen Strategien der Inszenierung, die erst einmal kritisch genauere Aufmerksamkeit verdienen. Es ist schließlich das performative Moment des Spiels intertextueller Referenzialität und ihrer Selbstrekursivität, das Johnsons literarisches Schreibverfahren auszeichnet, das auch diese Beziehung bestimmt, die ohne Rekurs auf ihre literarischen Produktionsbedingungen nicht zu verstehen ist.

Daraus ergeben sich zwei Aspekte, die von besonderem Interesse sind. Erst einmal ist die Proliferation des Diskurses darüber zu untersuchen, was wir als den Komplex des Imaginären des deutsch-jüdischen Traumas bezeichnen können, sowie die Weise, in der dieser Komplex eine fortdauernde Wirkung auf die Produktion von Erinnerung in der Gegenwart ausübt. Zweitens verdient der Umgang Johnsons mit diesem Komplex Aufmerksamkeit, bzw. sein kritisches Verhandeln dieses Imaginären in literarischer Verarbeitung. Bei Johnson, so die These, wird Intertextualität zur Szene, auf der dieses Projekt als Herausforderung inszeniert wird. Es ist eben jener Komplex, welcher Johnson die Theorie und die literarische Verfahrensweise von Intertextualität auf ihre Grenzen hin erproben lässt und damit in ihrer Problematik vorstellig macht. Johnson inszeniert Intertextualität als Methode, die sein literarisches Projekt erst ermöglicht, aber gleichzeitig auch begrenzt.

Damit kommt die Inszenierung der Beziehung zwischen Johnson und Arendt als ein intertextuelles Verfahren in den Blick, das weniger Freundschaft als solche bezeugt, sondern vielmehr eine von peinigendem Selbstzweifel getriebene Suche und Besinnung auf die Bedingungen der Möglichkeit von Freundschaft zwischen Deutschen und Juden nach 1945. Die Darstellung dieser Beziehung ist so zunächst einmal als literarische Konstruktion zu verstehen, die weniger auf Freundschaft schließen lässt, sondern vielmehr ein schmerzhaftes Bedürfnis nach ihr zum Ausdruck bringt. Doch lassen wir uns fürs Erste nicht mit definitorischen Fragen aufhalten, sondern geben einfach einmal der kritischen Aufforderung Gehör, die Derrida und Montaigne in Erinnerung rufen, indem sie Aristoteles zitieren: »Oh Freunde, es gibt keinen Freund.«[3]

3 Vgl. Diogenes Laertius: Leben und Meinungen berühmter Philosophen, Bd. 1, hg. von Klaus Reich, [3]Hamburg 1990, S. 251; Michel de Montaigne: Essais, Auswahl und Über-

Bei genauerem Zusehen scheint es, dass der Begriff der Freundschaft eben das voraussetzt, was erst einmal infrage steht, nämlich diese Freundschaft selbst. Sie als Tatsache vorauszusetzen, stellt ein *fait accompli* dar. Es gibt eine Reihe von Fragen, die vor jeder Behauptung einer Freundschaft Priorität haben: Wie genau ist der Briefwechsel zwischen Johnson und Arendt zu lesen? Was ist die Besonderheit dieses Briefverkehrs, dieser brieflichen Interaktion, dieses postalisch konstruierten Umgangs, dieser literarischen Form von Korrespondenz? Wie sind diese Briefe als Inszenierung, Darstellung und als Schauspiel literarischer Performanz zu lesen?

Dieser Briefwechsel weist zunächst einmal, zumindest zu Beginn der Annäherung Johnsons an Arendt, eine gewisse Verhaltenheit, Zurückhaltung und Betulichkeit auf. Johnson eröffnet die Korrespondenz und Arendt spiegelt zurück. Wenn Spontaneität nicht gerade ein oft verwendetes Wort in Johnsons Wortschatz ist und Emotionen sich nur in stilisierter Form Ausdruck verschaffen können, so ist es entscheidend, im Blick zu behalten, dass Arendts Temperament Johnsons bescheiden zurückhaltendem Ton genau entgegengesetzt ist. In pointiert asymmetrischer Weise lesen sich Johnsons Briefe wie Werbungsschreiben, ängstlich bestrebt zu gefallen. Sie erinnern daran, dass die Korrespondenten zu keiner Zeit sich auf eine sichere, verlässliche Gemeinsamkeit berufen können, sondern sich genötigt finden, eine solche immer wieder zu erproben. Johnson sucht als Briefsteller Bestätigung, Zustimmung und Anerkennung seitens der Adressatin. So gesehen, erweisen sich die Briefe als eine virtuose Vorstellung eines Eiertanzes.[4] Sie stellen die literarische Konstruktion eines sorgfältig inszenierten Dramas dar, das Protokoll-Verstöße dramaturgisch inszeniert, um eine Spannung zu erzielen, welche dann die erwünschte Auflösung ermöglicht: Die Adressatin wird zum Mitspielen bei diesem Drama gebracht, das der Briefwechsel zur Aufführung bringt.

Aus diesen Gründen sind die Briefe weniger als spontane Dokumente einer privaten Beziehung zu lesen, sondern stellen vielmehr die bewusste und in hohem Maße selbst-bewusste Produktion eines literarischen Textes dar. Im Falle Johnsons dürfte eine solche Lesart keine Überraschung sein. Sie lässt sich hier auch auf Arendts Spiel mit Selbstinszenierungen auf der

setzung von Herbert Lüthy, Zürich 1953, S. 226; Jacques Derrida: The Politics of Friendship, translated by George Collins, London 2005, S. 2.

4 Es ist schwierig, der Versuchung zu widerstehen, hier der Resonanz und dem Spiel mit dem großen Eiertanz der deutschen Literatur nachzugehen, nämlich dem Mignons in Goethes *Wilhelm Meisters Lehrjahre*. Dieser intertextuelle Verweis ist einer auf die verborgenen Quellen des poetischen Prinzips, die hier allerdings aufgrund einer Komödie der Verkehrung in parodistisch verkehrter Weise zum Tanzen gebracht werden.

Intimbühne des privaten Briefwechsels übertragen, mit dem sie nicht zuletzt auch mit einer spielerischen, aber deswegen nicht minder grundsätzlichen Geste ihre kategorisch durchgehaltene Unterscheidung zwischen der öffentlichen und privaten Sphäre zu unterlaufen scheint.[5]

Es sei damit nicht behauptet, dass Johnson diesen Briefwechsel mit Blick auf eine künftige Veröffentlichung unternommen hat. Vielmehr soll die Vorgehensweise gekennzeichnet werden, mit der Johnson sich ans Werk macht. Denn bei Johnson ist Schreiben immer schon literarische Inszenierung und Vorstellung, eine Spielweise oder eine Studie literarischer Produktion. Mit anderen Worten, was immer Johnson auch schreibt oder liest, nimmt bei ihm die Form intertextueller Referenz an. Seine Briefe an Arendt bilden dabei keine Ausnahme. Eher denn als Dokument einer Freundschaft erscheinen diese Briefe als ein zeithistorisches Zeugnis eines angestrengten Werbens um eine solche, ein Werben, das von widerständigem Begehren, durch Brüchigkeit und Zaghaftigkeit gezeichnet, vielmehr die konfliktgeladenen Spannungen deutlich macht, die ein solches Unternehmen als prekär ausweisen.

Die Art und Weise, wie Johnson den brieflichen Verkehr mit Arendt inszeniert, besteht in einer literarisch vermittelten, spielerischen Form der Vertextung von Begegnungen mit Menschen und Erfahrungen aus dem wirklichen Leben, die das Merkmal von Johnsons Schreiben überhaupt ausmacht. Dasselbe gilt für den fiktionalen Aspekt der Erfahrung von Wirklichkeit, der zur Produktion des Realitätseffekts dient. Realität ist bei Johnson stets durch die Konstruktion der Erzählung vermittelt. Und Johnson hält an diesem Grundsatz in konsequenter Weise fest: Sein Briefwechsel zeigt eine resolute Haltung, Wirklichkeit mit einer Einstellung von selbstbewusster Selbststilisierung zu reflektieren, die dem Leser das Moment ihrer Fiktionalität geradezu förmlich (wenn nicht schmerzhaft) unter die Nase reibt. Bei Johnson ist Intertextualität das Referenzsystem, aufgrund dessen die Wirklichkeit an Bedeutung gewinnt, gesichert wird oder, genauer und konsequenter, eigentlich produziert wird. In dieser Hinsicht stellt die *New York Times* ein paradigmatisches Beispiel dar, das

5 Mit der Annahme der Unterscheidung zwischen privater und öffentlicher Sphäre als Bedingung der Möglichkeit ihrer politischen Theorie unterwirft Arendt ihre Konzeption jüdischer Identität Vorstellungen von politischer Staatsbürgerlichkeit, die der Rekurs auf jüdische Identität aber gerade infrage stellt. Diese Spannung schlägt sich auch im Umgang mit Johnson nieder. Die Frage, wie öffentliche und private Sphären sich zueinander verhalten, wird nicht nur in Arendts *Vita activa oder Vom tätigen Leben* thematisiert, sondern stellt unter anderem auch als implizite Annahme den Rahmen von ihrem Buch *Eichmann in Jersualem* dar.

zeigt, wie Johnson sich eines intertextuellen Rasters oder Gerüsts bedient, um sein Erzählen zu verorten. Es ist kein Zufall, dass Hannah Arendt auf diese Weise textlich mit demjenigen Intertext assoziiert wird, gegen den sie resolut aufbegehrt, indem sie Gesine und ihre Leser davor warnt, sich auf die *New York Times* als alleinigen Referenzrahmen zu verlassen: »*sie schreiben was die Bezieher des Blattes erwarten*«[6] hören wir da Gesine die Stimme von Arendt / der Gräfin Seydlitz im inneren Monolog zitieren.

Wie diese Stelle deutlich macht, liegt hier ein Problem vor, mit dem der Herstellungsprozess eines Diskurses konfrontiert ist, der sich von einem intertextuellen Referenzsystem abhängig macht. Die intertextuellen Verweise sind nämlich nicht wertneutral oder rein objektiv, trotz der Prätention, mit der sie es zu sein vorgeben. Vielmehr sind sie das Ergebnis von gewissen Präferenzen und Entscheidungen, die bestimmte Auswahlkriterien im Hinblick auf Intertexte gegenüber anderen privilegieren.

Diese Problematik ist für die literarische Fiktion spätestens seit dem Programm des poetischen Realismus akut geworden. Bei Johnsons Spiel mit der Intertextualität kehrt sie mit verschärfter Brisanz wieder. Denn bei Johnsons zentralem Roman *Jahrestage* muss die Frage, ob die Erzählkonstruktion kritische Reflexion auf die Grenzen ihrer eigenen intertextuellen Selbstreferentialität erlaubt oder nicht, offen bleiben. Das liegt daran, dass der erzählerischen Anlage des Romans Intertextualität als notwendige Bedingung für literarische Fiktion in einer Weise zugrunde liegt, die keinen Raum für die Frage lässt, wer genau für die Entscheidung zwischen den intertextuellen Verweisen (und Referenzsystemen als solchen) verantwortlich ist. Denn die offensichtliche Antwort – der Erzähler – führt nur wieder in einen weiteren hermeneutisch unauflöslichen Zirkel.

Mit anderen Worten: Die Konsistenz von Stil und Manier, derer sich Johnson sowohl bei Fiktion wie Non-Fiction bedient, erweist sich als eben das Problem seines Schreibverfahrens. Es erscheint zuletzt gerade deshalb so künstlich, weil es sich so dezidiert bar aller Künstlichkeit gibt. Aber während die Beharrlichkeit, mit der Johnson das Verfahren variiert, bewundernswert ist und literarisch fiktionalen Mehrwert abwirft, findet sie sich einem Problem gegenüber gestellt: nämlich der Unfähigkeit, ihre eigene Konstruktion zu hinterfragen.

Johnsons Schreibverfahren weist auf eine problematische Seite der hermeneutischen Vorbelastung jeder Form von Intertextualität hin. Seine Vorgehensweise zeigt, dass Intertextualität Vorentscheidungen erfordert, die nicht nur den Bezugsrahmen des Fiktionalen erweitern, sondern diesen

6 Uwe Johnson: Jahrestage. Aus dem Leben von Gesine Cresspahl, Bde. 1-4, Frankfurt am Main 1970-1983, S. 75; Kursivdruck im Original.

zugleich auch fixieren. Daraus ergibt sich eine Verengung des Referenzsystems als Bedingung, um Intertextualität zu ermöglichen. In Johnsons *Jahrestagen* wird das intertextuelle Referenzsystem in seiner Fragwürdigkeit selbst zum Thema. Damit gewinnt aber das in seiner Fragwürdigkeit ausgewiesene Orientierungssystem intertextueller Selbstreferenz gleichzeitig eine letztlich unreflektierte Macht über den Erzähler: Was potenziell als offene Struktur für das Neuverhandeln der Wirklichkeit dienen soll, läuft Gefahr, in fataler Instrumentalisierung ein geschlossenes System hervorzubringen. Der Rückgriff auf außerhalb der Fiktion liegende Texte unterwirft nicht nur Gesine und den Erzähler, sondern auch die Leser den redaktionellen Präferenzen des Autors. Zuletzt ist auch der Autor selbst der Versuchung willkürlicher Ausschließung und Fixierung ausgesetzt. Das ist allerdings eine Verlockung, die von jeher hinter auktorialer Souveränität lauert.

Wenden wir uns nun der Frage zu, wie sich dieses Spiel der Intertextualität in Bezug auf Johnsons ›Hofieren‹ von Arendt gestaltet. Eifrig bemüht, Arendts Freundschaft zu gewinnen, nähert sich Johnson ihr zunächst in unverfänglicher Weise. Dieser Eindruck ändert sich schnell, sobald Johnson mit postalisch umständlicher Etikette informiert, er habe sich die Freiheit genommen, sie, Hannah Arendt, in einem Vorabdruck einer Stelle aus dem ersten Band der *Jahrestage* im *Merkur* auftreten zu lassen. Allerdings sei der Text bereits in der Druckerei. Es folgt die briefliche Entfaltung eines kleinen Dramas, eines *fait accompli;* eines Dramas, dessen Inszenierung eine Komödie schlagender Ambivalenz zu Tage bringt, die sich in folgender Weise entfaltet: Johnson ersucht Arendts Einverständnis zum Zeitpunkt, als der Text bereits beim Drucker liegt. Arendt antwortet mit einem ihrer kategorischen Kommentare, indem sie inständig bittet, von einer solchen Zumutung verschont zu bleiben. Johnson entschuldigt sich mit beredter Verlegenheit für sein Ansinnen – und alles ist gut, oder scheint wenigstens so. Das kleine psychologische Drama geht über die postalische Bühne zwischen Berlin und New York, um die Bekanntschaft durch ein Spiel von Vergehen und Vergebung zur Freundschaft zu vertiefen. Man kann sich dabei nicht der Frage erwehren, ob die Produktion dieser Dynamik nicht das eigentliche Motiv hinter diesem postalischen Verkehr war.[7]

Die Welt scheint wieder in Ordnung. Bei den Vorbereitungen zur Drucklegung des ersten Bandes verspricht Johnson, Arendts Namen mit einem

7 Vgl. Uwe Johnson an Hannah Arendt, 4.7.1970, in: AJB, 36f.

unkenntlichen Pseudonym zu ersetzen, doch nur um eine erneute Klage Arendts zu bewirken. Dieses Mal wundert sich Arendt über Johnsons ›Weisheit‹, als Alias für sie den Namen der Gräfin Seydlitz gewählt zu haben. In einer sprechenden Umdrehung beschwert sich nun Arendt, die im Roman doch nun wunschgemäß unkenntlich gemacht worden ist, darüber, dass mit diesem Alias ihre individuellen Züge unsichtbar geworden wären. Während sie so eine Form von Bewusstsein ihres Bedürfnisses signalisiert, im Roman erkennbare Züge zu behalten, verlangt sie anderseits gleichzeitig inkognito zu bleiben, bzw., wie sie selber formuliert, »[to] have your cake and eat it«,[8] um dann Johnson zu tadeln, dass er übersehen zu haben scheine, dass sie jüdisch sei. Eingebettet in einen freundlich gehaltenen Brief müssen diese Worte hart getroffen haben, vor allem wenn wir die schneidende Art von Arendts Diktion in Betracht ziehen: »Von allem andern abgesehen, scheint es Ihnen nicht aufgefallen zu sein, dass ich jüdisch bin«.[9]

Dieser Verweis erscheint besonders merkwürdig, weil er genau an dem Punkt Johnson ins Fettnäpfchen treten lässt, an dem er doch gerade mit besonderer Sorgfalt gehandelt haben mag, als er, mit Arendts Doppelnamen spielend, den sie durch die Ehe mit Heinrich Blücher annahm, ihr die Person der Gräfin Seydlitz als Alias gab.[10] Johnson schwieg sich darüber aus, zumindest was den Briefwechsel betrifft, in dem sich keine Reaktion zu diesem scharfen Verdikt findet. In seinem freundlichen Brief zwei Tage später (wohl dem Tag, an dem Arendts Brief eintraf: ja, so schnell ging die Luftpost damals) ist nur indirekt von diesem Verweis die Rede. Und der Unmut macht sich erst im Nachruf zu Hannah Arendt fünf Jahre später Luft, wenn Johnson trocken, aber spürbar pikiert festhält: »Einmal hat sie mich ausdrücklich hinweisen müssen auf den Umstand, dass sie eine Jüdin ist«.[11] Fünf Jahre wartet Johnson damit, seinem Unmut, seiner Frustration und Verletzung Ausdruck zu geben, die Arendts taktlose Unterstellung hervorrief. Er wartet bis zu einem Zeitpunkt, an dem es zu spät ist, die Angelegenheit mit der Adressatin und Briefpartnerin zu bereden. Stattdessen reicht es dann nur noch buchstäblich zum »Nachruf«.

Die Transposition von Arendts Verweis in die literarische Umschrift des Nachrufs verdient Aufmerksamkeit, weil sie symptomatisch der Span-

8 Hannah Arendt an Uwe Johnson, 6.7.1970, in: AJB, 39; Unterstreichung im Original.

9 Ebd., in: AJB, 39.

10 Vgl. dazu vor allem Thomas Schmidt: Die anwesende Abwesenheit Hannah Arendts im Salon der Gräfin Seydlitz. Zur Funktion ›randständiger‹ Tageskapitel in Uwe Johnsons »Jahrestagen«, in: Text + Kritik. Uwe Johnson, H. 65/66, 2. Aufl., Neufass., München 2001, S. 135-148.

11 Uwe Johnson: Nachruf auf Hannah Arendt, in: AJB, S. 163-167, hier: S. 164.

nung von Johnsons Ambivalenz Ausdruck gibt. Nun kommt auch das damals Ungesagte zum Tragen: Die Gereiztheit schwingt in Ton und Diktion vielsagend nach, als ob eine übellaunige Gouvernante da ihren Tadel hätte laut werden lassen. Schließlich war Arendts Judentum kaum zu übersehen oder zu vergessen. Für Johnson bestand schließlich die Bedeutung Arendts vor allem darin, dass sie ihm als intellektuell souveräne Repräsentantin des Judentums erschien. Da Johnson ausgerechnet in Arendt seine wohl bedeutendste Informantin in Sachen Judentum sah, muss ihm ihr Verdikt besonders ungerecht erschienen sein. Es muss umso verletzender für einen Autor gewesen sein, der so umsichtig Arendt mit Rekurs auf diejenige Tradition deutsch-jüdischer intellektueller Frauen zu ehren suchte, von der Arendt selbst eine so bewundernswerte Darstellung in ihrem Buch zu Rahel Varnhagen gegeben hatte (von dem Johnson ein Exemplar besaß). Es waren diese Zusammenhänge, die Johnson mit der Figur der Gräfin Seydlitz in Erinnerung rufen wollte.

Hatte Arendt in ihrer ersten Reaktion auf Band 1 der *Jahrestage* mit einem kategorischen Hinweis auf ihr Judentum gekontert, so erweiterte Johnson das Porträt der Gräfin Seydlitz im zweiten Band des Romans, der ein Jahr später erschien. Hier bringt Gräfin Seydlitz das Thema der schieren Unmöglichkeit zur Sprache, jüdische Identität in einem Namen, Charakter oder irgendeinem anderen Merkmal zu identifizieren: eine Einsicht, die sich Johnson also zu Herzen genommen hatte. Arendts Reaktion mag aber auch etwas von dem Unbehagen gegenüber der fiktionalen Verfahrensweise zum Ausdruck bringen, die Johnsons Erzählweise bestimmt.

Arendts idiosynkratische Reaktion ist symptomatisch für das Quidproquo, das die Beziehung zwischen Johnson und Arendt prägt. Während Johnson den Kontakt mit Arendt gerade deswegen sucht, weil sie jüdisch ist, stellt er den Kontakt über ihre Verbindung zur deutschen Erfahrung her. Während Arendt wiederum darauf mit Bezug auf ihre gemeinsamen deutschen Verbindungspunkte antwortet, nimmt sie ihr Judentum in Anspruch, als wäre das die einzige oder ausschließliche Form von Identifikation, der sie Bedeutung beimisst. Das Beharren Arendts auf ihrer jüdischen Differenz gründet sich auf ihre deutsche Identität, die sie dabei gleichzeitig in merkwürdiger Weise herunterspielt, wenn nicht gar verleugnet. Johnson bringt das in gewisser Weise in seiner Darstellung der Gräfin Seydlitz zum Ausdruck, bleibt aber in seinem eigenen, durch Schuldgefühl gezeichneten Diskurs befangen. Dieser hingegen fixiert den Unterschied zwischen Deutschen und Juden in einer Weise, ganz so, als ob deutsche Juden lediglich unter die eine oder andere Kategorie fallen würden. In der Folge sedimentiert dies nur die ungeprüfte Hinnahme dieser Unterscheidung und verstellt die Möglichkeit, sie kritisch zu hinterfragen.

Eine solche Lektüre jedenfalls legt ein Blick auf die subtilen Zwischentöne von Korrespondenz und Roman nahe.

Als Dilemma ergibt sich, dass die Deutschen stets ausschließlich als Deutsche wahrgenommen werden und Juden ausschließlich als Juden und dies, obwohl sich gerade eine solche Betrachtungsweise im Verlauf der Erzählung der *Jahrestage* als hochgradig problematisch erweist. Dasselbe gilt auch für Arendts Denken, zumindest insofern wir uns auf eine wohlwollende Lesart einlassen. Johnson und Arendt scheinen beide in ihrem Briefwechsel gerade an dem festzuhalten, was ihre Schriften als problematisch herausstellen.

Zusammenfassend lässt sich feststellen, dass Arendt ihr Selbstverständnis nur unter der Behauptung aufrechterhalten kann, dass ihr Jüdischsein ein selbstidentisches Attribut ist, das als solches in Anspruch genommen und durch nationale Charakteristiken bestimmt werden kann. Zeitlebens beruft sie sich konsequent auf jüdische Identität als eine nationale Tatsache und operiert dabei mit zwei verschiedenen Begriffen von nationaler Identität (deutsch und jüdisch), welche den Diskurs der ›Judenfrage‹ nur noch mehr zu einem quasi-ontologischen Disput verdinglichen.

Wenn Arendt einerseits festhält, dass die ›Judenfrage‹ nicht länger eine Frage der Juden ist (wenn es sie je gewesen ist), sondern eine geworden ist, die die Deutschen angeht – nämlich als eine ›deutsche Frage‹ –, so verkennt sie andererseits, dass die Konsequenz ihrer eigenen Ansicht, die Juden als eine eigene Nation unter anderen zu sehen, nicht weniger von der zur deutsch gewordenen ›Judenfrage‹ ausgenommen ist, als sie es für die Deutschen ist. In gewisser Weise bleibt sie mit ihrer Muttersprache, die sie so resolut als die ihre behauptete, und darüber hinaus mit ihrer ganzen kulturellen Sozialisation etc. zuletzt die unverbesserliche Deutsche, mit der identifiziert zu werden, sie unter Rekurs auf ihr Jüdischsein kategorisch ablehnt.

Arendts scharfe Zurückweisung ihrer Darstellung als Gräfin Seydlitz macht die nachhaltige Bedeutung des Komplexes der deutsch-jüdischen Psyche deutlich, den Arendt so entschieden als ein rein deutsches Problem identifiziert. Anderseits macht Arendts Einstellung deutlich, dass dieses Problem auch ihr eigenes bleibt, und zwar gerade weil sie der Versuchung erliegt, an einer gegenseitig exklusiven Unterscheidung von deutscher und jüdischer Identität festzuhalten, als ob ihre eigene Existenz nicht gerade das Gegenteil bewiese.

Johnson ist später im Umgang mit diesem Dilemma einen Schritt weiter gegangen. Die Mischung von Johnsons eigenen biografischen Daten mit denen Arendts in der *Skizze eines Verunglückten* bildet ein eigenartiges, intertextuelles Gewebe, das sich als eine kühne Zustimmung zur jüdischen Dimension der Person des »Verunglückten« verstehen lässt. Im Experiment dieser Erzählung wird die Trennlinie zwischen deutscher und jüdischer Identität als eine nicht länger stabile Unterscheidung verstanden.[12] Was eine briefliche, theoretische Reflexion (noch) nicht zu denken imstande war, suchte Johnsons sonderbares Schreibexperiment in Vorschlag zu bringen: Um eine individuelle Biografie verstehen zu können, ist eine Kritik der verschiedenen Schichten einer Identitätskonstruktion erforderlich, die weiter und tiefer hinter die ideologischen Identitätsdiskurse gehen muss, handle es sich nun um jüdische, deutsche oder andere.

Johnsons Fiktion kann dieses Anliegen jedoch lediglich über erzählerische Umwege thematisieren. Die Intertexte stellen dabei das Arrangement derjenigen Texte dar, die wir aufgeschlossen genug sind, in Betracht zu ziehen.[13] Qua Intertext macht Johnson ein Angebot zur Spurensuche von verloren und vergessen gegangenen Aspekten von Identitätskonstruktionen. Im besten Fall kann sich so Johnsons Schreibverfahren der Kritik öffnen und bis zum Bruchpunkt vorstoßen, an dem Intertextualität einen Raum erschließt für neue, erst noch zu entdeckende Intertexte und neu zu denkende Identitäten.

Abschließend ist festzuhalten, dass sowohl Johnson wie Arendt Beispiele des Komplexes darstellen, der die deutsch-jüdische Beziehung bestimmt und dessen explosive Dynamik Derrida so scharfsichtig mit dem vergleicht, was die Franzosen »Psyche« nennen: einem Doppelspiegel für Schminktische, in dem man sich auf beide Seiten hin ins Unendliche gespiegelt sehen kann. Diese Doppelspiegelung ins Unendliche erlaubt es uns nicht länger, eine Seite in klarer Weise von der anderen zu unterscheiden. Vielmehr verwischen sich die Unterschiede ineinander in immer fortgesetzten Spiegelungen.

Das Scharnier zwischen den Spiegeln, das sie trennt und gleichzeitig zusammenhält, ist dabei der blinde Fleck, der als solcher nicht gespiegelt wird und daher nicht wahrgenommen werden kann. Er ist es jedoch, der die Reflektionen der Spiegelungen erst ermöglicht. In seiner Diskussion von Hermann Cohens während des Ersten Weltkriegs veröffentlichter Schrift *Deutschtum und Judentum* führt Derrida den Begriff der Psyche ein, um die phantasmagorische Dynamik der delirant spekulativen Spiegelung im Anderen zu beschreiben, welche die deutsch-jüdische Beziehung in so tiefreichender Weise heimgesucht hat, dass der Komplex dieser Pathologie ge-

12 Vgl. Uwe Johnson: Skizze eines Verunglückten, Frankfurt am Main 1982.

13 Vgl. Ulrich Fries: How bizarre. *Skizze* revisited, in: Johnson-Jahrbuch 5, 1998, S. 167-202.

radezu Züge des Wahnsinns angenommen hat.[14] So irritierend auch eine solche Diagnose scheinen mag, Derrida hat hier den Nagel auf den Kopf getroffen. Die Dynamik dieses Komplexes hat tatsächlich geradezu fantastische, wenn nicht gar groteske Folgen gezeitigt, deren Nachwirkungen durchaus anhaltender Natur sind und die Optik kritischer Aufarbeitung weiterhin trüben. In all seinem nüchternen und quasi-objektiven Ansatz bleibt auch Johnsons Projekt dieser Dynamik ausgesetzt. Ironischerweise gerade deshalb, weil er sich mit solcher Gewissenhaftigkeit davor zu retten sucht. Je akribischer Johnson seine Vorkehrungen trifft, diesen Komplex zu umschiffen, desto mehr gerät er in dessen Strudel.

Die konstruktive Konsistenz von Johnsons Erzähltechnik erscheint in der Folge als ihre konstitutive Schwäche. Während Johnsons konsequent konsistente Aufrechterhaltung der Unterscheidung zwischen der deutschen und jüdischen Seite, welche den Diskurs der deutsch-jüdischen Erfahrung bestimmt, die Problematik dieser Unterscheidung bis ins intimste Detail ausagiert, ist dieses Ausagieren andererseits nur möglich aufgrund der Kosten der Verdinglichung dessen, was es zu thematisieren sucht.

Scheint er beispielsweise Arendts gelegentlich durchaus problematische Behauptungen für bare Münze zu nehmen, so artikuliert sich Johnsons Antwort auf Arendts Position durch einen Akt der Verschiebung, der sich weniger als zustimmender Dialog, sondern vielmehr als Kommentar durch literarische Transposition zum Intertext gestaltet.

Aber lassen wir Johnson das letzte Wort und lassen wir ihn den Satz aus dem Nachruf auf Arendt zu Ende schreiben, dessen erster Teil anfangs zitiert wurde. Der Satz ist von Kontroversen nicht verschont geblieben. Diese Tatsache macht nur deutlich, dass es sich hier um ein Spiegelkabinett von besonderer Art handelt, in dessen Vexierspiel Identitäten in spekulativen Reflexen phantasmagorisch entstehen. Der vollständige Satz lautet: »Einmal hat sie mich ausdrücklich hinweisen müssen auf den Umstand, dass sie eine Jüdin ist: im Umgang mit ihr war es zu vergessen.«[15]

14 Vgl. Jacques Derrida: Interpretations at War. Kant, the Jew, the German, in: ders., Acts of Religion, edited and with an Introduction by Gil Anidjar, New York 2002, S. 135-188.

15 Johnson, Nachruf (Anm. 11), in: AJB, 164.

MARTIN FIETZE

# Über Anmut, Würde und unglückliches Bewusstsein in *Ingrid Babendererde*

Der Benotung einer mündlichen Prüfung zufolge, die Uwe Johnson am 21. Mai 1954 während seines Studiums in Rostock abgelegt hat, scheint ihm die Denkfigur ›schöne Seele‹ »sehr gut«[1] vertraut gewesen zu sein. Das Prüfungsthema bildeten *Die Bekenntnisse einer schönen Seele* aus *Wilhelm Meisters Lehrjahre*. Im Prüfungsprotokoll ist auch ein Diskussionsschwerpunkt zu »Schillers Beurteilung der sch. S.«[2] notiert. Dessen Kritik bezieht sich auf Goethes Figurengestaltung:

> weil Natalie heilig und menschlich zugleich ist, so erscheint sie wie ein Engel […]. […] Ich wünschte, daß die Stiftsdame ihr das Prädikat einer schönen Seele nicht weggenommen hätte, denn nur Natalie ist eigentlich eine rein ästhetische Natur. Wie schön daß sie die Liebe, als einen Affekt als etwas ausschließendes und besonderes gar nicht kennt, weil die Liebe ihre Natur, ihr permanenter Charakter ist.[3]

1 Mündliche Prüfung am 21.5.1954, in: Universitätsarchiv Leipzig, UAL, StuA 001656. Mein Dank für die Erlaubnis zur Zitation aus Johnsons Studentenakte gilt dem Universitätsarchiv Leipzig. Die Notenvergabe trägt die Unterschrift der Goethe-Forscherin Hildegard Emmel. Das Protokoll wurde von Karl-Heinz Ihlenburg geführt. Laut dem Vorlesungsverzeichnis für das Frühjahrssemester 1954 wurde die Veranstaltung »Geschichte der deutschen Literatur von 1789-1806«, in der die Prüfung abgelegt wurde, allerdings von Walter Epping angeboten; Studienjahr 1954/55. Frühjahrssemester, S. 60, in: Universität Rostock. Personal- und Vorlesungsverzeichnis. URL: http://rosdok.uni-rostock.de/data/Preview-PuV/PDF/1954_SS_VV.pdf [Zugriff vom 5.8.2016].

2 Ebd.

3 Friedrich Schiller an Johann Wolfgang von Goethe, 3.7.1796, in: Friedrich Schiller/Johann Wolfgang von Goethe: Ihre Briefe sind meine einzige Unterhaltung. Briefwechsel in den Jahren 1794 bis 1805. Textband, hg. von Manfred Beetz, München 1990, S. 192.

Die ›schöne Seele‹ wird damit als eine säkularisierte Form des christlichen Ideals der Nächstenliebe stilisiert.[4] So weit, so gut.

Hannah Dingeldein stellt nun in ihrer Dissertation einen Zusammenhang zwischen Schillers philosophisch-ästhetischen Überlegungen und Johnsons Schriften her,[5] wobei sie im Anschluss an Leyla Sedghi die Figur Ingrid Babendererde als ›schöne Seele‹ im Schiller'schen Sinn bestimmt.[6] Ein solcher Bezug war zuvor nur am Rande erwogen worden,[7] obwohl die Einordnung einen praktikablen Ansatz bietet, das auratische Wesen der Titelfigur mithilfe eines Theoriekonzepts zu erklären. Annekatrin Klaus stellte bereits fest, dass Johnsons weibliche Figuren oft nach dem Kulturmythos der *hohen frouwe* gestaltet sind, bei dem ›das Weibliche‹ als Projektionsfläche eines nicht-entfremdeten Lebens fungiert.[8] Eine spezifische Einordnung Ingrids in Schillers Konzeption nimmt sie jedoch nicht vor. Auch Michael Hofmann vermeidet es, die Figur als ›schöne Seele‹ zu bezeichnen, obwohl er ihr das zentrale Attribut ›Anmut‹ zuweist.[9] Man darf das Zögern und Schweigen in der Forschung wohl so interpretieren, dass die Lesart, nach der Ingrid als ›schöne Seele‹ im Sinne Schillers gestaltet worden ist, mindestens als umstritten angesehen wird. Das eingangs zitierte Prüfungsprotokoll beweist zumindest indirekt Johnsons Wissen über die Denkfigur bei Schiller. Der Stellenwert des Klassikers in *Mut-*

4 »Hält man sich an den eigentümlichen Charakterzug des Christentums, […] so liegt er in nichts anderm als in der *Aufhebung des Gesetzes* oder des Kantischen Imperativs, an dessen Stelle das Christentum eine freie Neigung gesetzt haben will. Es ist also in seiner reinen Form Darstellung *schöner* Sittlichkeit oder der Menschwerdung des heiligen, und in diesem Sinn die einzige *ästhetische* Religion«; Friedrich Schiller an Johann Wolfgang von Goethe, 17.8.1795, in: Schiller / Goethe, Briefwechsel (Anm. 3), S. 98f.; Kursivdruck im Original. Die Stiftsdame der *Bekenntnisse* hingegen weist einen künstlichen Hang zur Kontemplation auf; vgl. Friedrich Schiller an Johann Wolfgang von Goethe, 9./11.7.1796, in: ebd., S. 213f.

5 Vgl. Hannah Dingeldein: Die Ästhetik des Schönen und Erhabenen. Friedrich Schiller und Uwe Johnson, Göttingen 2014.

6 »Wir haben es in der Figur der Ingrid nicht nur mit einer modernen Projektion der schönen Seele zu tun, sondern – vermittelt durch diese – auch mit der Frage nach der Möglichkeit einer ästhetischen Erziehung des Menschen und des Staates«; Leyla Sedghi: Das Dilemma der Grenze. Zu Uwe Johnsons Frühwerk, Diss., München 2004, S. 23. Worin die Modernität dieser Projektion besteht, erklärt Sedghi jedoch nicht.

7 Vgl. Ingeborg Gerlach: Da stand ein Kind, das hatte Bescheid bekommen. Politische Reden in den *Jahrestagen*, in: Johnson-Jahrbuch 9, 2002, S. 219-240, hier: S. 224.

8 Vgl. Annekatrin Klaus: »Sie haben ein Gedächtnis wie ein Mann, Mrs. Cresspahl!« Weibliche Hauptfiguren im Werk Uwe Johnsons, Göttingen 1999, S. 168. Der Mythos wird gegen Ende des 18. Jahrhunderts intensiv rezipiert. In denselben Zeitraum fallen jene Abhandlungen, mit denen die ›schöne Seele‹ zum Modewort avanciert; vgl. Ralf Konersmann: Die schöne Seele. Zu einer Gedankenfigur des Antimodernismus, in: Archiv für Begriffsgeschichte 36, 1993, S. 144-173, hier: S. 158.

9 Vgl. Michael Hofmann: Uwe Johnson, Stuttgart 2001, S. 18-63.

*massungen über Jakob* wurde in der Forschung auch schon hervorgehoben.[10] Es scheint daher möglich, dass Johnson dort Fragestellungen verhandelt, die er bereits in *Ingrid Babendererde* zu erproben versucht hat. Dieser Hypothese soll im Folgenden nachgegangen werden.

Der Bezug der ›Erbedebatte‹ in der DDR zur Deutschstunde, in der Brechts Sonettversion von Schillers Gedicht *Die Bürgschaft* vorgetragen wird, ist schon schlüssig analysiert worden.[11] Die Klassiker-Lektüre erfolgt in der zweiten Fassung des Romans aber anhand des Goethe-Gedichts *Der Gott und die Bajadere*.[12] Eine weitere explizite Schiller-Referenz, ein Vers aus dem Gedicht *An die Freude*, findet ebenfalls erst durch Umarbeitungen Eingang in den Text. Es liegt deshalb nahe zu fragen, ob das Konzept ›schöne Seele‹, sofern es überhaupt zur Anwendung kommt, auch erst im Zuge der Stoffbearbeitung realisiert wird. Ein solcher Blick auf die verschiedenen Fassungen war Dingeldein aufgrund eines Umzugs des Uwe Johnson-Archivs von Marbach nach Rostock nicht möglich. Nun können die Ergebnisse ihrer Betrachtung unter Berücksichtigung des gesamten überlieferten *Ingrid*-Stoffes ergänzt werden. Im Folgenden werde ich mich dabei auf eine kritische Überprüfung der These, Ingrid sei eine ›schöne Seele‹, beschränken, denn für diese Behauptung bedarf es einer präzisen Anwendung von Schillers Seelenkonzeption, die meiner Ansicht nach bislang nicht geleistet worden ist. Deshalb sollen zuerst Schillers Ausführungen zur ›schönen Seele‹ erläutert werden, um neben der Liebe als eigentümlichem Charakterzug zwei weitere wesentliche Aspekte herauszuarbeiten, deren potenzielle Umsetzung in *Ingrid Babendererde* durch *close reading* nachverfolgt werden kann.

10 Vgl. Holger Helbig: Über die ästhetische Erziehung der Staatssicherheit in einer Reihe von Thesen. Johnson liest Schiller, in: Johnson-Jahrbuch 6, 1999, S. 57-84.

11 Vgl. Nicola Westphal: Die Freundschaft in den Zeiten der Tyrannei. Überlegungen zu einer Schulstunde in *Ingrid Babendererde*, in: Johnson-Jahrbuch 10, 2003, S. 95-108.

12 Im Rostocker Uwe Johnson-Archiv sind drei von vier bekannten Textfassungen erhalten. Die erste, verschollene Fassung wurde in der Forschung auch als »Fassung 0« bezeichnet; Katja Leuchtenberger: »Wer erzählt, muß an alles denken.« Erzählstrukturen und Strategien der Leserlenkung in den frühen Romanen Uwe Johnsons, Göttingen 2003, S. 62. Die Bezeichnung erscheint mir allerdings angesichts der Rede von vier bekannten Fassungen etwas verwirrend. Deshalb spreche ich im Folgenden von den Fassungen 1-4. Das Typoskript von Fassung 2 – auf das ich mich im Folgenden in erster Linie beziehe – trägt den Titel »INGRID« und enthält das »erste Stück«, das »andere Stück« und das »dritte Stück«, wobei letzteres auch die Überschrift »INGRID BABENDERERDE (Reifeprüfung. Vorbereitungen.)« trägt; Uwe Johnson: Ingrid, Typoskript, 2. Fassung, o.D., in: Uwe Johnson-Archiv Rostock (Depositum der Johannes und Annitta Fries Stiftung), UJA/H/000224, Mappe 1-4, hier: Mappe 1, Bl. 15; Mappe 2, Bl. 33; Mappe 4, Bl. 1v; Mappe 4, Bl. 1; Versalien im Original. Mein Dank für die Genehmigung, aus den Archivalien zitieren zu dürfen, richtet sich an die Peter Suhrkamp Stiftung sowie an die Johannes und Annitta Fries Stiftung.

## Über Anmut und Würde der ›schönen Seele‹

Die Kantische Philosophie, in der die sittliche Freiheit durch ein selbstauferlegtes Vernunftgesetz garantiert wird, ist ein wiederkehrender Bezugspunkt in Schillers Denken. Doch auch sie vermag es nicht, das erkenntnistheoretische Problem, wie ein Außenstehender beurteilen kann, ob die Handlung eines Anderen aus Pflicht vor dem Moralgesetz oder aus gefühlsmäßiger Neigung erfolgt, zu lösen. Die beiden Beweggründe des Willens resultieren im Rahmen eines dualistischen Weltbildes des ausgehenden 18. Jahrhunderts aus der vernünftig-sinnlichen Doppelnatur des Menschen, wobei Neigung oft als Makel gilt, der unter die Regentschaft der Vernunft zu stellen ist. Schiller stört sich an diesem ethischen Rigorismus, der Liebe oder Freundschaft als Begründungsmotive moralischen Handelns ausschließt. Mit seiner Suche nach einem Ausgleich zwischen Pflicht und Neigung, der in der Denkfigur ›schöne Seele‹ gipfelt,[13] greift er so auch die Frage auf, wie sich die Aufrichtigkeit einer moralischen Handlung nachweisen lässt. Schillers Antwort: anhand ihrer Schönheit.

In *Über Anmut und Würde* unterscheidet er zwischen architektonischer Naturschönheit, die den stummen Teil des Körpers bestimmt, und beweglicher Schönheit (Anmut), an der sich die freie Gesinnung des Menschen ablesen lässt. Implizit wird ein ästhetischer Imperativ formuliert, der die Geistesfreiheit zu einem schönen Betragen verpflichtet, das am moralischsprechenden Teil des Körpers sichtbar werden soll. Schiller gebraucht dafür die Termini ›Grazie‹ und ›Anmut‹ nahezu identisch, unterscheidet aber zwischen belebendem Reiz und beruhigender Anmut. Beide Formen haben die »*Leichtigkeit* zum Hauptcharakter«[14] und werden geschlechtsspezifisch auf ›das Weibliche‹ übertragen. Der »lachende Scherz« und der »Stachel des Spotts« bilden Merkmale des Reizes, bei der Anmut sind es »das Mitleid und die Liebe«.[15] Das Mitleid bildet den Schnittpunkt zum Bereich der Würde, die sich auf schwer beherrschbare Körperregungen bezieht. So drückt der Schmerz den Körper nieder und die Natur weckt unstillbare Bedürfnisse oder tritt dem Geist als schicksalhafte Weltgeschichte entgegen. Unter diesen Leidenssituationen einen geistigen Widerstand zu demonstrieren, lässt auf einen Stimmungszustand schließen, der Erhabenheit genannt wird und seinen Ausdruck in der Würde findet. An deren widersprüchlichen Ausdrücken zeigt sich die Zerrissenheit des Menschen.

13 Vgl. Friedrich Schiller: Über Anmut und Würde, in: ders., Sämtliche Werke in 5 Bänden, hg. von Peter André Alt, Albert Meier und Wolfgang Riedel, Bd. 5: Erzählungen. Theoretische Schriften, hg. von Wolfgang Riedel, München 2004, S. 433-488, hier: 468f.

14 Ebd., S. 461; Kursivdruck im Original.

15 Ebd., S. 485.

Die Würde bezieht sich also »nicht auf den *Inhalt* des Affekts«,[16] sondern auf dessen Form. Im Affekt versucht die Vernunft, sämtliche Körperregungen zu beherrschen. Diese sichtbare, aber unverkrampfte Anspannung wird auch als »*Ruhe* im *Leiden*«[17] bezeichnet. Ihr Anblick erweckt ein Gefühl der Hochachtung. Wenn die Würde aber nur vorgespielt wird, erscheint sie aufgesetzt, feierlich und schwülstig. Unterdrückt die Vernunft die Sinnlichkeit ohne Grund, wirkt sie gar tyrannisch.

In dieser Art von Bewegungsästhetik, in der der Körper als lesbares Zeichen fungiert, soll Anmut vom Zwang intellektueller Bestimmung im Gegensatz zur Würde als Ausdruck einer erhabenen Seele keine Auskunft geben. Ihre Geistesfreiheit soll den Anschein eines natürlichen Ausdrucks erwecken, weshalb das Konzept ›Anmut‹ auch widersprüchlich wirkt, da sie einerseits unbewusst auftreten soll, andererseits graduell einstudiert werden kann.[18] Die Überlegung, Anmut als Merkmal von Kindern anzusehen, erfährt dort eine Präzisierung,[19] wo Schiller auf das Verhältnis von Bewusstsein und Unbewusstsein näher eingeht, indem er zwischen naiver Gesinnung und naiver Überraschung unterscheidet.[20] Das Naive der Gesinnung ist sich seiner Naivität ebenso wenig bewusst wie die anmutige Person sich ihrer Anmut bewusst ist. Naives und Anmut sind dabei Teil einer sentimentalischen Zuschreibungspraxis, die in dem, was sie erblickt, die Darstellung eines Vernunftideals zu sehen glaubt. Die ›schöne Seele‹ ist somit die Projektion einer Idealschönheit, die als Muster vollendeter ästhetischer Erziehung angesehen wird, weil sich bei ihr das »sittliche Gefühl aller Empfindungen des Menschen [...] bis zu dem Grad versichert hat, daß es dem Affekt die Leitung des Willens ohne Scheu überlassen darf«.[21]

In dieser Übereinstimmung von Pflicht und Neigung ist die vernünftige Natur der ›schönen Seele‹ der vollendete Ausdruck von Wahrhaftigkeit. Sie bezaubert mit ihrer Rede, Mimik und Gestik, kurzum: ihrer gesam-

16 Ebd., S. 477; Kursivdruck im Original.

17 Ebd., S. 476; Kursivdruck im Original.

18 Eckart Goebel skizziert den Verfall der Denkfigur, die im frühen 20. Jahrhundert »irreversibel in Einzelteile zerfallen [ist], [denn] die klassizistische Würde ist hohl – als Krampf des Bürgers oder als leeres Raunen des charismatischen Propheten –, die Anmut lasziv geworden, findet ihre Embleme in der grausamen *Femme fatale* oder im verführerisch ›perversen‹ Knaben«; Eckart Goebel: Charis und Charisma. Grazie und Gewalt von Winckelmann bis Heidegger, Berlin 2006, S. 115; Kursivdruck im Original.

19 »Das Naive ist eine *Kindlichkeit, wo sie nicht mehr erwartet wird,* und kann ebendeswegen der wirklichen Kindheit in strengster Bedeutung nicht zugeschrieben werden«; Friedrich Schiller: Über naive und sentimentalische Dichtung, in: Schiller, Erzählungen. Theoretische Schriften (Anm. 13), S. 694-780, hier: S. 699; Kursivdruck im Original.

20 Vgl. ebd., S. 699f.

21 Schiller, Über Anmut und Würde (Anm. 13), S. 468.

ten Körpersprache. Ihre kulturelle Bildung ist zu einer Art zweiten Natur geworden, das Betragen spielerisch und das Naturverhältnis naiv. Die Evidenz der Aufrichtigkeit suspendiert eine logisch-diskursive Rechtfertigung der eigenen Verfasstheit, woraus eine besondere, »figürliche oder [mit] *uneigentliche[m] Ausdruck*«[22] versehene Form des Redens folgt, die Schiller als schöne Diktion charakterisiert.[23]

Als eine Form des Schönen lässt diese sich in eine Reihe mit der schönen Kunst stellen, die einen ästhetischen Schein imaginiert, der sich von der Lebensrealität abhebt und Raum zur Selbstbestimmung schafft, womit eine Veredelung des rohen Menschen durch die Kunst (im weitesten Sinne) forciert wird. An ihr werden Bürger und Staat zur Freiheit erzogen. Vor dem Hintergrund der Französischen Revolution, in der die Ideale der Aufklärung in Terror umschlagen, bescheinigt Schiller den Bürgern hier ihre Unreife für solche Ideale. Gäbe es solche ›schönen Seelen‹, müssten sie angesichts der realen Verhältnisse zugrunde gehen. Erst vor diesem Hintergrund lässt sich Schillers nicht näher ausgeführte Konklusion aus *Über Anmut und Würde* verstehen:

> die *schöne* Seele muß sich also im Affekt in eine *erhabene* verwandeln, und das ist der untrügliche Probierstein, wodurch man sie von dem *guten Herzen* oder der *Temperamentstugend* unterscheiden kann. […] [D]ie schöne Seele geht ins Heroische über und erhebt sich zur reinen Intelligenz.[24]

Lassen die äußeren Verhältnisse eine harmonische Art des Lebens nicht mehr zu, ergibt sich ein Leiden, bei dem die ›schöne Seele‹ in einen inneren Konflikt gerät, der sich durch eine würdige Geisteshaltung äußert. Sie lernt im Affekt, diesen durch Leitung ihrer Vernunft zu kontrollieren. Der Konflikt kann aber unterschiedliche Ursachen haben. Einerseits können kulturelle Praktiken so verinnerlicht worden sein, dass z. B. ein Affekt wie Liebe zur Pflicht der Enthaltsamkeit entgegensteht und Entsagung her-

22 Friedrich Schiller: Über die notwendigen Grenzen beim Gebrauch schöner Form, in: Schiller, Erzählungen. Theoretische Schriften (Anm. 13), S. 670-693, hier: S. 676; Kursivdruck im Original.

23 Marie Wokalek konstatiert daher richtig, »daß die Form der schönen Seele zugleich die Probe der sittlichen Wahrheit übernimmt […]. […] Der Ausdruck der schönen Seele wirkt in der Weise auf die Einbildungskraft des Lesers ein, daß dieser ›darstellend denken‹ lernt und so die ihr zugrundeliegende theoretische Wahrheit selbst praktiziert oder performativ vollzieht«; Marie Wokalek: Die schöne Seele als Denkfigur. Zur Semantik von Gewissen und Geschmack bei Rousseau, Wieland, Schiller, Goethe, Göttingen 2011, S. 238f.

24 Schiller, Über Anmut und Würde (Anm. 13), S. 474f.; Kursivdruck im Original.

vorruft, bei der Würde in der Einwilligung in die soziale Norm und dem Verzicht auf eine erfüllte Liebe besteht. Andererseits können ungerechte Praktiken dem eigenen idealistischen Moralverständnis widersprechen. Ein Affekt wie Mitleid könnte die ›schöne Seele‹ zu einem öffentlichen Widerspruch gegen Missstände motivieren und Würde bestünde in einer Aufkündigung der sozialen Norm sowie dem Verzicht auf persönliche Sicherheit.[25]

Die Beispiele zeigen, wie eng das Verhältnis von Anmut und Würde zu denken ist. Der Übergang zu einer ›erhabenen Seele‹ zeitigt den Verlust von Anmut, bildet aber das einzige Verifikationsmerkmal für die unterstellte Geistesfreiheit, da Anmut, als angeblicher Freiheitsbeweis, nur einem Projektionsmechanismus sentimentalischer Betrachtungsart unterliegt. Um ihre Würde zu bewahren, muss die ›schöne Seele‹ sich in der existentiellen Gefahr gegen eine Vereinnahmung von äußeren Pflichten oder gegen innere Begierden entscheiden. Das Schöne in der Welt scheitert, um als solches gewürdigt zu werden. Zugleich besitzt es die Fähigkeit, als vermittelndes Korrektiv zwischen Individuum und Staat bzw. Gesellschaft sowie zwischen physischer und intelligibler Existenz zu wirken. Der ästhetische Schein liegt dabei auf einer höheren ontologischen Ebene. Diese Kunstautonomie, deren ästhetische Erziehungsfunktion sich auf Bürger *und* staatliche Würdenträger gleichermaßen bezieht, bildet dann den Nährboden für eine romantische Verzerrung des Schönen, bei der einerseits die Individuen den schönen Schein zum Zwecke des eigenen Überlebens in einer lebensfeindlichen Welt unbewusst instrumentalisieren und so den Rückzug in die Innerlichkeit antreten, andererseits die Staaten die Möglichkeit zur Ästhetisierung der politischen Praxis ergreifen.[26]

25 Eine Zuspitzung öffentlicher Klage wäre die Anwendung von ethischer Gewalt. Mareen van Marwyck hat versucht, solch einen Zusammenhang von Anmut und Gewalt um 1800 u.a. anhand von Schillers *Jungfrau von Orleans* darzulegen; vgl. Mareen van Marwyck: Gewalt und Anmut. Weiblicher Heroismus in der Literatur und Ästhetik um 1800, Bielefeld 2010.

26 Diese romantische Verzerrung kritisiert Hegel scharf: »Es [das unglückliche Bewusstsein, M.F.] lebt in der Angst, die Herrlichkeit seines Innern durch Handlung und Dasein zu beflecken; und um die Reinheit seines Herzens zu bewahren, flieht es die Berührung der Wirklichkeit und beharrt in der eigensinnigen Kraftlosigkeit, seinem zur letzten Abstraktion zugespitzten Selbst zu entsagen und sich Substantialität zu geben […]. […] [S]ein Tun ist das Sehnen, das in dem Werden seiner selbst zum wesenlosen Gegenstande sich nur verliert und, über diesen Verlust hinaus und zurück zu sich fallend, sich nur als verlorenes findet; – in dieser durchsichtigen Reinheit seiner Momente eine unglückliche sogenannte *schöne Seele*, verglimmt sie in sich und schwindet als ein gestaltloser Dunst, der sich in Luft auflöst«; Georg Wilhelm Friedrich Hegel: Phänomenologie des Geistes, in: ders., Werke, Bd. 3, Frankfurt am Main 1986, S. 483f.; Kursivdruck im Original.

## Die ›schöne Seele‹ Ingrids – ein unglückliches Bewusstsein?

Ingrid ist mindestens seit Fassung 2 Teil einer erhöhenden Zuschreibungspraxis, die sich in einem ›aufblickenden Erzählen‹[27] entfaltet und sich in der vierten Fassung (der heutigen Druckfassung) im ersten von vier, in römischen Ziffern ausgewiesenen Büchern verdichtet. Der Großteil fassungsübergreifend wiederkehrender Attribute resultiert zumeist aus internen Fokalisierungen auf die beiden männlichen Figuren Klaus und Jürgen. Beide sind in Ingrid verliebt, sodass die Betonung ihrer sinnlichen Qualitäten nicht verwundert. »[D]as braune Gesicht […] mit der herzstockenden Ingridschönheit«[28] und mit dem »hintersinnigen Ingridgesicht: […] das alles für ihn war« (IB, 42), ist für Klaus dabei ein Gegenstand der Bewunderung, der »also wohl den ganzen Herrn Niebuhr aus[macht]« (IB, 42). Nicht das Was, sondern das Wie von Ingrids Verhalten rückt so in den Vordergrund und wird mit Blick auf seine Wirkung auf das Gegenüber beschrieben. So ergibt ihr »spitzbübisches sehr schönes Antlitz […] einen Ruck in Klausens Herzen« (IB, 62). Jürgen stellt für sich sogar fest: »du brauchst sie nur da sitzen zu sehen in der Sonne und schon wird dir erhaben zu Mute, das hat sie so an sich« (IB, 20). Exemplarisch für die Äußerlichkeit ihrer inneren Qualitäten kann dabei eine Fokussierung durch Jürgen stehen, der Ingrids »schöne Gutherzigkeit« (IB, 25) wahrzunehmen glaubt.[29]

Die erhöhende Zuschreibungspraxis nimmt mit Zunahme des politischen Konflikts ab, aber Besonderheiten der Titelfigur, die Widersprüche in sich vereint, werden weiterhin hervorgehoben. Obwohl die Mutter sie »insgeheim für erwachsen« (IB, 57) hält, gebärdet sich Ingrid vor Klaus als »Kind mit kindlichem Nicken und damenhaft obenhin« (IB, 40),[30] wobei dessen Mienen gar »die eines nachsichtigen aber ungeduldigen Vaters [sind], der seiner jüngeren Tochter […] hilft« (IB, 40). Hier lässt sich eine Parallele zu Schiller ziehen, der das Naive als Kindlichkeit deutet, wo man sie nicht erwartet. Im zweiten Buch wird Ingrid dann explizit mit der Anmut in Verbindung gebracht (vgl. IB, 85).[31] Ihre Art, »unbefangen heiter

27 Vgl. Klaus, Weibliche Hauptfiguren (Anm. 8), S. 281.

28 Uwe Johnson: Ingrid Babendererde. Reifeprüfung 1953, Frankfurt am Main 1985, S. 40.

29 Die merkwürdige Formel ist seit Fassung 2 Bestandteil der Geschichte und lässt sich wegen des Attributs ›schön‹ als Schiller-Referenz lesen; vgl. Dingeldein, Ästhetik (Anm. 5), S. 164.

30 In Fassung 2 heißt es: »sprach mit kindlichem Nicken«; Johnson, INGRID, 2. Fassung (Anm. 12), Mappe 1, Bl. 25. Ein paar Zeilen später ist sie das »erwachsene Kind das ihn herzlich anlachte«; ebd.

31 In Fassung 2 erfolgt eine weitere Referenz: »als die beiden neben ihm […] würdig

zu sein und Vertrauens voll von vornherein«, ermöglicht die »Verbindung zu den Massen« (IB, 110). Aufrichtigkeit und Befragen werden als Bedürfnisse des Mädchens benannt (vgl. IB, 169).[32] Zur Betonung ihrer Aufrichtigkeit greift die Erzählinstanz auf Wendungen wie »ganz tief innen« (IB, 50), »innig auflachend in der Erinnerung« (IB, 48) oder »redete aus ihrem schmalen inständigen Gesicht« (IB, 100) zurück.

Auch ein besonderes Naturverhältnis wird exponiert,[33] z. B. durch den Zusammenfall von künstlicher und natürlicher Bewegung: »Für Ingrid war Schwimmen wie Atmen. Sie glitt andächtig durch das kühle Wasser, auf ihren geschlossenen Augen fühlte sie das weiche Licht des späten Nachmittags« (IB, 51).[34] Die Andacht verweist auf eine harmonische Situation, in der sich die Figur blind bewegen kann. Nach Schiller weiß die ›schöne Seele‹ dabei nicht um ihre Anmut. Für Ingrid lassen sich mehrere Momente solcher Selbstvergessenheit feststellen (vgl. IB, 55f., 88, 105). Ihr unwillkürliches Verhalten wird bereits in Fassung 2 betont. Als »wunderliche[s] Wesen[ ]«[35] war es für sie »nicht so dass sie bedachte, aber es mochte Vorfühlen sein«.[36] Vorstellungen kommen ihr »anschaulich«[37] zu und bisweilen vergisst sie »einen Atemzug lang das zwanzigste Jahrhundert«.[38]

In der Druckfassung wird jedoch weitgehend auf eine Kommentierung dieser besonderen Empfindungsart verzichtet. Auch werden ästhetische Erlebnisse wie ein Konzertbesuch, ein Tanzabend und Ingrids ›andächtiger‹ Vortrag von Goethes *Der Gott und die Bajadere* im Deutschunterricht getilgt. Schöne Kunst spielt nunmehr eine untergeordnete Rolle und

und feierlich sich bewegten nach der Musik – da sah Jürgen freilich dass es ein spöttisches Spiel sein sollte, und vielleicht auch sehnsüchtiger Spott war und wehmütiges Spiel. […] Mochte Klaus noch so […] sich neigen […] vor dem gnädigen Fräulein wohlachtbar, das anmutig und ergeben emporsah«; ebd., Mappe 1, Bl. 41.

32 In Fassung 2 bildet die Melodie des Liedes *Üb immer Treu und Redlichkeit* ein Erkennungsmerkmal unter den drei Freunden, wobei das Pfeifen »mit Ingrid aufgekommen war«; ebd., Mappe 3, Bl. 33.

33 Dieses impliziert eine nonverbale Kommunikation (vgl. IB, 40f., 203, 63f.), sodass es oft aussieht als wisse Ingrid »mit ihren Augen noch viel mehr von dem was nicht zu sagen war« (IB, 234).

34 In Fassung 2 wird die Andacht ausbuchstabiert, mit ›Glück‹ konnotiert, und auf die schöne Kunst bezogen: »Ingrid aber: mit geschlossenen Augen gleitend durch Wasser und Licht, Ingrid meinte: Schwimmen ist eigentlich so wie Atmen, oder es ist wie wenn du Musik machst; sie war wahrhaftig glücklich, und ihr fiel nicht ein ›sozusagen‹ hinzuzusetzen, weil sie eben nicht dachte dabei«; Johnson, INGRID, 2. Fassung (Anm. 12), Mappe 1, Bl. 32.

35 Ebd., Mappe 1, Bl. 27.

36 Ebd., Mappe 1, Bl. 36.

37 Ebd., Mappe 2, Bl. 4.

38 Ebd., Mappe 3, Bl. 12.

wird anhand von Ingrids bürgerlicher Sozialisation angezeigt (vgl. IB, 159, 168). Die kulturelle Bildung wirkt sich aber auf ihre Ausdrucksweise aus, die Bezüge zur (volkstümlichen) Literatur aufweist.[39]

Dingeldein erkennt in Ingrid Schillers Idealschönheit, wobei deren Bedachtsamkeit und die disharmonischen Elemente in der Romanwelt mit der Handlung zunehmen.[40] Ein Konflikt im Deutschunterricht wird als Indiz für Ingrids schleichenden Erkenntnisprozess der historisch-materialistischen Wirklichkeit gedeutet,[41] der auf der Schulvollversammlung in ihrer spontanen Rede kulminiere, die als Ausdruck moralischer Schönheit den Verlust von Anmut impliziere. Mit dem Bekenntnis zur Meinungsfreiheit reihe sich die Figur in die Verkettung geschichtlicher Umstände ein und wandle sich so allmählich in eine erhabene Seele.[42] Diese Überlegungen greifen zu kurz, wenn man bedenkt, dass die ›schöne Seele‹ sich *im Affekt* in eine ›erhabene‹ verwandelt. Die Figur selbst thematisiert auch dieses Ereignis:

> Ich schäm mich so schrecklich: sagte Ingrid […]. Er kannte ihre Stimme genau, er wusste wie sie ihre Augen hielt beim Reden, er hörte alles was sie sagte: Ich schäm mich so schrecklich. Wenn Brigitt nun nicht gleich mitgegangen wär, und sieh mal. Und Sir Ernest mit seiner Zeitung. Und Fräulein Danzig und Ähnst, und Blumenkrantz und Drögmöller. Und die von Bodmer regt sich auf über Papierschnitzel und Seevken ist drei Zentimeter gewachsen vor Stolz auf seinen angeschlagenen Hals, und Klacks mit seinem Fenster. Und morgen wieder erste Stunde Mathematik! Ich will das nicht mehr, ich will nicht auf dem Oberen See liegen als wenn ich da nie gesessen hätte! Dies alles sagte sie mit ihrer zögernden spröden Stimme in ihrer Kehle auf eine schnelle heftige erzürnte Art. (IB, 148)

Die hervorgehobene Wiederholung »Ich schäm mich so schrecklich« resultiert aus dem Einschub der Erzählinstanz, die sich an Klaus' Bewusstsein heftet. Ingrids »schnelle heftige erzürnte« Redeweise wird auf Textebene durch Ausrufezeichen und Parataxen[43] angezeigt. Die durch den Affekt

39 Die Internalisierung zeigt sich u.a. an Ingrids selbstvergessenem Ausspruch »Blinder Eifer schadet nur« (IB, 107) als intertextueller Verweis auf das Lehrgedicht *Die Katzen und der Hausherr*; vgl. Magnus Gottfried Lichtwer: Die Katzen und der Hausherr, in: ders., Blinder Eifer schadet nur! Fabeln, Lehrgedicht, Leipzig 1983, S. 28f., hier: S. 29.

40 Vgl. Dingeldein, Ästhetik (Anm. 5), S. 211.

41 Vgl. ebd., S. 191.

42 Vgl. ebd., S. 201.

43 Diese werden entgegen des anaphorischen ›und‹ durch einen Punkt voneinander abgetrennt und weisen teils eine elliptische Konstruktion auf, indem Verben ausgelassen werden.

hervorgerufene »additive Zusammenstellung« (IB, 147), wie sie von Klaus zuvor als kalkuliert eingesetzte rhetorische Figur (*enumeratio*) für Ingrids Rede vorgeschlagen wurde, weist eine Form des Zeigens (»sieh mal«) auf, deren Redegestus auf exemplarische statt kausale Argumentation abzielt. Ein Prinzip, das sich auch an Ingrids Rede auf der Vollversammlung beobachten lässt. Doch im Gegensatz dazu versucht sie hier die Ganzheit einer einzigen Situation zu erfassen.

Scham ist als »affektiv emotionaler Konnex [...] per se ausgerichtet auf die soziale Verknüpfung von Individuum und Gemeinschaft«.[44] Sie fußt auf Selbstreflexion, da nur die Diskrepanz zwischen persönlichen und überindividuellen Handlungsregeln eine Beschämung ermöglicht. Es erfolgt ein Perspektivwechsel, bei dem das Subjekt sich vom Standpunkt eines Dritten aus bewertet.[45] Zugleich liegt eine »Katastrophe globalen Ausmaßes«[46] vor, weil die Identität ganz im Gefühl aufgeht und zeitliche wie räumliche Bestimmungen ihre Orientierungskraft verlieren.

Viele dieser Aspekte zeigen sich auch im Streitgespräch mit Klaus, der Ingrids Gefühle nicht nachvollziehen kann, obwohl er weiß, dass die Umstände anderer ihn eigentlich »angehen« (IB, 149) sollten. So wird auf eine nicht näher benannte moralische Norm verwiesen, der sich Ingrid nicht entziehen will: »es braucht mich nichts anzugehen, geht mich aber« (IB, 148). Zudem betont sie, dass »es [...] nicht gut so [sei] und sie könne dies nicht leiden, es sei EINFACH NICHT GUT so« (IB, 150; Versalien im Original). Der Streit wird nun bereits mithilfe indirekter Figurenrede wiedergegeben, sodass die Erzählinstanz durch Einschübe gleichzeitig Ingrids Wahrnehmungsweise und ihre sprachlichen Ausführungen darstellen kann. Im Verlauf des Konflikts ist sich Ingrid dabei ihrer Umgebung kaum mehr bewusst und auch ihr Zeitempfinden schwankt.[47]

Es gibt aber noch Hinweise für einen weiteren Affekt, der mit der Scham zusammenhängt, wie die »heftig erzürnte Art« des Redens beweist. Ein weiteres Mal erscheint Ingrid zornig, als Jürgen erzählt, dass Klaus am Nachmittag nicht zu ihrer Rede kommen werde (vgl. IB, 151).

44 Michael Heidgen: Inszenierungen eines Affekts. Scham und ihre Konstruktion in der Literatur der Moderne, Göttingen 2013, S. 12.

45 Vgl. ebd., S. 26.

46 Ebd., S. 24. Außerdem gibt es eine enge Verbindung zwischen Scham- und Schuldgefühlen; vgl. Claudia Benthien: Tribunal der Blicke. Kulturtheorien von Scham und Schuld und die Tragödie um 1800, Köln 2011, S. 47.

47 Vgl. IB, 150: »Nöh: sagte Ingrid offenbar leichthin und es war gar nicht der Donnerstag nach Pfingsten und dies war nicht Wollenbergs Schaufenster und dies war nicht die Grosse Strasse mittags, da war ja nur Klausens Gesicht und sie redete immerzu gegen dieses Gesicht, aber sie erreichte es nicht[...]. [...] / Wann war Klaus gegangen? Irgend wann nickte er und ging«.

Doch bereits seit der zehnten Klasse erzürnt Ingrid sich »heftig« (IB, 170) gegen Pius. Der Affekt lässt sich so nicht nur auf das Verhalten von Klaus, sondern auch auf die äußeren soziopolitischen Umstände beziehen. Die affektiv-leiblichen Regungen im Scham-Erlebnis wiederum ereignen sich nun dort, »wo unser geistiges Selbst seinen körperlichen Ausdruck findet: im Gesichts- und Ausdrucksfeld«. So sind »Erröten, entgleitende Gesichtszüge, gestörte Gestik, verhindertes Sprechen, abgewandter oder gesenkter Blick, allgemein eine demütige Körperhaltung [...] typische körperliche Ausdrucksweisen eines akuten Schamerlebnisses«.[48] Ein Teil dieser Anzeichen lässt sich für Ingrid nachweisen, allerdings werden klassische Phänomene wie das Erröten oder die Demut ausgespart.

Das hat seinen Grund. Ingrids Konflikt mit dem Staat ist nämlich genau genommen kein innerer, sondern ein äußerer. Der Scham-Affekt dient demnach nicht als Bindeglied an die herrschende Sozialnorm, um z.B. eine Reinheit des weiblichen Körpers zu bewahren.[49] Nicht Ingrids körperliche, sondern ihre geistige Unschuld ist gefährdet, weshalb auch ihre Reflexion im Fokus steht. Auf die wird immer dann rekurriert, sobald der politische oder persönliche Konflikt die Grenzen des privaten Schutzraums überschreitet. Abstrakt besteht der politische Konflikt in der Verletzung der verfassungsrechtlich zugesicherten Meinungsfreiheit und konkret in der Praxis »individuellen Terror[s]« (IB, 55). Im Sozialraum Schule sind beide Aspekte präsent, doch auch außerhalb der Erziehungseinrichtung wirkt der Konflikt fort (vgl. IB 37, 30f., 43).[50] Zugleich besteht ein persönlicher Konflikt unter den drei Freunden, der sich nach Meinung von Ingrids Mutter erst unter den Bedingungen des politischen Konflikts entfaltet hat (vgl. IB, 190). Freundschaft und Liebe werden damit auf die Probe gestellt.

Zugespitzt könnte man behaupten, dass es einen harmonischen Bewusstseinszustand Ingrids nie gegeben hat, da die erhöhende Zuschreibungspraxis bereits seit Beginn des Romans von einer geradezu romantischen Verhaltensart Ingrids flankiert wird, in der Vermeidungsstrategien zum Zwecke der Ausblendung geschichtlicher Realität angewendet wer-

48 Beide Zitate: Heidgen, Inszenierungen eines Affekts (Anm. 44), S. 31.

49 Diesem eingeengten Verständnis von Scham hängt auch Schiller an. In den Gedichten finden sich mehrere Hinweise darauf; vgl. z.B. die Ballade *Der Gang nach dem Eisenhammer*: »Es gürtet Scham den keuschen Leib«; Friedrich Schiller: Der Gang nach dem Eisenhammer, in: ders., Sämtliche Werke in 5 Bänden, hg. von Peter André Alt, Albert Meier und Wolfgang Riedel, Bd. 1: Gedichte. Dramen 1, hg. von Albert Meier, ²München 2007, S. 382-389, hier: S. 383.

50 Zur Erzählstrategie gehört, dass der Konflikt zwischen Elisabeth Rehfelde und Dieter Seevken mehrmals angedeutet, aber nicht ausbuchstabiert wird. So wird angezeigt, dass er in den Köpfen der Figuren präsent ist. In Fassung 2 wird der Konflikt während des Segelausfluges des Liebespaares z.B. noch nicht erwähnt.

den.[51] Dieses Verhalten wird in der Druckfassung besonders im zweiten Buch sichtbar, weil hier fast ein ganzer Schulvormittag erzählt wird. Innerhalb von drei Unterrichtsstunden kommt es jeweils zu einem Konflikt. Im Englischunterricht bricht Klaus einen Streit mit Jürgen vom Zaun, bei dem »mit Ingrids Augen [...] das Elend solchen Morgens nur schwärzer herauf[kam], und das Wissen dass es sinnlos war zu streiten« (IB, 81). Im Geschichtsunterricht müssen die Schüler die Tiraden ihres Schuldirektors ertragen und Ingrid flüchtet sich in Erinnerungen, was »das einzige [war], was sie unter diesen Umständen gegen ihn tun konnte« (IB, 87).

Im Deutschunterricht von Fassung 3 und 4 ironisiert Klaus Schillers idealistische Ausgestaltung eines Freundschaftsbeweises, der zur Fürstenerziehung führt, anhand eines Sonetts von Brecht. Schon während der Rezitation schämt sich Jürgen Ingrids »mühsame Zurückhaltung besehen zu haben« (IB, 99). In ihrer nur in indirekter Figurenrede wiedergegebenen Interpretation von Schillers Gedicht *Die Bürgschaft* hält Ingrid entgegen:[52] »Immerhin seien das wohl gefährdete Zeiten gewesen. [...] Unter solchen Umständen habe man sich aufeinander verlassen können. / Das habe den Tyrannen bewogen sein Wesen zu ändern.« (IB, 100f.) Obwohl Ingrids Redebeitrag aus einer Aufforderung durch die Lehrerin resultiert, die sich damit in den persönlichen Konflikt der Freunde einmischt, und trotz der »Inständigkeit« (IB, 100) ihres Redens scheint der Adressat ihrer Worte vor allem Klaus zu sein. Dessen Gedichtvortrag ist ein Affront gegenüber dem gemeinsamen Freund Jürgen, der durch seine Arbeit in der Partei für das Projekt ›Fürstenerziehung‹ steht.[53]

Der Adressat des Redens wechselt mit einer Nachfrage zur Lehrerin, woraufhin Ingrid aufschreckt und den Glauben Schillers an eine Fürstenerziehung verabschiedet. Während Westphal dies als Reproduktion von Lehrmeinung deutet, was einen eigenständigen Kommentar Ingrids zur Fürstenerziehung ausschließt, setzt sich für Dingeldein hier Ingrids »Erkenntnis von der Hoffnungslosigkeit der Schönheit und Sittlichkeit in der

51 Nicht umsonst ist die ›Deutsche Romantik‹ auch Thema des Deutschunterrichts. Zu den Vermeidungsstrategien sind auch zahlreiche Rollenspiele im Roman zu zählen.

52 Die effektive Präsenz von Brechts Sonett stiftet eine metatextuelle Beziehung zwischen Johnsons Roman und Schillers Gedicht. So kann über Schiller geredet werden, ohne ihn zitieren zu müssen. Ganz anders in Fassung 2, in der es sich um eine außerordentliche Situation handelt, als Ingrid das Gedicht *Der Gott und die Bajadere* vorliest. Der Text von Goethe wird vollständig, ohne Unterbrechung wiedergegeben. Die Figur Erichson sieht sich dann genötigt, »erschreckend in die Andacht« zu sprechen; Johnson, INGRID, 2. Fassung (Anm. 12), Mappe 2, Bl. 16. Einblicke in Ingrids Gedankenwelt während der Schulstunde werden mit der Umarbeitung ebenfalls gestrichen.

53 Vgl. Westphal, Freundschaften in den Zeiten der Tyrannei (Anm. 11), S. 101f.

geschichtlichen Welt«[54] durch. Bei der zweiten Lesart wird jedoch übersehen, dass Ingrid ihren Glauben an die Liebe und die Freundschaft keineswegs aufgibt. Ihr Idealismus bezieht sich nur nicht auf die politische Perspektive einer Fürstenerziehung, da es ihr nicht darum geht, wie der Einzelne sich gegenüber tyrannischer Gewalt verhält, sondern wie der Einzelne unter tyrannischer Gewalt sich zu seinem Gegenüber verhält.[55] Interpretiert man nun Ingrids Schiller-Deutung im Anschluss an Karl Mickels Stufen des Verstehens als ein aktuelles Verstehen, impliziert dies bereits die Erfassung historischer Umstände.[56] Sollte jedoch, wie Dingeldein annimmt, Ingrid sich hier von Schillers Idealismus erst lösen, müsste man der Figur ein vorangegangenes naives Verstehen des Gedichts unterstellen, dem sich die soziokulturellen und politisch-historischen Umstände erst noch erschließen werden.

## Ingrids »Mannesmut vor Königsthronen«

Norbert Mecklenburg hat auf die Vagheit von Ingrids politischem Standpunkt hingewiesen.[57] Die Figur entzieht sich trotz der Herausforderungen ihres Freundes solange öffentlicher Kommentare, bis sie von außen in eine Entscheidungssituation gedrängt wird. Damit unterscheidet sie sich nicht vom Rest ihrer Klasse oder der Bürgerschaft ihrer Stadt. Dies gilt auch für die zweite Fassung. Moralische und politische Werturteile Ingrids treten hier zwar auf, werden aber hauptsächlich im Privaten geäußert. Ihre Streichung entschärft erheblich das politische Meinungsprofil der Figur, mit der sie die soziokulturellen Umstände erfasst.[58]

54 Dingeldein, Ästhetik (Anm. 5), S. 191.

55 Der Satz »Das habe den Tyrannen bewogen sein Wesen zu ändern.« wird durch zwei Absätze gerahmt. Er bildet den Schlusspunkt von Ingrids Beitrag und dient als Konklusion. Der Satzanfang »Das« verweist auf das Argument einen Satz zuvor. Die in Brechts Gedicht als unwahrscheinlich entlarvte Fürstenerziehung wird damit zwar nicht rehabilitiert, aber der Freundschaftsbeweis wird aufgewertet. Brechts und Schillers Lesarten werden also nicht aufgehoben, sondern ergänzen sich in kritischer Weise.

56 Vgl. Westphal, Freundschaft in den Zeiten der Tyrannei (Anm. 11), S. 103; Karl Mickel: Stufen des Verstehens. Zu Schiller: Die Bürgschaft, in: ders., Schriften 5. Gelehrtenrepublik. Beiträge zur deutschen Dichtungsgeschichte, Halle 2000, S. 55-60.

57 Vgl. Norbert Mecklenburg: Die Erzählkunst Uwe Johnsons. *Jahrestage* und andere Prosa, Frankfurt am Main 1997, S. 164.

58 »Das ist einfach Terror was die mit den Leuten machen. Das kann sich ja niemand gefallen lassen. […] Ach Jürgen. Du Katina mir kommt es immer vor als ob er es nicht begriffen hat. Weisst du: die Partei und die FDJ machen das ganz scharf und rücksichtslos, obs nun Tote gibt oder nicht. Hauptsache sie können am Ende der Woche nach oben berichten: Sämtliche Mitglieder der FDJ-Schulgruppe haben sich von der Jungen Gemeinde distanziert,

In der Druckfassung erfolgt Ingrids erste Konfrontation mit dem staatlichen System indirekt innerhalb der Deutschstunde. Vorbereitet wird diese mündliche »Reifeprüfung im Voraus« (IB, 96) in einem Rollenspiel, bei dem die Mutter den Aufstand vor ihrer am Schreibtisch sitzenden Tochter probt: »Das ist Mannesmut vor Königsthronen! entgegnete Katina selbstbewusst. / – Aha: sprach Ingrid […]: Ich will sehen dass ich Ihren Ausdruck in meiner mündlichen Prüfung verwenden kann« (IB, 57). Johnson nutzt hier einen intertextuellen Verweis auf Schillers Gedicht *An die Freude*, von dem der Dichter sich in einem Brief an Körner distanzierte, weil es den revolutionskritischen Ausführungen in seinen *Briefen zur Ästhetischen Erziehung* widersprach.[59] Katina selbst war Lehrerin, doch »nachdem Das Blonde Gift gekommen war, hatte sie gekündigt« (IB, 57). Nun ist es die Tochter, die sich mit der als »Blondes Gift« betitelten Frau misst. Aufgrund der Vermischung von privater und politischer Kommunikationsebene verpufft aber der »Mannesmut vor Königsthronen« und Ingrid schweigt sich aus.[60] Erst die direkte Betroffenheit ruft bei ihr einen Zwang zum Handeln hervor und bietet, wie schon in der Deutschstunde,

störrische Angehörige dieser Verbrecherorganisation wurden von der Schule entfernt. Die haben die Anweisung von oben und die führen sie wörtlich durch. […] Am Ende werfen sie die Rehfelde von der Schule, dann ist sie überzeugt. / Katina fragte ungläubig: Von der Schule werfen? / – Ja: sagte Ingrid mit Erstaunen und als gebe es da gar nichts anderes, so: ob Katina denn so fern sei von den Zeitläuften?« Johnson, INGRID, 2. Fassung (Anm. 12), Mappe 1, Bl. 34f. In der Druckfassung schmilzt die Schilderung der privaten Konfliktreflexion auf ein paar Zeilen zusammen: »Jeden Tag zu nachtschlafender Zeit kommt ihr denn hier an und streitet euch über den verschärften Klassenkampf. Und jetzt sitzest du so erfreulich am Schreibtisch. / – Ich finde das sehr unerfreulich: sagte Ingrid, sie sprach plötzlich wieder mit ihrer natürlichen Stimme.« (IB, 58).

59 Vgl. Friedrich Schiller an Christian Gottfried Körner, 21.10.1800, in: Friedrich Schiller: Werke und Briefe in zwölf Bänden, hg. von Otto Dann, Bd. 12: Briefe II. 1795-1805, hg. von Norbert Oellers, Frankfurt am Main 2002, S. 537-539. Der Vers taucht erst mit der Umarbeitung zu Fassung 3 auf. Im Original heißt es »Männerstolz« statt »Männermut«; Friedrich Schiller: An die Freude, in: Schiller, Gedichte. Dramen 1 (Anm. 49), S. 133-136, hier: S. 136. Nach einer Legende soll Schiller den Begriff der Freude übrigens aufgrund von Zensur stellvertretend für den Begriff der Freiheit verwendet haben. Ob Johnson sich bei seiner Abwandlung von ›Stolz‹ zu ›Mut‹ etwas gedacht hat, bleibt fraglich. Zwar werten zwei Textstellen den Stolz ab (vgl. IB, 190, 246), allerdings scheint die Wendung »Mannesmut vor Königsthron« sich früh im Volksmund eingebürgert zu haben. Sie soll u.a. auch als altes preußisches Ideal in Einrichtungen der NAPOLA propagiert worden sein; vgl. Harald Schäfer: Napola. Die letzten vier Jahre der Nationalpolitischen Erziehungsanstalt Oranienstein bei Diez an der Lahn 1941-1945. Eine Erlebnisdokumentation, Frankfurt am Main 1997, S. 84.

60 Passend dazu die Figurenanordnung im Raum zum Stundenende: »Ingrid ging allein auf den Lehrertisch zu, […] Frau Behrens […] sah aber auf zu Ingrid und deutete blickweise unter sich, und Ingrid blieb stehen. / Da sass sie nun und schrieb ihren Namen« (IB, 103).

die Möglichkeit, sich gegenüber der staatlichen Bevormundung zur Wehr zu setzen. Den Höhepunkt der Geschichte bildet somit die Rede Ingrids auf der Vollversammlung der Gustav Adolf-Oberschule.

In der zweiten Fassung steht diese Auseinandersetzung zwischen Individuum und Staat nicht im Zentrum der Geschichte. Dies zeigt die Stellung von Ingrids Rede innerhalb der Erzählordnung. Erst im »dritte[n] Stück« wird sie nachgereicht, nachdem im »zweite[n] Stück« lediglich die Folgen der Rede bis zum Ende der Geschichte erzählt wurden. Ingrid berichtet Klaus zunächst per Anruf auf ziemlich hilflose Weise von ihrem Schulverweis:

> – Du Klaas …
> ich bin von der Schule geworfen. […]
> Wegen der Jungen Gemeinde, Versammlung, da sollte ich reden. Ich kann nichts dafür: es kam so aus mir heraus.
> – FDJ-Versammlung. Ich weiss nicht was die mit mir haben, aber es ist eben dass ich nicht würdig bin (haben sie abgestimmt), und so.[61]

Die Naivität dieser Reaktion passt nicht zu Ingrids klarem Verständnis, das sie im Privaten gezeigt hat. Sie hätte die Folgen ihres Handelns abschätzen können. Die Bestimmtheit ihres politischen Bewusstseins tritt zudem im zweiten Teil ihrer scharfzüngigen Rede auf der Vollversammlung hervor:

> – Ich möchte nun wirklich sagen dass das nicht gut so ist. Wir können ja wohl nicht alle Herrn Siebmanns Anzug tragen: und seine Meinung auch nicht. […]
> – Bei einer so leuchtenden Zukunft die Herr Siebmann da sieht scheint mir aber Verschiedenes unnötig. Das will ich sagen:
> – Herr Siebmann hat vier aus unserer Klasse ins Zuchthaus gebracht im vorigen Jahr. Es ist wahr dass die eine andere Meinung an die Schule geklebt haben, aber möchte Herr Siebmann für seine Meinung wohl auch fünfzehn Jahre im Zuchthaus sitzen –?
> – Und dass wir alle so eine fürchterliche Angst haben. Dass einer dem anderen den überzeugten Anhänger der Guten Regierung vorspielt: und heimlich doch radio London / Foreign Service hört. Das gibt Dieter Seevken dann Gelegenheit beispielsweise Erichson (vorige 12A) bei Pius anzuzeigen, und andere wissen genau was am 17. März in der Jungen Gemeinde besprochen wurde. Ich will sagen dass ich solche Leute

61 Johnson, INGRID, 2. Fassung (Anm. 12), Mappe 2, Bl. 29.

gar nicht mag, und vielleicht hätte Dieter Seevken sein Stipendium auch anders kriegen können.
– Ich mein: die Stipendien, die Krankenkasse, Erholungsheime – sehr schön, alles. Geheime Staatspolizei auch: wenn nicht eine einzige Regierung ohne die auskommen kann, wird sie wohl nötig sein.
– Aber nichts gegen die Hosen von Eva Mau. Ich bitte Eva Mau um Entschuldigung dass ich so öffentlich darüber geredet habe. Und ich schäme mich eigentlich dass man so viel sagen kann über ein Paar schwarze Hosen aus Popeline mit grünen Karos.[62]

Die zitierte Passage erfüllt nicht das erste Kriterium schöner Diktion, den figürlich-uneigentlichen Ausdruck. Der ironisch titulierten »leuchtenden Zukunft« werden die lebensweltlichen Verhältnisse entgegenhalten.

Die widersprüchliche Konstruktion einer naiven Empfindungsart und eines klaren politischen Bewusstseins wird in Fassung 3 aufgehoben und die zitierte Passage gestrichen. Stattdessen beschränkt sich Ingrids Rede nunmehr auf den ersten Teil, in dem anhand einer Geschichte über Eva Maus Hosen exemplarisch vorgeführt wird, wie sich die Beschneidung der Freiheitsrechte an der Schule konkret gestaltet. Indem Ingrid dabei das ›Benehmen‹ und nicht die ›Meinung‹ Siebmanns anprangert, wird keine dogmatische Gegenposition eingenommen. Die entscheidende Änderung zu Fassung 2 lautet: »Wir können ja wohl nicht alle Herrn Siebmanns Anzug tragen, wir mögen uns auch nicht alle so benehmen wie er« (IB, 174). Indem sie eine exemplarische Geschichte erzählt, spricht sie über die mangelnde Meinungsfreiheit, ohne jemandem Verfassungsbruch vorwerfen zu müssen. Sie verfängt sich auch nicht wie das Junge Gemeinde-Mitglied Peter Beetz in einem Auslegungsstreit von Schriften. Zugleich entzieht sie sich einer Vereinnahmung durch die Herrschaftssprache. Indem sie »nicht so gut Bescheid [weiß] über die Junge Gemeinde wie Herr Siebmann, [...] kann [sie] da also nichts sagen« (IB, 174). Dennoch entwickelt sich ihre Rede nicht, wie in Fassung 2, zu einer Anklage, die Spott für die Argumentation des Gegenübers bereithält.

Liest man genauer, so zeigt sich gar eine weitgehende Ausklammerung der politischen Aspekte: »In dieser Zeit führen alle Wege zum Kommunismus: sagt Herr Direktor Siebmann, und wir haben das wohl begriffen.« (IB, 174f.) Und weiter: »Wir sagen dabei nichts gegen Pius' Bücher, Peter Beetz hat nie etwas gegen Pius' Bücher gesagt. Wir tragen nur noch nicht den Anzug von Herrn Direktor Siebmann« (IB, 175). Anstatt der inhaltlichen wird die formale Praxis der politischen Würdenträger mittels rhe-

62 Ebd., Mappe 4, Bl. 36f.

torischer Fragen bemängelt (vgl. IB, 175). Ingrids Rede erfüllt nun neben dem figürlich-uneigentlichen Ausdruck auch das zweite Kriterium der schönen Diktion, den Zuspruch des Gegenübers: »überall flackerten die aufspringenden klatschenden Hände« (IB, 175). Da Zuspruch ein Verstehen des Gesagten voraussetzt, ist die Redeweise Ingrids am Ende begriffen worden. Obwohl sie über Eva Maus Hosen geredet hat, erinnert die Erzählinstanz daran: »Dies war Ingrids Rede über Die Junge Gemeinde Und Die Rechte Der Kirche« (IB, 175). Das Gegenüber, zu dem gesprochen wird, ist die Versammlung der Schüler: »Herr Direktor Siebmann: sagte Ingrid. Dies war keine Anrede« (IB, 173). Genaugenommen entzieht sich Ingrid damit dem Dialog mit dem ›Staat‹ und richtet ihre Worte – nicht ihren Blick[63] – direkt an das ›Volk‹. Dies macht die Erweiterung ihres Redestandpunktes von ›ich‹ auf ›wir‹ deutlich. Das ›wir‹ bezieht sich zwar zunächst auf die Klasse 12A, jedoch bieten die folgenden Ausführungen die Möglichkeit, in dieses ›wir‹ miteinzustimmen. Durch den verweigerten Dialog mit den staatlichen Würdenträgern kommt Ingrid als Fürstenerzieherin nicht infrage. Es ist auch klar, dass sie mit ihrem ›Weckruf‹ keinen Zuspruch von dieser Seite zu erwarten hat.[64] Anhand von typografischen und rhetorischen Mitteln lassen sich Zeichen finden, die die Aufrichtigkeit von Ingrids Rede unterstreichen. Sie hat »keinen Zettel in der Hand« (IB, 173) und tritt unvorbereitet vor die Versammlung, sie muss beim Reden mehrere Male neu ansetzen[65] und »zögert[]« (IB, 173). Zudem sucht sie Halt an sich selbst, in dem sie »ihre Finger ineinander verflocht. Ihre Handrücken waren oben. Dies kam ihm [Jürgen, M.F.] seltsam vor« (IB, 173). Die Reaktionen auf ihre Ausführungen »betrachtete [sie] ohne Verständnis« (IB, 175). Bereits zuvor mahnt Klaus: »Du weisst wohl dass du den Mund nicht halten kannst« (IB, 148). In einer nachträglich eingebauten Analepse, die vor der Rede – die den Höhepunkt der Erzählung bildet – situiert ist, wurde Ingrid bereits in einem intertextuellen Verweis auf Kleists Lustspiel *Der zerbrochene Krug* als »Frau Marthe« (IB, 166)

63 Der richtet sich auf ihre Schuhe (vgl. IB, 173).

64 Nach ihrer Rede klingelt »unablässig […] der Wecker« (IB, 175) aus der hintersten Reihe.

65 »Der Höhepunkt des Romans […] wird zwar (was Seltenheitswert besitzt) vollständig und zusammenhängend in direkter Rede wiedergegeben, typographisch aber wie ein Dialog in Absätze mit Spiegelstrichen gegliedert […]. Durch dieses Druckbild […] wird hier sicht- und hörbar gemacht, wie Ingrid mehrfach neu ansetzen muß, um ihren mutigen Auftritt vor der Schulversammlung durchzuhalten. Mit Hilfe der Typographie wird also eine Kommunikationssituation kommentiert – und gleichzeitig der strukturierende Zugriff des Erzählers noch innerhalb der wörtlichen Figurenrede demonstriert«; Leuchtenberger, Erzählstrukturen (Anm. 12), S. 91.

apostrophiert, die bekanntlich vor Gericht um ihr Recht streitet.[66] Des Weiteren entschuldigt Ingrid sich wegen der öffentlichen Thematisierung von Evas angeblichem ›Sündenfall‹ bei dieser. Den Gegensatz dazu findet die Klasse 12A bei Peter Beetz: »sie achteten sehr seine Aufrichtigkeit; sie wunderten sich über den Mangel an Rücksicht, mit dem Peter Beetz sich verständlich machte« (IB, 128).

Nach Affekt und schöner Diktion gilt es abschließend das dritte Merkmal für die Anwendung des Konzepts ›schöne Seele‹ zu bedenken, welches zu Beginn in Schillers Kritik an Goethes Stiftsdame deutlich wurde. Das Empfinden von Liebe wird nicht als Affekt, sondern als Charakterzug erlebt. Eng damit verknüpft ist das Mitleid, mit dem man sich ohne egoistische Beweggründe anderen zuwendet. Solch säkularisierte Form von Nächstenliebe zeigt sich jedoch nur unterschwellig und man muss sich bemühen, um solche Textstellen aufzuspüren.[67] Dingeldein weist auf drei Textstellen hin, die den Wandel zu mitleidender Anmut verbürgen sollen. Diese Stellen sind allerdings doppeldeutig. Zwar empfindet Ingrid zeitweise Mitleid mit ihrer Lehrerin (vgl. IB, 98), dafür hasst sie diese aber auch plötzlich »ohne alle Gerechtigkeit« (IB, 97). Als die Stimme von Klaus fremd klingt (vgl. IB, 108), tut ihr dies zwar leid, aber nicht im Sinne von Mitleid. Zum Dritten tut es ihr leid, dass sie mit Sedenbohms Besorgnis nichts anfangen kann (vgl. IB, 181), sie leidet aber nicht mit Sedenbohm. Eine explizite Zuschreibung von Mitleid findet also nicht statt. Das Verhalten Ingrids gegenüber den Mitgliedern der Jungen Gemeinde, also jenen, denen wirkliches Leid widerfährt, bleibt merkwürdig unbestimmt, was ihre Fürsprache für deren Mitglieder umso bedeutsamer erscheinen lässt.[68]

Zur säkularisierten Form des christlichen Ideals gehört jedoch auch die Zuschreibung einer Art von Heiligkeit. Die höchste Form der Heiligkeit

66 Die Referenz erfolgt mit der Umarbeitung von der dritten zur vierten Fassung. Es handelt sich um »Proben zu dem Schauspiel ›De tweismeten Kruk‹ von Heinrich von Kleist. Klaus hatte das in niederdeutsche Verse übertragen[...]. [...] Ingrid Babendererde, ältlich und zänkisch als Frau Marthe, hatte wiederholt Beifall auf offener Szene« (IB, 166). Indem Ingrid die Rolle der »zänkisch[en]« Frau Marthe übernimmt, leiht sie sich gerade nicht ein anmutiges Wesen. Stattdessen teilt sie sich mit der Figur die Eigenschaft einer prinzipiellen Bereitschaft, um das eigene Recht zu streiten. Das emphatische Vermögen einer ›schönen Seele‹ spielt dabei keine Rolle.

67 Vgl. Dingeldein, Ästhetik (Anm. 5), S. 205.

68 Ihr Verhältnis zu Marianne ist ein zuneigendes (vgl. IB, 88, 86, 100), zu Peter Beetz ein respektvolles (vgl. IB, 128, 144), zu Elisabeth Rehfelde ein unbestimmtes. Allerdings ist deren Anblick offenbar ein wesentlicher Beweggrund für Ingrids Vorgehen auf dem Podium: »der Rehfelde Haar fiel ihr auf: das war so ein warmes Braun unter den Lichtspiegelungen. Irgend wie warfen die Fenster das Sonnenlicht in die Gegend der 11A. Mit diesem Bedenken stieg Ingrid auf das Podium« (IB, 173).

liegt dabei in der Selbstaufopferung für die gute Sache, womit sich ein Anknüpfungspunkt zu Schillers Diktum vom Übergang der ›schönen Seele‹ ins Heroische ergibt. Hierbei kann das Erscheinen Ingrids auf der Vollversammlung hervorgehoben werden. Dort steht sie plötzlich im Raum. Ihr Eintreten in die Aula wird im Erzählvorgang durch den Entwurf einer atmosphärischen Verdichtung, in der ein Wecker und die Domglocke gemeinsam die Ankunft der Schülerin einläuten, ausgespart (vgl. IB, 171). Mit ihrer Rede wird sich Ingrid dann einen Schulverweis einhandeln, der die Aussicht auf ein weiteres Leben in der DDR aussichtslos erscheinen lässt. Der Verzicht auf die eigene Lebenswelt zugunsten einer höheren Wahrheit[69] kann somit durchaus mit den Attributen ›heroisch‹ und ›Märtyrertum‹ beschrieben werden – mutig ist er allemal.

Der Verweis auf Ingrids symbolisches Märtyrertum verdankt sich dabei keiner Überinterpretation, sondern wird von der Erzählstruktur des Romans selbst nahegelegt. Ingrids Rede wird nämlich mit der Korrektur der Lateinarbeiten durch den Lehrer Sedenbohm synchronisiert. Die Arbeit wurde ein paar Stunden vor der Vollversammlung geschrieben. Ingrids Übersetzung wird vom Lehrer mit »fast sehr gut« (IB, 176) benotet. Übersetzungsgegenstand ist eine Geschichte des englischen Wanderpredigers Wolfrat, der den Heiden ihr Götterbild zerschlägt: »Und jener war für ein solches Wagnis sofort mit tausend Wunden verletzt und sandte seine des Lorbeers würdige Seele (martyrii) in den Himmel« (IB, 134). Auf Nachfrage von Hannes erklärt Sedenbohm, dass dieser das Wort »martyrii« nicht übersetzen brauche: »Das können Sie mit gutem Gewissen auslassen [...]. Dem Sinne nach sei das ja ersichtlich« (IB, 136). Das Motiv wird im Kapitel von Ingrids Rede kurz vor ihrem Erscheinen in der Tür ebenfalls indirekt aufgegriffen: »Er [Seevken, M.F.] sah andächtig auf das Präsidium und hielt sich amtlich gegen die Tür. – Unser kleiner Märtyrer: flüsterte Sötens mitleidige Stimme« (IB, 172). Für Dingeldein ist mit »dem Motiv des Nicht-Übersetzens des Begriffs der würdigen Seele [...] zugleich das Problem der Darstellbarkeit einer erhaben-würdigen Gesinnung angedeutet«.[70] Dieser Gedanke muss ausgebaut werden, denn der Begriff ›Übersetzung‹ ist ein Signal[71] und kann mit den Überlegungen Helbigs verbunden werden:

69 Eine Variante dieser Wahrheit könnte die Mahnung »EDEL sei der Mensch, hilfreich und gut« (IB, 24; Versalien im Original) aus Goethes Gedicht *Das Göttliche* sein. Sie bildet eine von zwei Formeln, die in »trotziger brauner Fraktur« (IB, 24) das Treppenhaus der Schule zieren. Es bleibt dem Leser überlassen, welche Wendung Ingrid nach der Abfertigung von Peter Beetz wahrnimmt (vgl. IB, 146f.).

70 Dingeldein, Ästhetik (Anm. 5), S. 194.

71 Verstärkt wird das Signal durch eine Geschichte mit der Überschrift »Ins Unreine« (vgl. IB, 178-180), die Klaus während der Klausur angefertigt hat. Der Schüler entwirft hier

Das Erhabene […] ist eine Kategorie des 18. Jahrhunderts. Bei ihrer Anwendung auf das 20. sind […] die Wandlungen der Geistesgeschichte zu bedenken.

[…] Das Erhabene der marxistischen Ästhetik resultiert ganz wesentlich aus ›dem produktiven Spannungsverhältnis zwischen dem Individuellen und dem Gesellschaftlichen‹ und zwar auf eine Weise, die das Individuum unweigerlich zu kurz kommen läßt. Es ist in den Dienst der guten Sache gestellt. Das entsprechende ostdeutsche Wörterbuch spricht von ›Selbstentsagung und Selbstaufopferung‹.[72]

## Zusammenfassende Überlegungen

Die ›falsche Würde‹, die sich um den Schuldirektor als Stellvertreter des Staates verdichtet, wirft die Frage nach ihrer positiven Entsprechung auf.[73] In diesen Zusammenhang lässt sich das Motiv der Übersetzung der Kategorie ›Erhabenheit‹ aus dem 18. in das 20. Jahrhundert stellen. Deren Aktualisierung läuft auf den Begriff des Heroischen hinaus. Schiller stellt in den 1790er Jahren die Pflicht des Staatsbürgers über die Neigung des Individuums, um die Sittlichkeit im menschlichen Miteinander zu bewahren. So wird Staatsräson betrieben und für eine Reformierung durch Fürstenerziehung plädiert. Bei Johnson erfolgt im Kontext der sozialistischen Revolutionsarbeit tendenziell eine Umkehrung dieses Konzepts. Hierfür wird Schiller selbst herangezogen, indem aus der Frühphase seines Schaffens zitiert wird. Das Programm ästhetischer Erziehung wird damit und mit Brecht zurückgewiesen. Heroisches Handeln im Kontext von *Ingrid Babendererde* impliziert nun Widerstandsgesten gegenüber einem zum Totalitarismus neigenden Staatssystem. Diese resultieren jedoch nicht in Gewalt, sondern in moralischem Widerstand. Die Gesten erfordern neben

ebenfalls eine Figur namens Wolfrat, die unter den Bedingungen der DDR leben muss. Der Aspekt des Märtyrertums wird von Dingeldein nicht aufgegriffen.

72 Helbig, Ästhetische Erziehung der Staatssicherheit (Anm. 10), S. 66.

73 Während bei Schiller die Würde als Ausdruck der Geistesfreiheit gilt, ist sie in *Ingrid Babendererde* zunächst ein Distinktionsmerkmal für die linientreuen Staatsbediensteten, die per definitionem als Vertreter einer bestimmten Weltanschauung handeln. Der Begriff taucht in der Druckfassung insgesamt neunmal auf (vgl. IB, 87, 92, 93, 159, 160, 210, 213, 226, 227). In Fassung 2 handelt es sich bis auf eine Ausnahme, in der Sedenbohms Verhalten noch negativ mit dem Begriff in Verbindung gebracht wird, um die gleichen Stellen wie in der Druckfassung. Der Schuldirektor, der gleich sechsmal mit dem Begriff in Verbindung gebracht wird (vgl. IB, 87, 92, 159, 160, 226, 227), gibt der anonymen Staatsmacht somit ein Gesicht und gilt als „Schlüsselfigur der untergründigen aber wirksamen Spannungen an der Gustav Adolf-Oberschule" (IB, 162).

einer idealistischen Gesinnung Mut, d.h. eine Entscheidung des Einzelnen. Ihre Öffentlichkeit erweist sich, wie die Beispiele Peter Beetz und Ingrid Babendererde zeigen, als existentiell gefährlich, zwingt aber zugleich das Gegenüber zu einer Reaktion. Im Roman wird widerständigem Verhalten dabei seine Richtigkeit bescheinigt. Elisabeth Rehfeldes Trotz gegenüber einem Parteigänger wird für »anständig« (IB, 34; vgl. IB, 80) gehalten, Peter Beetz' Aufrichtigkeit geschätzt (vgl. IB, 128), Jürgens Bruch mit der Partei mit Anerkennung belohnt (vgl. IB, 188f.). Ingrid erfährt von den Bürgern ihrer Stadt Solidarität (vgl. IB, 181, 205, 206, 209). Im Gegensatz zu Klaus und Jürgen, die ihren Liebes- bzw. Freundschaftsbeweis durch konkrete Taten erbringen, erfolgen diese Bescheinigungen in der Regel durch private Gesten. Es lassen sich dabei Versuche der Erzählinstanz ausmachen, die einer Abwertung solcher Gesten Vorschub leisten. So wird die moralische Größe Ingrids, die keiner Staatsräson folgt, nicht zum einzigen Maßstab erklärt, an dem der Einzelne gemessen werden muss. Vielmehr wird Ingrids Verhalten als ein ganz besonderes, möglicherweise auch wünschbares, gewürdigt.

Die Kategorie ›Anmut‹ scheint für die Konzeption des Romans wohl eine Rolle gespielt zu haben, ist jedoch im Zuge der Umarbeitungen abgeschwächt worden, wie ein Resümee Johnsons zur Abschaffung der Figur Erichson von Fassung 3 zu Fassung 4 nahelegt: »ERICHSON LEUGNET SEINE GESTALT [...] obwohl die notwendig verzichtsame Art seines Daseins unersetzlich ist. Es geht Anmut verloren.«[74] Zugleich werden ästhetische Erlebnisse ausgespart. Seit der zweiten Fassung ist Ingrid allerdings Ziel einer erhöhenden Zuschreibungspraxis, wodurch sich in Kombination mit ihrem Scham-Affekt Anknüpfungspunkte an Schillers Konzept der ›schönen Seele‹ ergeben. Anzeichen für Ingrids ›Schameszorn‹ finden sich aber ebenso. Insofern würde die Ausblendung kulturgeschichtlicher Umwelt eine romantische Verhaltensweise zur Schau stellen. Die Entschärfung von Ingrids politischem Meinungsprofil kommt dem Konzept der ›schönen Seele‹ als einem unpolitischen Subjekt näher. Durch die prä-

74 Uwe Johnson: Reifeprüfung III-IV, Typoskript, o.D., in: UJA Rostock, UJA/H/000238, Bl. 44-48, hier: Bl. 44; Versalien im Original. In der Druckfassung tauchen der Begriff ›Anmut‹ und sein Derivat ›anmutig‹ noch dreimal auf. An einer Stelle wird das Spiel eines Bären im Berliner Zoo damit beschrieben (vgl. IB, 67). Hier könnte es sich um eine transtextuelle Referenz in Form einer abgeschwächten Anspielung auf Heinrich von Kleists *Über das Marionettentheater* handeln, wo eine geschichtsphilosophische Perspektive die Kategorie ›Anmut‹ buchstäblich ins Jenseits befördert. Ich greife hier auf die Terminologie Gérard Genettes zurück, der unter Transtextualität »dasjenige [versteht], was einen Text in eine manifeste oder geheime Beziehung zu anderen Texten bringt«; Gérard Genette: Palimpseste. Die Literatur auf zweiter Stufe, aus dem Französischen übersetzt von Wolfram Bayer und Dieter Hornig, Frankfurt am Main 1993, S. 9.

zise Anwendung von Schillers Reifemodell, die eine Deutung von Ingrids Rede als ›schöne Diktion‹ sowie die Auslegung ihrer Scham als Verifikationsmerkmal für innere Schönheit einschließt, wird die These von Ingrids ›schöner Seele‹ auf ein plausibleres Fundament gestellt. Ein solches Vorgehen zeigt aber, dass der Scham-Affekt nicht für eine Rückbindung an die Sozialnorm verwendet wird. Da sich diese als ungerecht erweist, besteht die Notwendigkeit ihrer Kritik. Eine Abkehr Ingrids von einem Idealismus im Schiller'schen Sinn ist dabei nicht zu verzeichnen, wenn man ihn auf die Ideale ›Liebe‹ und ›Freundschaft‹ bezieht. Indes konnte anhand von Ingrid die christliche Nächstenliebe als Wesensart aufgrund der geringen Zuschreibungspraxis nicht eindeutig nachgewiesen werden. Der Umstand, dass es erst einer persönlichen Betroffenheit bedarf, um tätig zu werden, mag daher vielleicht gegen das Konzept ›schöne Seele‹ sprechen. Auch die Liebesbeziehung zu Klaus hat notwendigerweise ausschließenden Charakter. Zudem ließe sich argumentieren, dass die Entschärfung politischer Werturteile noch keine Entpolitisierung Ingrids impliziert und die ihr unterstellte Vagheit in Bezug auf den politischen Standpunkt bezweifelt werden könnte. Immerhin erklärt Ingrid öffentlich: »In dieser Zeit führen alle Wege zum Kommunismus: sagt Herr Direktor Siebmann, und wir haben das wohl begriffen.« (IB, 174f.)

Abschließend bleibt aber festzuhalten, dass schon in Johnsons erstem Roman die Frage nach der Erhabenheit einer Person in ihrem politischen Bezugssystem aufgeworfen wird. In Schillers Modell der ›schönen Seele‹ ist der Weg zu dieser Frage bereits inbegriffen, sodass sich ein Bezug auf dieses Konzept für Johnson als Erzählmittel für jene Fragestellung durchaus angeboten haben mag. Die damit zusammenhängenden intertextuellen Verweise auf Schiller werden allerdings erst ab Fassung 3 explizit gemacht. Zuvor hat Goethe eine viel gewichtigere Rolle eingenommen. Welche Rolle das war, wäre an anderer Stelle zu zeigen.

UWE NEUMANN

# Dem Zufall aus dem Wege gehen

## *Weitere Funde zur Zahlenmystik bei Uwe Johnson*

> Aber im Augenblick werde ich mich nicht weiter über das Unheimliche in Träumen auslassen – nicht über die Anmerkung hinaus, dass auf jedem Gebiet irgendein Gesetz der Logik die Anzahl von möglichen Zufällen festlegen sollte, jenseits deren sie aufhören, Zufälle zu sein, und stattdessen den lebendigen Organismus einer neuen Wahrheit bilden.
>
> Vladimir Nabokov, *Ada*

Vladimir Nabokov starb 1977, sieben Jahre vor Uwe Johnson. Die Trauerfeier für Nabokov fand am 7.7.1977 statt. Das kuriose Datum wurde in seiner Lesergemeinde mit kopfschüttelnder Verwunderung, vor allem aber mit Genugtuung aufgenommen, schien es doch wie geschaffen für den großen Magier, den Meister der Täuschungen und Vexierspiele. Von »Zauberei«[1] liest man in einer einschlägigen Biografie, in der Nabokovs Leben in sieben Kapiteln abgehandelt wird. Ob Uwe Johnson, in dessen Bibliothek sich mehrere Werke von Nabokov finden, überhaupt das Datum der Trauerfeier registriert hat, ist nicht bekannt. Mit einiger Sicherheit kann man aber sagen, dass für ihn der 7.7.1977 kein Tag wie jeder andere war. Denn Uwe Johnson hatte es mit der Sieben.

Alles beginnt auf der ersten Seite von *Ingrid Babendererde*. An diesem exponierten Ort, dem die Forschung schon viel Aufmerksamkeit geschenkt hat, gelingt dem jungen Autor das Kunststück, die stattliche Anzahl von sieben Koffern so zu platzieren, dass jahrzehntelang über das sperrige Gepäck hinweggelesen werden konnte. Die sieben Koffer haben es jedoch in sich, sie kündigen ein komplexes Spiel mit der Siebenzahl an, das teils offen sichtbar, teils sehr versteckt inszeniert wird. Die Vorliebe für Zahlenmystik, die bei einem historischen Materialisten wie Uwe Johnson durchaus keine Selbstverständlichkeit ist, bleibt nicht nur eine jugendliche Episode, sie findet in den *Mutmassungen über Jakob* ihre konsequente

1 Boris Nossik: Vladimir Nabokov. Die Biographie, aus dem Russischen übersetzt von Renate und Thomas Reschke, Berlin 1997, S. 428.

Fortsetzung.[2] In beiden Romanen hat die Sieben vielfältige Funktionen, sie erscheint unter anderem als Märchenzahl, als biblische Zahl oder auch als intertextueller Verweis, vor allem auf Thomas Mann, der für die Sieben gleichfalls eine besondere Schwäche hegte. Wirkungsästhetisch dient die mystische Zahl bei beiden Autoren dazu, die Polyfonie der Werke zu steigern, sie erzeugt ›Beziehungsreichtum‹. Bei Uwe Johnson sind der Sieben überdies Bedeutungen inhärent, die sich aus Kontexten ergeben, die für ihn lebensgeschichtlich, historisch, geografisch und literarisch wichtig sind: Die Staatsgründung der DDR am 7. Oktober 1949, die sieben Landesteile Mecklenburgs, die sieben Seen um Schwerin, die Rostocker Sieben oder das siebentürmige Lübeck, um nur einige markante Siebenzahlen zu nennen. Mit der Sieben sind so zentrale Aspekte in Johnsons Œuvre verknüpft, dass ihr Auftreten im Grunde allenthalben zu erwarten ist. Im Blickpunkt dieses Beitrags sollen drei Romane stehen: *Das dritte Buch über Achim, Zwei Ansichten* und die *Jahrestage*. Bevor wir uns diesen Werken zuwenden, sei noch ein interpretatorisches Problem angesprochen, mit dem sich früher oder später jede Darstellung konfrontiert sieht, die sich auf Zahlen und deren Bedeutungen einlässt.

In den Werken Thomas Manns spiegeln sich zahlenmystische Konstellationen nicht zuletzt in der Makrostruktur wider, beispielsweise in der Einteilung in Kapitel oder ›Hauptstücke‹. Eine entstehungsgeschichtliche Merkwürdigkeit bietet der erste Band von *Joseph und seine Brüder,* in dessen bereits abgeschlossenes Manuskript eine entsprechende Gliederung erst nachträglich eingefügt wurde – ein angesichts der Stoffmasse erstaunliches Phänomen. Am 21. Juni 1933 notiert der Zauberer:

> Beendete vormittags die Einteilung und Benennung des ersten Bandes, wobei eine gewisse Zahlenmystik und zwanglos sich ergebende auf 10, 5 und 7 gestellte Ordnung mich amüsierte. Der Band teilt sich in das Vorspiel und 7 Kapitel. Von diesen hat das erste, wie das Vorspiel 10 Abschnitte, das zweite 5, das dritte wieder 10, das vierte abermals 10, das fünfte 7, das sechste und siebente wieder 5. So bietet der Band eine ganze Menge hübsch abgeteilten Stoffes.[3]

2 Die Bedeutung der Siebenzahl in *Ingrid Babendererde* und in den *Mutmassungen über Jakob* habe ich bereits in einem früheren Beitrag untersucht; vgl. Uwe Neumann: Die leuchtende Sieben. Zahlenmystik bei Uwe Johnson und Thomas Mann, in: Johnson-Jahrbuch 22, 2015, S. 165-193.

3 Thomas Mann: Tagebücher 1933-1934, hg. von Peter de Mendelssohn, Frankfurt am Main 1997, S. 118.

Worüber amüsierte sich Thomas Mann? Offenbar darüber, dass sich die Zahlenmystik zumindest teilweise von selbst ergeben hat, sie ist zufällig entstanden. Dass *intentio operis* und *intentio auctoris* auf so glückliche Weise zusammenfallen, ist sicherlich nicht die Regel, womit wir gleich zu Uwe Johnson übergehen können. Zum fünfundzwanzigjährigen Bestehen des Suhrkamp Verlages stellt Johnson 1975 unter dem Titel *Stich-Worte* eine Auswahl von Zitaten aus den Werken von Max Frisch zusammen. Die Zitate verteilen sich auf 21 Themenblöcke und 49 Kapitel, und sie bieten damit eine ganze Menge hübsch abgeteilten Stoffes. Ist es ein Zufall, dass beide Zahlen so bequem durch sieben teilbar sind? Oder waltet hier ein Gestaltungswille, der »einem bloßen Zufall aus dem Wege geh[t]«?[4] Im Vorwort zu den *Stich-Worten* hebt Johnson nachdrücklich hervor, dass seine Auswahl eine sehr subjektive sei; vorgegangen sei er nach »Belieben«, und zwar »Belieben mit einer tieferen als sonst auffälligen Wurzel dieses Wortes«.[5] Denkbar wäre mithin, dass Johnson der Auswahl ›seine‹ Sieben gleichsam als Wasserzeichen einsenken wollte, als Ausweis seines persönlichen Zugriffs, vor allem aber seiner Verehrung für Max Frisch. Ein solcher Liebesbeweis wäre bei einem so hintersinnigen Tüftler wie Uwe Johnson sehr gut möglich, nur, und darin besteht die Crux: Nachweisbar ist das alles nicht.[6] Kommen wir nach so viel Spekulation noch einmal auf gesichertes Terrain zurück. Nichts als ein purer Zufall, der Johnson bestimmt sehr amüsiert hat, ist darin zu sehen, dass seine Telefonnummer in Sheerness-on-Sea mit der Sieben beginnt. Die Nummer lautet vollständig 079562931, was als Quersumme die schöne Zahl 42 ergibt. Gefunden habe ich die Telefonnummer in der Johnson-Biografie von Bernd Neumann.[7] Sie steht dort auf Seite 707.

4 Uwe Johnson: Jahrestage. Aus dem Leben von Gesine Cresspahl, Bde. 1-4, Frankfurt am Main 1970-1983, S. 1697.

5 Uwe Johnson: Vorwort, in: Max Frisch: Stich-Worte. Ausgesucht von Uwe Johnson, Frankfurt am Main 1975, S. 7-11, hier: S. 7.

6 Sollte sich das Auftreten der Sieben als zufällig erweisen, sagt dies mehr über den Wahrnehmenden aus als über die Textgestalt. In Max Frischs *Tagebuch 1946-1949* findet sich eine entsprechende Reflexion, die Uwe Johnson auch in seine Textauswahl aufgenommen hat: »Das Verblüffende, das Erregende jedes Zufalls besteht darin, daß wir unser eigenes Gesicht erkennen; der Zufall zeigt mir, wofür ich zur Zeit ein Auge habe, und ich höre, wofür ich eine Antenne habe«; Frisch, Stich-Worte (Anm. 5), S. 124.

7 Vgl. Bernd Neumann: Uwe Johnson, Hamburg 1994, S. 707.

## Eine Erquickung für Auge und Sinn des Lesers

> Das Vorbild dafür war (ohne daß ich den Roman noch einmal gelesen hätte, mir genügten vage Erinnerungen) der Serenus Zeitblom im *Doktor Faustus*.
> Umberto Eco, *Nachschrift zum »Namen der Rose«*

Am 7.7.1957 schreibt Uwe Johnson einen Brief an Manfred Bierwisch. Nicht einen Tag früher oder später hätte der Brief geschrieben werden dürfen, denn mit dem siebenlastigen Datum spielt Johnson auf den Schauplatz von Thomas Manns *Zauberberg* an, was der Adressat auch so verstanden haben wird: Bierwisch hielt sich im Sommer 1957 in einem Lungensanatorium auf.[8] Johnsons Brief beinhaltet nicht nur Genesungswünsche, es geht um sehr Grundsätzliches, um die Frage nach der geeigneten Erzählperspektive:

> Es gebe ja nun drei Grundtypen des erzählenden Es: den Gott Balzac (man kann auch sagen: Schiedsrichter beim Tennis, denn der sitzt ja auch höher und weiss über alles); den Briefwechsel; die naturalistische, (unterstellte) Beteiligung. Und die letzte ist gebräuchlich Filmes wegen und wegen Hemingway. Der mangelt der Überblick, die muss die Methode wechseln. Sternchen sind eine Erfreuung für Auge und Sinn des Lesers: meine ich, und: dass der Streit um die Optik in jenem Buch am zulänglichsten gelöst ist, das ist ein ästhetischer Fortschritt und so zu sagen eine Errungenschaft.[9]

8 Aus gesundheitlichen Gründen war Manfred Bierwisch mehrfach zu Sanatoriumsaufenthalten gezwungen. Seine eigene Lebenssituation beschrieb er Johnson mit Verweisen auf den *Zauberberg*: »Denn trotz seines Vorbehalts gegen die einschlägigen Schriften Thomas Manns zitierte er dunkel die Versuchung, in das flache Land zu fliehen«; Uwe Johnson: Fünfundzwanzig Jahre mit Jake, auch unter dem Namen Bierwisch bekannt, in: ders., »Wohin ich in Wahrheit gehöre«. Ein Uwe Johnson-Lesebuch, hg. und mit einem Nachwort versehen von Siegfried Unseld, Frankfurt am Main 1994, S. 291-303, hier: S. 295. Mit dem ›Flachland‹ wird im *Zauberberg* leitmotivisch die Gegenwelt zur Sanatoriumssphäre bezeichnet. – Meine Vermutung, dass Uwe Johnson auch die Daten vom 7.7.1967 und vom 7.7.1977 nicht verstreichen lässt, ohne an den Leipziger Freundeskreis ein paar Worte zu richten, fand bei einer Nachfrage im Uwe Johnson-Archiv Rostock keine Bestätigung. Es erwies sich dabei aber, dass Manfred Bierwisch am 7.7.1977 an Uwe Johnson schrieb: »Lieber Ossian, dieses eigentümliche Datum will ich nicht vorbeilassen, ohne es einem kurzen Gruß voranzustellen.« Manfred Bierwisch an Uwe Johnson, 7.7.1977, in: Uwe Johnson-Archiv Rostock (Depositum der Johannes und Annitta Fries Stiftung), UJA/H/101706, Bl. 20.

9 Uwe Johnson an Manfred Bierwisch, 7.7.1957, in: UJA Rostock, UJA/H/110109, Bl. 15-15v, hier: Bl. 15.

Die verklausulierte Passage gibt ihren Sinn erst preis, wenn man den spielerischen Code kennt, der ihr wie eine Intarsie eingesetzt ist. Der Satz mit den »Sternchen« ist ein nahezu wörtliches Zitat aus dem *Doktor Faustus*, in dem ein Zwischenkapitel (das mit einem Sternchen abgesetzt ist) von Serenus Zeitblom mit den Worten eröffnet wird: »Auch Sternchen sind eine Erquickung für Auge und Sinn des Lesers«.[10] Die codierte Sprechweise hat zweierlei Bedeutung: Zum einen wird mit dem Satz auf den *Doktor Faustus* verwiesen, zum anderen auf die Offenlegung der Erzählverfahren, wie es an der entsprechenden Stelle bei Thomas Mann geschieht.[11] Die eigentliche Pointe folgt erst noch:

10 Thomas Mann: Große kommentierte Frankfurter Ausgabe. Werke – Briefe – Tagebücher, hg. von Heinrich Detering u.a., Bd. 10.1: Doktor Faustus. Das Leben des deutschen Tonsetzers Adrian Leverkühn, erzählt von einem Freunde, hg. und textkritisch durchgesehen von Ruprecht Wimmer, Frankfurt am Main 2007, S. 256.

11 Manfred Bierwisch wird die Anspielung in letztgenanntem Sinne entschlüsselt haben, denn wenige Wochen zuvor erhielt er einen Brief, in dem sich Uwe Johnson über den Roman *bericht an die regierung* von Wolfgang Weyrauch nicht eben erbaut zeigte: »Immerhin ist es tatsächlich dass Geschichten erzählt werden von einem Blickpunkt her und von der zugehörigen Person (die an besonders grässlichen Stellen der Menschlichkeit wegen bemerkt Sternchen seien eine Erfrischung fürs Auge und so auf das Gemachtsein der Geschichte beruhigend verweist), das soll man zugeben«; Uwe Johnson an Manfred Bierwisch, 27.5.1957, in: UJA Rostock, UJA/H/060038, Bl. 6-6v, hier: Bl. 6. Zum Jahresende 2015 fragte ich Manfred Bierwisch, ob er noch irgendeine Erinnerung an den Sternchen-Code und dessen Entstehung habe – nach fast sechzig Jahren natürlich eine Zumutung für das Gedächtnis. Die Antwort lautet: »Ja, wir haben in dieser Zeit […] ausführlich über die Modalitäten des Erzählens diskutiert, was für Johnson natürlich etwas ganz anderes bedeutete als für mich. Aber nicht nur im Diskurs mit ihm war der ›Doktor Faustus‹ überhaupt immer präsent – in allen möglichen Anspielungen, Zitaten und Denkfiguren. Die Rolle dieses Buches, seiner Merkwürdigkeiten und Formulierungen, ist heute nur schwer nachzuvollziehen und zu rekonstruieren. Schon lange hat kein Buch mehr den Stellenwert, den der ›Faustus‹ damals *für uns* hatte (auch weil er ja unsere direkte Zeitgeschichte verhandelte). Wenn ich jetzt sagen würde, dass und womöglich wann und aus welchem Anlass der Verweis auf die Sternchen zu diesem Zitatenrepertoire gehörte, wäre das eine Prätention. Immerhin, der Sache nach ist die Rolle des (sich durch Sternchen zu erkennen gebenden) Erzählers auch bei Johnsons wiederholten Petita gegen Weyrauch eins von den Themen, in denen wir nicht uneins waren, aber die Zitat-Zuordnung haben wir sicher nicht explizit verifiziert. Daran, dass ihm Weyrauchs usurpierte Unmittelbarkeit mehr als suspekt war – auch weil er ja ein Gutachten zu dem ›Bericht‹ geschrieben hat – habe ich eine echte Erinnerung, die Reglementierung Weyrauchs im Namen von Serenus Zeitblom muss ich aber als zumindest nachvollziehbar auf sich beruhen belassen. Die verschiedenen, mitunter vertrackten Perspektiven, die er zu dieser Thematik in seinen eigenen Texten eingenommen hat, sind Ihnen ja vermutlich vertrauter als mir. Das ›Dritte Buch‹ ist jedenfalls eine exemplarische Version«; Manfred Bierwisch an Uwe Neumann, 18.12.2015; Kursivdruck im Original.

> Nun gibt es ja eine Tradition und zwar eine zu Fortsetzung verpflichtende; darf eine Konstruktion von Erzählung (fragte ich:) nun von weniger ausgehen als von den bisher höchsten Errungenschaften, darf einer sozusagen unter den Rekord gehen, hier? Da sagte meine Leihbibliothek: es sei nicht raus dass die Bemerkung von den Sternchen und die dort sinnvoll und sinnfällig geleistete Übereinkunft von Erzähler und Erzähltem nun durchaus als fortschrittlich zu benamsen sei. Immerhin dürfe einer nun nicht tun als hätte es dies nicht gegeben und als wärs nicht da, sie tun aber meistens etc. Dies hat mich einst sehr interessiert.[12]

Die Zweifel, die zu dem gewichtigen Vorwurf führen, die Erzählperspektive des *Doktor Faustus* sei nicht »fortschrittlich«, konkretisiert Johnson nicht. Poetologische Konsequenzen wird er gezogen haben, nur welche? Bei der Entstehung der *Mutmassungen über Jakob* hat die Reflexion über die Erzählerrolle im *Doktor Faustus* offenbar nur als Ferment gewirkt.[13] Beim *Dritten Buch über Achim* erforderte schon die identische Grundkonstellation – ein Biograf schreibt die Lebensgeschichte eines Musikers bzw. Sportlers – eine neuerliche Auseinandersetzung mit dem *Doktor Faustus* und insofern eine klare Positionierung: Wie hältst Du's mit der Erzählperspektive?

Bereits auf den ersten Blick kann man einen tiefgreifenden Unterschied zum *Doktor Faustus* ausmachen. So sehr Thomas Manns großer Künstler- und Deutschlandroman seine Interpreten bis auf den heutigen Tag beschäftigt, von den narrativen Verhältnissen her, dem klaren Gegenüber von Biograf und Erzählgegenstand, ist der Roman leicht zu lesen und zu verstehen. Vom *Dritten Buch über Achim* lässt sich das nicht sagen. Johnson hat die Struktur des Romans derart verkompliziert, dass dem Leser häufig gar nicht mehr klar wird, wer gerade erzählt oder spricht. In der Forschungsliteratur ist diese formale Komplexität vielfach auf Kritik gestoßen, am schärfsten bei Katja Leuchtenberger, die den Roman als Dokument einer schriftstellerischen Krise liest und einen »formalen

12 Uwe Johnson an Manfred Bierwisch, 7.7.1957 (Anm. 9), Bl. 15.

13 Die Diskussionen, die im Leipziger Freundeskreis in der Entstehungsphase der *Mutmassungen über Jakob* geführt wurden, charakterisiert Manfred Bierwisch als eine unsystematisch geführte »dialogische Reflexion« über verschiedene erzähltheoretische Probleme: »Wie rechtfertigt sich der allwissende Erzähler, wie die Paradoxie seines Verschwindens, seiner Zurücknahme, nach der dennoch erzählt wird? Wer verantwortet die Innenansichten, die Joyce und Faulkner, wer die Außenansichten, die Dos Passos, wer den fiktiven Chronisten, den Thomas Mann an seine Stelle gesetzt hat?« Manfred Bierwisch: Uwe Johnson und Leipzig. Ausschnitte einer Beziehung, in: Roland Berbig / Erdmut Wizisla (Hg.): »Wo ich her bin …« Uwe Johnson in der D.D.R., Berlin 1993, S. 92-98, hier: S. 94.

Kollaps«[14] diagnostiziert. Derlei forsche Kritik am Meister bleibt natürlich nicht unwidersprochen und ruft die *usual suspects* auf den Plan. Ulrich Krellner sieht in erzähllogischen Inkonsistenzen eine bewusste Strategie, muss aber auch einräumen, dass der Roman »jeden (nicht-schizophrenen) Leser auf eine harte Probe«[15] stellt. Was zu beweisen war.

Ein Kritikpunkt Johnsons mag darin bestanden haben, dass Serenus Zeitblom seine Kompetenzen gelegentlich überschreitet und sich Ausflüge in die Allwissenheit gestattet.[16] Die komplizierte Erzählsituation des *Dritten Buchs über Achim* könnte man von daher als ›Korrektur‹ oder als Problematisierung der Erzählperspektive aus dem *Doktor Faustus* deuten und darin insofern die Fortführung einer Tradition erkennen. Dass die Arbeit am *Dritten Buch über Achim* von einer intensiven Reflexion über die Erzähltechnik bei Thomas Mann begleitet war, mag man auch einer Äußerung entnehmen, die Johnson nur drei Monate nach Erscheinen seines Romans von sich gibt: »Das Handwerk oder das Gewerbe des Erzählens bringt es mit sich, daß ein junger Schriftsteller sehr genau wissen muß, was Thomas Mann erreicht hat und wie er es erreicht hat«.[17] Dem Leser des *Doktor Faustus* kommt ein solches Traditionsverständnis sehr bekannt vor. Für Adrian Leverkühn ist es »fast notwendig«, dass sich ein junger Künstler »auf die handwerkliche Führung durch ein generationsmäßig schon halb entfremdetes Meistertum angewiesen sieht«.[18] Deshalb vertritt er auch den Grundsatz, »daß man Errungenes beherrschen müsse, auch wenn man es nicht für wesentlich erachte«.[19] Dass er nicht nur in eigenem Namen spricht, lässt sich denken. »Ein Künstler muß wissen, woher er kommt«,[20] fordert Thomas Mann kategorisch, dabei nicht zufällig Goethe zitierend.

14 Katja Leuchtenberger: »Wer erzählt, muß an alles denken«. Erzählstrukturen und Strategien der Leserlenkung in den frühen Romanen Uwe Johnsons, Göttingen 2003, S. 256.

15 Ulrich Krellner: »Was ich im Gedächtnis ertrage«. Untersuchungen zum Erinnerungskonzept von Uwe Johnsons Erzählwerk, Würzburg 2003, S. 123.

16 Diese Kritik übt Volker Hage am *Doktor Faustus*, um zu dem für den Zeitgeist typischen Urteil zu gelangen: »Ein Meilenstein: gewiß; modern: naja«; Volker Hage: Vom Einsatz und Rückzug des fiktiven Ich-Erzählers. »Doktor Faustus« – ein moderner Roman?, in: Text + Kritik. Sonderband Thomas Mann, 2., erw. Aufl., München 1982, S. 112-122, hier: S. 119. In der jüngeren Erzählforschung gilt der Erzähler des *Doktor Faustus* als Modell für einen »unzuverlässigen Erzähler«; vgl. Matias Martinez/Michael Scheffel: Einführung in die Erzähltheorie, München 1999, S. 101f.

17 Horst Bienek: Werkstattgespräch mit Uwe Johnson. (Am 3.-5.1.1962 in West-Berlin), in: Eberhard Fahlke (Hg.): »Ich überlege mir die Geschichte …« Uwe Johnson im Gespräch, Frankfurt am Main 1988, S. 194-207, hier: S. 202.

18 Mann, Doktor Faustus (Anm. 10), S. 220.

19 Ebd.

20 Thomas Mann an Käte Hamburger, 10.9.1932, in: Mann, Frankfurter Ausgabe

Woher er als Künstler kommt, macht Uwe Johnson gleich auf der ersten Seite des *Dritten Buchs über Achim* kenntlich. In einem hochgradig selbstreferenziellen Erzählen wird dort über mögliche Romananfänge nachgedacht, wobei der Erzähler besonders mit dem Begriff der »Grenze« hadert:

> Dennoch würde ich am liebsten beschreiben daß die Grenze lang ist und drei Meilen vor der Küste anfängt mit springenden Schnellbooten, junge Männer halten sie in den Ferngläsern, scharf geladene Geschütze reichen bis zu dem Stacheldrahtzaun, der heranzieht zum freundlichen Strand der Ostsee, in manchen frei gelegenen Dörfern auf der einen Seite waren die Kirchtürme von Lübeck zu sehen der anderen Seite, zehn Meter breit aufgepflügt drängt der Kontrollstreifen in den eigens gerodeten Wald, die Karrenwege und Trampelpfade sind eingesunken und zugewachsen, vielleicht sollte ich blühende Brombeerranken darüberhängen lassen, so könntest du es dir am Ende vorstellen.[21]

Der Blick auf Lübeck bietet zum einen realistisch-pittoreske Hintergrundkulisse, zum anderen ist er metaliterarisch zu verstehen. Die explizite Erwähnung von Lübeck – sie fällt auch deshalb auf, weil der Handlungsort Leipzig gerade nicht beim Namen genannt wird – markiert einen Bezug zu Thomas Mann, in diesem Fall die Zugehörigkeit zu einer Traditionslinie, in der der *Doktor Faustus* den »Rekord« darstellt. Auch die Sieben ist bereits unausgesprochen anwesend. Wie jeder Tourist weiß, ist Thomas Manns Geburtsstadt für eine ganz bestimmte Anzahl von Kirchtürmen berühmt. Poetologisch bedeutsam ist ferner der Kontext, in den die »Kirchtürme von Lübeck« hineinmontiert sind: Mit der Darstellung, wie Karsch »am liebsten« begonnen hätte, wird ein publikumswirksames Erzählmuster zurückgewiesen, ein ›Appetizer‹, der Spannung und reichlich ›Action‹ verspricht. Derlei »kulinarische Forderungen«[22] will Johnson grundsätzlich nicht bedienen und er befindet sich darin in Übereinstimmung mit Thomas Mann, auf den mit der narrativen Konstruktion subkutan verwiesen wird. In dem Vortrag *Die Kunst des Romans* (1939) formuliert Thomas Mann sein Credo, indem er sich auf ein Bonmot von Arthur Schopenhauer beruft: »Die Aufgabe des Romanschreibers ist nicht, große Vorfälle

(Anm. 10), Bd. 23.1: Briefe III 1924-1932, ausgewählt und hg. von Thomas Sprecher, Hans R. Vaget und Cornelia Bernini, Frankfurt am Main 2011, S. 657.

21 Uwe Johnson: Das dritte Buch über Achim, Frankfurt am Main 1961, S. 7.

22 Uwe Johnson: Wenn Sie mich fragen … (Ein Vortrag). [1975], in: Fahlke (Hg.), »Ich überlege mir die Geschichte …« (Anm. 17), S. 51-64, hier: S. 56.

zu erzählen, sondern kleine interessant zu machen«.[23] Uwe Johnson hätte dem nicht widersprochen.[24]

Die Exposition des *Achim*-Romans enthält noch zwei weitere Verweise auf den *Doktor Faustus*. Mit dem Eingeständnis seiner »Unsicherheit« (DBA, 7) stellt der Erzähler einen Zweifel aus, wie ihn eingangs auch Serenus Zeitblom formuliert, der von einer »gewiß sehr vorläufigen Biographie« spricht und dem Leser zu bedenken gibt, »ob er sich auch in den rechten Händen befindet«.[25] Ein solcher Kompetenzzweifel kann generell als Signatur der Moderne gelten und wird von vielen Autoren auch vorzugsweise am Romananfang ausgesprochen. Dass Johnson tatsächlich auf den *Doktor Faustus* anspielt, zeigt eine zweite Grundsatzerklärung. Auf die Worte »ich gebe zu: ich bin um Genauigkeit verlegen« (DBA, 8) folgt die ironische Volte: »Ich meine nicht die Zahl von zehn Metern, es können ja sieben sein« (DBA, 8). Da ist sie wieder, die Sieben, und wieder fungiert sie als Aufmerksamkeits- und Intertextualitätssignal.

Wie in *Ingrid Babendererde* gibt die Siebenzahl in der Exposition des *Achim*-Romans auch einen Hinweis auf die Erzählweise, in diesem Fall auf die Makrostruktur. Zählt man die kursiv gesetzten Fragen nach, die den Roman in unterschiedlich lange Abschnitte einteilen, dann kommt man auf genau 70 Fragen – eine schöne Entsprechung zu den 49 (7 × 7) Erzählabschnitten des *Doktor Faustus*.[26] Auf der Handlungsebene erscheint

23 Thomas Mann: Die Kunst des Romans, in: ders., Gesammelte Werke in dreizehn Bänden, Bd. 10: Reden und Aufsätze 2, Frankfurt am Main 1974, S. 348-362, hier: S. 357.

24 Wie sehr Uwe Johnson ein Wahlverwandter Thomas Manns ist, zeigt sich an einer frühen Fassung von *Königliche Hoheit*, in der gleich am Romananfang entsprechende Erwartungen enttäuscht werden sollten. Strukturell geschieht im *Dritten Buch über Achim* nichts anderes, nur sind die kulinarischen Forderungen zu Zeiten von Thomas Mann eben noch andere gewesen: »Liebt ihr lärmende Abenteuer? Unglücksfälle? Blutige und turbulente Vorkommnisse? Aufläufe, bei welchen der Volkswitz sich entfaltet? Schreckensscenen, die der Polizeibericht meldet? Muß ein Kind unter Automobilrädern winseln, ein Rentner, vom Schlage gerührt, in den nächsten Hausflur geschafft werden, eine verlassene Geliebte vom vierten Stock auf das Pflaster springen, – muß mindestens ein Trambahnwagen entgleisen oder eine Kuh das Bein brechen, damit euer Spaziergänger-Interesse wachgerüttelt werde? Geht, geht! Das ist ein roher und niedriger Geschmack«; Mann, Frankfurter Ausgabe (Anm. 10), Bd. 4.2: Königliche Hoheit. Kommentar, hg. von Heinrich Detering, Frankfurt am Main 2004, S. 528.

25 Mann, Doktor Faustus (Anm. 10), S. 11.

26 Die Zählweise ist nicht ganz unproblematisch. Der *Doktor Faustus* hat 47 Kapitel, erst wenn man – wie dies in der Forschungsliteratur vielfach, allerdings nicht unwidersprochen geschehen ist – die im zentralen 34. Kapitel stehenden drei Abschnitte eigenwertig zählt, kommt man auf 49 Erzähleinheiten; vgl. hierzu Rainer Baasner: Die zum Geheimnis erhobene Berechnung. Zahlensymbolik in Thomas Manns *Doktor Faustus*, in: Archiv für das Studium der neueren Sprachen und Literaturen 223, 1986, S. 26-44.

die Sieben wiederum an mehreren Stellen, gegenüber den *Mutmassungen über Jakob* allerdings weniger oft und in weniger aufdringlicher Form. Mittlerweile vertraut ist das Erscheinen der Sieben bei Altersangaben. Karin ist »achtundzwanzig Jahre alt« (DBA, 28), Karsch ist »sechs oder sieben Jahre älter als sie« (DBA, 34). Dieses Zeitmaß von sieben Jahren prägt auch Achims persönliche Beziehungen. Karin verlässt Achim, nachdem dieser ihr »sieben Jahre« (DBA, 292) verschweigen konnte, dass er gemeinsam mit Arbeitern am 17. Juni 1953 demonstriert hat. Von Achims »Meister« (DBA, 227) heißt es: »Inzwischen waren sie sieben Jahre zusammen und Achim gab seine Maschinen an keinen anderen Mechaniker als ihn« (DBA, 228). Versteht man die Sieben als Aufforderung, das Verhältnis der beiden etwas genauer zu betrachten, kann man Erstaunliches entdecken. Norbert Mecklenburg deutet die Zusammenarbeit zwischen Lehrling Achim und seinem wortkargen Meister als eine »Allegorie des Lesens«,[27] in der dem Leser die Rolle von Achim zugewiesen wird. Für unseren Zusammenhang ist bedeutsam, dass in dieser Allegorie auch eine intertextuelle Unterschichtung des Romans thematisiert wird: »Die Wortkargheit schien ihm [Achim, U.N.] hinterhältig, weil sie unzweifelhaft unterkellert schien mit Verschwiegenem, auf das er sich nicht einlassen mochte« (DBA, 254). In Thomas Manns Romanen finden sich ähnliche Allegorien, mit denen auf Eigentümlichkeiten der ästhetischen Struktur hingewiesen wird. Man denke an Hofrat Behrens, der sich als Amateurmaler versucht und in der Erklärung seiner Malweise auf die verschiedenen Schichten aufmerksam macht, die »Dessous«,[28] die unterhalb der Oberfläche existieren und mitsprechen. Viel deutlicher erfolgt die Markierung von Intertextualität, wenn Thomas Mann Figuren auftreten lässt, die eine Vorliebe für das Zitieren pflegen. Der gelehrte Settembrini etwa spricht gern »in Form mythologischer Anspielungen, zu deren Verständnis abendländische Bildung gehörte«.[29] Auch von Adrian Leverkühn ist zu vernehmen, dass er »für das Zitat, die erinnernde wörtliche Anspielung auf irgendetwas und irgendjemanden einen ausgesprochenen Geschmack hatte«.[30] Eine Wahlverwandte von Adrian Leverkühn, um wieder auf den *Achim*-Roman zurückzukommen, ist die Schauspielerin Karin: »Sie hatte Spaß an Gesten oder Redensarten, mit denen sie Personen aus der vergangenen Zeit ihres Lebens zurückholen konnte« (DBA, 36f.). Für den Nicht-

27 Norbert Mecklenburg: Die Erzählkunst Uwe Johnsons. *Jahrestage* und andere Prosa, Frankfurt am Main 1997, S. 12.

28 Mann, Frankfurter Ausgabe (Anm. 10), Bd. 5.1: Der Zauberberg, hg. und textkritisch durchgesehen von Michael Neumann, Frankfurt am Main 2002, S. 392.

29 Ebd., S. 536.

30 Mann, Doktor Faustus (Anm. 10), S. 201.

Eingeweihten ergeben sich allerdings Verständnisschwierigkeiten, »da sie [...] nie bekannt machte wen sie zitierte« (DBA, 37).

## Trennung von Liebesleuten

> Es leidet keinen Zweifel, verehrtester Leser, – es fehlt hier ein ganzes Kapitel – und das Buch hat dadurch eine zehn Seiten große Lücke erhalten; – gleichwohl ist der Buchbinder weder ein Esel noch ein Spitzbube.
>
> Laurence Sterne, *Tristram Shandy*

Im März 1967 schreibt Hannah Arendt an Gertrud und Karl Jaspers, dass sie sich in New York mit Uwe Johnson befreundet habe. Bei der Gelegenheit spricht sie auch eine Lektüreempfehlung aus: »Wenn Ihr nicht arbeitet, lest doch mal die ›Zwei Ansichten‹, ein schönes Buch«.[31] Mit diesem Urteil steht Hannah Arendt recht allein. Nicht nur die feuilletonistische Kritik zeigte sich von den *Zwei Ansichten* enttäuscht, auch die Forschungsliteratur sparte nicht mit vernichtendem Tadel. Man habe es mit einem »nebensächlichen und schmucklos heruntergeschriebenen Werkchen«[32] zu tun, das den »Tiefpunkt seiner Schaffenskraft«[33] markiere. Ob die Schärfe dieser Urteile berechtigt ist, sei einmal dahingestellt, unbestreitbar ist, dass Johnson mit den *Zwei Ansichten* ein Werk geschaffen hat, das hinter der ästhetischen Komplexität der *Mutmassungen über Jakob* und des *Dritten Buchs über Achim* deutlich zurückbleibt. Das ist eine Feststellung, kein Vorwurf.

Und wie steht es mit der Sieben? Anders als in den vorangegangenen Romanen taucht die Sieben in *Zwei Ansichten* sehr spät auf, erst nach weit über hundert Seiten. Nachdem sich eine Kollegin illegal nach Westberlin abgesetzt hatte, wird die Krankenschwester D. auf einer Gewerkschaftsversammlung dazu genötigt, »als siebente«[34] das Bekenntnis abzugeben, sie habe für solch ein Verhalten keinerlei Verständnis. Im folgenden Kapitel, dem siebenten, ist der junge Herr B. in einer Westberliner Kneipe und erhält sein Bier nach der legendären Zapfzeit von »sieben Minuten«

31 Hannah Arendt an Gertrud und Karl Jaspers, 21.3.1967, in: Hannah Arendt / Karl Jaspers: Briefwechsel 1926-1969, hg. von Lotte Köhler und Hans Saner, München 1985, S. 703.

32 Jürgen Grambow: Heimat im Vergangenen, in: Sinn und Form 38, H. 1, 1986, S. 134-157, hier: S. 140.

33 Stefanie Golisch: Uwe Johnson zur Einführung, Hamburg 1994, S. 64.

34 Uwe Johnson: Zwei Ansichten, Frankfurt am Main 1965, S. 113.

(ZA, 136).[35] Das sind schon die beiden einzigen expliziten Nennungen der Siebenzahl. Daneben gibt es noch versteckte Erwähnungen. Die D. ist »einundzwanzig Jahre alt« (ZA, 13) und sie ist »Einssiebzig groß« (ZA, 172). Als sich D. und B. einmal voneinander trennen, sagt sie ihm ein paar Worte, die B. als einen »Abschied« oder gar als »Freigabe« deutet. Den Wortlaut erfährt der Leser nicht, dafür wird aber genau gezählt: Es sind »vierzehn Worte« (ZA, 31). Da die Sieben vornehmlich im Zusammenhang mit der D. auftritt, ist sie zumindest leicht positiv konnotiert, weitergehende Bedeutungen, etwa im Sinne eines intertextuellen Verweises, sind nicht erkennbar. Die Ausbeute ist also etwas mager.

Johnson selbst hat die Thematik seines Romans in eine altehrwürdige Tradition eingeordnet. Die dargestellte »Trennung von Liebesleuten«[36] sei als moderne Variante von Shakespeares *Romeo und Julia* und Gottfried Kellers *Romeo und Julia auf dem Dorfe* zu verstehen. Inwieweit dieser Zusammenhang in Gestalt von Zitaten und Anspielungen tatsächlich aufgerufen wird, konnte bislang nicht nachgewiesen werden, sieht man einmal von motivischen Parallelen ab, die sich durch den Stoff von selbst ergeben. In den *Begleitumständen* nennt Johnson noch einen weiteren Referenztext, auf den der Leser der *Zwei Ansichten* sicher nicht von allein gekommen wäre: Stendhals Abhandlung *Über die Liebe*, in der die Entstehung der Liebe als ein Prozess der »Kristallisation«[37] beschrieben wird. Aus den Arbeitsmaterialien zu den *Zwei Ansichten* geht hervor, dass Johnson zumindest phasenweise vorhatte, diesen Intertext direkt zu benennen. In einer Notiz aus dem Jahr 1964 heißt es über B.: »Man gab ihm Stendhal zu lesen. Statt zu ernüchtern, ergab er sich der Unausweichlichkeit dieses Prozesses«.[38] Der Verzicht auf diesen Verweis mag dadurch erklärbar sein, dass es wenig wahrscheinlich ist, wenn der oberflächliche B. außer zu Sport- und Autozeitschriften auch einmal zu anspruchsvoller Literatur greifen sollte. Es bleibt also dabei: Eine so dichte intertextuelle Unterschichtung, wie man sie von anderen Romanen kennt, ist in *Zwei Ansichten* nicht aufzufinden.[39] Von einem Lob muss das nicht abhalten.

35 Auch in der Erzählung *Eine Kneipe geht verloren*, die im Umfeld der *Zwei Ansichten* entstanden ist, kann man erfahren, dass in der titelgebenden Kneipe »der halbe Liter Bier sieben Minuten lang geschenkt wurde und kühl ankam«; Uwe Johnson: Eine Kneipe geht verloren, in: ders., Berliner Sachen. Aufsätze, Frankfurt am Main 1975, S. 64-94, hier: S. 67.

36 Uwe Johnson: Auskünfte und Abreden zu *Zwei Ansichten*. (Auf Fragen von Mike S. Schoelman), in: Fahlke (Hg.), »Ich überlege mir die Geschichte …« (Anm. 17), S. 86-89, hier: S. 86.

37 Stendhal zitiert nach Uwe Johnson: Begleitumstände. Frankfurter Vorlesungen, Frankfurt am Main 1980, S. 323.

38 Uwe Johnson: [Ohne Titel], Notiz, 30.8.1964, in: UJA Rostock, UJA/H/001636, Bl. 7.

39 Für Uwe Johnson war das Zitieren so sehr Gewohnheit und geistige Lebensform, dass

Heinrich Böll sieht die *Zwei Ansichten* ähnlich positiv wie Hannah Arendt und er prophezeit 1967 für Johnsons Werdegang den Beginn einer Phase »*nach* den geglückten Experimenten«.[40]

## Katzen, die zählen können

> Wißt ihr, liebe Leute, wie lange Gott gebraucht hat, um den Turm von Babel zu zerstören? Sieben Minuten. Wißt ihr, wie lange der Herrgott gebraucht hat, um Babylon und Ninive zu zerstören? Sieben Minuten. In einem einzigen Häuserblock von New York steckt mehr Gottlosigkeit als dazumal in einer Quadratmeile Ninive, und was glaubt ihr, wie lange Gott der Herr Zebaoth brauchen wird, um New York und Brooklyn und die Bronx zu zerstören? Sieben Sekunden. Sieben Sekunden …
>
> John Dos Passos, *Manhattan Transfer*

Niemand bringt Marie Cresspahl so zum Lachen wie D. E., ob durch seinen sprachlichen Witz, sein schauspielerisches Talent oder seine humorvollen Geschichten. Wenn D. E. seine Lügenmärchen zum Besten gibt, darf auch eine bestimmte Zahl nicht fehlen:

> Marie glaubt seine Geschichten voll rascher Kehrtwendungen, von jener Dame, die einen Polizisten vor der St. Patrick-Kathedrale mit ihrem Schuh über den Kopf schlug, von seinen Katzen, die zählen können, von Vizedirektoren seiner Firma, die auf dem siebenten Stockwerk Krieg gegen einander führen. Marie entwirft Kodes, seit er ihr Verschlüsselungssysteme beigebracht hat. (JT, 43)

Das Interesse für Geheimsprachen teilt Marie mit ihrer Mutter, die es wiederum der schulischen Lektüre von Edgar Allan Poe verdankt. In Johnsons Arbeitsnotizen findet sich bereits 1964 unter dem Namenskürzel »GC« der Eintrag: »Schullektüre The Golden Bug. Von da an war Schif-

es nicht überraschen würde, wenn sich nicht doch einige Zitate oder Zitatsplitter in den *Zwei Ansichten* fänden. Zu erwarten ist aber nur Punktuelles.

40 Heinrich Böll: »Kein Schreihals vom Dienst sein«. Interview mit Marcel Reich-Ranicki (Die Zeit) am 11.8.1967, in: ders., Interviews I: 1961-1978, hg. von Bernd Balzer, Köln 1978, S. 60-68, hier: S. 66; Kursivdruck im Original.

feversenken aus und Chiffrenschrift kam«.[41] In den *Jahrestagen* wird Poes Erzählung zweimal erwähnt, auffallenderweise aber gerade nicht im Zusammenhang mit der zu erwartenden »Chiffrenschrift«. Im Englischunterricht von Kliefoth haben Gesine und Pius eine Textpassage zu übersetzen, die das junge Paar sehr in Verlegenheit bringt, es geht um »jenen Brief aus E.A. Poe's ›Goldkäfer‹, der leider beginnt mit ›My Dear‹ und Wendungen enthält, wie sie auch für einen Liebesbrief passen« (JT, 1577f.). Gesine wird sich später mit Wehmut an diesen Unterricht erinnern, denn als Kliefoth von einem ideologisch verbohrten »Junglehrer« abgelöst wird, stellt sich umgehend heraus, wie es um den »Neuen Geist der Neuen Schule« steht: »Bei ihm wurde nicht ›Der goldene Käfer‹ von Edgar Allan Poe gelesen. Er nahm durch ›Ist der Krieg unvermeidlich?‹ von Jossif Stalin« (JT, 777f.). Wird Poes Erzählung aber tatsächlich nur erwähnt, um die genannten inhaltlichen Aspekte zu akzentuieren? Geht es wirklich nur um die Verlegenheit eines Liebespaares und um die Borniertheit eines Lehrers? Nichts als das? Es wäre nicht das erste Mal, dass Johnson etwas demonstrativ vorzeigt, um etwas anderes zu verbergen.

Man kann Poes Erzählung zunächst einmal für das nehmen, was sie ist: der Klassiker der Kryptografie. In diesem Sinne nimmt ja auch Gesine den *Goldkäfer* wahr, wenn ihre Reaktion auf den Text im Erstellen von Chiffrenschrift besteht. Rein psychologisch spricht sich in Gesines und Maries Geschmack an codierten Sprechweisen die altersgemäße Freude an Geheimniskrämerei aus, vergleichbar den ›geheimen Botschaften‹, die wohl jeder einmal in jungen Jahren mit ›unsichtbarer Tinte‹ erstellt hat. Jenseits des Psychologischen gibt es aber auch eine metanarrative Deutungsmöglichkeit, nach der die Wörter »Kode« und »Verschlüsselungssystem« als Signalwörter gelesen werden können, die die Aufforderung implizieren, entsprechende Entschlüsselungsarbeiten bei der Lektüre der *Jahrestage* zu leisten. Derlei Entschlüsselungen können vielerlei Werkaspekte betreffen, man denke an versteckte Bedeutungen, Symbole, Allegorien, Leitmotive, Zitate, Anspielungen – und eben auch an zahlensymbolische Konstellationen. Im *Goldkäfer*, und dies verdient besondere Beachtung, gelingt das Auffinden des Schatzes von Kapitän Kidd nur deshalb, weil der findige Schatzsucher auf einen Baum zu steigen hat, um von einem bestimmten Ast aus die Lage des Schatzes zu berechnen. Und man ahnt es schon, es ist der »siebente Ast«.[42]

41 Uwe Johnson: Erinnerungen von unterwegs, Notiz, 24.4.1964, in: UJA Rostock, UJA/H/001656, Bl. 34.

42 Edgar Allan Poe: Der Goldkäfer, in: ders., Gesammelte Werke in 5 Bänden, Bd. 3: Der schwarze Kater. Erzählungen, aus dem Amerikanischen übersetzt von Arno Schmidt, Hans Wollschläger und Kuno Schuhmann, Zürich 1994, S. 88-138, hier: S. 105.

In Poes *Goldkäfer* gibt es einen Satz, auf den es Johnson möglicherweise ganz besonders ankam. Der Protagonist, den man als Alter Ego von Poe verstehen darf, stellt in Zweifel, »ob menschlicher Scharfsinn überhaupt ein Rätsel der Art zu konstruieren vermag, welches nicht menschlicher Scharfsinn, bei rechter Hingebung, wieder lösen möchte«.[43] Das wird zwar nicht das Credo eines jeden Kryptografen sein, aber jeder wird sich zumindest einmal mit der Fragestellung auseinandergesetzt haben. Arno Schmidt, ein großer Bewunderer von Poe, war gerade von besagtem Satz sehr »beeindruckt«.[44] Und Arno Schmidt ist zweifelsohne jemand, der weiß, wovon er spricht: »*ver*-schlüsseln ist um 500 %, und fast unanständig, leichter, als das Wieder-*Ent*schlüsseln«.[45]

Eventuell wird der *Goldkäfer* auch genannt, weil Johnson sich Poe wahlverwandtschaftlich verbunden fühlt und auf strukturelle Ähnlichkeiten aufmerksam machen möchte.[46] Er wäre nicht der erste Schriftsteller, der so verfährt, und dabei ist gar nicht einmal an Arno Schmidt zu denken. In den *Buddenbrooks* ist es der Freund von Hanno Buddenbrook, der junge Kai Graf Mölln, der Edgar Allan Poe zutiefst bewundert und während des langweiligen Schulunterrichts heimlich *Der Untergang des Hauses Usher* liest.[47] Motivisch wird mit der Lektüre natürlich auf die Verfallsproblematik der *Buddenbrooks* angespielt, ebenso bedeutsam aber ist, dass der schriftstellerisch ambitionierte Schüler von Poe zu eigenen Schreibversuchen angeregt wird: »Kais Geschichten waren anfangs kurz

43 Ebd., S. 127.

44 Jan Philipp Reemtsma / Bernd Rauschenbach (Hg.): »Wu Hi?« Arno Schmidt in Görlitz, Lauban, Greiffenberg, Zürich 1991, S. 158.

45 Arno Schmidt: Der Triton mit dem Sonnenschirm. Großbritannische Gemütsergetzungen, Karlsruhe 1969, S. 231; Kursivdruck im Original.

46 An dieser Stelle bietet es sich an, auf Klaus Modicks Roman *Der kretische Gast* zu verweisen. Der Protagonist schreibt an einer Examensarbeit über den *Goldkäfer*, den er vollmundig als »erzählende Antizipation struktureller Semiotik« interpretiert. In seinen Notaten heißt es: »Poes Prosa verschleiert, wo sie etwas zu enthüllen vorgibt, und sie enthüllt, wo sie sich verschleiert. Überall Mehrdeutigkeiten, ein Unterstrom von Bedeutungen, Verweisen, Anspielungen. Seine Behauptung, daß menschlicher Erfindungsgeist keine Geheimschrift austüfteln kann, die menschlicher Erfindungsgeist nicht auch aufzulösen vermöchte. Seine Texte als Suchbilder, als Schatzkarten. Seine Dechiffrierungsmanie. Im ›Goldkäfer‹ entsteht Identität, zumindest Verwandtschaft, zwischen dem Erfinder des Geheimcodes und seinem Entschlüsseler. Lösung des Kryptogramms nur wieder eine weitere verschlüsselte Botschaft. Labyrinth aus Bedeutungen, Vexierungen, Schichten, Deduktionen. Zwiebelschalen«; Klaus Modick: Der kretische Gast, München 2005, S. 50, 51f. – Welcher Teil des Gesagten lässt sich nicht auf die *Jahrestage* übertragen?

47 Mann, Frankfurter Ausgabe (Anm. 10), Bd. 1.1: Buddenbrooks. Verfall einer Familie, hg. und textkritisch durchgesehen von Eckhard Heftrich, Frankfurt am Main 2002, S. 789, 794.

und einfach, wurden dann aber kühner und komplizierter und gewannen an Interesse dadurch, daß sie nicht gänzlich in der Luft standen, sondern von der Wirklichkeit ausgingen und diese in ein seltsames und geheimnisvolles Licht rückten …«[48] Auch ohne die drei Punkte hätte man verstanden, von wem die Rede ist.

Der Name von Edgar Allan Poe ist noch mit einem Verfahren verbunden, das uns bei Uwe Johnson schon mehrfach begegnet ist, der Strategie des ›offenen Versteckens‹. In der Erzählung *Der entwendete Brief* stöbert Meisterdetektiv Auguste Dupin einen von der Polizei vergeblich gesuchten Brief auf, weil er eben nicht den Reflexen des Alltagsverstandes folgt und im Dunklen und Verborgenen sucht, sondern an der Oberfläche. Der Brief steckt für alle Augen sichtbar in einem Kartenhalter. Im Anschluss an Poe entwickelt Walter Benjamin eine *Kleine Versteck-Lehre*:

> Verstecken heißt: Spuren hinterlassen. Aber unsichtbare. Es ist die Kunst der leichten Hand. Rastelli konnte Sachen in der Luft verstecken. Je luftiger ein Versteck, desto geistreicher. Je freier es dem Blick nach allen Seiten preisgegeben, desto besser.
> Also beileibe nichts in Schubladen, Schränke, unter die Betten oder ins Klavier stecken.
> Fairneß am Ostermorgen: Alles so zu verstecken, daß es entdeckt werden kann, ohne daß irgendein Gegenstand vom Fleck bewegt werden muß.
> Es braucht darum nicht frei zu liegen: eine Falte in der Tischdecke, ein Bausch im Vorhang kann schon den Ort verraten, an dem man zu suchen hat.[49]

Uwe Johnson hat gleichfalls eine kleine Versteck-Lehre entworfen, deren zentraler Satz sich in einem hermetischen Text findet, den Johnson für Günter Eich geschrieben hat: »Das Versteck muss so beschaffen sein, dass die Suchenden blind werden im Findenwollen.«[50] In den *Jahrestagen* gibt es eine allegorische Miniatur, die diesen zunächst rätselhaften Leitsatz veranschaulicht. In einem Brief berichtet Marie davon, wie sie von D. E. an ihrem Geburtstag in den Riverside Park geführt wird:

48 Ebd., S. 572.

49 Walter Benjamin: Der enthüllte Osterhase oder Kleine Versteck-Lehre, in: ders., Gesammelte Schriften, unter Mitwirkung von Theodor W. Adorno und Gershom Scholem, hg. von Rolf Tiedemann und Hermann Schweppenhäuser, Bd. 4.1: Kleine Prosa. Baudelaire-Übertragungen, hg. von Tillman Rexroth, Frankfurt am Main 1991, S. 398-400, hier: S. 398f.

50 Uwe Johnson: Einatmen und hinterlegen, in: ders., Porträts und Erinnerungen, hg. von Eberhard Fahlke, Frankfurt am Main 1988, S. 58-61, hier: S. 58.

›Die Augen muß man offen halten‹, sagte D. E., und ich durfte gut denken, daß dies wieder einmal hinauslief auf getarnte Erziehung. Richtig, von der kleinen Weißbuche am Abhang der Stützmauer, gegenüber der 98. Straße, mußte ich noch lernen, daß die benutzt wurde für die Baumwände in den Gärten von Versailles. (JT, 1592)

Wer sich darüber Gedanken macht, was es mit der Erwähnung von Versailles auf sich hat, wird in der Tat blind im Findenwollen. Man muss die Blickrichtung ändern, im übertragenen Sinn, aber auch ganz konkret:

Wer nun die Augen offen hat, sieht neben dem Stamm ein Päckchen liegen, in Buntpapier mit Schleifen, das hätte der anständigste Mensch geklaut, so appetitlich sah das aus. Gib es auf. Wir werden ewig im Dustern tappen, wie er das dahin geschmuggelt hat. (JT, 1592)

Um Marie in die Irre zu führen, macht sich D. E. etwas zunutze, was Walter Benjamin eines der »Urprinzipien [...] aller Verstecke-Kunst« nennt: »Bekanntlich fassen die Leute zuerst ins Auge, was ihnen in Blickhöhe gegenüber ist; dann schauen sie nach oben, erst ganz zuletzt kümmern sie sich um das, was zu ihren Füßen liegt«.[51] Welch hohen poetologischen Gehalt der Brief von Marie aufweist, kann man jenem Satz entnehmen, der für Johnsons gesamtes Werk Gültigkeit hat: »Er zeigt einem wohl was zum Denken, aber dann sollst du es selber tun« (JT, 1592). Für unsere Zwecke ließe sich das Wort ›Denken‹ auch durch ›Zählen‹ ersetzen. In den *Begleitumständen* wird Walter Benjamin übrigens an sieben Stellen erwähnt.[52] Das geschieht in einem Werk, das so genau durchkalkuliert ist, dass Johnson »dem Training zuliebe« (BU, 453) einen Preis für denjenigen aussetzt, der herausfindet, welches Adverb er in seinen Poetikvorlesungen konsequent ausgespart hat. Wer nunmehr mit dem Kopf schüttelt, möge bedenken, dass er dabei sieben Halswirbel bewegt.

Ob man bei Uwe Johnson besser von ›Zahlensymbolik‹, ›Zahlenmystik‹ oder ›Zahlenmagie‹ sprechen sollte, ist eine terminologische Frage, die ebenso haarspalterisch wie unergiebig ist. Sein Verhältnis zu Zahlen hat Johnson nirgends erläutert, nicht in poetologischen Kommentaren oder Briefen (soweit sie bekannt sind) und erst recht nicht in seinen Werken.

51 Benjamin, Kleine Versteck-Lehre (Anm. 49), S. 399.

52 Vgl. BU, 69f., 72, 74, 87, 88, 121, 140. Über die Zählweise lässt sich streiten. Zumindest bin ich nicht der Einzige, der auf die Zahl Sieben gekommen ist; vgl. Helmut Kaffenberger: Die Katze Erinnerung und der Tigersprung ins Vergangene. Uwe Johnson und Walter Benjamin, in: Text + Kritik. Uwe Johnson, H. 65/66, 2. Aufl., Neufass., München 2001, S. 104-118, hier: S. 105.

Gelegentlich stößt man auf erfundene Zahlenkombinationen, denen schon eine gewisse Verspieltheit eigen ist, die aber gerade dadurch Johnsons Vorliebe für solche Quersummen verraten, welche sieben ergeben bzw. durch sieben teilbar sind. Hierzu zwei Beispiele. In einem der von Johnson so geliebten Fiktionsspiele, einem *Spiegel*-Interview mit Marie Cresspahl, ist zu erfahren, dass Jerichow im Jahre von Heinrich Cresspahls Tod »2221 Einwohner«[53] hat. Gerade weil die Zahl so schön rund ist und mit der Nähe zur ›Schnapszahl‹ kokettiert, entlarvt sie sich selbst als unglaubwürdiges Konstrukt, dessen wahre Bestimmung letztlich in der Quersumme liegt. Das andere Beispiel steht am Ende des zweiten Bandes der *Jahrestage*, in dem Anhang, der den Titel trägt *Mit den Augen Cresspahls*. Die ersten Zeilen lauten: »Auskünfte, gegeben unter den Umständen des Jahres 1949, auf die Fragen einer Sechzehnjährigen. Er war 61 Jahre alt« (JT, I). Man hat hier gleich ein mehrfaches Zahlenspiel: Er ist 61, sie ist 16; in beiden Fällen lautet die Quersumme sieben – und das Ganze im geschichtsträchtigen Jahr 49 (7 × 7). Vielleicht tut man Johnson sogar Unrecht, wenn man leichtfertig von einem ›Spiel‹ mit Zahlen spricht, denn um bei der genannten Konstellation anzukommen, bedarf es einer sehr ausgeklügelten Kalkulation, die nur um den Preis eines enormen Aufwandes zu haben ist. Möglicherweise will Johnson auch genau das zu Beginn des Anhangs ausstellen.

Eine Studie zu Johnsons Umgang mit Zahlen kann sicherlich als Desiderat der Forschung gelten, es müsste ja nicht gleich eine Doktorarbeit sein. Wer sich an eine solche Studie herantraut, hat angesichts der Unmenge an Zahlen, die durch das Universum der *Jahrestage* schwirren, »ein klotziges Stück Arbeit«[54] vor sich, wie Hofrat Behrens sagen würde. Zu klären wäre zuvörderst, welche Zahlen neben der Sieben noch bedeutsam sind.[55] Die Siebzehn wäre nach meinem Dafürhalten eine Kandidatin. Auch die Drei sollte man einmal unter die Lupe nehmen, denn Gesines Geburtsdatum, der 3.3.1933, wirkt nicht so, als sei es ausgewürfelt worden. Auf jeden Fall darf man sich von einer entsprechenden Untersuchung manch eine Überraschung versprechen und, hoffentlich, auch manch einen Einblick in Johnsons Kompositionsgeheimnisse. Hervorzuheben ist an dieser Stelle die beeindruckende Arbeit von Thomas Schmidt, der sich mit einer be-

53 Uwe Johnson: Interview mit Marie H. Cresspahl. 2.-3. Januar 1972, in: Michael Bengel (Hg.): Johnsons ›Jahrestage‹, Frankfurt am Main 1985, S. 73-88, hier: S. 76.

54 Mann, Zauberberg (Anm. 28), S. 390.

55 »Zahlen sind ein vielseitig eingesetztes Phänomen der *Jahrestage*«, befindet Beatrice Schulz und weist auf die Bedeutung der Zwölf hin; Beatrice Schulz: Lektüren von Jahrestagen. Studien zu einer Poetik der »Jahrestage« von Uwe Johnson, Tübingen 1995, S. 89; Kursivdruck im Original.

sonderen Gruppe von Zahlen beschäftigt hat, mit Kalenderdaten.[56] An den *Jahrestagen* weist Schmidt nach, wie Johnson mit der Kulturtechnik ›Jahrestag‹ operiert und über den (jüdischen) Kalender teils sehr kryptische Bedeutungen generiert.[57] Ein ganz markanter Jahrestag ist wieder der 7. Oktober, der ostdeutsche Staatsfeiertag, an dem Dieter Lockenvitz 1951 Listen mit Opfern der stalinistischen Justiz verschickt (vgl. JT, 1789f.). In demselben Tageseintrag, dem 12. August 1968, wird daran erinnert, dass »morgen vor sieben Jahren« (JT, 1789) die Mauer gebaut wurde.

Wer sich auf zahlensymbolische Strukturen bei Uwe Johnson einlässt, begibt sich auf sehr schwankenden Boden – und das könnte bei dieser Thematik auch gar nicht anders sein. »Mit den Zahlen kann man machen, was man will«,[58] warnt ein skeptischer Rechenkünstler in Umberto Ecos Roman *Das Foucaultsche Pendel*. In dem Roman serviert Eco manch ein »Schlemmermahl an Zahlenmystik«,[59] um effektvoll aufzuzeigen, wie leicht es kabbalistischer Willkür fällt, genau bei dem Ergebnis anzukommen, nach dem Ausschau gehalten wurde. Der kabbalistische Abweg ist freilich nur ein Extrem, das eine bestimmte Disposition des Interpreten zur Voraussetzung hat.[60] Auch der Durchschnittsleser kann sich leicht verrechnen. Autoren, die wie James Joyce oder Thomas Mann bewusst mit Zahlenspielen operieren, erziehen ihre Leser zu zahlensuchenden Wünschelrutengängern, die dann eben auch dort herumstöbern, wo es nichts

56 Vgl. Thomas Schmidt: Der Kalender und die Folgen. Uwe Johnsons Roman »Jahrestage«. Ein Beitrag zum Problem des kollektiven Gedächtnisses, Göttingen 2000.

57 In einem Überblick stellt Thomas Schmidt zur Diskussion, an welchen Kalendertagen möglicherweise bestimmter Jahrestage gedacht werde. Für das Datum vom 7.7.1968 nennt Schmidt das hundertjährige Jubiläum der Firma Buddenbrook. Das Firmenjubiläum findet in der Tat an einem 7.7. statt; dass es allerdings in dem entsprechenden Tageskapitel aufgerufen wird, vermag ich nicht zu erkennen, leider. Es wäre auch zu schön gewesen; vgl. Thomas Schmidt: Uwe Johnsons Jahrestage. Ein synoptisches Kalendarium, in: Johnson-Jahrbuch 6, 1999, S. 208-276, hier: S. 266.

58 Umberto Eco: Das Foucaultsche Pendel, aus dem Italienischen übersetzt von Burkhart Kroeber, München 1989, S. 337.

59 Ebd., S. 165.

60 Wohin das führen kann, zeigt sich bei Thomas Brasch, der kommentarlos zitiert sei: »Ich habe eine Schwäche für Zahlenmystik, und in der Kabbala steht die ›4‹ – die vier Linien, die einen Raum umschließen – zum Beispiel für Gefängnis, Sarg oder Grab. Nicht zufällig ist Johnson kurz nach der Beendigung des vierten Bandes gestorben – eine Erschöpfung, die keine künstlerische Erschöpfung war, und er hätte deshalb den Abschluss des Buches auskosten können. Was ich damit meine: Der vierte Band ist entweder ein Selbstmordversuch oder es ist der Versuch, eine Tür aufzustoßen«; Thomas Wild: »Der vierte Band ist entweder ein Selbstmordversuch oder es ist der Versuch, eine Tür aufzustoßen.« Ein Gespräch mit Thomas Brasch über Uwe Johnson, in: Roland Berbig u.a. (Hg.): Uwe Johnson. Befreundungen. Gespräche, Dokumente, Essays, Berlin 2002, S. 516-520, hier: S. 520.

zu finden gibt. Nur um ein möglichst banales Beispiel aus den *Jahrestagen* zu geben: Von Gesine wird »geschätzt«, dass Mrs. Carpenter »Blusengröße 34« hat (JT, 1422). Liegt in der Quersumme eine wenn auch mikroskopische Ironie? Wann darf man Quersummen berechnen und wann nicht? Das Perfide ist, dass sich diese Fragen nicht zweifelsfrei beantworten lassen. Im Folgenden wird sich zeigen, wie unverzüglich man bei der Zahlensuche in ein Geflecht hermeneutischer Probleme gerät.

Von interpretatorischer Relevanz ist immer die Frage, wann die Sieben in Johnsons Romanen das erste Mal erscheint. In den *Jahrestagen* geschieht dies gleich im ersten datierten Tageskapitel, in Gestalt einer – und da haben wir es schon – Quersumme, welche allerdings recht auffällig ausgestellt wird. »Sie ist jetzt vierunddreißig Jahre« (JT, 12), sagt der Erzähler von Gesine. Ausdrücklich genannt wird die Sieben erst im fünften datierten Tageskapitel, dem 25. August 1967, als Gesine den für ihre Zeitungslektüre typischen ›body count‹ vornimmt: »Die amtlichen Toten der Amerikaner stehen heute auf der zwölften Seite, sieben Zeilen ohne Zusammenhang mit den Nachrichten darüber. ›Ein Mann aus Long Island unter den Toten‹ sagt die Überschrift. In der Meldung sind es dann achtundzwanzig« (JT, 24). Die Siebenzahl wird hier, möchte man meinen, aus schlichter Treue zum Faktischen zitiert (ebenso wie die 28, bei der ein Kabbalist allerdings mit der Zunge schnalzen würde). Die Meldung findet sich in Johnsons Sammlung mit Ausschnitten aus der *New York Times* und liest sich, behält man den Zeilenumbruch bei, wie folgt:

**L. I. Man Among War Dead**

WASHINGTON, Aug. 24
(UPI) – The Defense Department
identified today 28 U. S. mil-
itary personnel killed in combat
in Vietnam. Among them was
a Navy man, Lieut. (jg) Charles
D. Hom, Wantagh, N. Y.[61]

Die Meldung umfasst sechs Zeilen, erst wenn man die Orts- und Datumsangabe hinzurechnet, kommt man auf sieben. Auch ist die Meldung viel kürzer, als es die Angabe von »sieben Zeilen« erwarten lässt. Um das Inhumane der Berichterstattung zu demaskieren, wäre es im Grunde wir-

61 The New York Times: L. I. Man Among War Dead, 25.8.1967, in: UJA Rostock, UJA/H/650522, Bl. 3; Fettdruck und Versalien im Original.

kungsvoller gewesen, von ›zwei kurzen Sätzen‹ zu sprechen. Man kann daraus schließen, dass es Johnson auf die Sieben ganz besonders ankam. Dies lässt sich auch an anderen Beispielen zeigen. Das Tageskapitel vom 24. Oktober 1967 wird mit der Nachricht eröffnet, dass der Mafioso Albert Gallo verhaftet wurde, am vorhergehenden Morgen »um sieben« (JT, 214). Der Informationswert der Nachricht hätte keinen Schaden genommen, wenn Johnson die Uhrzeit weggelassen hätte. Treue zum Faktischen? Oder anders gefragt: Hätte uns Johnson die Uhrzeit auch mitgeteilt, wenn der Mafioso eine Stunde später verhaftet worden wäre? Ein weiteres Beispiel, diesmal aus der Vergangenheitshandlung: Von Richmond aus begibt sich Heinrich Cresspahl in den Norden von London, um Mrs. Trowbridge aufzusuchen. Als soziografisch genau arbeitender Realist wird Johnson für Mrs. Trowbridge eine Adresse wählen, die ihren sozialen und finanziellen Verhältnissen entspricht. Es scheint aber noch ein anderes Kriterium zu geben. Sie wohnt in einer Seitenstraße der »Seven Sisters Road« (JT, 380). Wir haben es mit einer real existierenden Straße zu tun, schwingen bei dem Namen aber nicht doch gewisse Konnotationen mit? Das Bemerkenswerte besteht darin, dass es in den *Jahrestagen* offenbar auch Realien gibt, in diesem Falle Zahlen, die eben nicht nur als *facta bruta* für sich selbst stehen, sondern in ein Bedeutungsnetz eingesponnen sind, sie werden konnotativ aufgeladen und damit interpretationsbedürftig. Derlei Zahlen haben dann einen ganz anderen Status als all die Zahlenangaben, die sich beispielsweise in den Auflistungen von Lebensmittelpreisen (vgl. JT, 528f.) oder Lebenshaltungskosten (vgl. JT, 1239) finden.

Zur Charakterisierung der Gegenwartsebene der *Jahrestage* hat Uwe Johnson in den *Begleitumständen* ein paar Worte gefunden, die man sich auf der Zunge zergehen lassen muss. Es ist »das amerikanische Bewusstsein Gesine Cresspahls, konserviert in Ausschnitten aus der New York Times und etwa sieben Metern anderer Literatur« (BU, 426). Man darf wetten, dass es mehr als sieben Meter sind. Schauen wir uns das amerikanische Bewusstsein aber genauer an. Bekannt ist, dass Gesines Lektüre der *New York Times* selektiv erfolgt. Eines ihrer Selektionskriterien scheint eine bestimmte Zahl zu sein. In der Nachricht des Todes von Che Guevara werden »[s]ieben Schußwunden« (JT, 166) gezählt. An einem Tag ist von »sieben Einsätzen« (JT, 138) in Vietnam die Rede, an einem anderen von »sieben Bomberwellen« (JT, 201). Andere Siebenzahlen erscheinen in Nachrichten über die Kriminalität in New York. Einem Busfahrer wird bei einem Überfall eine Verletzung zugefügt, die mit »sieben Stichen« (JT, 121) genäht werden muss. Zum Entsetzen von Gesine kommen die »sieben Weiße[n]« (JT, 201), die des Mordes an drei Bürgerrechtlern für schuldig befunden wurden, mit heiler Haut davon. Härter verfahren wird mit einem amerikanischen Sergeant, der wegen vermeintlicher Spionage zu »sieben Jahren Zwangsarbeit« (JT, 459) verurteilt wird. Jenseits des Atlantiks sieht es nicht besser aus, vier Moskauer Dissidenten erhalten »wegen Schreibens ohne Erlaubnis« eine Gefängnisstrafe von »sieben Jahre[n]« (JT, 601). Auch aus der bundesrepublikanischen Gegenwart kommen schlechte Nachrichten: »Elf Länder hat der Bund von Westdeutschland, und in sieben von ihnen sind die Neuen Nazis bereits vertreten« (JT, 1091). Das mag genügen. »Es ist mir ein Zufall zuviel« (JT, 833), ließe sich mit Marie erwidern. Um aber kein Missverständnis aufkommen zu lassen: Ich plädiere nicht dafür, Johnson als Esoteriker zu vereinnahmen, habe aber doch den Verdacht, dass sich Gesine und ihr Schöpfer bei der Lektüre der *New York Times* eine Siebenzahl nur ungern entgehen lassen. Wenn dem so ist, wie müsste man Johnsons Realismus eigentlich bezeichnen? Vielleicht wäre das Beiwort ›magisch‹ nicht schlecht.

Der Wille zur Sieben ist besser erkennbar, wenn Johnson auf der Vergangenheitsebene Jahreszahlen so arrangiert, dass er bei Quersummen angelangt, die die Sieben enthalten. In der Historie von Jerichow steht die Sieben sogar ganz am Anfang, verschafft Johnson dem fiktiven Ort doch ein »Stadtrecht von 1240« (JT, 31). Das gleichfalls fiktive Gneez erlebt seinen schwarzen Tag, als der Dom abbrennt (vgl. JT, 1435), was sich im Jahre 1659 ereignet (Quersumme 21). Aber auch Realgeschichte kann durch eine geeignete Wortwahl in ein merkwürdiges Licht geraten. Als die Nationalsozialisten 1942 den *Lübecker Generalanzeiger* übernehmen, erhält er den Namen *Lübecker Zeitung* und erscheint fortan täglich, Pardon, »siebenmal in der Woche« (JT, 870). Nach Kriegsende steht es um die Versorgungssituation in Jerichow sehr schlecht: »Milch war knapp in der Stadt, weil die einheimischen Kühe wie die aus Trecks requirierten auf sieben Gütern zusammengetrieben waren, die lieferten an die Rote Armee« (JT, 1103). Auch bei sechs oder acht Gütern hätte man die Situation dramatisch gefunden. Auf das Stichwort »Schule 1947« folgt die Angabe, dass das Bild von Stalin in den Räumen »der siebten Klasse« aufgehängt wurde (JT, 1331). In den anderen Klassen nicht? Zu Weihnachten 1949 wird von den Schülern der Fritz-Reuter-Oberschule etwas aufgeführt, was dem Namen der Schule alle Ehre macht. Auf der Bühne szenisch umgesetzt wird »die Beschreibung des Weihnachtsfestes im siebenten Kapitel von Fritz Reuters ›Ut mine Stromtid‹« (JT, 1632). Mittlerweile kann es nicht mehr verwundern, dass sich Uwe Johnson nicht scheut, »sieben eine gerade Zahl sein zu lassen« (JT, 214).

Kehren wir zur New Yorker Gegenwart zurück. Die auffälligste Siebenzahl in den *Jahrestagen* stellen die sieben Jahre dar, die Gesine in New York verbringt. Die Erwähnung dieser sieben Jahre zieht sich nach dem

Muster »sieben Jahre sind wir hier« (JT, 1087) durch die vier Bände der *Jahrestage* und erfolgt so oft, dass allein schon in dieser Wiederholung ein Leitmotiv zu erkennen ist.[62] Natürlich muss man an die sieben Jahre denken, die Hans Castorp auf dem Zauberberg aushält. Dass eine Verbindung zwischen den *Jahrestagen* und dem *Zauberberg* keine assoziativ-zufällige ist, lässt sich vom Ende der beiden Romane her plausibel machen. Der *Zauberberg* mündet in den Ausbruch des Ersten Weltkriegs, das letzte Kapitel trägt den Titel *Der Donnerschlag*. Die *Jahrestage* enden am Tag vor dem Einmarsch der Roten Armee in Prag, einem »welt- und personengeschichtlichen Donnerschlag« (BU, 448). Hans Mayer versteht die *Jahrestage* als »Gegenentwurf« zum *Zauberberg*, dem »bürgerliche[n] Sanatorium« werde ein »plebejischer deutscher Kosmos« gegenübergestellt.[63] Welche Verbindungslinien zwischen beiden Romanen verlaufen, wäre einmal gesondert zu untersuchen.[64] Die Bezüge zu Thomas Mann sind sehr vielgestaltig und können auch durchaus sarkastisch werden, wie sich dem Tageseintrag vom 29. Juli 1968 entnehmen lässt, dem »Monday dirty Monday«, an dem bei den Cresspahls eingebrochen wird: »Denn nach sieben Jahren Anwesenheit hier, wir waren dran« (JT, 1663f.). Man gehöre nunmehr zum statistischen Durchschnitt und sei der »Wonnen der Gewöhnlichkeit« (JT, 1664) teilhaftig, heißt es in Anspielung auf den *Tonio Kröger*.[65] Nach der Lektüre der *Jahrestage* fragt man sich natürlich, wie es mit Gesine nach dem Prag-Abenteuer weitergeht. Einen minimalen Aufschluss bietet ein Dialogfragment aus Johnsons Arbeitsnotizen. Der Genosse Schriftsteller fragt Gesine, ob sie damit zufrieden sei, »dass das Buch gerade jenes Jahr nahm und nicht eines der folgenden?« Die Antwort lautet: »Das ist sie zufrieden. Das bin ich zufrieden.«[66] Zu dem Gespräch kommt es im siebenten Monat des Jahres 1975, sieben Jahre nach dem Weggang aus New York.

62 Vgl. hierzu JT, 28, 220, 573, 779, 1087, 1128, 1188, 1281, 1302, 1487, 1664.

63 Hans Mayer: Die unerwünschte Literatur. Deutsche Schriftsteller und Bücher 1968-1985, Frankfurt am Main 1992, S. 74.

64 An anderer Stelle habe ich ausführlich die intertextuelle Verbindung zwischen Hofrat Behrens und Dr. Berling analysiert; die beiden Ärzte haben weit mehr als nur die sieben Buchstaben in ihrem Namen gemeinsam; vgl. Uwe Neumann: Bei Thomas Mann zu Besuch, in: Johnson-Jahrbuch 13, 2006, S. 33-81, bes. S. 57-68.

65 Vgl. Thomas Mann: Tonio Kröger, in: Mann, Frankfurter Ausgabe (Anm. 10), Bd. 2.1: Frühe Erzählungen, hg. und textkritisch durchgesehen von Terence J. Reed, Frankfurt am Main 2004, S. 243-318, hier: S. 278.

66 Zitiert nach Norbert Mecklenburg: Zur gemeinsamen Entstehung von *Heute Neunzig Jahr* und *Jahrestage*. Eine philologische Studie, in: Uwe Johnson: Heute Neunzig Jahr, aus dem Nachlaß hg. von Norbert Mecklenburg, Frankfurt am Main 1996, S. 147-193, hier: S. 149.

Der semantische Überschuss, der den »sieben Jahren« auf der Gegenwartsebene eigen ist, wird auf der Vergangenheitsebene noch einmal konterkariert und so erweitert, dass die Zeit-Formel »sieben Jahre« zu einer vieldeutig schillernden, letztlich unauflösbaren Chiffre wird. Nicht anders als seine Tochter verbringt auch Heinrich Cresspahl sieben Jahre im Ausland, in Richmond. Die Liebesbeziehung zwischen Heinrich und Lisbeth beginnt 1931 (Quersumme 14), sieben Jahre später endet sie mit dem Freitod von Lisbeth. Auch auf die Bibel wird wieder angespielt: »Und die Lisette, die hat gewartet ihre sieben Jahr« (JT, 1721). Im Herbst 1942 heißt es: »Tabak-Böhnhase wurde aus Jerichow abgeholt, weil er Rauchwaren gegen Naturalien verkauft hatte. Sieben Jahre Gefängnis« (JT, 909). Ein noch härteres Schicksal erleidet ein anderer: *»Brüshaver war sieben Jahre lang in den Lagern«* (JT, 1403; Kursivdruck im Original). All diese »sieben Jahre« wird Johnson sehr genau und sehr bewusst abgezählt haben. Während in anderen Kontexten »sieben Jahre« als biblische Jahre oder gar als Märchenjahre erscheinen, wirkt die Bezugnahme auf die Realität nationalsozialistischer Gefängnisse und Konzentrationslager wie eine schockartige Ernüchterung. Eine solche Wirkung geht auch von der schlimmsten aller Siebenzahlen aus. Mrs. Ferwalter berichtet Gesine von ihrer Leidenszeit in Auschwitz: »In unserer Ecke arbeiteten sieben Krematorien« (JT, 1787).

In den *Jahrestagen* ist die Sieben Teil eines sehr komplexen Bedeutungs- und Beziehungssystems. Einige Kontexte bilden thematisch einen eigenen Bereich und lassen sich isolieren, zum Beispiel die erwähnten biblischen Anspielungen.[67] Letztlich begegnet die Sieben aber in so vielen Zusammenhängen und auf so vielen Ebenen, dass es müßig erscheint, eine Kategorisierung durchführen zu wollen.[68] Man möge auch bedenken, dass

67 In seiner Predigt zu Lisbeths Beerdigung zitiert Brüshaver die Einleitung zum Schalksknechtsgleichnis: »Und sieben mal sieben Male sollst du vergeben« (JT, 760). Als Gesine über die Bedeutung des Filmtitels *The Fifth Horseman is Fear* Aufschluss sucht, wird von den Stimmen der Toten auf die Johannes-Apokalypse verwiesen: *»Es ist bloß die Apokalypse! Das Buch mit den sieben Siegeln!«* (JT, 1179; Kursivdruck im Original) Andernorts angeführt wird »das biblische, das magische Alter von siebzig Jahren« (JT, 1631). Dies nur sporadisch, auch hier müsste wieder eine eigenständige Betrachtung erfolgen.

68 Im Folgenden seien ungeordnet ein paar Beispiele angeführt, die diese Komplexität andeuten sollen. Von Jakobs Mutter erfährt man, dass sie das »siebte Kind« (JT, 1193) eines Bauern ist. Der Geburtstag von Marie Cresspahl wird auf den 21.7.1957 gelegt. »Phonopost« erhält Marie erstmalig im November 1967: »Du hast es Dir gewünscht vor sieben Wochen« (JT, 385). Die soziale Marie hilft ihrer Freundin Francine bei den Hausaufgaben, kommt aber nicht so recht voran: »Die siebente Woche schon seh ich ihr die Hefte durch« (JT, 219). D.E., Jahrgang 1928, hat einen Alkoholkonsum von »siebzig Dollar im Monat« (JT, 341). Für sich und die Cresspahls hat D.E. am Riverside Drive eine Wohnung im »vierzehnte[n] Stock« (JT, 1593) ausgesucht. Besonders herausgestellt wird der Tag, an dem Gesine erfährt,

bislang im Wesentlichen nur von expliziten Nennungen die Rede war, inwieweit die Sieben in der Substruktur eine Rolle spielt, ist noch vollkommen offen. Erschwerend kommt hinzu, dass der Versteckspieler Johnson falsche Fährten legt, Spuren verwischt und dem Leser manche Falle stellt. Wenn er einmal von »Trick Sieben« (JT, 1729) spricht, ist das vielleicht doch mehr als nur eine Redensart. Wahrscheinlich wird man seine Zahlenspiele ohnehin nur zu Teilen ausleuchten können, was in gewisser Weise bekannt anmutet. An dem Hexeneinmaleins aus dem *Faust* wird bis in die Gegenwart gerätselt.

»In dem Buch darf ich lachen«, lässt Johnson einmal Gesine über die *Jahrestage* sagen, »wenn zwei fremde Sachen unverhofft doch erkannt werden unter einem Hut«.[69] Das Spiel mit der Sieben dient unter anderem dazu, genau solche humoristischen Effekte zu erzeugen, wenn es darin natürlich auch nicht aufgeht, wie wir an vielen negativen Bedeutungsvarianten gesehen haben. Norbert Mecklenburg hat in seiner Analyse von Humoraspekten in den *Jahrestagen* treffend von einem »strukturale[n] Humor« gesprochen, der sich manifestiert im »Erfinden immer neuer Formen des Versteckens und Wiederaufnehmens, des Verknüpfens und Kontrastierens, des Zusammenbringens und Auseinanderhaltens«.[70] Das exzessive Spiel mit der Siebenzahl genügt aber sicherlich auch einem Selbstzweck, nicht anders als bei Thomas Mann. Im *Zauberberg* habe Thomas Mann die Sieben, so Reinhard Baumgart, unter anderem um eines »rein selbstzweckhaften Spielreizes«[71] willen eingesetzt. Dass Uwe Johnson bei der Entstehung der *Jahrestage* in ausgesprochener Spiel-Laune war, lässt sich an seinem 1970 veröffentlichten fiktiven Nachruf

dass D.E. verunglückt ist: »Mittwoch. Siebenter August.« (JT, 1748) Eine tiefe Zuneigung empfindet Gesine bekanntlich für ihren Englischlehrer Kliefoth: »Dem schreiben wir einen Brief Rechenschaft ein jedes Jahr, und sieben dazu, wenn's uns beliebt« (JT, 1825). Zuweilen hat Gesine ein sehr merkwürdiges Zeitempfinden: »Einen ganzen Tag leben und vergessen; vergeßlich einsetzen in der längst abgetanen Zeit, im Montagsgefühl der Angestellten vor sieben und sieben mal sieben und mal sieben Tagen« (JT, 914). Bei einem Lügendetektortest stellt sich heraus, dass Gesine »sieben Dollar« (JT, 1518) im Portemonnaie hat. Im Hause von De Rosny gibt es »sieben Gästezimmer« (JT, 1754). Blicken wir abschließend noch in die *Skizze eines Verunglückten*. Auf der ersten Seite ist zu lesen, dass Joe Hinterhand in seinem Lieblingsrestaurant von den Besitzern kein Platz freigehalten wird, obwohl seine Gewohnheiten doch vorhersehbar sind: »*Allabendlich kommt er um sieben, sie müßten es wissen*«; Uwe Johnson: Skizze eines Verunglückten, Frankfurt am Main 1982, S. 7; Kursivdruck im Original.

69 Uwe Johnson: Ein Brief an den Verleger, in: Bengel, Johnsons ›Jahrestage‹ (Anm. 53), S. 89-93, hier: S. 91.

70 Mecklenburg, Erzählkunst (Anm. 27), S. 118.

71 Reinhard Baumgart: Das Ironische und die Ironie in den Werken Thomas Manns, München 1974, S. 136.

ablesen, den Holger Helbig als »Prolog zu den *Jahrestagen*«[72] versteht. Von dem verstorbenen Autor, der vorgibt, keines seiner Bücher selbst geschrieben zu haben, existiert immerhin ein Testament: »Die Besonderheit des Testaments besteht darin, daß ihm etwa 700 maschinengeschriebene Manuskriptseiten angeheftet sind«.[73]

Und schließlich noch die Gretchenfrage: Wie hält es die Stadt New York mit der Sieben? Konnte Uwe Johnson in New York ›seine‹ Sieben wiederentdecken? Wie zu erwarten, kann der Big Apple mit Rostock und Lübeck allemal mithalten, schon allein durch die »sieben Millionen Einwohner« (JT, 518). Die Sieben ist sogar Bestandteil des Wahrzeichens von New York. Sobald Gesine und Marie bei ihren samstäglichen Fahrten auf der South Ferry an Liberty Island vorbeikommen, haben sie ihren Blick nur ein bisschen nach oben zu richten, um die siebenstrahlige Krone der Freiheitsstatue zu sehen. Bereits die Ankunft in New York am Kennedy Airport ist notgedrungen mit der Sieben verbunden. In seiner Büchner-Preisrede hält es Johnson für mitteilenswert, dass eine Taxifahrt vom Flughafen nach Manhattan »$7.00«[74] kostet. Einmal am Riverside Drive angekommen, lassen sich weitere Siebenzahlen ausmachen, von der Realität vorgegebene, aber auch von Johnson eingeschmuggelte. Johnsons eigene Adresse ist bekanntlich auch die von Gesine und Marie, Apartment 204, 243 Riverside Drive. Er selbst hatte 1966 monatlich 134 Dollar für die Miete aufzubringen,[75] die Cresspahls zahlen im Jahr 1961 etwas weniger, nämlich »124 Dollar« (JT, 26). Ist das eine Anpassung an einen früheren Mietspiegel oder zeigt die Differenz vielleicht doch den Wunsch, rechnerisch bei einer bestimmten Quersumme anzukommen? Gut zu merken ist, dass die Telefonnummern in der Gegend um den Riverside Drive alle mit der 7 beginnen (vgl. JT, 275, 282). Die Nummer der Cresspahls entspricht wiederum Johnsons eigener Nummer und lautet 7492857, was keiner Manipulation bedarf, denn die Quersumme (42) hätte man nicht besser erfinden können. Auch der von den Cresspahls so geschätzte Riverside Park birgt interessante Zahlenverhältnisse. Nachdem ein weiteres Mal in Erin-

72 Holger Helbig: Who am I now? Zur Inszenierung von Autorschaft in Uwe Johnsons *Dead Author's Identity In Doubt; Publishers Defiant*, in: Johnson-Jahrbuch 17, 2010, S. 33-47, hier: S. 46; Kursivdruck im Original.

73 Uwe Johnson: Identität des verstorbenen Autors zweifelhaft; Verleger verweigern Auskunft, aus dem Englischen übersetzt von Herbert Feuerstein, in: ders., Porträts (Anm. 50), S. 38-49, hier: S. 38.

74 Uwe Johnson: Rede anläßlich der Entgegennahme des Georg-Büchner-Preises 1971, in: Bengel, Johnsons ›Jahrestage‹ (Anm. 53), S. 53-72, hier: S. 55.

75 Vgl. »Die Katze Erinnerung«. Uwe Johnson – Eine Chronik in Briefen und Bildern, zusammengestellt von Eberhard Fahlke, Frankfurt am Main 1994, S. 182.

nerung gerufen wird, was selbst ein unaufmerksamer Leser nach mehr als tausend Seiten bestimmt nicht vergessen hat, nämlich dass die Cresspahls schon »sieben Jahre« in New York leben, ist zu vernehmen, dass die beiden »fast alle 106 Hektar« des Parks »abspaziert« sind (JT, 1188), eine stattliche Fläche, die vor allem wodurch frappiert? Fragen darf man sich auch, an welcher der folgenden historischen Informationen Johnson wohl besonders gelegen war: »Vor hundert Jahren gab es den Park nicht, da fuhr nur Cornelius Vanderbilt seine Eisenbahn am Ufer des Hudson entlang, sieben Fernzüge am Tag in beide Richtungen, dazu sieben Bummelzüge, die hielten auf jeder Station von der 30. Straße bis Poughkeepsie« (JT, 1188). Lassen wir es mit diesen Beispielen bewenden und zitieren wir noch einmal Umberto Eco: »Zusammenhänge gibt es immer, man muß sie nur finden wollen«.[76]

## Sieben Decks

> Selbst eine philosophische Abhandlung verstehen wir besser, wenn wir sie nicht *zur Gänze* auffressen in einem Zug, sondern uns nur ein Detail herauspicken, von welchem wir dann auf das Ganze kommen, wenn wir Glück haben.
>
> Thomas Bernhard, *Alte Meister*

Abschließend sei der Blick komparatistisch geöffnet und auf solche Schriftsteller gerichtet, deren Umgang mit der Sieben den Zahlenspielen von Uwe Johnson vergleichbar ist. Gemeint ist damit nicht die generelle Vorliebe für die Siebenzahl, die fände man auch bei Dan Brown oder Joanne K. Rowling. Gemeint ist der Einsatz der Sieben als Intertextualitätssignal, als Verweis auf Thomas Mann. Es zeigt sich dabei rasch, dass Johnson in einer illustren Traditionsreihe steht, die international besetzt ist und sehr weit zurückreicht. Nur fünf Jahre nach dem *Zauberberg* erscheint Vicki Baums *Menschen im Hotel* (1929), jener unglückselige Bestseller, der so viel besser ist als sein Ruf. Die Autorin ist eine glühende Verehrerin von Thomas Mann – »das große Idol, dessen Bücher mir über alles gingen, der Mensch, der meine Generation und auch mich gedanklich und stilistisch so tief beeinflußt hat«[77] –, und sie zeigt dies nicht nur mit den sieben Teilen des Romans, sondern gleich in der ersten Zeile, in

76 Eco, Foucaultsche Pendel (Anm. 58), S. 265.
77 Vicki Baum: Es war alles ganz anders. Erinnerungen, Köln 1987, S. 335.

der sie einen Portier aus »Telefonzelle 7«[78] herauseilen lässt. Machen wir einen Sprung um ein halbes Jahrhundert, zu Philip Roth und seinem Roman *Die Anatomiestunde* (1983). Der Schriftsteller Nathan Zuckerman liegt in einem Krankenhaus und lässt sich zum Zeitvertreib aus dem *Zauberberg* vorlesen. Da zu seinen Wehwehchen auch Haarausfall gehört, unterzieht er sich einer entsprechenden Schönheitsbehandlung, die den belesenen Literaten sofort erinnert »an Herrn von Aschenbach, der sich in Venedig beim Frisör die Haare färben und sich schminken ließ«.[79] In Thomas Manns *Tod in Venedig* lässt sich Gustav von Aschenbach nur mit »zweierlei Wasser«[80] behandeln, bei Roth gibt es als Zusatz noch eine »Lotion Nr. 7«.[81] Im Grunde ist das schon etwas zu dick aufgetragen. Die Sieben ist eben doch so stark mit Thomas Mann und dem *Zauberberg* verbunden, dass eine selbst auferlegte Zurückhaltung durchaus von Vorteil sein kann. Das muss sich auch Paweł Huelle gedacht haben, der es in seinem Roman *Castorp* (2004) unternimmt, die Danziger Studienjahre von Hans Castorp zu schildern, ein ästhetisches Wagnis, bei dem die Sieben auffallend sparsam eingesetzt wird – als Uhrzeit, als »Hörsaal Nummer 7« und als Schlüssel- bzw. Zimmernummer.[82] Die sieben Märchenjahre des *Zauberbergs* kehren in zwei sehr erfolgreichen deutschen Romanen wieder. Jean-Baptiste Grenouille, das Geruchsgenie aus Patrick Süskinds *Das Parfum* (1985), verbringt sieben zeit- und geschichtsenthobene Jahre auf einem abgeschiedenen Berg, bevor er wieder im Flachland sein Unwesen treibt.[83] Die letzten sieben Jahre der DDR macht Uwe Tellkamp zum Thema seines Romans *Der Turm* (2008). Wer das Vorbild des Untergangs- und Verfallsszenarios abgibt, ist gleich der »Ouvertüre« zu entnehmen, in der die »*zigarrenbraunen Thomas-Mann-Bände des Aufbau-Verlags*« zur Schau gestellt werden.[84] Zur Darstellung großer Gesellschaftspanoramen eignen sich Türme, Hotels, Sanatorien oder auch Kreuzfahrtschiffe. Hans Joachim Schädlich lässt *Kokoschkins Reise* (2010) an einem »7. September« beginnen und beordert den Protagonisten, kaum ist er an Bord,

78 Vicki Baum: Menschen im Hotel, Köln 2007, S. 5.

79 Philip Roth: Die Anatomiestunde, aus dem Amerikanischen übersetzt von Gertrud Baruch, Reinbek bei Hamburg 1989, S. 43.

80 Thomas Mann: Der Tod in Venedig, in: ders., Frühe Erzählungen (Anm. 65), S. 501-592, hier: S. 585.

81 Roth, Anatomiestunde (Anm. 79), S. 43.

82 Paweł Huelle: Castorp, aus dem Polnischen übersetzt von Renate Schmidgall, München 2005, S. 95, 102, 126, 128.

83 Vgl. Patrick Süskind: Das Parfum. Die Geschichte eines Mörders, Zürich 1994, S. 169f.

84 Uwe Tellkamp: Der Turm. Geschichte aus einem versunkenen Land, Frankfurt am Main 2008, S. 10; Kursivdruck im Original.

zwecks einer Rettungsübung »zu 17.00 Uhr auf Deck 7«.[85] Michael Ondaatje schildert in *Katzentisch* (2011) gleichfalls eine Ozeanüberquerung. Komprimiert auf zwei Seiten ist zu lesen, dass die Reise um »sieben Uhr« beginnt, »einundzwanzig Tage« dauert und auf einem luxuriösen Schiff stattfindet, das – fast möchte man sagen: erwartungsgemäß – »sieben Decks« aufweist.[86] Als ob diese Verweise nicht schon deutlich genug wären, erfährt man später von einer Passagierin: »Sie hatte immer eine Ausgabe des *Zauberbergs* bei sich, doch nie sah man sie darin lesen«.[87] Einen solchen Hinweis hätte man sich auch einmal von Uwe Johnson gewünscht, der es einem eben doch schwerer macht als alle anderen. Um ganz zum Anfang unserer Überlegungen zurückzukehren, sei schließlich noch Hans Pleschinskis Roman *Königsallee* (2013) angeführt, in dem Thomas Mann sogar persönlich auftritt. 1954 kommt der Zauberer mit seiner Frau nach Düsseldorf, um aus dem *Felix Krull* zu lesen. Ein solches Großereignis sorgt natürlich für viel Aufregung. Schon die Ankunft im Hotel verläuft turbulent: »Die Gehilfen des Portiers trugen Gepäck herein und stellten in einem Schub sechs, sieben Koffer vor der Rezeption ab«.[88]

85 Hans Joachim Schädlich: Kokoschkins Reise, Reinbek bei Hamburg 2012, S. 9, 13.

86 Michael Ondaatje: Katzentisch, aus dem Englischen übersetzt von Melanie Walz, München 2012, S. 12f.

87 Ebd., S. 191; Kursivdruck im Original.

88 Hans Pleschinski: Königsallee, München 2013, S. 76.

MATTHEW D. MILLER

# Uwe Johnson, Peter Weiss und die Möglichkeiten des modernen Epos

für Bernie, der Weichen stellte

Ernste Spiele treiben diejenigen Großentwürfe der deutschsprachigen Nachkriegsliteratur, die sich mitten im Kalten Krieg und nach den Katastrophen von Nationalsozialismus und Shoah die Neukonstitution literarischer Erzählung zur Aufgabe machen. Der Ausbau der Fähigkeit, Geschehenes und Gegenwärtiges einzuholen und zu verarbeiten, ist dabei wesentlich. Sowohl die literarische Nacherzählung und Nachbereitung von Vergangenheit als auch die Ermittlung und Vermittlung dessen, was ist oder möglich sein könnte, erfordern eine besondere Optik. Bei den Ausarbeitungen einer solchen Programmatik tun sich in *Die Ästhetik des Widerstands* von Peter Weiss und in *Jahrestage. Aus dem Leben von Gesine Cresspahl* von Uwe Johnson umfassende Spannbreiten epischer Zeitenlese auf, die gängige Grenzerfahrungen von Raum und Zeit sowie Leben und Tod weitgehend überbrücken. Das geschieht nicht etwa, um die Wirklichkeitsbezüge der Werke zu unterminieren, sondern um sie zu befördern. Als Beispiel dafür dürfte die eigenartige Form folgender Zwiesprache stehen, die für das Vorgehen der autodiegetischen Erzähler in beiden Werken kennzeichnend ist:

> So sehr war der Tod in ihr gegenwärtig gewesen […], daß eines jeden Tod einging in das eigne Todesgefühl, einen jeden, der ihr entrissen wurde, trug sie weiter in sich, und so mit Toten erfüllt, mußte ihr der eigne Tod als ein gemeinsamer Tod erscheinen, […] [nun] war es, als befände sie sich im Vorraum zum Jenseits, Zwiesprache haltend mit all diesen Seelen, die einmal gewandert waren mit ihr […].[1]

1 Peter Weiss: Die Ästhetik des Widerstands, Bde. 1-3, hier: Bd. 3, in: ders., Werke in sechs Bänden, hg. vom Suhrkamp Verlag in Zusammenarbeit mit Gunilla Palmstierna-Weiss, Bd. 3: Prosa 3, Frankfurt am Main 1991, S. 232. Im Folgenden zitiert im Text mit der Sigle ÄW sowie der Angabe des Bandes.

Die Stelle, die beinahe auf eine Gesine Cresspahl passen könnte, stammt aus einem Kapitel des dritten Bands der *Ästhetik des Widerstands*. Die Perspektive der 1941 nach Berlin eingeschleusten Charlotte Bischoff wird von Weiss dort einbezogen, um auf diejenigen Aspekte des antifaschistischen Widerstands einzugehen, die der in Stockholm verbliebene Haupterzähler des Werks selbst nicht bezeugen kann. Weiss beschrieb sein großes Erzählprojekt u.a. als einen Versuch, »das aufzuzeichnen, was ich früher nicht sah«.[2] Zur Erarbeitung so einer Aufzeichnung gehörte sowohl die historische Recherche zur Fundierung seiner Narration als auch deren fiktionale Überflügelung, die für Weiss in der freien Behandlung der Geschichte lag, so wie sie der Romanform eigen ist.[3]

Die Kombination aus historischer Wahrhaftigkeit und literarischer Fantasie ähnelt Johnsons Vorgehensweise in den *Jahrestagen*. Auch bei Gesines Versuchen, Gewesenes nachzubilden, tauchen Brüche zwischen geschichtlich Erfahrenem und (Nicht-)Gesehenem auf. Beispielsweise gesteht Gesine ihrer Tochter ein, dass ihre Geschichten durchaus der Gegenwart Elemente entnehmen für die Schilderung dessen, »was ich damals nicht habe sehen können«.[4] An der Problematik des Sehens arbeiten sich sowohl *Die Ästhetik des Widerstands* als auch die *Jahrestage* ab.[5] Die Pluralisierung von Erzählinstanzen in der Werkgestaltung dient dabei als erweiterndes Darstellungsmittel. Und wie man aus der Doppeldeutigkeit des Eingangszitats feststellen kann, teilen beide Werke auch das Gedenken an deutscher Katastrophengeschichte, welches ein Kraftfeld in beiden Erzählungen ausmacht.[6] In Bezug auf diese Gemeinsamkeit charak-

2 Peter Weiss: Die Notizbücher. 1971-1980, Bde. 1-2, Frankfurt am Main 1981, S. 50.

3 Vgl. ebd., S. 926.

4 Uwe Johnson: Jahrestage. Aus dem Leben von Gesine Cresspahl, Bde. 1-4, Frankfurt am Main 1970-1983, S. 672.

5 Einen Überblick zu dieser Problematik liefert für *Die Ästhetik des Widerstands* die Einleitung von Fredric Jameson in der englischen Übersetzung des ersten Bandes; vgl. Fredric Jameson: Foreword. A Monument to Radical Instincts, in: Peter Weiss: The Aesthetics of Resistance, Vol. 1, translated by Joachim Neugroschel, Durham 2005, S. vii-xlix, hier: S. xxvii-xxxii. Norbert Mecklenburg gibt diesen Überblick für Johnsons *Jahrestage*; vgl. Norbert Mecklenburg: Großstadtmontage und Provinzchronik. Die epische ›Aufhebung‹ des regionalen Romans in Uwe Johnsons »Jahrestage«, in: ders., Erzählte Provinz. Regionalismus und Moderne im Roman, Königstein i. Ts. 1982, S. 180-224, hier: S. 184f.

6 In Bezug auf die Schnittmengen der beiden Werke erfolgt in der Sekundärliteratur eine Reihe von Gegenüberstellungen. Zum »komplementären Verhältnis« der *Jahrestage* zu Weiss' *Ästhetik des Widerstands* vgl. Michael Hofmann: Das Gedächtnis des NS-Faschismus in Peter Weiss' *Ästhetik des Widerstands* und Uwe Johnsons *Jahrestage*, in: Peter Weiss-Jahrbuch 4, 1995, S. 54-77, hier: S. 63. Zum differenzierenden Vergleich der Werke vgl. Martin Rector: Wahrnehmung und Erinnerung in Peter Weiss' *Ästhetik des Widerstands*

terisiert Günter Holtz *Die Ästhetik des Widerstands* und *Jahrestage* als »Totenbücher«.[7] Er fasst das Gewicht von Geschichte in beiden Werken als einen Prozess »unerledigt fortdauernde[n] Leiden[s] und Handeln[s]« auf, der »den Nachgeborenen [...] überantworte[t]«[8] wird. Dabei beschreibt er, wie Weiss und Johnson der stummen Mahnung der Opfer und Zeugen der Geschichte Sprache verleihen. Beide Autoren haben »im wörtlichen Sinne die Toten ins Gespräch mit den Lebenden gebracht, damit diese sich als ihre Erben und als die vor den gewesenen und künftigen Generationen verantwortlichen [sic!] verstehen lernen«.[9] Macht Holtz hier die Gegenwart zum Portal für einen Dialog zwischen Vergangenheit und Zukunft, so wird in der folgenden Annäherung die Frage zu erörtern sein, ob und inwiefern die beiden »Jahrhundertbücher«[10] auch für das 21. Jahrhundert Gültigkeit haben können.[11] Wenn ja, tun sie dies als Varianten einer besonderen Gattung, die zunächst deutlicher zu umreißen ist.

## Epen der Moderne: Kleiner Umriss einer Gattung

Das lebenslange literarische Schaffen beider Autoren gipfelte abschließend in *Die Ästhetik des Widerstands* respektive in *Jahrestage* und so ist es naheliegend, die Frage nach der Gattung mit dem modernen Epos zu beantworten. Der Begriff – *modern epic* auf Englisch, *opere mondo* im italienischen Original – wurde vom Literaturwissenschaftler Franco Moretti etabliert.[12] In seiner 1996 in englischer Übersetzung erschienenen Studie entwickelt Moretti das Konzept einer solchen Gattung aus Hegels Gegenüberstellung von antikem Epos und modernem Roman als Epopöe des bürgerlichen Zeitalters.[13] Im Gegensatz zu Hegels Skepsis gegenüber

und Uwe Johnsons *Jahrestagen*, in: Johnson-Jahrbuch 12, 2005, S. 91-100. Ein Plädoyer für das Vorgehen von Weiss und gegen Johnson wird von Klaus Briegleb ausgeführt; vgl. Klaus Briegleb: Widerstand als tätige Erinnerung. Uwe Johnson und Peter Weiss, in: Das Argument 192, 1992, S. 205-218.

7 Günter Holtz: Vierter Teil. Von den frühen siebziger Jahren bis in die achtziger Jahre, in: Bernd Balzer u.a. (Hg.): Die deutschsprachige Literatur in der Bundesrepublik Deutschland. Vorgeschichte und Entwicklungstendenzen, München 1988, S. 407-544, hier: S. 485.

8 Ebd.

9 Ebd.

10 Wolfgang Fritz Haug/Kaspar Maase: Vorwort, in: dies. (Hg.), Materialistische Kulturtheorie und Alltagskultur, Berlin 1980, S. 4f., hier: S. 4.

11 Vgl. Gary L. Baker: Understanding Uwe Johnson, Columbia, SC 1999, S. 8.

12 Vgl. Franco Moretti: Modern Epic. The World-System from Goethe to Garciá Márquez, translated by Quintin Hoare, London 1996.

13 Vgl. ebd., S. 11-14.

der Fähigkeit des Romans, einer »zur *Prosa* geordnete[n] Wirklichkeit«[14] poetische Form zu verleihen, lässt sich das moderne Epos von den Schwierigkeiten der literarischen Erfassung von gesellschaftlicher Totalität unter den Bedingungen der Moderne nicht abschrecken, sondern nimmt diese als Startbedingungen an. Für Moretti macht gerade dieser unzeitgemäße Anspruch auf Totalität die Gattung so interessant und von diesem theoretischen Ansatz aus gewinnt die Gattungsfrage sowohl die angemessene Reichweite in Bezug auf das Verhältnis von Literatur und Gesellschaft als auch in Bezug auf die Sensibilität für die geschichtliche Variabilität, die jenes Verhältnis auszeichnet. So führt Moretti eine Reihe von Vertretern dieser vermeintlich widersprüchlichen Art von Literatur an. Von Goethes *Faust* über Joyces *Ulysses* bis zu Márquez' *Hundert Jahre Einsamkeit* zeichnen sich moderne Epen für ihn dadurch aus, dass sie sich an Hegels Gegensatz zwischen Totalität und deren (un)möglichen Einlösung in poetischer Form abarbeiten. Moretti geht der Entfaltung epischer Techniken in der Geschichte neuerer Literatur nach, um Merkmale des modernen Epos hervorzuheben. Dazu gehören der Rückzug des Protagonisten aus der Handlung in die Imagination oder Reflexion, die Gestaltung verschiedener Ungleichzeitigkeiten, enzyklopädische Reichweite, lose Integration relativ selbstständiger Einzelteile und höchst gekünstelte Schlussbilder.[15] Ebenso kennzeichnend für die von Moretti als Epen kategorisierten Werke sind ausufernde Erzählungen von den Peripherien her, die auf ein Weltsystem als Ganzes zielen. Sie stehen im Gegensatz zu den zentripetalen Tendenzen der Romanform auf das Lokale oder Nationale hin.[16] Die Eigenschaften des modernen Epos begreift Moretti allesamt als mehr oder minder willkürliche, in der Sprache seines der Biologie entlehnten Evolutionsmodells »selektierte« Lösungen zur Gattungsproblematik.[17] Dabei verzeichnet er Wege und Möglichkeiten einer lebendigen Gattungsform, ohne jedoch eine Weiterentwicklung der Gattung infolge von einschneidenden historischen Ereignissen in Europa in Betracht zu ziehen.

Dass das moderne Epos in der Nachkriegszeit post-katastrophal bestimmt wird, geht aus einem für diesen Kontext einschlägigen Gebot Theodor W. Adornos hervor. Für Adorno hätte episches Erzählen sich nach dem Nationalsozialismus kaum wieder etablieren können, ohne zuvor durch das Tor des eigenen Todes gegangen zu sein.[18] Erst mit eini-

14 Georg Wilhelm Friedrich Hegel: Werke in zwanzig Bänden, Bd. 15: Vorlesungen über die Ästhetik III, Frankfurt am Main 1970, S. 392; Kursivdruck im Original.

15 Vgl. Moretti, Modern Epic (Anm. 12), S. 16f., 38, 49, 51, 97.

16 Vgl. ebd., S. 47, 50, 56f.

17 Ebd., S. 6; vgl. ebd., S. 181.

18 »Nichts«, schrieb Adorno in *Negative Dialektik*, könne »unverwandelt gerettet wer-

ger Verspätung erscheinen nach dem Zweiten Weltkrieg anspruchsvolle literarische Unternehmungen, die die von Moretti besprochene Problematik unter neuen Bedingungen literarischen Arbeitens fortführen. *Die Ästhetik des Widerstands, Jahrestage* und ein weiteres, erst um die Jahrhundertwende erschienenes Werk, Alexander Kluges *Chronik der Gefühle*, beziehen post-katastrophale Positionen. Das deutschsprachige Epos im Kalten Krieg macht dabei eine Entwicklung durch, deren Grundzüge sich von Morettis Modell für die Literaturgeschichtsschreibung auch unterscheiden: Änderungen des historischen Standorts bewirken auffällige Verschiebungen der gattungseigenen Formen und ihrer Sondermerkmale. Das betrifft sowohl das Problem des Schlusses[19] als auch die Ausstattung der Gattung mit neuer Sensibilität für die Darstellung katastrophaler Ereignisse und ihrer Nachwirkungen. *Die Ästhetik des Widerstands* und *Jahrestage* stellen sich beiden Herausforderungen.

Zunächst wird gegen Morettis Verweis auf Willkür ein motivierter Bezug zur gesellschaftlichen Totalität beibehalten. Was bei Georg Lukács »Gesinnung zur Totalität«[20] hieß, ist bei Weiss expliziter als bei Johnson, der doch immerhin beteuerte, dass es im Roman »auf die Menge [und die Beschaffenheit] der Beziehungen« (ÄW I, 54f.)[21] ankäme. Weder vorab

den, nichts, das nicht das Tor seines Todes durchschritten hätte«, was durchaus auch für die Frage nach den Kontinuitäten epischer Erzählformen gilt; Theodor W. Adorno: Negative Dialektik, in: ders., Gesammelte Schriften in zwanzig Bänden, hg. von Rolf Tiedemann unter Mitwirkung von Gretel Adorno, Susan Buck-Morss und Klaus Schultz, Bd. 6: Negative Dialektik. Jargon der Eigentlichkeit, Frankfurt am Main 1997, S. 7-412, hier: S. 384.

19 Die Herausforderung des modern-epischen Schlusses – d.h. die Frage, wie die Erzählungen moderner Epen zu beenden seien – deutet auf den Werkcharakter der Gattung als literarische Kunst hin. Sie beruht auf der von Georg Lukács in der *Theorie des Romans* behandelten Zweiseitigkeit des modernen Totalitätsbegriffs, der nach Lukács für die Antike unproblematisch sei. Für ihn geraten aber im Zuge moderner Brüchigkeit extensive und expressive, gesellschaftlich gegebene und künstlerisch erschaffene Totalitäten auseinander; vgl. Georg Lukács: Die Theorie des Romans. Ein geschichtsphilosophischer Versuch über die Formen der großen Epik, München 1994, S. 29. Ist für Hegel die Totalität der modernen Gesellschaft prinzipiell nicht durch poetische Form einholbar, so entwickelt die Prosa Strategien der Verzeitlichung, um die literarische Geschichte als integre Erzählung erscheinen zu lassen. Daher die Wichtigkeit der Lukács'schen Modi von Erinnerung und Hoffnung; vgl. ebd., S. 110. Mit anderen Worten: Die Werkgrenzen des modernen Epos sind wichtig, aber auch porös. Es sind paradoxe Formen des Schließens bei prinzipieller Unabschließbarkeit, an denen die Beziehung zur außerliterarischen Geschichte ablesbar wird.

20 Ebd., S. 47.

21 Bei Weiss gehört der Bezug zur Totalität zur werkimmanenten Poetologie der *Ästhetik*; vgl. z.B. ÄW I, 54f. Bei Johnson dagegen ist er werkextern und auch dort höchstens implizit; vgl. Uwe Johnson: Vorschläge zur Prüfung eines Romans, in: Rainer Gerlach / Matthias Richter (Hg.): Uwe Johnson, Frankfurt am Main 1984, S. 30-36, hier: S. 30. Äußerungen von Johnson über Erzählen als eine »Vermittlung von Beziehungen« sind im Interview mit

fixiert noch als gegeben vorausgesetzt, indiziert ›Totalität‹ im Kontext des modernen Epos die Erzielung einer möglichst umfassenden Erzählweise, bei der alle zu behandelnden Phänomene als gesellschaftlich vermittelt erscheinen. Selbst Gesines Tochter Marie drückt etwas von deren Reichweite aus, wenn sie sagt: »Siehst Du, Gesine Lisbeth. Wer erzählt, muß an alles denken« (JT, 298). Das ist ein großer Anspruch. Bei der Abbildung des modernen Geschichtsprozesses wird es keine Vollständigkeit geben können. Daher behält der Totalitätsanspruch des Epos den Charakter des Annäherungsversuchs.[22]

Angesichts grundsätzlicher Unsicherheit des Erzählens nach den Schrecken des Zweiten Weltkriegs erfolgt die Wiederherstellung realistischer Ansätze in der Literatur als selbstkritisches Verfahren. Dabei ist zuerst allerdings eine Steigerung und Erweiterung des menschlichen Wahrnehmungsvermögens erforderlich, damit man auch »*von weitem*« (JT, 204; Kursivdruck im Original) sehen lernt. Dies kann über experimentelle und konstruktive literarische Verfahren geschehen, die sich nicht gegenüber außerliterarischen Medien verschließen, sondern sie einbeziehen, um im epischen Erzählen einschlägige Neuerungen vorzunehmen. Solche ein- und umgeschriebenen ›Fremdkörper‹ auf ihren Gehalt hin überprüfend, lenkt die epische Arbeit an anderen Medien die Aufmerksamkeit auf die literarische Arbeit der Vermittlung. Diese ist keine Vorführung der Realität unter Obhut falscher Transparenz:[23] Das moderne Epos vermag sich als reflexive Kartografie zu etablieren, nicht weil es viel Welt abbilden kann, sondern weil es durchgehend überprüft, wie Welt überhaupt erscheint. Die Überprüfung bewirkt Orientierungsgewinne, sowohl für die Protagonisten der Texte als auch für deren Leser. Durch »cognitive mapping« im Sinne Fredric Jamesons leisten Werke wie *Jahrestage* und *Die Ästhetik des Widerstands* genau jene Herstellung von Zusammenhängen,

Christof Schmid zu finden; vgl. Christof Schmid: Gespräch mit Uwe Johnson. (Am 29.7.1971 in West-Berlin), in: Eberhard Fahlke (Hg.): »Ich überlege mir die Geschichte …« Uwe Johnson im Gespräch, Frankfurt am Main 1988, S. 253-256, hier: S. 254.

22 Somit bleibt das Verfahren asymptotisch. Von Matthias Prangel gefragt, ob Gesine Cresspahl nicht zum »Organon dieses Zeitalters«, zur Erfassung der »Totalität dieser ganzen Zeit« des 20. Jahrhunderts erhoben wird, erwiderte Johnson: »Solange ich mich auf die Wahrnehmungsfähigkeiten und das Bewusstsein eines einzelnen Subjekts beschränken muss, werde ich ein totales Panorama, ein totales Geschichtsbild wohl nicht erreichen können.« Matthias Prangel: Gespräch mit Uwe Johnson. (Am 6.3.1974 in Rotterdam), in: ebd., S. 263-267, hier: S. 266. Johnsons Antwort lässt sich äquivok lesen, zumal *Jahrestage* gerade der Beschränkung auf das Subjekt durch dessen episch bewerkstelligte Erweiterung entgegengesteuert, wie ich weiter unten erläutere.

23 Zum Gegensatz von Verfahren opaker und transparenter *remediation* vgl. Jay David Bolter / Richard Grusin: Remediation. Understanding New Media, Cambridge 2000, S. 31-50.

mittels derer die Beziehungen von Individuen zu lokalen, nationalen und internationalen Klassenverhältnissen und somit auch zum globalen Kapital augenfällig werden können.[24] Es ist eine Vermittlung, die einst der Ideologie zugesprochen wurde, dieser aber bei offensichtlichem Verlust an Glaubwürdigkeit und Überzeugungskraft abhanden gekommen ist.[25] Jameson schreibt die kritische Ausübung einer solchen Funktion der Kunst zu. Auch wenn diese Funktion nicht einlösbar ist, sind ästhetische Versuche, gesellschaftliche Totalität zu kartografieren, für Jameson von ausschlaggebendem Wert.[26] Seine Konzeption berührt auch die Arbeitsweise des modernen Epos, der man bei Johnson und Weiss begegnet. Denn die kognitiven Landkarten dieser Literatur bieten Alternativen zur ideologischen Funktionsweise gesellschaftlicher Leitmedien, auch derjenigen der neuen digitalen Welt, die in der Miniaturisierung nun allgegenwärtig sind.[27] Im Gegensatz zu solchen Medien werden Vermittlungsprozeduren im modernen Epos nicht verwischt, sondern durch die autodiegetischen Erzähler der Gattung geradezu hervorgehoben. Damit tritt der Prozess der Vermittlung selbst als Brückenbau zwischen Erfahrung, Wahrheit und Gerechtigkeit hervor.

Die epische Selbstreflexivität, die sich als gattungsspezifische Funktionsweise nach dem Nationalsozialismus neu etabliert, erschwert nicht den Zugang zur Welt, sondern erhebt diesen zu einem haltbaren.[28] Johnsons relationale Auffassung des Romans als »eine Welt, gegen die Welt zu halten«, bezeichnet in diesem Sinne die Erstellung einer eigens erzählten und selbst überprüften Version der Wirklichkeit.[29] Der Roman wird dabei der Wirklichkeit nicht schlichtweg übergeordnet, wohl aber stammt die Stärke seiner Gegenposition aus der Stringenz der eigenen Vermittlung, an der Lesende sich abarbeiten können. Dazu laden gerade die selbstkritischen Verfahren der Vermittlungsarbeit ein. Auf diese Weise erweist sich das moderne Epos auch haltbar in seiner prinzipiellen Öffnung zu anderen Wirklichkeitsversionen. An dieser Bilanz zwischen Defensivhaltung und Aufnahmebereitschaft muss sich jeder modern-epische Schluss messen lassen, zumal sich der prinzipiell offene, in seiner Prozesshaftigkeit auch

24 Fredric Jameson: Postmodernism, or, The Cultural Logic of Late Capitalism, Durham 2001, S. 52.

25 Vgl. ebd., S. 53.

26 Vgl. ebd., S. 53f., 409.

27 Ich skizziere möglichst kurz und ergänze dabei Jamesons Argument; vgl. ebd., S. 416f.

28 Zum Umriss der Selbstreflexivität in beiden Werken vgl. Ralf Schnell: Zwischen Geschichtsphilosophie und »Posthistoire«. Geschichte im deutschen Gegenwartsroman, in: Weimarer Beiträge 37, 1991, S. 342-355, bes. S. 347-349.

29 Johnson, Vorschläge (Anm. 21), S. 35.

brüchige Charakter der Totalität einer Schließung verweigert. In *Die Ästhetik des Widerstands* und *Jahrestage* dreht sich daher die Frage jeweils um »Herakles« und »Prag«. Denn diese bilden in ihrem freilich symbolischen Charakter nicht nur Fluchtpunkte zeitlicher, räumlicher, gesellschaftlicher und sogar emanzipatorischer Orientierung, sie dienen auch als Repräsentatoren bestehender bzw. entstehender sozialer Bewegungen. Durch die kollektive Erzählung, wie sie in Weiss' *Ästhetik* vorangetrieben wird,[30] durch die Überprüfung des Verhältnisses des Individuums zur Kollektivgeschichte, die in *Jahrestage* vorherrscht, unterscheidet sich das moderne Epos von der Beschränkung des Romans auf das bürgerliche Zeitalter und dessen Kategorien, inklusive der des Individuums.[31] Das Epos gestaltet sich post-individualistisch nicht im Sinne des alten Hegel, der die antike Variante der Gattung ans Kollektiv einer »in sich totalen Welt einer Nation und Zeit«[32] band. Dergleichen dürfte regressiv anmuten. Vielmehr wächst das Epos im Kalten Krieg über den modernen bürgerlichen Denkhorizont hinaus und entgrenzt zeitlich wie räumlich das eigene Radar: Fixiert auf geschichtlich exakt Datierbares in ihren Binnen- und Rahmenerzählungen, bekräftigen *Jahrestage* und *Die Ästhetik des Widerstands* ihre Bezüge auch im Hinblick auf epische Zeitenlängen. Räumlich setzt sich das moderne Epos über die Dreiteilung der Welt des Kalten Kriegs hinweg, sowohl im geografischen als auch im ideologischen Sinne, um die Trennungen und Frakturen des Zeitalters neu deuten zu können.[33]

30 Vgl. Klaus R. Scherpe: Reading the *Aesthetics of Resistance*. Ten Working Theses, in: New German Critique 30, 1983, S. 97-105, hier: S. 102.

31 In ihrer Studie *How Novels Think* bindet die Anglistin Nancy Armstrong die Romanform an die Geschichte des liberalen Individualismus. Nach Armstrong sei der »ideological core« der Gattung, die (Re-)Produktion und Verallgemeinerung des modernen Subjekts, so stark, dass sie »cannot quite believe that any novel can reach in and modify the ideological core of the genre and still remain a novel«; Nancy Armstrong: How Novels Think. The Limits of Individualism from 1719-1900, New York 2005, S. 10.

32 Hegel, Vorlesungen über die Ästhetik III (Anm. 14), S. 330.

33 Vgl. für diesen Zusammenhang Michael Dennings: Culture in the Age of Three Worlds, New York 2004. Eine ausführliche literaturtheoretische Argumentation für die Differenzierung zwischen Roman und Epos in diesem Kontext muss hier unterschlagen werden. Die folgende Gegenüberstellung von *Die Ästhetik des Widerstands* und *Jahrestage* beschränkt sich auf die Erzählsituationen, den Umgang der Epen mit außerliterarischen Medien und den daraus entstehenden Horizonten des Epischen.

## Die Ansätze von *Die Ästhetik des Widerstands* und *Jahrestage* im Vergleich

Die epische Zeitenlese beider Werke erstreckt sich mindestens von acht bzw. zwölf Jahren nationalsozialistischer Diktatur in Deutschland und Europa bis zu einer Wasserscheide der Nachkriegszeit. Zur post-katastrophalen Bestimmung jener Gattung, in welcher Weiss und Johnson sich hervortun, kommt die Verortung nach 1968 hinzu. Das Jahr steht just im Mittelpunkt eines ausschlaggebenden Jahrzehnts, nämlich dem von 1963 bis 1973. Eine Intensivierung der öffentlichen Vergangenheitsaufarbeitung prägt dessen Anfang: Rolf Hochhuths *Der Stellvertreter* wird 1963 uraufgeführt, die Auschwitzprozesse beginnen in Frankfurt am Main, in der DDR taut nach dem Mauerbau die Kulturpolitik kurz auf. Das Ende des Jahrzehnts lässt sich durch den Beginn einer ökonomischen Umschichtung festlegen, die auf die Ölkrise 1973 datiert wird und inzwischen als Auftakt des Neoliberalismus gilt. Als einschneidender Wendepunkt trennt 1968 diese Periode. Auf der einen Seite sind Ballungsräume kritischer Energien und Protestpotenziale westlich und östlich des sprichwörtlichen Vorhangs zu beobachten, einschließlich der Annahme, Literatur übe eine maßgebende Funktion bei Prozessen gesellschaftlicher Veränderung aus. Auf der anderen Seite machten sich aber Verwirrung, Enttäuschung und Resignation breit, sobald die Hoffnung nach grundlegender Veränderung sich nicht so schnell einlösen ließ. Im Westen begann, etwa durch die Regierung der sozialliberalen Koalition in der BRD, ein langer Marsch durch die Institutionen. Im Osten kam es mit der Niederschlagung des Prager Frühlings oder auch der Deklaration des real existierenden Sozialismus in der DDR zu einer neu erzwungenen Einkesselung. Vor diesem Hintergrund nehmen die um 1968 entstandenen Epen wie Weiss' *Ästhetik* und Johnsons *Jahrestage* unterschiedliche Rückbesinnungen vor: Werden im ersten Fall die Verbindung zwischen Literaturarbeit und sozialer Emanzipation beschworen und die Emanzipationsgeschichte durch eine weit ausholende Rekonstruktion der krisengeplagten Vergangenheit neu angesetzt, so unternimmt *Jahrestage* die Ermittlung und Auslotung einer solchen Verbindung und misst sie an Schauplätzen möglicher politischer Aktion.

Der Unterschied lässt sich im Hinblick auf die Rahmenerzählungen der Texte präzisieren. Im Kontrast zu seinen Dramen der 1960er Jahre gestaltet sich der Bezug von Weiss' *Ästhetik* auf die implizite Erzählgegenwart höchstens indirekt: Fokus der erzählten Zeit bleibt der Rahmen 1937-1945, obgleich der Erzähler im letzten Kapitel entstehende Risse der geopolitischen Landschaft vorwegnimmt, die außerhalb der Fiktion längst Realität wurden (vgl. ÄW III, 257-267). Gemessen an Weiss' Vorliebe für öffentliche Stellungnahmen in den 1960er Jahren, liest sich die *Ästhetik* eher als ein von der Gegenwart abgewandter Rückzug. Zu Recht wird aber das Werk, mit dessen Niederschrift Weiss 1970 begann,[34] emphatisch zum Nach-1968-Roman erklärt,[35] eben weil es durch seine kritische Genealogie des politischen Scheiterns neues Potenzial für emanzipatorische Prozesse gewinnt. Als Erstes gelingt Weiss eine Darstellung des menschlichen Sinnesapparates als Schauplatz der Emanzipation. Hinzu kommen die arbeitstheoretische Auffassung von Kultur (vgl. ÄW I, 350f.) und die Erweiterung des ästhetischen Widerstands um feministische und postkoloniale Größen. Damit diese im Rahmen des emanzipatorischen Programms eine Zukunft haben können, werden sie nicht vollends ausgeführt, sondern laden statt dessen zur Adaption und Weiterentwicklung ein.

Bei *Jahrestage* verhält es sich dagegen in einigen Punkten genau umgekehrt, nicht zuletzt wegen des engeren Bezugs zur Zeitgeschichte. Als akribischer Zeitgenosse datiert Johnson seinen Erzählvertrag mit Gesine Cresspahl auf das Schlüsseljahr vom August 1967 bis zum August 1968 und kehrt die Auseinandersetzung mit der Vergangenheit in *Jahrestage* hervor. So wird die Aufarbeitung des Geschehenen, die Gesine in ihren Geschichten vollzieht, in die Erzählgegenwart verlagert. Für den Leser entsteht dadurch nicht nur eine aufschlussreiche Vermittlung von Geschichte, die Vermittlung selbst wird auch transparent. Gesines Aufarbeitung von Vergangenheit als Erzählprojekt für ihre Tochter wird in *Jahrestage* zum Programm eines neugefundenen Ansatzes von Engagement in der Gegenwart. Bekanntlich zieht Gesine Prag allen anderen möglichen Schauplätzen politischen Handelns von 1968 vor. Durch die Einführung dieses Projekts mit dem fiktionsexternen Scheitern des Prager Frühlings nimmt das Werk Abschied von dem kontingenten Lebensentwurf einer Gesine Cresspahl, keineswegs aber von Projekten, Entwürfen und Hoffnungen als solchen. Vielmehr werden diese gleich in mehrfacher Hinsicht genealogisch vorgeführt, möglichkeitstheoretisch untersucht und in einem problemorientierten Erzählen zur Beurteilung freigegeben.[36] Der ermittelnde Charakter des Erzählens wird beibehalten. Als vertrauens-

34 Zur Genese von Peter Weiss' *Die Ästhetik des Widerstands* vgl. Briegleb, Widerstand als tätige Erinnerung (Anm. 6), S. 207f; Michael Hofmann: Ästhetische Erfahrung in der historischen Krise. Eine Untersuchung zum Kunst- und Literaturverständnis in Peter Weiss' Roman »Die Ästhetik des Widerstands«, Bonn 1990, S. 7-22.

35 Vgl. Martin Rector: Zur Kritik der einfachen Politisierung. Die »Ästhetik des Widerstands« als Nach-68-Roman, in: Michael Hofmann (Hg.): Literatur, Ästhetik, Geschichte. Neue Zugänge zu Peter Weiss, St. Ingbert 1992, S. 99-114.

36 Vgl. Norbert Mecklenburg: Die Erzählkunst Uwe Johnsons. *Jahrestage* und andere Prosa, Frankfurt am Main 1997, S. 281.

würdiger Weggefährte begleiten uns Johnsons *Jahrestage* durch die Wasserscheide von 1968 hindurch. Die politische Gewalt wiegt dabei nicht unbedingt schwerer als die ökonomische: Trotz aller gezeigten stalinistischen Ausartungen des realexistierenden Sozialismus übt im Werk weniger das fiktionsexterne Ende des Prager Frühlings durch den militärischen Einsatz der Sowjets eine Kraft aus. Vielmehr wird dem Finanzkapital, verkörpert durch die Figur de Rosnys (vgl. JT, 465, 916), ein Gewicht verliehen, gegenüber dem Gesines Prager Sozialismus auch ein anderes Ende hätte finden können. Zudem überlässt *Jahrestage* seinen Lesern weit unter den Radaren von Geopolitik und Finanzkapital längst nicht ausgeschöpfte Gesellschafts- und Zeitdiagnosen, die auch für die Gegenwart einen Wirklichkeitsanspruch haben. Nicht nur mittels des materialistischen Umgangs mit Klassenverhältnissen allgemein, sondern auch durch ein sensibles und zurückhaltendes Erzählen wirkt *Jahrestage* noch immer wegweisend in der literarischen Behandlung beispielsweise von Beziehungen zwischen Ethnien und Geschlechtern. Gesines Navigationsschwierigkeiten spielen eine ganz aufschlussreiche Rolle darin.[37] Längst skeptischer als Weiss gegenüber den politischen Einflussmöglichkeiten der Schriftstellerei, ermöglicht Johnson dennoch Transfers in die Zukunft mit politischem Gehalt. Kurz gefasst: Wo die *Ästhetik* zur Erweiterung des eigenen beharrlichen Programms einlädt, da liefert *Jahrestage* Vorlagen zur Erstellung möglicher Programme.

Durch Einsicht in relevante Materialien bezüglich des Verhältnisses zwischen den beiden Autoren lässt sich der Kontrast weiter ausführen. Im Allgemeinen erschöpft sich die Teilnahme Johnsons an seiner Zeit in nüchterner Beobachtung. Sein Verhältnis gegenüber dem etwas älteren Zeitgenossen Weiss verlief allerdings nicht ohne Spannung: Abschätzige, sogar unfaire Bemerkungen fallen auf. In einem Brief vom 27. Oktober 1966 an Hans Magnus Enzensberger verfasste Johnson eine Liedsatire auf den »[g]ute[n] Mann« Weiss in Stockholm, die der Rezipient im nächsten Brief aufnahm und fortführte.[38] Und in einem Brief an Peter Palitzsch erfand Johnson eine Geschichte über Weiss' Einladung nach Ostberlin zum Berliner Ensemble als Hausdichter, um über dessen vermeintliche Naivität herzuziehen.[39] Legen solche Befunde Johnsons Irritation angesichts der

37 Vgl. hierzu z.B. JT, 21, 541-543, 705, 734, 957, 1048.

38 Uwe Johnson an Hans Magnus Enzensberger, 27.10.1966, in: Hans Magnus Enzensberger / Uwe Johnson: »fuer Zwecke der brutalen Verstaendigung«. Der Briefwechsel, hg. von Henning Marmulla und Claus Kröger, Frankfurt am Main 2009, S. 151; vgl. Hans Magnus Enzensberger an Uwe Johnson, 17.11.1966, in: EJB, 156.

39 Vgl. Uwe Johnson an Peter Palitzsch, 21.12.1968, in: Uwe Johnson-Archiv Rostock (Depositum der Johannes und Annitta Fries Stiftung), UJA/H/250987, Bl. 8.

stellvertretenden standpunktbezogenen Politik von Weiss nahe, so zeugen die Zeitungsausschnitte des Mecklenburgers vom großen Interesse an der Rezeption der Werke seines Kollegen. Nach einer von Johnson eingeleiteten Funkstille zwischen den beiden im Herbst 1968, im Zuge der Tumulte im Suhrkamp Verlag, kam es während der Arbeit beider an ihren epischen Werken kurzzeitig zu kollegialem Austausch und Glückwünschen.[40] Während Weiss »Johnsons Tagebuch auf Grund der literarischen Verbrämungen schwer lesbar«[41] fand, befinden sich in Johnsons Exemplar des ersten Bands der *Ästhetik* zahlreiche eingelegte Zeitungsausschnitte zur Werkrezeption.[42] Als einziger westdeutscher Autor wohnte Johnson der Beisetzung von Weiss in Stockholm 1982 bei.[43] Danach findet der unterbliebene Dialog über die Berührungsflächen der Epen statt.

## Wunschbiografien vs. Grafiken der Wünsche

In seinem Exemplar des zweiten Bands von Weiss' *Notizbücher* strich Johnson alle Anspielungen auf den Tod sowie folgende Stelle an:

> Ich bin ein Schizophrener, halte mich seit mehr als 8 Jahren aufrecht mit diesem Roman-Leben. Es ist als sei das künstlich Erzeugte zu meinem einzigen Leben geworden, alles was hier vorkommt, ist wahr für mich.[44]

Der Passus, in dem Weiss seine Arbeit beschreibt, muss Johnson imponiert haben. Zumindest ist es schwer vorstellbar, dass die Stelle nicht auch auf die eigene Arbeit an *Jahrestage* zuträfe. Sind beide Projekte fiktionale »Wunschautobiographien«? Als Alter Egos sind der namenlose Erzähler der Weiss'schen *Ästhetik* und Gesine Cresspahl in der Tat mit vielen Eigenschaften ausgestattet, die auch auf ihre Autoren zutreffen: Sie teilen leicht verschobene Geburtsdaten, ähnliche Aufenthaltsorte und in *Jahrestage* an der Upper West Side Manhattans sogar identische Adressen und Telefonnummern (vgl. JT, 145).

40 Vgl. Peter Weiss an Uwe Johnson, 13.8.1972, in: UJA Rostock, UJA/H/251550, Bl. 23; Uwe Johnson an Peter Weiss, 26.5.1981, in: UJA Rostock, UJA/H/251551, Bl. 24.

41 Weiss, Notizbücher (Anm. 2), S. 59.

42 Vgl. Peter Weiss: Die Ästhetik des Widerstands, Bd. 1, Frankfurt am Main 1975, in: UJA Rostock, UJA BP 02251-1.

43 Vgl. »Die Katze Erinnerung«. Uwe Johnson – Eine Chronik in Briefen und Bildern, zusammengestellt von Eberhard Fahlke, Frankfurt am Main 1994, S. 291.

44 Peter Weiss: Notizbücher. 1971-1980, Bde. 1-2, Frankfurt am Main 1981, in: UJA Rostock, UJA BP 02224-2, S. 872.

Auf einer Tagung 2006 an der Akademie der Künste in Berlin berichtete Gunilla Palmstierna-Weiss, dass der Begriff »Wunschautobiographie« von Weiss zunächst als Witz lachend entgegengenommen wurde, bevor man ihn dann gegen den Autor verwendete, woraufhin Weiss ihn verwarf.[45] Und in *Begleitumstände* zitiert Johnson folgende Kritik seiner *Jahrestage*: »Uwe Johnson spielt zwar ein bisschen Versteck und nennt sich Gesine Cresspahl, erzählt aber von durchaus eigenen ›Jahrestagen‹ in New York«,[46] um dann durch die darauffolgende Auflistung der Unterschiede zwischen sich und seiner Figur die Parallele sowohl zu unterminieren als auch die Fiktion des Erzählvertrags mit seiner Person zu verlängern (vgl. BU, 440-443). Ließen sich beide Epen in Verbindung mit dem Begriff ›Wunschbiografie‹ zusammenbringen, dann wohl am ehesten als Bezeichnung für die beruflichen Bestrebungen der beiden Autoren, für ihre Zeit kohärente Formen zu finden. Mit anderen Worten: Sie entfalten mit ihren fiktionalen, diegetisch eingebetteten Erzählern zwei Lösungen zur Problematik modern-epischer Form, worin vermeintliche Wunschbiografien zu literarischen Grafiken der Wünsche werden.

Unter den vielen Berührungsflächen zwischen der *Ästhetik des Widerstands* und *Jahrestage* bieten ihre jeweiligen Erzählweisen einen ergiebigen Aspekt. Die Erzählsituationen beider Werke werden dennoch unterschiedlich gehandhabt. Weiss' Schema zur Erneuerung moderner Epik nimmt in der Hauptfigur und deren Werdegang zum Schriftsteller eine listige Gestalt an. Die produktivste Unterscheidung zwischen Weiss' sonderbarem »Roman-Ich« als Figur in den dargestellten Geschehnissen und dem »Ich-Autor«, der mittels der Logik der Fiktion Lieferant des Ganzen ist, wurde von Burkhardt Lindner geprägt.[47] Ein Teil der List besteht darin, dass Weiss die beiden Perspektiven dieses einen Erzählers zwar vermischt, die Aufhebung des Unterschieds aber vertagt. So beendet das »Roman-Ich« den Text, indem er dessen Niederschrift im berühmten Konjunktiv des Schlusskapitels vorwegnimmt. Das, was an sich und vor den Augen der Lesenden bereits vollbracht wurde, geht noch in keine für ihn seiende Form über. Das Ver-

45 Zur Entstehung des Terminus und dessen Anwendbarkeit auf Weiss' *Ästhetik* vgl. Scherpe, Reading the *Aesthetics of Resistance* (Anm. 30), S. 99f.; »Es ist eine Wunschautobiographie«. Peter Weiss im Gespräch mit Rolf Michaelis über seinen politischen Gleichnisroman. Ende September/Anfang Oktober 1975, in: Rainer Gerlach/Matthias Richter (Hg.): Peter Weiss im Gespräch, Frankfurt am Main 1986, S. 216-223.

46 Uwe Johnson: Begleitumstände. Frankfurter Vorlesungen, Frankfurt am Main 1980, S. 440.

47 Burkhardt Lindner: Déjà-vu im Zeitriss. Die Erinnerungspolitik der *Ästhetik des Widerstands*, in: Arnd Beise/Jens Birkmeyer/Michael Hofmann (Hg.): Diese bebende, zähe, kühne Hoffnung. 25 Jahre Peter Weiss. *Die Ästhetik des Widerstands*, St. Ingbert 2008, S. 77-103, hier: S. 89.

fahren erinnert, so wie es hier knapp beschrieben wird, an den vielleicht berühmtesten Bildungsroman deutscher Sprache, Hegels *Phänomenologie des Geistes*. Weiss nutzt die fiktionsinterne Verzweifelung des werdenden Schriftstellers dazu, die Selbstreflexivität der Erzählung zu steigern. Die sich durch alle drei Bände wie ein Leitmotiv ziehende Kernfrage »Wie könnte dies alles geschildert werden[?]« (ÄW I, 130) unterstreicht die dramatisch erlebte Zeit von 1937 bis 1945 und lenkt die Aufmerksamkeit auf ihre Vermittelbarkeit. Darüber hinaus wird durch die stadienartigen Nachweise der Entwicklung des »Roman-Ichs« zum Schriftsteller auch Transparenz über dessen Werdegang hergestellt. Deswegen bezeichnet Michael Hofmann *Die Ästhetik des Widerstands* als Exemplar einer »Transzendentalliteratur«, die die Bedingungen der eigenen Möglichkeit mitpräsentiert und mitreflektiert.[48] Von allen Deutungen des seltsamen Erzählers der *Ästhetik* sind dessen Auslegungen als entstehendes Klassenbewusstsein und entindividualisiertes Medium besonders wegweisend.[49] Letztere verleiht ersterer auch eine ökumenische Bewegungsbahn. Zusammengenommen unterlaufen beide Lesarten sowohl die Hoheitsposition des Erzählers, der als »Roman-Ich« keine konsequent nachvollziehbare Identifikationsfigur ist, als auch die Lektüre seines Textes als einen in sich abgeschlossenen Roman. Im Zusammenhang mit der von der *Ästhetik* vorangetriebenen Arbeitstheorie der Kultur wird durch den Erzähler die Welt generell als etwas Anzueignendes präsentiert. Seine Versuche sind exemplarische Versionen solcher Aneignung. Die de facto-Übergabe der Erzählung an Bischoff in maßgeblichen Teilen des dritten Bands ist für die Entpersonalisierung des Erzählers in ein episch offenes Medium genauso kennzeichnend wie die Übergabe der Gesamterzählung am Ende an jene, die vor den Pergamonfries treten könnten, um den leeren Platz des abwesenden Herakles, den die jungen Genossen einst zu einer Art Leitstern erhoben haben, neu zu besetzen (vgl. ÄW III, 169, 267f.). Beides geschieht zur Beförderung selbstgesteuerter Emanzipationsversuche, denen Weiss im literarischen Großformat der *Ästhetik des Widerstands* vorarbeitete.

48 Vgl. Hofmann, Ästhetische Erfahrung in der historischen Krise (Anm. 34), S. 67-71.

49 Für den Zusammenhang zwischen dem Erzähler und entstehendem Klassenbewusstsein vgl. Jochen Vogt: »Wie könnte dies alles geschildert werden?« Versuch, die »Ästhetik des Widerstands« mit Hilfe einiger Vorurteile ihrer Kritiker zu verstehen, in: Text + Kritik. Peter Weiss, H. 37, 2., völlig veränderte Aufl., 1982, S. 68-94, hier: S. 76f. Für seine Auslegung als Medium vgl. Ludger Claßen / Jochen Vogt: »Kein Roman überhaupt«?? Beobachtungen zur Prosaform der »Ästhetik des Widerstands«, in: Alexander Stephan (Hg.): Die Ästhetik des Widerstands, Frankfurt am Main 1983, S. 134-163, hier: S. 142; Burkhardt Lindner: Halluzinatorischer Realismus. »Die Ästhetik des Widerstands«, die »Notizbücher« und die Todeszonen der Kunst, in: ebd., S. 164-204, hier: S. 173f.

Die *Ästhetik* verteilt also die Erzählerfunktionen an verschiedene Subjektpositionen in der Zeit: Frei nach Lukács bleibt diese Modalität die Ebene der subjektiven Entwicklung im Weiss'schen Epos.[50] Hingegen begegnen die Leser von *Jahrestage* einer Verteilung der Erzählerfunktionen an verschiedene Stimmen im Raum.[51] Die List der Johnson'schen Konstruktion des modernen Epos *Jahrestage* besteht in dem auf ein Jahr befristeten Erzählvertrag des Werks, wodurch dessen Autor eine Arbeitsteilung für die Erzählung vorzutäuschen vermag.[52] Gesine nimmt dabei die Position von Weiss' »Roman-Ich« ein, während die oft völlig implizite Rolle des »Ich-Autors« dem Genossen Schriftsteller zugeschrieben werden kann. Hinter beiden Erzählregimen stehen natürlich die Schriftsteller Weiss und Johnson, weswegen die Forschung in beiden Fällen gut daran getan hat, die verschiedenen Rollendifferenzierungen zu erhärten.[53] Gleichwohl ist für Johnson die Vertragsfiktion zwischen ihm und Gesine genauso ein Stück Realität wie die vorgeführte Arbeit des Erzählers der *Ästhetik*, die auf der seines Autors aufbaut. Weiss schreibt dabei den Anspruch seiner proletarischen Figuren, der gesellschaftlich aufgezwungenen »Sprachlosigkeit zu entkommen« (ÄW I, 54), in seine Geschichte ein. Es ist freilich auch ein eigenes Lebensprojekt, das Weiss ausführt. Mit dem auf ein Jahr ausgemachten Vertrag mit Gesine (vgl. JT, 1426f.) erlegt sich Johnson eine Verpflichtung auf, deren Verbindlichkeit gegenüber seinem Stoff, seinen Personen, sich selbst und seinen Lesern er ernst nahm.[54] Eine

50 Vgl. hierzu die Erläuterungen zum Totalitätsbegriff nach Lukács in Anm. 19.

51 Mit dieser Unterscheidung zwischen Zeit und Raum handelt es sich freilich um keinen trennscharfen Gegensatz, sondern um jeweilige Akzente in den zwei Epen.

52 Johnsons Erzählvertrag ist keine bloß zynische Konzession gegenüber literarischen Produktionsverhältnissen im Kapitalismus, sondern bezeichnet eine Qualität zwischenmenschlicher Beziehungen. Implizit ans Konzept eines Gesellschaftsvertrags anknüpfend begreift Heinrich Cresspahl weder die NS-Diktatur noch die Regierung der DDR als etwas, mit dem er einen Vertrag hatte (vgl. JT, 668, 1829). Der produktive Stellenwert des Vertragskonzepts lässt sich sowohl an Gesines Appellen an die Inkraftsetzung von Verfassung in den USA und der ČSSR (vgl. JT, 690, 818) als auch an ihrem Einverständnis mit Verbündeten in der DDR beobachten (vgl. JT, 1578, 1650). Im Interview mit dem Norddeutschen Rundfunk am 14. November 1970 beschrieb Johnson die erzählerische Kooperation mit seiner Gesine als »Gemeinschaftsarbeit«; Neue Bibliothek: Gespräch mit Uwe Johnson, Erstsendung: NDR am 14.11.1970.

53 In Bezug auf Weiss' *Ästhetik des Widerstands* vgl. Lindner, Halluzinatorischer Realismus (Anm. 49). In Bezug auf Johnsons *Jahrestage* vgl. Ulrich Fries: Uwe Johnsons »Jahrestage«. Erzählstruktur und politische Subjektivität, Göttingen 1990, S. 51-76; Colin Riordan: The Ethics of Narration. Uwe Johnson's Novels from *Ingrid Babendererde* to *Jahrestage*, London 1989, S. 82.

54 Das geht aus den öffentlichen Bemerkungen Johnsons zur verzögerten Fertigstellung von *Jahrestage* hervor; vgl. hierzu Jürgen Becker / Rolf Michaelis / Heinrich Vormweg: »Ge-

Selbstreflexivität durchdringt die Erfüllung des Vertrags, von den Einzelheiten eines jeden Kapitels bis zu den beiden Hauptebenen, der Vermittlung der mecklenburgischen und New Yorker Lebensschauplätze.

Auf der Ebene der Binnenerzählung von Gesines Projekt, sich ihrer Vergangenheit zu stellen, unterstreichen häufige Metakommentare die fiktionalen Züge der Jerichower Erzählung, entweder weil »das Gedächtnis das Vergangene [nicht] fassen [kann] in die Formen, mit denen wir die Wirklichkeit einteilen« (JT, 63), oder eben weil es Marie gegenüber auch um eine »Vorführung von Möglichkeiten« des Lebens in Geschichte und Geschichten geht (JT, 144). Gelingt Weiss eine Darstellung und Bearbeitung der eigenen Verzweiflung an die Durchführbarkeit des epischen Vorhabens durch deren Übertragung auf seine Hauptfigur, so erlaubt Johnsons Vertrag den Anschein einer Delegierung der eigenen Arbeit an Gesine, deren Unabhängigkeit vom Autor die Begrenzung der eigenen Perspektive nahelegt.[55] Andererseits verlässt Johnson die eigens beteuerte Gebundenheit an das (romanartige) Bewusstseinsfeld seiner Protagonistin.[56] Bei der Vertragsfiktion ist Gesine in der Tat genauso an den Partner gebunden, wie er es umkehrt im Sinne der Fiktion ist.[57] Als vermittelte Person bei der Bank, bei den Navigationen in der fremden Großstadt, bei fieberhaften Zusammenbrüchen, in der Auseinandersetzung mit Marie und allen anderen Figuren des Buches nimmt Gesine schärfere Gestalt an als Weiss'

spräch mit Uwe Johnson«. (Am 8. Dezember in Köln), in: Fahlke (Hg.), »Ich überlege mir die Geschichte …« (Anm. 21), S. 300-312, hier: S. 312; BU, 451-453. Und in einem Brief an den Suhrkamp Verlag vom 17. April 1983 erklärte Johnson: »*Thank God it's over*«; Uwe Johnson an Burgel Zeeh, 17.4.1983, in: Uwe Johnson / Siegfried Unseld: Der Briefwechsel, hg. von Eberhard Fahlke und Raimund Fellinger, Frankfurt am Main 1999, S. 1070; Kursivdruck im Original.

55 Jenseits von Listigkeit räumt Johnson mit seiner Vertragsfiktion mangelnde Vollmacht ein. Weder sein Stoff noch das Gewicht der außerliterarischen Wirklichkeit unterstehen der auktorialen Kontrolle. Eine ähnliche Behauptung wird Alexander Kluge unterstellt für die Konzeption eines authentischen Textes, der jenseits auktorialer Absicht sich selbst organisiert; vgl. Alexander Kluge: Verdeckte Ermittlung. Ein Gespräch mit Christian Schulte und Rainer Stollmann, Berlin 2001, S. 37-42, bes. S. 41f.

56 Vgl. Dieter E. Zimmer: Eine Bewusstseinsinventur. Das Gespräch mit dem Autor Uwe Johnson, in: Michael Bengel (Hg.): Johnsons ›Jahrestage‹, Frankfurt am Main 1985, S. 99-105, hier: S. 101.

57 Auf die bei Johnsons eigenem Beharren auf der tragenden Rolle von Gesines Bewusstsein und ihrer Eigenständigkeit nicht ganz unverständliche Frage, wie die Frau überhaupt Zeit hat, ein derartiges Material anzusammeln, erwidert er kurz und bündig, dass nicht sie das Buch schreibt, sondern der Verfasser; vgl. ebd., S. 99. Daher müsse er als Autor auch gelegentlich Gesine korrigieren, zumal er Auftrag von ihr hat, zu forschen und den Text so aufzuschreiben, »wie es tatsächlich gewesen ist, und nicht, wie die fälschende Erinnerung es will«; Becker / Michaelis / Vormweg, »Gespräch mit Uwe Johnson« (Anm. 54), S. 305.

namenloser Erzähler. Sie taucht ein in die Erzählung, die sie mitliefert und die gleichzeitig über ihren eigenen Bewusstseinshorizont hinausführt. Durch »die Geschichte der Personen« gelangt *Jahrestage* auch zur »Geschichte der Gesellschaft«[58] und das im Einklang mit Johnsons Konzeption einer aufklärerischen Wirkung von Literatur.[59] Gemäß der hier zuvor gegebenen Skizze zur Gattungsdifferenzierung kann man Gesines Erzählwerk im Sinne eines Romans auffassen. Im Zusammenhang mit Johnsons epischen Techniken überindividueller Vermittlung, samt den damit einhergehenden Verfremdungseffekten des »›[n]icht-aristotelische[n]‹ Erzählens«,[60] lässt sich *Jahrestage* als solches aber nur im Sinne des Epos verstehen.[61] Darin begleitet man Gesine durch die Städte und Landschaften der zeitlich begrenzten Räumlichkeiten des Kalten Kriegs, die Johnson durch sein Cresspahl'sches Medium auslotet. Perspektivenvielfalt gehört dazu: Gesines eigene ist dabei eine unter vielen. Auf diese Weise öffnet sich in *Jahrestage* ein dezentriertes episches Spielfeld, in dessen Fokus die hervorgehobene Vermittlung steht. Dabei fällt besonders die Vermitteltheit aller artikulierten Wünsche auf, was vielleicht nirgends bündiger dargestellt wird als im ›Wunschkapitel‹ vom New Yorker Sankt Nikolaus Tag 1967, das einen Ende 1933 weihnachtlich gesinnten Heinrich Cresspahl erinnert und mit einer harten Notiz zu dem unausgefüllt gebliebenen Aufnahmeantrag für die Nazipartei schließt (vgl. JT, 417f., 474). Gerade weil die autodiegetischen Erzähler der *Ästhetik* und der *Jahrestage* als literarische Vermittler fungieren, lassen sie sich als Medien auffassen, durch die Weiss und Johnson ihre nichtliterarischen Quellen aufnehmen und bearbeiten. An den Schauplätzen literarischer Neuvermittlung jener Materialien lässt sich die Ausbildung epischer Sinne erschließen.

58 Schmid, Gespräch mit Uwe Johnson (Anm. 21), S. 253.

59 Vgl. Martin Meyer/Wolfgang Strehlow: »Das sagt mir auch mein Friseur«. Film- und Fernsehäußerungen von Uwe Johnson, in: Sprache im technischen Zeitalter 95, 1985, S. 170-183, hier: S. 179.

60 Ingeborg Gerlach: Auf der Suche nach der verlorenen Identität. Studien zu Uwe Johnsons »Jahrestagen«, Königstein i.Ts. 1980, S. 118.

61 In Bezug auf diese Technik des Erzählens konstatiert Bond für *Jahrestage*: »It is […] this insistence on the significance of history in the present, which draws *Jahrestage* away from the novel form and away from being merely the story of Gesine Cresspahl, for these anniversaries are collective and historical, and the form of *Jahrestage*, when it emphasizes the synchronic features of the calendar, bears witness to this fact«; Greg Bond: German History and German Identity. Uwe Johnson's *Jahrestage*, Amsterdam 1993, S. 98f.; Kursivdruck im Original.

## Medien und *remediation*

Durch stetige Bezugnahme auf nichtliterarische Medien stellen die zwei Epen einen aufschlussreichen Zusammenhang von Vermittlung, Medialisierung und literarischer Wiedervermittlung dar. Von diversen außerliterarischen Quellen ausgiebig Gebrauch machend, erinnert die Vorgehensweise der autodiegetischen Erzähler an die Funktionsweise von *remediation*, die Jay David Bolter und Richard Grusin zum Gesamtpostulat ihres Verständnisses der Mediengeschichte erheben. Dabei baut jegliches Medium auf vorherige Medien auf im Kampf um Anerkennung und Einfluss.[62] Als »Wiedervermittlung« ins Deutsche übersetzt, gewinnt der Begriff *remediation* zusätzlich an Bedeutung, nämlich als Verbindung von Vermittlung im alten Hegel'schen Sinne und von Medialisierung im neuen.[63] Die zwei Aspekte kommen in Weiss' und Johnsons unterschiedlichen Formen literarischer Wiedervermittlung zusammen, die hier zum Abschluss in den Fokus genommen werden.

Bekanntlich sprüht Weiss' *Ästhetik des Widerstands* vor intertextuellen Verweisen auf herausragende Werke der Literatur und der bildenden Künste. Dadurch leistet das Buch einen ausschlaggebenden Beitrag sowohl zur ästhetischen Theorie als auch zur intermedialen Entwicklung des schriftlichen Mediums Literatur. Insgesamt weist die Vorgehensweise des Erzählers, der im ersten Teil des ersten Bands die Eroberung der Kunst und Kultur mit seinen proletarischen Freunden zum Programm erhebt (vgl. ÄW I, 53), eine oft dialektische Dynamik von Selbstorientierung und Selbstinfragestellung auf, wobei den Künsten generell ein positiver Einfluss zugeschrieben wird. Der Erzähler nutzt Kunstwerke als ästhetische Probiersteine seiner eigenen Orientierung. Seine Auswahl und sein Vorgehen bedeuten weder eine Verengung der Kunst noch eine Auslassung von Spannungen und Reibungen zwischen seinem Großentwurf einer trotzigen Geschichte der menschlichen Emanzipation und den Kunstwerken der schieren Verzweiflung. Offenbare Reibungen zwischen dem Erzähler, der ihm unvertrauten Welt (vgl. ÄW I, 264) und der Darstellung derselben in ausgewählten Kunstwerken dienen als Ansporn für weitere ästhetische Bearbeitung. Die Werke anderer werden in Weiss' Prosa zu Werkzeugen epischer Weltaneignung.

62 Vgl. Bolter / Grusin, Remediation (Anm. 23), S. 61.

63 In *Remediation* stellen Bolter und Grusin keine Verbindung dieser Art her, jedoch äußert sich John Guillory dazu; vgl. John Guillory: Genesis of the Media Concept, in: Critical Inquiry 36, 2010, S. 321-362, hier: S. 342-344.

Die Wiedervermittlung der Werke durch die Selbstbetätigung des Erzählers als Rezipient[64] verändert diese. Nicht nur wird den Kunstwerken der Anschein ihrer Selbstgenügsamkeit abgenommen, die mit ihrer kanonisierenden Verwertung als Kultur einhergeht, sondern durch Akzentverschiebungen, Umdeutungen und narrative Einbettungen funktionalisiert der Erzähler die Werke auch um, oft mit erfrischenden Ergebnissen. Von den vielen möglichen Beispielen literarischer Wiedervermittlung in der *Ästhetik* beschränke ich mich auf einen Fall aus der Pariser Zeit des Erzählers, wo er sich zwischen dem Ende des spanischen Bürgerkriegs und seiner Ankunft in Schweden aufhält. Bei seinem letzten Besuch im Louvre im Herbst 1938 bleibt von den »unendlich[en] Reihungen der Bilder« eine kleine Tafel, »auf der Sankt Ranier durch die Luft flog«, als stärkste Einprägung im ästhetischen Sensorium (ÄW II, 40). Es ist Stefano di Giovannis *Der Selige Ranieri Rasini befreit die Armen aus einem Gefängnis in Florenz* (vgl. Abb. 1). Im Text wird der Künstler Sassetta genannt und Ranieri in Rainer übersetzt (vgl. ÄW II, 40f.). Die Ekphrasis erfolgt mit charakteristischer Genauigkeit. Die Wahrnehmung des Betrachtenden wird auch mitbehandelt. Seine Auseinandersetzung mit der Tafel wird aber unterbrochen durch die Räumung des Museums, die aus Angst vor einem kommenden Krieg stattfindet. Ihrem Kontext gegenübergestellt, schafft die Kunstbetrachtung ein Wechselspiel zwischen dem Gehalt der Bildtafel und der Evakuierung der Museumsbesucher:

> Rückwärts gewandt, den Blick auf den waagrecht Fliegenden gerichtet, entfernte ich mich, Entspanntheit, Leichtigkeit empfindend, schon wurden Leitern herbeigetragen, der Abbau begann, wir wurden hinausgeworfen in die Mobilisierung, in die Erwartung des Kriegs. Hängt ihn, hängt ihn, tobte es am Montag, in bekannter Weise, aus den Lautsprechern, als der Bandenführer gegen Benesch hetzte. (ÄW II, 41f.)

Die rückwärtige Entfernung des Erzählers aus dem Museum erinnert an Walter Benjamins Kommentar zu Paul Klees Bild *Angelus Novus*. Der Erzähler der Weiss'schen *Ästhetik*, der einem schutzlosen Engel gleicht,[65]

64 Es handelt sich dabei durchaus um eine Selbstbetätigung im Sinne des jungen Marx; vgl. Karl Marx / Friedrich Engels: Die deutsche Ideologie. Kritik der neuesten deutschen Philosophie in ihren Repräsentanten Feuerbach, B. Bauer und Stirner, und des deutschen Sozialismus in seinen verschiedenen Propheten, in: dies., Werke, hg. vom Institut für Marxismus-Leninismus beim ZK der SED, Bd. 3, Berlin 1958, S. 67f. Zum damit verwandten Begriff der »[p]roduktive[n] Rezeption« vgl. Hofmann, Ästhetische Erfahrung in der historischen Krise (Anm. 34), S. 36-99.

65 Zur Deutung vom Erzähler der *Ästhetik* als Geschichtsengel vgl. Ursula Heuken-

Abb. 1: Sfefano di Giovanni (Sassetta): Der Selige Ranieri Rasini befreit die Armen aus dem Gefängnis in Florenz (1437-1444), in: Dillian Gorden: The Fifteenth Century Italian Paintings, London 2003, S. 354.

wird aus dem Kunsttempel getrieben. Die beschleunigte Vermittlung der Prosa macht einen scharfen Gegensatz auf zwischen der »Entspanntheit« und »Leichtigkeit«, die die Bildtafel beim Erzähler auslöst, und der sich verschlechternden Situation Europas. Angesichts dessen mag das Festhalten des Erzählers am Bild etwas verwundern. In Weiss' Bearbeitung des Bilds aber bedeutet der Engelsflug des Seligen keine himmlische Illusion, sondern eine subjektive Verankerung der Hoffnung, die der Verzweiflung auf der Ebene der erzählten Zeit entgegengesetzt wird. In einer Umkehrung der Deutung Benjamins vom *Angelus Novus*, der in die Vergangenheit schaue und hinterrücks durch den Sturm des vermeintlichen Fortschritts geschleudert werde,[66] blickt der Erzähler mittels Sassettas engelartigem Rainer in eine Zukunft, aus der ihn die Gegenwart zurück-

kamp: Angelus novus oder der Erzähler in der *Ästhetik des Widerstands*, in: Norbert Krenzlin (Hg.): »Ästhetik des Widerstands«. Erfahrungen mit dem Roman von Peter Weiss, Berlin 1987, S. 100-121, bes. S. 105, 110f. Hier geht Heukenkamp auch auf Benjamins Kommentar zu Klees Zeichnung ein.

66 Vgl. Walter Benjamin: Über den Begriff der Geschichte, in: ders., Illuminationen. Ausgewählte Schriften 1, Frankfurt am Main 1977, S. 251-261, hier: S. 255.

drängt. Dient Herakles den Protagonisten der *Ästhetik* als Leitstern für ihre Aktionen, so gibt Rainer die Richtung in Form eines sozialen Gehalts und eines zukunftsorientierten Bestrebens an. Im Zusammenhang mit der Funktion des Erzählers als Medium des Buches trägt die Integration von Sassettas Bild in die Erzählung zur Transformation des Epos in ein Feld konkretisierter Hoffnungen bei.

Bei Weiss wird also der literarischen Wiedervermittlung der Kunst eine subjektive, auf die Zukunft ausgerichtete Orientierung abgewonnen. Der Vorgang unterscheidet sich von den Vermittlungsszenarien in Johnsons *Jahrestage*. Die Arbeit an außerliterarischen Medien ist hier allgegenwärtig, betrifft aber weniger die Kunst, sondern vielmehr die Erscheinung der Welt vor allem durch das viele Zeitunglesen der Protagonistin. Die Prozedur der Wiedervermittlung bei Johnson ist insgesamt genauso dynamisch und vielfältig wie das Pendeln der Weiss'schen Dialektik zwischen Selbstorientierung und Selbstinfragestellung, aber anders gelagert. Liegt dort die Betonung auf der Verlässlichkeit der Kunst, so tritt bei Johnson Skepsis gegenüber den Texten und Bildern der diversen Zeitungen hervor. Die Rolle journalistischer Medien als Vermittler zwischen Geschehenem und Rezipienten wird Gegenstand der Erzählung. Während beispielsweise Heinrich Cresspahl 1933 noch von außen zusah, »wie die Nazis ihren Staat einrichteten«, las er die Zeitungen »langsam, nahezu wie eine Erholung und mit festwurzligem Misstrauen, das den Befund über Wahrheit der Nachrichten den eigenen Augen vorbehielt« (JT, 348). Schon hier ist die Skepsis doppelbödig und betrifft sowohl die Ereignisse als auch die Berichterstattung darüber. Die Wichtigkeit der eigenen Aufnahme der Welt wird beteuert. Das geschieht aber nicht unbedingt zu Cresspahls Gunsten, zumal die »eigenen Augen«, wie in der Rekonstruktion der Jerichower Geschichte von Gesine und Marie mehrfach hervorgehoben wird, auch nicht unbedingt ausreichen zur Einschätzung der Handlungsräume, sondern sehr wohl von ergänzenden Sichtweisen abhängig sind, die über die eigene Befangenheit hinausführen. In dieser Hinsicht funktionieren die materiellen Medien der Epik, vorwiegend Zeitung und Radio, als »Lieferant[en] von Wirklichkeit« (JT, 609; zum Radio vgl. JT, 860) als wichtige, aber auch gefährliche Prothesen der eigenen Wahrnehmung.

Scheint beispielsweise die *New York Times* zunächst als verlässliche Quelle für Gesines Orientierung in der fremden Heimat, so wird dieses Medium zunehmend hinterfragt. Das lässt sich schon dem Anfang des Kapitels zum 4. September 1967 entnehmen:

> Das sollen wir glauben? Dass mehr als 300 tschechoslowakischen Intellektuelle in der Welt um Hilfe bitten gegen die eigene Zensurbehörde,

> und in aller Welt den Schriftsteller John Steinbeck? Das glauben wir lieber nicht. Steinbeck hat den Krieg in Vietnam besucht, und es hat ihm dort nicht übel gefallen. Jedoch scheint die New York Times die Nachricht zu glauben und bringt sie auf Seite Eins. (JT, 51)

Viele Beispiele aus der von der Forschung mehrfach beleuchteten Lektüre der *New York Times* legen die kritische Auseinandersetzung Gesines, Maries und Johnsons mit ihrem Wahlmedium dar.[67] Im Kontrast zu den vielen Wiedervermittlungen von Zeitungsinhalten, die mit keiner expliziten Reaktion von Gesine wiedergegeben werden, wird die Berichterstattung im zitierten Beispiel ihrem Ausdruck von Ungläubigkeit untergeordnet. Diese Lebhaftigkeit des Kapitelanfangs stammt sicherlich aus der Verflechtung der Themen des Berichts: Die militärischen Aktionen der USA in Südostasien, die mitunter einer der Gründe sind, weswegen sich Gesine einer bequemeren Einrichtung ins neue Zuhause widersetzt, die politischen Tumulte in der ČSSR, die sie zum Raum der epischen Hoffnung erheben wird, und die Frage nach der Rolle des Schriftstellers in der internationalen Politik. Gesines Skepsis lenkt die Aufmerksamkeit auf die Unzuverlässigkeit des Mediums und die Notwendigkeit der Überprüfung möglicher Reibungsflächen zwischen der Welt und ihrer medialen Vermittlung. Das betrifft auch die redaktionelle Entscheidung der Zeitung, die Quelle zu beglaubigen und die Nachricht auf der ersten Seite zu drucken. In Bezug darauf, wie wichtig die Überprüfung von Informationen im Zeitalter universeller Digitalvermittlung ist, dürfte *Jahrestage* geradezu Modell stehen. Die Herausforderung Johnson'scher Skepsis ist allerdings, dass weder deren Spezifik noch deren Auslassungen Regeln oder Normen bilden, sondern von Fall zu Fall kontextuell analysiert werden müssen. Durch die sorgfältige Zeitungslektüre allein wird man nicht automatisch gefeiter: »Marie, deine Mutter war jemand, der las die Times von New York. Mit Respekt. Ohne Respekt. Denk dir die Synthese aus. (Ich mache dir einen Vorschlag: Wehrlos.)« (JT, 518) Nun könnte die zunehmend euphorische Haltung Gesines gegenüber den Nachrichten aus Prag, beispielsweise am 7. Februar (vgl. JT, 687-690) oder von der *New York Times* unabhängig am 28. Juni bei der Übersetzung vom Manifest der Zweitausend Worte (vgl. JT, 1437-1447), als Indiz solcher Wehrlosigkeit

67 Vgl. hierzu Deborah L. Horzen: Fitting the News to the Novel. Uwe Johnson's Use of *The New York Times* in *Jahrestage*, in: Johnson-Jahrbuch 6, 1999, S. 183-207; Holger Helbig: Vom Material zum Roman. Zitieren und Erzählen in Uwe Johnsons »Jahrestage«, in: Text + Kritik. Uwe Johnson, H. 65/66, 2. Aufl., Neufass., München 2001, S. 149-169; Eva Schauerte: Uwe Johnson und die *New York Times*. Ansätze einer Archivologie der *Jahrestage*, in: Johnson-Jahrbuch 19, 2012, S. 140-159.

gelesen werden. Ihre Haltung aber, auch angesichts der Gegenreden der toten Verwandten (vgl. JT, 619-622),[68] ist nicht unbedingt inkonsequent. Auf der Suche nach möglichen Schauplätzen des eigenen politischen Engagements richtet sie ihr Radar auf Entfaltungschancen des sozialistischen Projekts. Mit dem Festhalten an diesem Projekt ist die subjektive Orientierung gesetzt.[69] Es geht ihr um die Feststellung konkreter Möglichkeiten und deren Verwirklichung im Raum, die sie im Prager Frühling ausmacht. Man kann die Haltung und die Hoffnungsprojektion auf Prag monieren, *Jahrestage* lässt vielfach kritische Blicke auf Gesine zu. Mit der narrativen Entfaltung von Gesines großem Orientierungsversuch legt Johnson die Funktionsweise ihrer Abwägungen offen und macht sie so der Kritik zugänglich.

Auf diese Weise wird ein folgenreicher Unterschied zwischen den Verfahrensweisen der *Ästhetik des Widerstands* und denen der *Jahrestage* sichtbar. Die wiedervermittelten Kunstwerke bei Weiss erscheinen von existentiellem oder geistigem Belang und weisen oft auch eine produktionsästhetische Bedeutung für den werdenden Schriftsteller auf. Ästhetische Verfahren, die aus der Rezeption überwiegend krisengeschüttelter Werke der Kunst entnommen und umfunktionalisiert werden, dienen zur Gegenwartswahrnehmung des »Roman-Ichs« in der erzählten Zeit des Epos. Auf die äußerliche Welt projiziert, machen die aus den Kunstwerken abgeleiteten Verfahren diese Welt annähernd erfahrbar und / oder darstellbar. Außerliterarische Erfahrungen werden damit in die Erzählung integriert bzw. in ihrer Simulation wenigstens umschrieben.[70] Johnsons Vorgehen dagegen entwickelt eine Sprache, in der die Überprüfung aller medialen und kommunikativen Vorgänge unternommen werden kann. Damit testet er sowohl die Möglichkeitsbedingungen von Kommunikation als auch ihre jeweilige Übereinstimmung mit ihren Gehalten aus. Die Überprüfung spart zwar nicht aus, dass die subjektive Befangenheit der Cresspahls als historisch sozialisierte Individuen in Rechnung gestellt werden muss, legt aber die Betonung auf die Vermitteltheit der Objekt-

68 Im Kapitel zum 17. März 1968 stellen die Verwandten den Zusammenhang zwischen Gesines Anreise und der deutschen Okkupation im Weltkrieg her (vgl. JT, 1178f.). Ihre Verweise lassen sich als Erinnerungen auf die historisch kontingenten Ausgangsbedingungen für den Sozialismus in Osteuropa lesen. Mit anderen Worten: Die Verwandten interpretierten den Prager Frühling im verlängerten Kontext der Kriegsgeschichte, jedoch nicht – im Gegensatz zu Gesines Hoffnung – als die Möglichkeit einer Überwindung dieser Vergangenheit in einem souveränen Staat.

69 Vgl. Becker / Michaelis / Vormweg, »Gespräch mit Uwe Johnson« (Anm. 54), S. 309.

70 Als störender Fall für dieses Vorgehen dürfte beispielsweise der Rückgriff des Erzählers auf die griechische Göttin Ge gelten, womit er das Antlitz seiner der Shoah entkommenen Mutter am Anfang des dritten Bandes vergleicht (vgl. ÄW III, 20).

welt, der subjektives Handeln nach- bzw. untergeordnet wird. Im Umgang mit Unsicherheiten und Verunsicherungen ist Johnsons Unternehmen vertrackter: Bar des oft brillierenden Schwungs Weiss'scher Prosa, die von einem Kunstbegehren[71] getragen wird, welches bisweilen Überprüfbares auch überstrapaziert oder überflügelt, sind Johnsons skeptische und dadurch wiederum verlässliche Ermittlungen ergiebig in ihrer Vorführung des vermittelten Lebens. Die künstlerische Einheit der *Jahrestage* ist nicht geringer ausgeprägt als die der *Ästhetik*, verhält sich aber anders zu den in ihr enthaltenen Komponenten, die loser integriert werden. Entwirft Weiss' *Ästhetik* frei nach Walter Benjamins Charakterisierung des Chronisten[72] den Weltlauf als eine epische Emanzipationsgeschichte, so ermittelt Johnson den Weltlauf über Entwürfe mit weniger Sprüngen. Die jahrestäglichen Kapitel bestätigen dabei weder einen Großentwurf widerständiger Emanzipationsgeschichte noch sind sie unbedingt Teile eines zu Ende gedachten Geschichtspessimismus, den Auslegungen von *Jahrestage* dem Werk gelegentlich zuschrieben.

Die Fragen, die sich noch aus dem Epos des Kalten Kriegs in das von Weiss und Johnson unvorhersehbare Jahrhundert übertragen lassen, verjähren nicht: Wo oder was ist »Prag«? Wer oder wo ist »Herakles«? Durch Ausdehnung, Ausbau und Überprüfung solcher Fluchtpunkte epischer Orientierung aus der Katastrophengeschichte heraus stellen *Die Ästhetik des Widerstands* mit der Selbstbetätigung des ästhetischen Sensoriums für die Aufnahme einer zu humanisierenden Welt und die *Jahrestage* mit ihrer vielfältigen Erkundung der objektiven Bedingungen und Möglichkeiten jener Welt Weichen für Kurse durch das neue Jahrhundert hindurch.

71 Vgl. Burkhardt Lindner: Spaltungen. Die Kunst und die Künste bei Peter Weiss, in: Jürgen Schutte/Yannick Müllender/Ulrike Weymann (Hg.): Peter Weiss – Grenzgänger zwischen den Künsten. Bild – Collage – Text – Film, Frankfurt am Main 2007, S. 105-118, hier: S. 112.

72 Vgl. Walter Benjamin: Der Erzähler. Betrachtungen zum Werk Nikolai Lesskows, in: ders., Illuminationen (Anm. 66), S. 385-410, bes. S. 397.

JISUNG KIM

# Dekonstruktive Momente in Uwe Johnsons Poetik

Uwe Johnsons erster veröffentlichter Roman *Mutmassungen über Jakob* handelt vom Problem des geteilten Deutschland, das nach Johnsons eigener Aussage auch die Poetik dieses Werkes bestimmt hat. Denn als »literarische Konsequenz[]« aus der Beschäftigung mit diesem Thema sei, wie es in dem Essay *Berliner Stadtbahn* heißt, sein Misstrauen gegen die »Manieren« erzählerischer »Allwissenheit« hervorgegangen. So lautet eine in der Johnson-Forschung am häufigsten zitierte Stelle:

> Wo steht der Autor in seinem Text? Die Manieren der Allwissenheit sind verdächtig. Der göttergleiche Überblick eines Balzac ist bewundernswert. [...] Der Verfasser sollte zugeben, daß er erfunden hat, was er vorbringt, er sollte nicht verschweigen, daß seine Informationen lückenhaft sind und ungenau. Denn er verlangt Geld für was er anbietet. Dies eingestehen kann er, indem er etwa die schwierige Suche nach der Wahrheit ausdrücklich vorführt, indem er seine Auffassung des Geschehens mit der seiner Person vergleicht und relativiert [...].[1]

Auf den ersten Blick scheint diese Bemerkung den Stil der *Mutmassungen* so treffend zu charakterisieren, dass sie in der Sekundärliteratur bis in die 1970er Jahre hinein[2] zur Erklärung von Johnsons sogenanntem Mutmaßungsstil dienen konnte. Es war der englische Germanist Colin Riordan, der Ende der 1980er Jahre die für die Johnson-Forschung typische Tendenz, *Berliner Stadtbahn* aufzufassen als »a convenient explicator

1 Uwe Johnson: Berliner Stadtbahn (veraltet), in: ders., Berliner Sachen. Aufsätze, Frankfurt am Main 1975, S. 7-21, hier: S. 20f.

2 Vgl. z. B. Ree Post-Adams: Uwe Johnson. Darstellungsproblematik als Romanthema in »Mutmaßungen über Jakob« und »Das dritte Buch über Achim«, Bonn 1977.

of narrative precepts equally suitable for application to all of Johnson's early works«,[3] vehement kritisiert hat. Seiner Ansicht nach sei Johnsons Vorhaben, den allwissenden Erzähler abzuschaffen, gescheitert, weil der Erzähler in *Mutmassungen* zu jeder Zeit willkürlich in das Innere der Figuren hineinblicken könne, was eher auf einen traditionellen auktorialen hinweise. Riordans Kritik ist durchaus gerechtfertigt, zumal sich ein nicht-allwissender Erzähler, der angeblich bei Johnson Anwendung finden soll, nie positiv beweisen lässt. Denn selbst wenn – wie im extremen Beispiel von Ernest Hemingways Novelle *Hills Like White Elephants* – der Erzähler das Innere einer der Figuren niemals fokussieren würde, ist die Möglichkeit, dass er dennoch Einblick haben könnte, nicht auszuschließen, weil es längst als Privileg der allwissenden Erzähler gilt, Informationen vorzuenthalten, »if such concealments suits their purposes«.[4] Der nicht-wissende Erzähler ist insofern eigentlich kein Gegensatz zum wissenden, weil er auch nur so tun kann, als ob er nicht wüsste. In diesem Sinne ist der Zustand, nicht zu wissen, d.h. keine Introspektion in die Gedanken der Figuren zu haben, prinzipiell nicht beweisbar. Ist es jedoch, umgekehrt gefragt, beweisbar, ob ein scheinbar nicht-wissender Erzähler eigentlich doch ein wissender ist? – Ja, allerdings nur auf negative Weise, wie schon Riordans Rhetorik impliziert: »[n]owhere can it be shown that the storyteller is«, »there is nothing in the text to refute the assertion that he is neutrally omniscient«, »[t]here is no indication of whether the narrator knows the answer to that question« oder »there is nothing in *Mutmaßungen* [sic!] *über Jakob* to convince the reader that the narrator is anything more than a co-ordinating omniscient narrator«.[5] Der Versuch Riordans, die Existenz eines »göttergleiche[n] Überblick[s] eines Balzac« zu beweisen, mit dem der Erzähler der *Mutmassungen* trotz Johnsons gegenteiliger Behauptung eben doch ausgestattet sei, ist – wie der Vergleich mit Gott schon verrät – nichts anderes als negative Theologie, die das unaussprechlich Absolute nur durch die Verneinung aller positiven Aussagen bestimmt.

Bei genauerem Lesen stellt sich heraus, dass Johnson in seinem Text *Berliner Stadtbahn* die Rolle des fiktionalen Erzählers als narrativer Instanz mit derjenigen des realen Autors vermischt, der als Besitzer des Urheberrechts an seinen Texten »Geld [verlangt] für was er anbietet«. Diese – vordergründig – naive Vermengung der beiden Begriffe hat der zuvor

3 Colin Riordan: The Ethics of Narration. Uwe Johnson's Novels from *Ingrid Babendererde* to *Jahrestage*, London 1989, S. 4.

4 Ebd., S. 39.

5 Ebd., S. 34, 36, 38, 48; Kursivdruck im Original.

nur knapp skizzierten Rezeption Vorschub geleistet. Die absurde Behauptung vom nicht-allwissenden Autor lässt sich auf die Formel bringen ›Ich weiß nicht, *obwohl* ich erfunden habe‹ und widerspricht damit dem narratologischen Common Sense, wie er in Gérard Genettes Satz »Je le sais *parce que* je l'invente«[6] (Ich weiß es, *weil* ich es erfinde) zum Ausdruck kommt. Genau aus diesem Grund wird Johnson in der Forschung immer wieder der gleiche Vorwurf gemacht, den Riordan so formulierte: »The source of fiction does not lie outside the writer's awareness: the author must indeed know all that can be known about the fictional universe he or she creates, *since* that universe only exists in so far as it is consciously recorded«.[7]

Mit der gleichen Argumentation hat Wolfgang Strehlow Johnsons Behauptung widerlegt, er vergleiche und relativiere seine Auffassung des Geschehens mit derjenigen seiner Personen, »*denn* sie sind ja ebenfalls von ihm erfunden«.[8] Weil Johnson aus dieser Sicht der Forschung gegen die naturgemäße Kausalität zwischen dem Schaffenden und dem Geschaffenen verstößt – bezeichnet durch die Bindewörter »parce que«, »since« und »denn« –, schien *Berliner Stadtbahn* als poetologischer Essay diskreditiert und wurde nicht mehr berücksichtigt.

Allerdings ist Johnson dieser Widerspruch natürlich völlig bewusst, was er z. B. in einem Gespräch mit Manfred Durzak unter Beweis stellt, wenn er sagt: »und da würde ich es für richtig halten, daß ich diese Personen, *obwohl* ich sie erfunden habe, für Partner halte«.[9] Die Inkonsequenz ist also, so unvernünftig sie aussieht, von Johnson durchaus beabsichtigt, insofern zielt die Kritik einer vermeintlichen Naivität ins Leere.

Im Folgenden ist deshalb von der Autorschaft des Autors die Rede, nicht von der erzähltheoretischen Konsequenz seiner Behauptung. Zu fragen ist dabei: Warum nimmt Uwe Johnson die skizzierte Inkonsequenz bewusst in Kauf? Was bezweckt er damit? Und was bedeutet das für seine Poetik? Anders gefragt: Inwieweit lässt sich *Berliner Stadtbahn* trotz der skizzierten Inkonsequenz als poetologischer Text lesen?

6 Gérard Genette: Nouveau discours du récit, Paris 1983, S. 11; Hervorhebung J. K.

7 Riordan, Ethics (Anm. 3), S. 44; Hervorhebung J. K.

8 Wolfgang Strehlow: Ästhetik des Widerspruchs. Versuche über Uwe Johnsons dialektische Schreibweise, Berlin 1993, S. 143; Hervorhebung J. K.

9 Manfred Durzak: Dieser langsame Weg zu einer größeren Genauigkeit. Gespräch mit Uwe Johnson, in: ders., Gespräche über den Roman. Formbestimmungen und Analysen, Frankfurt am Main 1976, S. 428-460, hier: S. 430; Hervorhebung J. K.

Die Problemstellung ruft zunächst Roland Barthes' *Tod des Autors*[10] und Wolfgang Isers *Akt des Lesens*[11] ins Gedächtnis – beides Texte, die ein genial-schöpferisches Autorschaftsmodell infrage stellen. Aber weder die strukturalistische Narratologie von Barthes noch die Rezeptionsästhetik von Iser entsprechen dem vorliegenden Fall, bei dem es sich ja um eine Autorpoetik handelt. Vielmehr ist es der Poststrukturalismus, der eine Möglichkeit anbietet, den entprivilegierten Status des Autors näher zu bestimmen, der aus Johnsons Behauptung entsteht, er könne als Autor nicht frei über die von ihm erfundenen »Personen« verfügen. Nach Paul de Mans Aufsatz *Dialogue and Dialogism* sind gewisse literarische Werke nach dem Prinzip der Exotopie strukturiert, das sich vom Dialogismus des Werks herleitet.[12] Die Verknüpfung von Johnsons Poetik mit de Mans Ansatz ist vor allem mit Blick auf de Mans Auffassung von Dialog und Dialogismus naheliegend – beides Begriffe, die auch für Michail Bachtins literaturtheoretische Überlegungen in seinen Untersuchungen über *Probleme der Poetik Dostojevskijs*[13] zentral sind. Bachtins Theorie wiederum steht zu Johnsons Poetik in einem sehr produktiven Verhältnis, wie einschlägige Arbeiten der Johnson-Forschung gezeigt haben.[14] De Man definiert »Dialogismus« folgendermaßen:

> dialogism also functions, throughout the work and especially in the Dostoevsky book [*Probleme der Poetik Dostojevskijs* (1929), J.K.], as a principle of radical otherness or, to use again Bakhtin's own terminol-

10 Vgl. Roland Barthes: Der Tod des Autors, in: Fotis Jannidis / Gerhard Lauer / Matias Martinez (Hg.): Texte zur Theorie der Autorschaft, Stuttgart 2000, S. 185-193.

11 Vgl. Wolfgang Iser: Der Akt des Lesens. Theorie ästhetischer Wirkung, München 1976.

12 Vgl. Paul de Man: Dialogue and Dialogism, in: ders., The Resistance to Theory, Minneapolis 1997, S. 106-114.

13 Vgl. Michail Bachtin: Probleme der Poetik Dostojevskijs, München 1971.

14 Derek Gregory Bond sagt dazu Folgendes: »Mikhail Bakhtin identified and investigated the organization of voices as one of the essential formal features of prose fiction. His work is of considerable interest regarding Johnson's novel, in which the interplay between different voices is such an essential feature«; Derek Gregory Bond: The Dialogic Form of Uwe Johnson's *Mutmassungen über Jakob*, in: The Modern Language Review 84, 1989, S. 874-884, hier: S. 876. Norbert Mecklenburg äußert hierzu: »Die Verfremdungstechnik der *Mutmassungen* wäre nicht nur von der ›Brecht-Lukács-Debatte‹ und von dem ›Faulkner-Erlebnis‹ des jungen Autors, sondern ebenso von der Romantheorie Bachtins aus zu interpretieren, die das kritische, antidogmatische, subversive Potenzial des ›polyfonen‹ Romans in der Art sieht, wie er mit der gesellschaftlichen ›Redevielfalt‹, mit den ideologischen Debatten zitierend, parodierend, verfremdend umgeht«; Norbert Mecklenburg: »Märchen vom unfremden Leben«. Uwe Johnson und der Sozialismus, in: Das Argument 34, 1992, S. 219-233, hier: S. 222.

> ogy, as a principle of *exotopy:* far from aspiring to the telos of a synthesis or a resolution, as could be said to be the case in dialectical systems, the function of dialogism is to sustain and think through the radical exteriority or heterogeneity of one voice with regard to any other, including that of the novelist himself. She or he is not, in this regard, in any privileged situation with respect to his characters.[15]

Die Stimme einer Romanfigur sei demnach nicht nur von der des Autors verschieden, sondern sei von einer radikalen Alterität – es gilt demnach gerade »not: *Madame Bovery, c'est moi*«.[16] Meine These ist, dass eben dies auch auf Johnson zutrifft – mit Frauke Meyer-Gosau gesagt: »Mrs. Cresspahl: ce nest [sic!] pas moi!«[17] Denn es sind bei Johnson die lebendigen und von ihrem Erfinder unabhängigen »Personen« – die er bewusst nie Figuren nennt[18] –, welche die Erzählstruktur bestimmen, und nicht der Autor. Dieser dürfe, so Johnson, den »Personen« durch sein Eingreifen nicht schaden:

> Ich habe so ungefähr ein Viertel [der *Mutmassungen über Jakob*, J.K.] chronologisch geschrieben, ohne da irgendwelche Gespräche oder Monologe dazwischen zu schieben, aber dann ergaben sich stilistische Schwierigkeiten, etwa von der Art, daß ein unbeteiligter Erzähler nicht gut die entschiedene Haltung und Meinung von Herrn Rohlfs wiedergeben kann, ohne sich in seiner allzu kritischen oder allzu ironischen oder allzu feindseligen Art dazu zu verhalten. Das schadet natürlich der Gestalt Rohlfs und darum wurde aus Herrn Rohlfs ein innerer Monolog.[19]

Allein schon die Annahme, der Autor könnte mit dem Erzählen seinen »Personen« schaden, setzt voraus, dass diese bereits vorher existierten, dass sie also nicht erst vom Autor – gleichsam narratologisch – in die Welt gesetzt wurden. Das läuft auf einen Satz wie diesen hinaus: ›Die Perso-

15 De Man: Dialogue and Dialogism (Anm. 12), S. 109; Kursivdruck im Original.

16 Ebd.; Kursivdruck im Original.

17 Frauke Meyer-Gosau: Weibliche Perspektive des männlichen Erzählers? Uwe Johnsons *Jahrestage* der Gesine Cresspahl, in: Manfred Jurgensen (Hg.): Johnson. Ansichten – Einsichten – Aussichten, Bern 1989, S. 121-139, hier: S. 122.

18 Vgl. Manfred Durzak: Gespräch mit Uwe Johnson über die *Jahrestage*, in: Rainer Gerlach / Matthias Richter (Hg.): Uwe Johnson, Frankfurt am Main 1984, S. 273-285, hier: S. 273.

19 Arnhelm Neusüss: Über die Schwierigkeiten beim Schreiben der Wahrheit. Gespräch mit Uwe Johnson. (Am 10.9.1961 in West-Berlin), in: Eberhard Fahlke (Hg.): »Ich überlege mir die Geschichte ...« Uwe Johnson im Gespräch, Frankfurt am Main 1988, S. 184-193, hier: S. 185.

nen sind Andere, *obwohl* ich sie erfunden habe.‹ Setzt man diesen Satz zu unserer Formel: ›Ich weiß nicht, *obwohl* ich erfunden habe‹ in Bezug, dann zeigt sich, dass die Exotopie der »Personen« und das Nicht-Wissen des Autors nur zwei Seiten derselben Medaille sind.

Die Behauptung, in Johnsons *Mutmassungen* sei ein nicht-allwissender Autor am Werk, ist also – folgt man der Spur von Bachtins Begriff des Dialogismus – durch die Alterität der Personen gedeckt. Es gilt in der Forschung als Konsens, dass in den Erzählwerken von Uwe Johnson unterschiedliche dialogische Formen – sei es die perspektivische Auffächerung seines erstveröffentlichten Romans *Mutmassungen über Jakob*, sei es das ›Gespräch mit Toten‹ in den *Jahrestagen* – eine große Rolle spielen. So hält z.B. Derek Gregory Bond »the interplay between different voices« für ein »essential feature« von *Mutmassungen*,[20] und für Moritz Baßler reicht »das Dialogische […] in den *Jahrestagen* bis in den Kern der Erzählinstanz hinein«.[21] Ich gehe davon aus, dass sich dieser Befund auf Johnsons gesamte Poetik ausweiten lässt, und möchte daher im Folgenden zeigen, dass und wie die Dialogizität über die narrativ-stilistische Ebene der Romane hinaus auch für Johnsons Poetik von großer Bedeutung ist.

Bei Johnson sind Elemente wie Form, Inhalt und Thema nicht voneinander isoliert, sondern organisch und notwendig miteinander verbunden. Die sowohl in sprachlicher Hinsicht als auch in erzählerisch-technischer Hinsicht hochkomplizierte Struktur der *Mutmassungen* entspringt nicht aus einer avantgardistischen Absicht, sondern dem Anspruch von der »Grenze«, die verlangt, »die epische Technik und die Sprache zu verändern, bis sie der unerhörten Situation gerecht werden«.[22] Auch die Beziehung zwischen Form und Inhalt formuliert Johnson als Abhängigkeitsverhältnis: »Die Form hat lediglich die Aufgabe, die Geschichte unbeschädigt zur Welt zu bringen. Sie darf vom Inhalt nicht mehr ablösbar sein«.[23] Die Johnson'sche Poetik ist daher als dialogisch-dialektisches Zusammenspiel von Inhalt, Form und äußeren politischen Gegebenheiten zu denken.

Nun lässt sich fragen: Woher kommt eigentlich dieser starke Hang zum Dialog? Was begründet bei Johnson die Dialogizität? Auf der Suche nach einer Antwort fällt zwangsläufig die Weigerung Johnsons auf, in seinen

20 Bond, The Dialogic Form (Anm. 14), S. 876.

21 Moritz Baßler: Deutsch-englische Hybridbildungen und die Funktion der Marie in Uwe Johnsons *Jahrestagen*, in: Johnson-Jahrbuch 12, 2005, S. 103-113, hier: S. 105; Kursivdruck im Original.

22 Johnson, Berliner Stadtbahn (Anm. 1), S. 10.

23 Uwe Johnson: Vorschläge zur Prüfung eines Romans, in: Gerlach / Richter (Hg.), Uwe Johnson (Anm. 18), S. 30-36, hier: S. 34.

literarischen Texten eine »Moral« zu liefern. In seinem Essay *Vorschläge zur Prüfung eines Romans*, der neben *Berliner Stadtbahn* als einer der wichtigsten Texte zum Verständnis für Johnsons Poetik gilt, insistiert er entschieden auf der Abgrenzung seiner Texte von zeitgenössischer Tendenzliteratur: »Ein Geständnis, gerichtet an Freunde und Feinde auf der linken Seite: Ein Roman ist keine revolutionäre Waffe. […] Die Lieferung einer Quintessenz oder einer Moral ist Bruch des Vertrages. Mit dem Roman ist die Geschichte versprochen«.[24]

Johnson will sein literarisches Werk auf »keine Botschaft«[25] reduzieren (lassen), er will keine »Quintessenz« oder »Moral« liefern, die ja nichts anderes sein könnte als die persönliche Moral des Autors, die gleichsam als Monolog des Autors an den Leser weitergegeben würde. Daher benötigt er sowohl stilistisch als auch poetologisch die Vernetzung der Dialogizität, die auch die Voraussetzung für sein Programm zur ideologiefreien »Wahrheitsfindung«[26] ist.

Eine solche Interpretation könnte einerseits zur Erklärung der Essenz von Johnsons Poetik beitragen, andererseits verleiht sie seiner Poetik wieder den Ausdruck einer negativen Theologie. Eine derart negative Poetik möchte ich im Folgenden dekonstruieren. Dabei versuche ich zu vermeiden, poetologische Aussagen des Autors buchstäblich auf seine literarischen Texte anzuwenden, denn ich bin der Ansicht, dass diese Aussagen vor allem in Hinsicht auf ihren Stil, die verwendeten Tropen, Bilder und Redefiguren, d.h. poetologisch gelesen werden sollten.

Der Essay *Vorschläge zur Prüfung eines Romans*, in dem Johnson seinen Widerstand gegen die »Lieferung […] einer Moral« explizit formuliert, ist paradoxerweise voll von ethischen Ausdrücken wie »Versprechen«, »Verantwortung«, »Lüge« oder dem Modalverb »sollen«. Mit der Vermeidung der Moral meint Johnson nicht das Antonym des Wortes, also die Immoralität, sondern die moralische Neutralität, die erst durch strenge Selbstdisziplin des Autors ermöglicht wird. Dieses Paradox wird verständlicher, wenn man Johnsons Stellungnahme mit der von Gesine Cresspahl geträumten »moralische[n] Schweiz« (JT, 382) vergleicht: Moralische Neutralität erfordert immer schon die ethische Bewaffnung, genauso wie die Wehrpflicht für den Erhalt der schweizerischen Neutralität unentbehrlich ist. In den ethischen Ausdrücken der *Vorschläge* finde ich ein typisch dekonstruktives Moment, weil die Tropen, die der Verfasser ver-

24 Ebd., S. 35.
25 Durzak, Gespräch mit Uwe Johnson (Anm. 9), S. 430.
26 Johnson, Berliner Stadtbahn (Anm. 1), S. 11.

wendet, gerade das Gegenteil von dem verraten, was er inhaltlich zu vermitteln versucht. »Die Dekonstruktion ist nichts«, so Paul de Man, »was wir dem Text hinzugefügt hätten, sondern sie ist es, die den Text allererst konstituiert hat. Ein literarischer Text behauptet und verneint zugleich die Autorität seiner eigenen rhetorischen Form«.[27] Mit den Verfahren der Dekonstruktion, die Texte auf »innere Widersprüche« hin liest und »diese mit den formulierten Absichten der Texte« konfrontiert,[28] gelangt man bei Johnson zu der Beobachtung, dass die Vernetzung der Dialoge, die eigentlich der Vermeidung jeder Moral dienen sollte, auf einem ethischen Prinzip basiert.

Doch gibt es in dieser Vernetzung auch eine Bruchstelle, die der Autor selbst bewusst oder unbewusst[29] in seinem Essay *Berliner Stadtbahn* thematisiert, und zwar die Dissonanz zwischen Signifikant und Referent, d.h. zwischen sprachlichen Zeichen und den Gegenständen, auf die sie sich beziehen. Um diese Bruchstelle genauer zu analysieren, darf man nicht nur den Teil der »literarische[n] Konsequenzen« untersuchen, der nicht mehr als das letzte Zehntel des gesamten Textes *Berliner Stadtbahn* einnimmt, sondern muss auch die anderen 90 Prozent des Textes in Betracht ziehen, in denen Johnson sich mit der Analyse der Stadt Berlin in den 1950er Jahren beschäftigt. Der Essay beginnt mit Johnsons Geständnis, dass er sich »an einem größeren epischen Text«[30] versucht habe und dabei einen ganz alltäglichen Vorgang in einem Stadtbahnhof in Berlin als kleine Episode beschreiben wollte. Dieser Versuch sei aber schließlich gescheitert. Das ist auf den ersten Blick der »unerhörten Situation«[31] Berlins zu dieser Zeit zuzuschreiben, also der komplizierten Lage der Stadt vor dem Mauerbau. Aber bei genauerem Lesen erkennt man, dass es sich eigentlich um ein semiotisches Problem handelt, wie dem folgenden Zitat zu entnehmen ist:

27 Paul de Man: Semiologie und Rhetorik, in: ders., Allegorien des Lesens, aus dem Amerikanischen von Werner Hamacher und Peter Krumme, Frankfurt am Main 1988, S. 31-51, hier: S. 48.

28 Stefan Münker / Alexander Roesler: Poststrukturalismus, 2., akt. und erw. Aufl., Stuttgart 2012, S. 141.

29 Dass Johnson sich zumindest nicht vollkommen bewusst kritisch mit der sprachlichen Repräsentationsfähigkeit auseinandersetzt, stellt seine Aussage aus dem Interview mit Durzak unter Beweis: »D[urzak]: […] habe ich vorhin gemeint, daß es Ihnen nicht darum geht, Sprachliches herzustellen, dessen Bedeutung in erster Linie nur im Sprachlichen selbst liegt, sondern daß Sie versuchen, im Resultat doch eine Bedeutungsintention sichtbar zu machen. J[ohnson]: Das ist richtig. […] Ich benutze an der Sprache hauptsächlich das, was zur Verständigung dient«; Durzak, Gespräch mit Uwe Johnson (Anm. 9), S. 429.

30 Johnson, Berliner Stadtbahn (Anm. 1), S. 7.

31 Ebd., S. 10.

»Nach einiger Zeit war es aber ärgerlich, daß diese einfache Bahnhofsszene nicht für den Namen Berlin hatte stehen wollen«.[32]

Das Problem betrifft die Repräsentationsfähigkeit – das Für-den-Namen-Stehen – der Bezeichnung ›Berlin‹. In den folgenden Passagen setzt sich Johnson in semiotischer Hinsicht mit der Stadt auseinander, wenn er folgende Ausdrücke verwendet: Die Stadt könne nicht in »zutreffende Worte« gesetzt werden, denn die »Grenze zerlegt den Begriff«.[33] Oder wenn er feststellt, eine Bezeichnung sei »irreführend«.[34] Solche intentionalen Bilder wie »zutreffend« oder »irreführend« bedeuten, dass der Signifikant ›Berlin‹ keinen entsprechenden Referenten finden kann – aber warum? Johnson erklärt das ganz sachlich:

> Berlin zu sagen ist vage und vielmehr eine politische Forderung, wie die östliche und die westliche Staatenkoalition sie seit einiger Zeit aufstellen, indem sie der von ihnen beeinflußten Hälfte den Namen des ganzen Gebietes geben, als sei die andere nicht vorhanden oder bereits in der eigenen enthalten.[35]

Solange »Berlin zu sagen« je nach dem Kontext unweigerlich die Parteinahme entweder für den West-Teil oder für den Ost-Teil der Stadt bedeutet, ist Berlin als Begriff für Johnsons ideologiefreies Programm der Wahrheitsfindung unbrauchbar, weil es seiner Ethik widerspricht. Der Signifikant ›Berlin‹ ist, da die beiden politischen Zonen Berlins der von ihnen beeinflussten Hälfte jeweils den Namen des ganzen Gebietes geben, »als sei die andere nicht vorhanden oder bereits in der eigenen enthalten«, gerade nicht zweideutig, sondern hat zwei sich gegenseitig ausschließende und einander dialektisch nicht aufhebende Referenten. Das ist der wahre Sinn der Aussage: »es gibt nicht: Berlin«.[36] Diese Situation erinnert an die von den Dekonstruktivisten behauptete »Aporie des Lesens«, die Paul de Man am Beispiel der letzten Zeile des Gedichts *Among School Children* von William Butler Yeats – »How can we know the dancer from the dance?«[37] – ermittelt hat, die weder eindeutig als schlichter Fragesatz noch als rhetorische Frage verstanden werden kann. »Die beiden Lektüren müssen sich in direkter Konfrontation aufeinander beziehen, denn die eine

32 Ebd., S. 7.
33 Ebd., S. 8.
34 Ebd., S. 9.
35 Ebd.
36 Ebd.
37 William Butler Yeats: Among School Children, in: Richard J. Finneran (Hg.): The Collected Poems of W.B. Yeats, A new Edition, New York 1989, S. 215-217, hier: S. 217.

ist genau der Irrtum, der von der anderen denunziert wird und von ihr aufgelöst werden muß.«[38] Die Dekonstruktion des Signifikanten ›Berlin‹ – aber auch von Adjektiven wie ›frei‹, ›demokratisch‹ oder ›friedlich‹,[39] die angesichts verschiedener Gebrauchsweisen in Ost und West zu zwei getrennten Sprachsystemen mit eigenen Regeln und eigener Terminologie gehören – ist durch die Differenz der Referenten unvermeidlich.[40]

Natürlich gibt es auch einen entscheidenden Unterschied: Während die Dekonstruktivisten davon ausgehen, dass das dekonstruktive Moment der Sprache immanent ist, geht es bei Johnson, der als realistischer Romancier verlangt, »die epische Technik und die Sprache zu verändern, bis sie der unerhörten Situation gerecht werden«,[41] stets um die Übermacht der Referenten. Erst in diesem poststrukturalistischen Kontext wird die Ironie der folgenden Formulierung aus *Berliner Stadtbahn* verständlich: »Das Wort Dilemma tritt nicht oft in so reiner Kongruenz mit seinem Gegenstand auf«.[42] Der einzige Signifikant, der seinem Referenten vollkommen entspricht, ist das »Wort Dilemma«, das nichts anderes als Doublebind bedeutet.

Solche poststrukturalistischen Momente, die ich bis hierher zunächst in Johnsons poetologischen Texten ermittelt habe, können auch auf Johnsons Erzählwerke angewendet werden. Sein Roman *Mutmassungen über Jakob*, in dem jede der Hauptfiguren fast allegorisch einen politischen Standpunkt vertritt – die NATO-Dolmetscherin, der Stasi-Hauptmann und der kritische Intellektuelle in der DDR –, verkörpert durch seine parallele Anordnung am deutlichsten die perspektivische Dialogizität. Die Dialogizität in den *Mutmassungen* ist so allgegenwärtig, dass die Figuren nicht nur in den explizit mit dem Redezeichen »–« gekennzeichneten Dialog-Partien

38 De Man, Semiologie und Rhetorik (Anm. 27), S. 42.

39 Vgl. Johnson, Berliner Stadtbahn (Anm. 1), S. 19.

40 Bemerkenswert ist auch, dass Johnson Sprache mit dem Bild von Münzen vergleicht: »Da diese Namensgebung parteiisch und wertend verfährt, ist sie ohnehin nicht tauglich für den Text. […] Möglicherweise fand er [der Verfasser, J.K.] keine zureichenden Ersatzbezeichnungen, so daß er die amtlichen hat benutzen müssen wie Münzen, deren Kurswert uneingestanden mit Wirklichkeit aufgerundet oder abgerundet werden mußte, bis der tatsächliche Wert ungefähr erreicht war«; Johnson, Berliner Stadtbahn (Anm. 1), S. 19. Friedrich Nietzsche, der als Vorgänger der modernen Sprachphilosophie anzusehen ist, nimmt in seinem Aufsatz *Ueber Wahrheit und Lüge im aussermoralischen Sinne* einen ähnlichen Vergleich vor; vgl. Friedrich Nietzsche: Ueber Wahrheit und Lüge im aussermoralischen Sinne, in: ders., Werke. Kritische Gesamtausgabe, hg. von Giorgio Colli und Mazzino Montinari, Abt. 3, Bd. 2: Nachgelassene Schriften 1870-1873, Berlin 1973, S. 368-384, hier: S. 375.

41 Johnson, Berliner Stadtbahn (Anm. 1), S. 10.

42 Ebd., S. 14.

in den dialogischen Austausch mit anderen treten, sondern auch in den kursiv gesetzten inneren Monologen gewissermaßen einen Dialog mit sich selbst führen, um ihre eigene Weltsicht zu relativieren. Dies lässt sich an einem Monolog von Stasi-Hauptmann Rohlfs verdeutlichen.

Rohlfs, der damit beauftragt wurde, die NATO-Dolmetscherin Gesine Cresspahl als Spionin zu gewinnen, nimmt Kontakt mit Jakob auf, um dessen Zusammenarbeit einzufordern, und stellt ihm seine Ansicht über die momentane Lage der DDR vor:

> *Ich stellte mich auf den Boden der Tatsachen. Ich sagte ihm* [Jakob, J.K.] *dass die Sowjetunion da, wo sie uns vom Faschismus befreit hat, das grosse private Eigentum an Maschinen und Rohstoffen und Lohngeld abgeschafft hat, von den grossen Bodenflächen ganz zu schweigen, das weiss er ja wohl selber, und nach all diesem Schmutz ist unglaublich ein neuer Staat entstanden, der die Arbeit gerecht verwaltet, den Überschuss zwischen Lohn und Wert der Arbeit dem gemeinen Wohl nützlich zukommen lässt, in dieser Zeit können noch ganz andere als Jakob glücklich werden.*[43]

Rohlfs' Monolog ist, wie das Zitat zeigt, zunächst in jeder Hinsicht ein schlichter Monolog, weil er konsequent aus dem »official discourse« besteht. Michael Holquist definiert den offiziellen Diskurs in seiner Abhandlung über den Dialogismus von Bachtin als »utopian language«, die »resists communication« und »abhor difference and aim for a single, collective self«.[44] Rohlfs rekapituliert im Monolog ein Gespräch mit Jakob, in dem er dem Eisenbahner seine ideologische Ansicht, dass sein Staat »*gerecht*« und »*dem gemeinen Wohl nützlich*« sei und jeder darin »*glücklich*« werden könne, ganz dogmatisch aufzudrängen versucht hatte. Solange Rohlfs sich selbst seiner eigenen Aussage als »*Tatsache[]*« versichert – also davon ausgeht, dass sie die äußere Gegebenheit vollkommen abbildet –, gehört sie nach Paul de Man zu einer Ideologie, die als »confusion of linguistic with natural reality, of reference with phenomenalism«[45] definiert werden kann. Offizielle Sprachen funktionieren als »masks for ideologies«.[46] Was die Auslöschung der Differenz zwischen dem Zeichen und der Realität ermöglicht, ist gerade das dem inneren Monolog

43 Uwe Johnson: Mutmassungen über Jakob, Frankfurt am Main 1959, S. 47; Kursivdruck im Original.

44 Michael Holquist: Dialogism. Bakhtin and his world, London 1990, S. 52.

45 Paul de Man: The Resistance to Theory, in: Yale French Studies 63, 1982, S. 3-20, hier: S. 11.

46 Holquist, Dialogism (Anm. 44), S. 52.

immanente »Privileg der *phone*« vom »System des ›Sich-im-Sprechen-Vernehmens‹«.[47] Die »völlige Auslöschung des Signifikanten«, welcher Jacques Derrida in *Grammatologie* zuschreibt, »gerade die Idee der Wahrheit [zu bedingen]«,[48] wird auch die Bedingung dafür, dass Rohlfs behaupten kann, er stehe auf dem *»Boden der Tatsachen«*. Aber im Verlauf des Treffens, als Jakob aus der Perspektive des Arbeiters die Lage der DDR ganz anders beschreibt, beginnt der *»Boden der Tatsachen«*, auf dem Rohlfs sich anfangs noch wähnte, zu schwanken. Sein Monolog bleibt zwar äußerlich ein Monolog, aber der monologische Charakter wandelt sich sukzessive ins Dialogische.

> *([...] Sah ihn an als könnt ich mich nicht bewegen, wenn er so sagen darf –:) die gesellschaftliche Ordnung ändere Anlass und Umstände des Verkehrs nur äußerlich. Das war gesetzt auf meinen Boden der Tatsachen, nicht wahr. Die Umstände des von Jakob beaufsichtigten Streckenabschnitts sind im allgemeinen also die aller anderen, nämlich das dritte und mitunter das zweite Gleis sind von der Roten Armee abgerissen worden und fehlen.* (MJ, 48; Kursivdruck im Original)

Einerseits hat die *»Sowjetunion«* bzw. die *»Rote[] Armee« »uns vom Faschismus befreit«*, andererseits hat sie das *»dritte und mitunter das zweite Gleis«* des vom Dispatcher Jakob beaufsichtigten Streckenabschnitts *»abgerissen«*. Die zweite *»Tatsache[]«* könnte also Rohlfs' eigene *»Tatsache[]«* relativieren, wie er selbst bemerkt. Weiter geht es: *»Das haben die Franzosen auch gemacht: dachte ich, aber so hatte Jakob das nun wieder gar nicht gemeint, ich hielt still wie der Vogel im Netz«* (MJ, 48; Kursivdruck im Original).

*»Das haben die Franzosen auch gemacht«* ist hier zunächst ein Einwand von Rohlfs, um die Position Jakobs zu schwächen und seine eigene *»Tatsache[]«* zu verteidigen. Der Einwand wird allerdings von ihm selbst sofort wieder entkräftet, weil er überzeugt ist, dass Jakob *»das nun wieder gar nicht gemeint«* hatte. Wichtig hierbei ist, dass dieser (mündliche) Meinungsaustausch nur im Kopf von Rohlfs stattfindet, der nur so *»dachte«*. Indem Rohlfs die Alterität von Jakob erkennt, ist sein Monolog, der mit dem Wort *»Ich«* angefangen hatte, dialogisiert worden, und zwar im buchstäblichen Sinne. Der weitere Verlauf des Monologs lässt sich so deuten, dass Rohlfs sich selbst in der zweiten Person anspricht:

47 Jacques Derrida: Grammatologie, aus dem Französischen übersetzt von Hans-Jörg Rheinberger und Hanns Zischler, [7]Frankfurt am Main 1998, S. 18f.; Kursivdruck im Original.

48 Ebd., S. 38.

> *›Wir haben zu wenig Kohle‹ fügte er hinzu, nun zögerte er zum ersten Mal, mochte sich nicht einlassen auf eine Erklärung. Wie kann man seinem Freund die Kohle kündigen, nur weil er keine Dollars hat. So sieht dein Sozialismus nun aus mein Lieber. Er schwieg aber kaum aus Misstrauen, er hatte mich nicht ärgern wollen.* (MJ, 50; Kursivdruck im Original)

Der skizzierte Vorgang kann insofern als paradigmatisches Beispiel der »Wahrheitsfindung« angesehen werden, als hier verschiedene »Teilwahrheiten« miteinander in Dialog treten und sich gegenseitig korrigieren. 1961 formulierte Uwe Johnson in einem Gespräch mit Arnhelm Neusüss, das mit *Über die Schwierigkeiten beim Schreiben der Wahrheit* betitelt ist:

> Was ist denn die Wahrheit? Es gibt eine subjektive, die Erlebniswahrheit [...]. Die Wahrheit des Sachwalters oder die Wahrheit des Kanzlers: all diese Teilwahrheiten: sie mögen sich manchmal überdecken, mitunter bestätigen sie sich, aber sie alle greifen von ganz verschiedenen Aspekten her den Gegenstand [...] an [...].[49]

Aus diesem Befund allein ergibt sich jedoch noch kein dekonstruktives Moment, wie wir es in *Berliner Stadtbahn* beobachtet haben. Der Dialog im Monolog von Rohlfs enthält zwei verschiedene »Teilwahrheiten« des Sachverhalts über die Sowjetunion bzw. die Rote Armee, die in den Ausdrücken »*befreit*« und »*abgerissen*« enthalten und in ihren jeweiligen Kontexten isoliert gültig sind: einerseits, dass die Rote Armee »*uns vom Faschismus befreit hat*«, andererseits aber, dass sie die Gleise »*abgerissen*« hat. Sie hat also auf die DDR sowohl einen positiven als auch einen negativen Einfluss ausgeübt. Es handelt sich um gegensätzliche Positionen, die schließlich – und das ist der entscheidende Punkt – im Monolog von Rohlfs auf einen semiotischen Bruch zulaufen:

> *Über seine Strecke kommt: erklärt er mir: die Überzahl der internationalen Güterzüge in Richtung der skandinavischen Fährschiffe und des Hamburger Hafens, deren Pünktlichkeit sei wichtig für das Ansehen der Deutschen Demokratischen Republik, er sprach den Namen immer ungekürzt aus wie ich das auch tu, und was meine ich damit, und was meint er damit?* (MJ, 49; Kursivdruck im Original)

49 Neusüss, Schwierigkeiten beim Schreiben der Wahrheit (Anm. 19), S. 191f.

Obgleich sowohl Rohlfs als auch Jakob ihren Staat immer ungekürzt die »*Deutsche[] Demokratische[] Republik*« nennen, ist Rohlfs unsicher, ob Jakob mit diesem Signifikanten dasselbe meint wie er. Während Rohlfs wahrscheinlich seine Ergebenheit für den Staat zu erklären meint, indem er die DDR ungekürzt beim Namen nennt, kommt bei Jakob auf diese Weise eher ein Abstandsgefühl zum Ausdruck. Wo der eine also auf Loyalität zielt, zielt der andere auf Distanz. Dieselbe sprachliche Äußerung kann demnach grundlegend für verschiedene Absichten stehen. Johnsons Aussage »es gibt nicht: Berlin« ließe sich also auch auf die DDR übertragen und man könnte sagen: ›es gibt nicht: die Deutsche Demokratische Republik‹.[50] Allein am Buchstabenbild lässt sich diese Differenz nicht erfassen.

Ein ähnliches Beispiel ist auch in den *Jahrestagen* zu finden. Gesine Cresspahl reflektiert darin semiotisch über das »Princeton-Experiment«, in dem durch die sprachliche Operation die Zusammenhänge zwischen unangenehmen Empfindungen und Erinnern bzw. Vergessen untersucht werden (vgl. JT, 226f.). Das wäre ein direktes und spekulatives Beispiel, auf das ich allerdings nicht weiter eingehen werde, da ich über dieses konkrete Beispiel hinaus behaupte, dass der gesamte *Jahrestage*-Text wesentlich dekonstruktive Probleme verhandelt. Wie ist das zu verstehen?

Der überwiegende Teil der *Jahrestage* ist, obwohl innerhalb der erzählten Welt meistens Plattdeutsch und Englisch gesprochen wird, vom »Genossen Schriftsteller« (JT, 229) Uwe Johnson ins Hochdeutsche übersetzt und niedergeschrieben worden. Deswegen sind die *Jahrestage*, so Moritz Baßler, »nicht ›realistisch‹ im Sinne einer schlichten Mimesis«[51] verfasst. Aus dieser Grundkonstellation resultieren unter anderem merkwürdige Sätze wie die folgenden:

– Hast du die Zeit, Mrs. Williams, Amanda?
– Hier haben Sie Time, Dschi-sain! (JT, 695)

50 Im Gespräch mit Horst Bienek geht Uwe Johnson auf dessen Benennung der DDR so ein: »Ich höre mit Befriedigung, daß Sie endlich ›sogenannte DDR‹ gesagt haben, daß Sie, nachdem Sie schon ein paarmal die DDR erwähnten, auch einmal hinzufügen ›sogenannt‹. Ich halte es für eine sehr korrekte Hinzufügung, denn tatsächlich haben die ostdeutschen Kommunisten es ›so genannt‹«; Horst Bienek: Werkstattgespräch mit Uwe Johnson. (Am 3.-5.1.1962 in West-Berlin), in: Fahlke (Hg.), »Ich überlege mir die Geschichte ...« (Anm. 19), S. 194-207, hier: S. 202.

51 Baßler, Hybridbildungen (Anm. 21), S. 108.

Dieses Gespräch zwischen Gesine und ihrer Kollegin Amanda Williams wird in der Wirklichkeit des Romans auf Englisch geführt, aber für die schriftliche Fassung vom »Genossen Schriftsteller« ins Deutsche übersetzt. Auf diesem Weg entstehen, so Baßler, »zwei durch und durch hybride Sätze, im Wortsinne *unspeakable sentences,* die nur in der Schriftform des Romans überhaupt möglich sind«.[52] Mit dem Satz »Hast du die Zeit […]?« meint Gesine natürlich den Titel des amerikanischen Nachrichtenmagazins *Time* mit schockierenden Fotos aus dem Vietnamkrieg. Das geht allerdings nur aus dem Kontext hervor. Am Satz allein kann man das nicht erkennen. So ließe sich ohne Kontext auch nicht ausschließen, dass Gesine vielleicht stattdessen die deutsche Zeitung *Die Zeit* meint, oder sogar danach fragt, wie spät es ist. Überdies wird hier auch »mit der im Englischen ununterscheidbaren Anrede Du / Sie (in jeweils falscher Zuordnung: Du – Mrs. Williams, Sie – Dschi-sain)« gespielt. »[D]ieses Spiel mit kulturellen Distanzen«, so Baßler, »wird fortgesetzt in der phonetischen Umschrift von Gesines Vornamen in englischer Lautung«.[53] Mit solchen artistischen Wortspielen wird hier gleich dreimal in jeweils verschiedener Hinsicht die Übersetzung vom Englischen ins Deutsche performativ dekonstruiert. Damit wird ein zentrales Motiv der *Jahrestage,* nämlich die Distanz zwischen Deutschland und Amerika bzw. Deutsch und Englisch, bis in die Sprache hinein poetologisch umgesetzt, genauso wie in den *Mutmassungen* die Teilung zwischen Ost und West.

Über das von Baßler analysierte Beispiel hinaus oszilliert der gesamte Text der *Jahrestage,* der gemäß der Rahmenfiktion überwiegend die Übersetzung des »Genossen Schriftsteller« darstellt, zwischen Englisch und Deutsch. Der »Genosse Schriftsteller« ergänzt die Etagenangabe der Wohnung Kreslils um die amerikanische Zählung: »Im dritten (im vierten) Stock hat Herr Kreslil seine Visitenkarte ausgehängt« (JT, 301). Er hebt durch die wiederholten wörtlichen Übersetzungen amerikanischer Redewendungen die Differenz beider Sprachen hervor wie zum Beispiel *»fahr zur Hölle«* (JT, 82; Kursivdruck im Original) für *go to hell,* die *»ausgenommenen Universitäten«* (JT, 100; Kursivdruck im Original) für *exclusive universities* oder »beim blutigen Jesus« (JT, 774) für *bloody Jesus.* Die Dialogizität in den *Jahrestagen* äußert sich zunächst als eine zweier Sprachen.

Andererseits realisiert sich die Dialogizität des Romans auch in den Gesprächen mit Toten, die wiederholt in den Erzähltext eingeschoben sind. Die Stimmen der Toten sind, so Riordan, »ein wesentliches Element des

52 Ebd., S. 107; Kursivdruck im Original.

53 Ebd.

subtilen und komplexen Systems der erzählerischen Beziehungen des Romans«.[54] Die Gespräche finden zwar nur im Kopf von Gesine statt, aber die Toten, die manchmal sogar mit ihr streiten, sind von ihr unabhängig und nicht kontrollierbar. Diese Eigentümlichkeit der Toten weist eine Analogie zum Begriff der »Personen« in Johnsons Poetik auf: »Gesines Interaktion mit den Toten kann als ein Modell der Interaktion des Autors mit seinen Figuren gesehen werden«.[55]

Mein Anliegen ist, in dieser Vernetzung der Gespräche mit Toten eine Bruchstelle zu ermitteln. Das Schema ›die Toten vs. die lebende Gesine‹ ist nicht stabil, weil Gesine einige Male selbst als Testierende und damit in gewisser Weise als simulierte Tote auf Tonband spricht. Ihr letzter Wille an Tochter Marie »für wenn ich tot bin« beginnt so:

> Liebe Marie. Heute versuche ich zum ersten Mal, dir etwas auf das Tonband zu sagen ›für wenn ich tot bin‹. Du hast es dir gewünscht vor sieben Wochen, als wir zu Annie nach Vermont fuhren. Erinnerst du dich? I read the Times today: Oh boy. (JT, 385)

Bemerkenswert hierbei ist, dass Gesines virtueller letzter Wille nicht aus ihrem eigenen Antrieb oder Willen heraus entsteht, sondern als Reaktion auf Maries Wunsch erscheint. Diese Passivität setzt sich fort, wenn sie aus dem Beatles-Song *A Day in the Life*, 1967 auf der Platte *Sgt. Pepper's Lonely Hearts Club Band* erschienen, zitiert. Das Zitat aus dem damals neuesten Album der zu dieser Zeit populärsten Pop-Band deutet darauf hin, dass Gesine nicht die richtigen Worte für den Beginn ihres persönlichen Vermächtnisses finden konnte. Zieht man zusätzlich in Betracht, dass sie im Anschluss noch einen Artikel aus der *New York Times* zitiert, dann wird deutlich, dass selbst das persönliche Testament durch kulturelle oder journalistische Kontexte dialogisiert wird. Das ist insofern merkwürdig, als man allgemein davon ausgeht, dass die Stimme *(parole)* im Gegensatz zur Schrift *(écriture)* den Willen des Subjekts unmittelbar repräsentiert.

Das Vorhaben von Gesine, die sich der Medialität des Tonbandes durchaus bewusst wird, bleibt bis zum Ende ohne Erfolg, zum einen weil sie »nicht singen [kann]« (JT, 385) und »genauso unordentlich rede[t] wie [sie] denk[t]« (JT, 386), zum anderen weil sie als Testierende nicht umhin kann, immer wieder über die Überlieferung und den Tod zu reflektieren.

54 Colin Riordan: »Die Fähigkeit zu trauern.« Die »Toten« und die Vergangenheit in Uwe Johnsons »Jahrestage«, in: Carsten Gansel (Hg.): Wenigstens in Kenntnis leben. Notate zum Werk Uwe Johnsons, Neubrandenburg 1991, S. 62-76, hier: S. 62.

55 Ebd., S. 71.

Sie spricht gleichzeitig als Mutter und als Heimatlose – »Wo ich her bin das gibt es nicht mehr« (JT, 386) –, sodass ihre Aussagen zwischen Fortsetzung und Unterbrechung ihrer Genealogie oszillieren.

Es ist wichtig zu beobachten, dass es Gesine, auch wenn sie den Bruch in der Genealogie beklagt, immer um die Sprache geht: sei es, wenn sie ihren Vater in Hinsicht auf seine Schreibfertigkeit privilegiert – »Deine Vorfahren haben alle ihren Namen nicht schreiben können. Cresspahl war der erste.« (JT, 386) –, sei es, wenn sie die für Marie nicht mehr verständlichen plattdeutschen Bücher thematisiert – »Es gibt noch so Bücher, du wirst sie nicht lesen können. Das sind die im Glasschrank. Ich fand immer von den Sprüchen die am schönsten, wo es heißt ›sä de Jung‹« (JT, 386). Indem sie die Sprache und das Medium zum Gegenstand macht, schiebt sie das eigentliche Thema des Testaments, den Tod bzw. die Rede vom Tod, auf.

Schließlich kommt die Rede auf Jakob, Maries verstorbenen Vater, aber gleich zu Beginn dieser Passage wird auf die Unmöglichkeit, über ihn zu reden, hingewiesen: »Dein Vater ist gestorben als er noch nicht einmal das Wort sterben ordentlich denken konnte. Von deinem Vater weiß ich nur das Notwendigste« (JT, 387).

Später sagt Gesine: »Von deinem Vater weiß ich nur was man über Tote wissen kann« (JT, 388). Die Mutter kann ihrer Tochter Marie nur Fakten, d.h. sachliche Informationen über ihren Vater vermitteln, z.B. dass er »Handballspieler, Sozialist, Untermieter« war, aber was ihn innerlich bewegt hat, muss sie sich »erdenken« (JT, 388). »Wahrheit ist daran nur die Erinnerung an seine Intonation, wie Jakob sprach« (JT, 387).

Die »Wahrheit« – der Gegenstand des poetologischen Programms von Johnson – ist nur in der »Intonation« bzw. im »Aussprechen«, das auch einen harmlosen Satz »unerträglich« oder »unheimlich« machen kann, zu finden (JT, 388). In der Form der Schriftlichkeit ist sie nicht repräsentierbar. Die Dialogizität ist daher notwendigerweise zu dekonstruieren, weil die Sprache, die das Medium der Dialoge ist, in diesem Augenblick keine Repräsentationsfähigkeit besitzt.[56]

56 In diesem Kontext ist die mysteriöse Figur Marjorie der *Jahrestage* interessant, die aber »nicht Marjorie [heißt]«, denn Gesine und Genosse Schriftsteller »wissen ihren Namen nicht« (JT, 263). Sie befindet sich jenseits einer Ordnung der Namen: »Sie ist auf die Sprache nicht angewiesen, sie kann sich deutlich machen ohne dies fehlerhafte Mittel; auch dies benutzt sie nicht fahrlässig« (JT, 265). Hier nennt Gesine bzw. der Genosse Schriftsteller »die Sprache« direkt ein »fehlerhafte[s] Mittel«. Marjorie, die »sich aussprechen [kann] außerhalb der Wörter in einer Sprache, die als verloren gilt« (JT, 266), kann daher als ein Symbol des Bruches in der Vernetzung der Dialogizität interpretiert werden.

Das Vorhaben, dekonstruktive Momente in Johnsons Poetik zu ermitteln, zielt nicht darauf, ihre Bruchstellen mit dekonstruktivistischen Operationen zu charakterisieren, sondern darauf, diese als fundamentale literarische Merkmale von Johnsons Romanen herauszustellen. Das kann jedoch erst gelingen, wenn der Aspekt der Performativität in Betracht gezogen wird. Performativität inszeniert Aporien und legt sie offen. Das hat Maurice Blanchot in einem zeitgenössischen Aufsatz unter Beweis gestellt, und zwar in seinem Text *Berlin*, der ursprünglich 1964 unter dem Titel *Il nome Berlino* veröffentlicht wurde. In diesem Text liest und lobt Blanchot Johnsons Romane »mit Erstaunen«.[57] Blanchots *Berlin*-Text hat dabei viele Gemeinsamkeiten mit Johnsons *Berliner Stadtbahn*. Er kennzeichnet Johnsons Poetik völlig zutreffend als ein Schreiben des »Problems der Teilung«:

> daß wir ihm in unsrer Sprache nur gerecht werden können, wenn wir auch die tiefe Kluft mitsprechen lassen, die sich in unsern Worten und unsern Gedanken auftut, wenn wir also die Unmöglichkeit, in erschöpfenden Begriffen zu sprechen, mitsprechen lassen.[58]

»[D]ie tiefe Kluft […], die sich in unsern Worten und unsern Gedanken auftut« – das ist genau das, was ich bisher dekonstruktive Momente oder Bruch genannt habe. Johnsons literarische Eigenheit besteht darin, diese Kluft nicht nur spekulativ zu beschreiben, sondern sie performativ »mitsprechen [zu] lassen«. Johnsons »literarische Konsequenz[ ]« besteht insofern darin, dass »er etwa die schwierige Suche nach der Wahrheit ausdrücklich vorführt«.[59] Die Wahrheitsfindung ist nicht *durchzuführen*, sondern sie ist ausdrücklich *vorzuführen*.

57 Maurice Blanchot: Berlin, in: MLN 109, H. 3, 1994, S. 345-355, hier: S. 355.
58 Ebd., S. 349.
59 Johnson, Berliner Stadtbahn (Anm. 1), S. 21.

YVONNE DUDZIK

# Auf der Suche nach der verlorenen Gesine

## *Literarische Zitate in den* Jahrestagen

> Einer war literarisch beschlagen, der steckte mir einen Zettel in die Tasche mit einem Zitat, das ging etwa so: ›Nicht, daß Gesine mit einem Male ein zartbesaiteter, ein sensibler Mensch geworden wäre. Sie blieb, die sie war. Selbstbewußt und kleinmütig, gierig und feige, sehnsüchtig nach allen Dingen des ›großen und feinen Lebens‹, wie es nun auch noch in den Kinematographentheatern zu sehen war.‹ Bis ich das heraus hatte! Es war eine Gesine in einem Roman.[1]

Diese Worte stehen auf einem Zettel, der Gesine von einem Verehrer zugesteckt wird. Sie erzählt Marie davon, wobei sie andeutet, den Ursprung der Worte in einem Roman gefunden zu haben. Ist ihr Fund reproduzierbar? Ist die Suche nach dem Ursprungstext womöglich sogar fruchtbar für eigene Textanalysen, versehen mit Informationen, die eine zusätzliche Deutung für den Grund der Erwähnung dieser Sätze an ebendieser Stelle anbieten können? Dafür müsste allerdings erst besagter Referenzroman gefunden werden können. Einher gehen diese Fragen mit jenen zum Nutzen des Suchens und Interpretierens möglicher literarischer Zitate, einer Forschungsrichtung, die unter dem Schlagwort ›Intertextualität‹ ihre Spuren hinterlassen hat. Theorien zur Intertextualität und Diskussionen zum Begriff selbst sind zahlreich vorhanden[2] und sollen hier nicht im Fokus stehen, wenngleich eine kurze Positionierung vonnöten ist.

1 Uwe Johnson: Jahrestage. Aus dem Leben von Gesine Cresspahl, Bde. 1-4, Frankfurt am Main 1970-1983, S. 1751. Der Aufsatz und die hier enthaltenen Thesen basieren auf meiner Dissertationsschrift; vgl. Yvonne Dudzik: Geschichten bereichern die Geschichte. Intertextualität als Untersuchungskategorie in Uwe Johnsons *Jahrestage*, Göttingen 2016/17 [im Erscheinen].

2 Viele Monografien, die einen Beitrag zur Intertextualitätstheorie leisten, bieten einen Überblick über den Stand der Intertextualitätsforschung; vgl. Mary Orr: Intertextuality. De-

Mit Blick auf drei exemplarische Herangehensweisen an das Phänomen ›Intertextualität‹ ist allerdings schon vorab zu konstatieren, was die mit ihnen einhergehenden Probleme bedingen: Außer Anreizen stellen sie kein für die eigene Methode brauchbares Modell bereit. So stellt beispielsweise Susanne Holthuis fest, dass »jeder Versuch einer Theoretisierung und/oder Systematisierung des Phänomens ›Intertextualität‹ notwendig perspektivisch bleibt und das Spektrum potenzieller intertextueller Bezüge nicht einmal approximativ erfaßt wird«.[3] Dieser Feststellung kann als Ausgangspunkt zugestimmt werden. In ihren Betrachtungen rückt Holthuis den Leser in den Mittelpunkt, da für sie Intertextualität von der Rezeption und damit von dem Leser und dessen Entscheidungen bei der Behandlung des Textes abhängig ist.[4] Thomas Homscheid fokussiert wiederum den Autor in seinem Ansatz, in welchem er sich für einen Austausch des Begriffs ›Intertextualität‹ durch den der ›Interkontextualität‹ ausspricht. Sein absoluter Fokus auf Kontexterschließung wirft die Frage nach dem Abstecken von Grenzen auf.[5] Das Vergleichen von Texten ist für Moritz Baßler dagegen die besondere Eigenschaft derselben und sollte für ihn ermöglicht werden durch ein Archiv. Bei diesem Archiv handelt es sich um eine Volltext-Datenbank, die historische wie wissenschaftliche Hintergründe zu einem Text enthält, sodass Forscher künftig anhand eines Suchbefehls ihre Untersuchungen beginnen können. Das computertechnologisch aufbereitete Archiv erfordert einen immensen Aufwand, bis zu einem Text tatsächlich alle entsprechenden Hintergründe gesammelt und gespeichert sind, dadurch kann aber für Baßler mehr Objektivität in die Untersuchung von Text und Kontext eingebracht werden.[6]

Für die hier ausgeführten Betrachtungen werden Kontextualisierungen – wenngleich nicht in demselben Maße wie bei Homscheid – bei der Untersuchung von literarischen Zitaten in den *Jahrestagen* berücksichtigt. Vor allem die jeweiligen Textstellenkontexte, bisweilen der gesamte Inhalt von Prätext und *Jahrestage*, sind zu beachten, vereinzelt auch weitere z. B. historische Kontexte. Brauchbarkeit und Legitimität derselben sind regelmäßig zu reflektieren, sodass im Idealfall die Auswahl von Intertext und

bates and contexts, Cornwall 2003; Susanne Holthuis: Intertextualität. Aspekte einer rezeptionsorientierten Konzeption, Tübingen 1993.

3 Holthuis, Intertextualität (Anm. 2), S. 28.

4 Vgl. ebd., S. 31, 153.

5 Vgl. Thomas Homscheid: Interkontextualität. Ein Beitrag zur Literaturtheorie der Neomoderne, Würzburg 2007, bes. S. 100.

6 Vgl. Moritz Baßler: Die kulturpoetische Funktion und das Archiv. Eine literaturwissenschaftliche Text-Kontext-Theorie, Tübingen 2005, bes. S. 339.

entsprechenden Kontexten durch Analyseergebnisse gerechtfertigt wird. Gleichzeitig sind mögliche Funktionen der Intertexte zu benennen.[7]

Der digitalisierte Kommentar der *Jahrestage* erleichtert durch eine Vielzahl von Hinweisen und erkannten literarischen Zitaten eine Untersuchung zu dieser Thematik. Dieses Hilfsmittel ähnelt der Konzeption von Baßlers Archiv und ist eine Voraussetzung für eine Untersuchung in Baßlers Sinne, da das Finden von Bezügen gerade in Johnsons Texten von besonderer Schwierigkeit gekennzeichnet ist. Ein Resultat der Kommentar-Arbeit ist Dietrich Spaeths Aufsatz *ITX – literarische Bezüge in Uwe Johnsons Jahrestage. Ein Werkstattbericht* von 1998. Spaeth interessieren literarische Zitate und deren Deutungsmöglichkeiten. Der eindrucksvolle Autorenapparat mit bestätigten wie vermuteten Zitaten, der laut Spaeth »nur der kleinere Teil dessen [ist], was der Roman an fremdem Wort mitführt«,[8] dient im eigenen Ansatz als Vorbild und Rückgriff hinsichtlich der Auswahl. Die »intertextuelle Disposition«[9] der *Jahrestage* ist dabei vielfach angemerkt[10] und seit Spaeth auch vermehrt untersucht worden.[11] Eine notwendige Reduzierung des Materials hat zur Folge, dass insbesondere literarische Zitate[12] – und damit nicht die werkinterne Intertextualität oder Bibel-Zitate – untersucht werden. Das unterschiedliche Potenzial,

7 Vorschläge zur Bestimmung von Funktionen liefern beispielweise Manfred Pfister und Bernd Schulte-Middelich. Pfisters Kriterien befassen sich mit der Intensität der Intertextualität; vgl. Manfred Pfister: Konzepte der Intertextualität, in: Ulrich Broich / Manfred Pfister (Hg.): Intertextualität. Formen, Funktionen und anglistische Fallstudien, Tübingen 1985, S. 1-30. Schulte-Middelich bestimmt Funktionstypen, die sich im Wechselspiel von Prä- und Folgetext ergeben können; vgl. Bernd Schulte-Middelich: Funktionen intertextueller Textkonstitution, in: ebd., S. 197-242.

8 Dietrich Spaeth: ITX – literarische Bezüge in Uwe Johnsons *Jahrestage*. Ein Werkstattbericht, in: Johnson-Jahrbuch 5, 1998, S. 71-102, hier: S. 77.

9 Thomas Schmidt: Der Kalender und die Folgen. Uwe Johnsons Roman »Jahrestage«. Ein Beitrag zum Problem des kollektiven Gedächtnisses, Göttingen 2000, S. 165.

10 Auf das intertextuelle Potenzial macht bereits Norbert Mecklenburg aufmerksam; vgl. Norbert Mecklenburg: Die Erzählkunst Uwe Johnsons. *Jahrestage* und andere Prosa, Frankfurt am Main 1997, bes. S. 28f., 443. Auch Barbara Scheuermanns Arbeit ist zu nennen, wobei diese ihr Hauptaugenmerk auf die mecklenburgische Dialektliteratur richtet; vgl. Barbara Scheuermann: Zur Funktion des Niederdeutschen im Werk Uwe Johnsons. »in all de annin Saokn büssu hie nich me-i to Hus«, Göttingen 1998, bes. S. 302-329.

11 Insbesondere die Aufsätze Holger Helbigs rücken diesen Aspekt des Johnson'schen Werkes wieder vermehrt in den Vordergrund; vgl. Holger Helbig: Intertextualität und Identität in den *Jahrestagen*. Über Traditionsstiftung für Figuren und Interpreten, in: Johnson-Jahrbuch 13, 2006, S. 169-184; ders., Vom Material zum Roman. Zitieren und Erzählen in Uwe Johnsons »Jahrestage«, in: Text + Kritik. Uwe Johnson, H. 65/66, 2. Aufl., Neufass., 2001, S. 149-169.

12 Vgl. die Unterscheidung von literarischen und nicht-literarischen Texten bei Achim Barsch: Literaturbegriff, in: Ansgar Nünning (Hg.): Metzler Lexikon Literatur- und Kultur-

das literarische Zitate entfalten können, schließt den sowohl inhaltlichen als auch stilistischen Bereich mit ein, weswegen die Textanalysen in diese beiden Bereiche aufgeteilt werden. Von Interesse ist somit die Bedeutung der Referenzen für die Handlung des Romans und für produktionsästhetische Gesichtspunkte.

## Geschichten zum Bereichern von Geschichten: Die Bedeutung der literarischen Zitate für die Handlung

Im Fall der Handlung sind Einbau und Bedeutung literarischer Referenzen für bestimmte Themen – hier Geschichten[13] genannt – auf sowohl Vergangenheits- als auch Gegenwartsebene der Handlung zu untersuchen. Zu nennen sind die rekonstruierte Geschichte von Gesines Eltern, ihre eigenen mit Liebe und Verlust konnotierten Erlebnisse, ihre Schulzeit nebst der dort erwähnten Lektüren, auf der New Yorker Gegenwartsebene die sich abzeichnende Lektüre der Tochter Marie sowie deren – ebenfalls durch literarische Verweise begleitete – Erziehung in moralischen Fragen. Hinsichtlich von zentralen Motiven getragener Geschichten in den *Jahrestagen* ist nicht allein eine Verbindung zu Marcel Proust in Bezug auf das Motiv der Erinnerung zu konstatieren. Bereits subtile Verbindungen zwischen Gesine und Albertine, die von solchen Gemeinsamkeiten wie Gesines drittem Vornamen Albertine (vgl. JT, 319) bis hin zu der Bedeutsamkeit des Meeres oder des Pferdes sowie zum Verlust von Eltern bzw. Elternteilen reichen, deuten an, dass Prousts *Auf der Suche nach der verlorenen Zeit*[14] als Intertext nicht allein für den Erinnerungskomplex hinzuzuziehen ist.

Aufgrund einiger prägnanter Textstellen erscheint auch der Komplex Traum / Erwachen kritisch in Richtung Proust zu deuten. In *Auf der Suche* finden sich Reflexionen zum Erwachen und damit auch zu den Themen Bewusstsein, Traum und Wirklichkeit, die ähnlich thematisiert werden wie in den *Jahrestagen*.[15] Hier bieten die Träume in einer eigenen poeti-

theorie. Ansätze – Personen – Grundbegriffe, 3., akt. und erw. Aufl., Stuttgart 2004, S. 393f., hier: S. 394.

13 Dass die Geschichte das Erzählen bedingt sowie für das Interesse des Lesers sorgt, hat Johnson stets betont; vgl. Uwe Johnson: Wenn Sie mich fragen … (Ein Vortrag). [1975], in: Eberhard Fahlke (Hg.): »Ich überlege mir die Geschichte …« Uwe Johnson im Gespräch, Frankfurt am Main 1988, S. 51-64, hier: S. 58f.

14 Damit ist der Gesamtkomplex von Prousts *Auf der Suche nach der verlorenen Zeit* angesprochen.

15 In den *Jahrestagen* sind dies insbesondere die Tageseinträge vom 25. August 1967,

schen Funktion weitere, nicht immer logisch angeordnete oder erklärbare Fragmente oder Zusammenhänge aus dem Leben und dem Bewusstsein der Protagonistin an.

Von anderer Art sind die literarischen Zitate und Anspielungen, die Bestandteil von Gesines Rekonstruktion der Familiengeschichte sind. Es handelt sich um solche, die hauptsächlich in den ersten beiden Bänden zu finden sind, in denen die Geschichte der Eltern durch spezifische Redeweisen mit intertextuellem Anklang und anhand einer durch Intertexte noch eindrücklicher erscheinenden Unglücksmetaphorik vermittelt wird. In diesem Zusammenhang sind es vor allem typische Thomas Mann-Formulierungen, welche in der Johnson-Forschung bereits entsprechende Beachtung erfuhren.[16] Diese Formulierungen finden sich bei wichtigen familiären Begebenheiten um Cresspahl, charakterisieren ihn und stellen vor allem seine Arglosigkeit heraus. Vorausdeutend erscheinen Streitereien innerhalb der Familie Papenbrock, die mit Anklängen an Theodor Fontanes *Frau Jenny Treibel* zu Anlässen wie der Hochzeit von Cresspahl

28. September 1967, 1. Oktober 1967, 23. April 1968, 20. Juni 1968 und 27. Juli 1968. *Unterwegs zu Swann* beginnt bereits mit dem Komplex Schlaf/Erwachen. Auch Gesine wird in der Exposition als Erwachende geschildert (vgl. JT, 8). Laut Günter Butzer bedingen die unterschiedlichen Situations- und Zeitumstände der jeweiligen Protagonisten, dass es sich in den *Jahrestagen* möglicherweise um Gegenmodelle der jeweiligen Szenen in *Auf der Suche* handelt; vgl. Günter Butzer: »Ja. Nein.« Paradoxes Eingedenken in Uwe Johnsons Roman *Jahrestage*, in: Johnson-Jahrbuch 4, 1997, S. 130-157, hier: S. 142. In Prousts Gesamtkomplex sind als Auszug zu nennen: Marcels Sinnieren in *Guermantes* über den »Schluckauf« der Heizung; Marcel Proust: Frankfurter Ausgabe. Werke II, hg. von Luzius Keller, Bd. 3: Guermantes. Auf der Suche nach der verlorenen Zeit, aus dem Französischen übersetzt von Eva Rechel-Mertens, Frankfurt am Main 2004, S. 487; seine Identitätswirren nach dem Erwachen beispielsweise in *Sodom und Gomorrha*; vgl. Marcel Proust: Frankfurter Ausgabe. Werke II, hg. von Luzius Keller, Bd. 4: Sodom und Gomorrha. Auf der Suche nach der verlorenen Zeit, aus dem Französischen übersetzt von Eva Rechel-Mertens, Frankfurt am Main 2004, S. 558; auch seine Beschreibung vom Traum als Flug ist auffällig; vgl. Proust, Guermantes (Anm. weiter oben), S. 124.

16 Es handelt sich um bekannte Formulierungen wie »Cresspahl war sich nichts vermutend gewesen« (JT, 180), auf deren Ursprung Johnson in seiner Rede zur Verleihung des Thomas-Mann-Preises selbst eingegangen ist; vgl. 16. Oktober 1967, in: Holger Helbig u.a. (Hg.): Johnsons »Jahrestage«. Der Kommentar, Göttingen 1999, S. 161. Im Folgenden wird der überarbeitete und digitalisierte *Jahrestage-Kommentar* mit der Angabe des jeweils untersuchten Tageseintrags und den entsprechenden Seiten/Zeilen zitiert; vgl. Holger Helbig u.a. (Hg.): Kommentar zu Uwe Johnsons Roman »Jahrestage« (Online-Version). URL: http://www.philfak.uni-rostock.de/institut/igerman/johnson/johnkomm/default.html [Zugriff vom 31.7.2016]. Diese Äußerungen in Johnsons Preisreden hat zuletzt Markus May ebenfalls untersucht, wobei auch er sich den um Cresspahl verwendeten und an Redewendungen von Thomas Mann angelehnten Formulierungen zuwendet; vgl. Markus May: Kanonlektüren als Diskursmodelle. Johnsons Preisreden, in: Johnson-Jahrbuch 21, 2014, S. 114-130.

und Lisbeth sowie zu Lisbeths Beerdigung geschildert werden.[17] Gesines um den Verlauf der Familiengeschichte wissende Perspektive scheint hier durch.

Ihre Ansichten zeigen sich ebenfalls beim Liebes- und Verlustkomplex,[18] für den – so die These – auch literarische Zitate eine Rolle spielen. Dabei zeigt eine Kurzgeschichte von James Joyce, dass viele in Bezug auf Liebe und Verlust in den *Jahrestagen* zu findende Motive bereits in der Literatur verwendet worden sind. Gesines Einordnung der Liebe als »Trauerfall« (JT, 1552) legt Verbindungen zu der Kurzgeschichte *Ein betrüblicher Fall* in Joyces Prosasammlung *Dubliner* offen. Der Protagonist scheut die Nähe zu anderen Menschen, weshalb die Beziehung zu einer verheirateten Frau, die größtenteils allein mit ihrer Tochter lebt, scheitert. Diese Frau kommt einige Jahre nach dem Scheitern der Beziehung bei einer Bahngleisüberquerung zu Tode.[19] Der Umgang mit dem Tod gestaltet sich für den Protagonisten schwierig. Es sind also einige Ähnlichkeiten zu den in den *Jahrestagen* angesprochenen Motiven und Konstellationen hinsichtlich Liebe und Verlust zu finden.

Humorvolle Wechselspiele von *Jahrestage* und Prätext mit Blick auf die Liebesthematik werden bisweilen abgelöst durch Melancholie und Trauer. So finden sich Zeilen aus Theodor Storms Gedicht *Einer Toten* nach dem Tod von D.E.,[20] wobei besonders die Anrede »Schwester« (JT, 1748) die Erinnerung an das Gedicht, das Storm nach dem Tod seiner älteren Schwester Helene verfasst hat, hervorzurufen scheint.[21] Im in den *Jahrestagen* nicht wiedergegebenen ersten Teil des Gedichts erfolgen Hinweise auf eine Lebensmüdigkeit der verstorbenen Person. Auch D.E. kann dieser Zug zugesprochen werden; überdies hat auch er seine Schwester verloren

17 Worauf auch im *Kommentar* verwiesen wird; vgl. 23. September 1967, in: Helbig u.a. (Hg.), Kommentar (Online-Version) (Anm. 16), 112, 9-24 sowie 22. Februar 1968, in: ebd., 767, 7-768, 9.

18 Dieser Komplex ist von zentraler Bedeutung für die *Jahrestage* insgesamt. So schreibt z.B. Scheuermann: »In den von Gesine erinnerten Geschichten geht es um die Interdependenz von Liebe, Geschichte und Tod«; Scheuermann, Zur Funktion des Niederdeutschen (Anm. 10), S. 200.

19 Vgl. James Joyce: Ein betrüblicher Fall, in: ders., Frankfurter Ausgabe, Werke I: Dubliner, aus dem Englischen übersetzt von Dieter E. Zimmer, Frankfurt am Main 1969, S. 108-119.

20 Darauf wird im *Kommentar* verwiesen, der hier auch Anklänge an die Szene »Eine Straße« aus *Dantons Tod* vermutet; vgl. 7. August 1968, in: Helbig u.a. (Hg.), Kommentar (Online-Version) (Anm. 16), 1748, 20f.; vgl. auch Spaeth, ITX (Anm. 8), S. 92f.

21 Theodor Storm: Einer Toten, in: ders., Am Grauen Meer. Gesammelte Werke. Gedenkausgabe zum fünfundsiebzigsten Todestag Theodor Storms, hg. von Rolf Hochhuth, Gütersloh 1962, S. 252.

(vgl. JT, 1150). Entgegen dieser Melancholie sorgt sich die sterbende Mutter im ersten Teil des Gedichts um die Versorgung ihrer Kinder, was mit einer von Gesine nach Erhalt der Todesnachricht erinnerten oder imaginierten Aussage von D.E. korreliert: »I expect to die very soon; would you permit me arrangements that would keep you cared for? At least on behalf of the child?« (JT, 1743)

Das Hinzuziehen der ersten, in den *Jahrestagen* ausgeschlossenen Strophe konnte so weitere inhaltliche Anmerkungen, die neben der Klage um den Verlust auch das Leben der Verstorbenen und hier insbesondere D.E.s Sorge um Marie betreffen, herausstellen. Zudem ist neben der Beobachtung, dass Briefe für den Liebesdiskurs in den *Jahrestagen* eine wichtige Rolle spielen, auffällig, dass bei der Behandlung von Verlusten – die auch die heimatliche Landschaft betreffen – lyrische Prätexte überwiegen.

Wie bei der Liebes- und Verlustthematik spielt Lyrik auch eine Rolle in den Schulgeschichten Gesines. Das Auswendiglernen von Gedichten hat sich in ihr Bewusstsein eingebrannt, was sich an einigen Titelnennungen sowie wiedergegebenen Versen innerhalb der Schulgeschichten zeigt. Stets von Bedeutung ist bei diesen Erwähnungen die Instrumentalisierung von Literatur. So verläuft der Umgang mit Theodor Fontanes Gedicht *Archibald Douglas* im familiären Umfeld bei den Paepckes (vgl. JT, 840) anders als in der Schule, wo dieses Gedicht als Grund dafür genannt wird, dass Gesine von Cresspahl 1943 aus der Schule genommen wird (vgl. JT, 985). Ein Klassiker wie Friedrich Schiller wird zwar als Unterrichtsstoff erwähnt, Schiller-Anspielungen im Schulkontext (vgl. JT, 1653) werden aber vor allem zur Kommentierung des Verhaltens der Schüler gegenüber der Obrigkeit hinzugezogen. Anhand von Lockenvitz und Manfras ergeben sich dabei zwei unterschiedliche Biografien und Herangehensweisen an Literatur: Während sich Lockenvitz durch seine Privatlektüren auszeichnet (vgl. JT, 1723f.), schaut der Spitzel Manfras bei der Erwähnung von Literatur in seiner Rede für eigene Deutungszwecke nur auf die Person des Autors (vgl. JT, 1683). Der Umgang mit Bertolt Brecht gegen Ende der Schulerlebnisse Gesines (vgl. JT, 1818-1820) verdeutlicht überdies die Beteiligung der Schule an der Leidenschaft für oder der Ablehnung von Literatur.

Das Interesse für Literatur ist auch bei Marie durch ihr Umfeld geprägt. Ihr Alter und der Umzug nach New York bedingen beispielsweise eine neue Stufe ihrer Lesesozialisation, ersichtlich durch ihre Begeisterung für James Fenimore Cooper. Marie kennt außerdem viele Märchen, deren Bestandteil Rätsel sind, für die sie eine Leidenschaft hat. Dass Marie Kenntnis verschiedener Märchen besitzt, machen die Dialoge mit ihrer Mutter deutlich. Sie erlauben Rückschlüsse auf die Lesehistorien von Mutter und

Tochter, da sie in ihren Gesprächen literarische Zitate verwenden und diese ohne weitere Erklärungen verstehen. Bereits früh hat Marie durch das Vorlesen Cresspahls (vgl. JT, 1683) und in Verbindung mit der deutschen Sprache einen Kontakt zu märchenhaften Geschichten gehabt. Nicht selten enthalten sinistere Märchenmotive z.B. aus *Rotkäppchen*[22] Hinweise auf eine nahe Bedrohung,[23] die sich hinsichtlich einiger Anspielungen auf die fantastischen Geschichten von Lewis Carroll noch verstärken.

Die Willkür der *New York Times* wird so beispielsweise mit der Willkür der Herzkönigin aus *Alice in Wonderland* verglichen (vgl. JT, 609). Ein signifikantes Beispiel ist der Tageseintrag des 3. Mai 1968, in dem Pontij, der Cresspahl des Öfteren mit dem Erschießen droht, Parallelen zur Herzkönigin gewinnt. Am Ende des Tageseintrags erfolgt eine ins Deutsche übersetzte intertextuelle Paraphrase eines Abschnitts aus dem achten Kapitel von *Alice im Wunderland* (vgl. JT, 1105f.). Dieses *Alice*-Kapitel enthält ebenfalls das in purem Chaos verlaufende Croquet-Spiel der Herzkönigin, über das sich Alice im englischen Original folgendermaßen beschwert: »I don't think they play at all fairly«.[24] Auch Pontij macht aus der Versorgung der Stadt, die Cresspahl als Bürgermeister erschwert wird, ein Spiel: »Cresspahl wäre es lieber gewesen, der Befehlshaber der Fremden hätte den Deutschen die Lebensmittel entführt aus Haß, zur Strafe, seinetwegen; er kam nicht zurecht mit dem Spiel, das Pontij daraus machte« (JT, 1104). Gerade die Gegenüberstellung vom Croquet-Spiel in *Alice* und dem »Spiel« zwischen Cresspahl und Pontij zeigt die Bedrohung und Willkür von Machthabern auf, zumal Cresspahl nicht wie die Katze von Cheshire der Gefahr entschwinden kann.[25]

Dass bei den Carroll-Anspielungen weiterhin Marie von Belang ist, zeigt sich überdies daran, dass das Lächeln der Katze von Cheshire Gesine in einem Traum verfolgt, den sie in der Nacht vor dem Besuch eines Basars in Maries Schule (vgl. JT, 1106, 1108) hat. Es handelt sich hier um den Tageseintrag des 4. Mai 1968. Alice beginnt am 4. Mai ihre Reise in das Wunderland, wobei auch in den *Alice*-Geschichten Träume von beson-

22 Vgl. hierzu JT, 229, 1327, 1748, 1877.

23 Die Anspielungen auf die bekannten Antworten des Wolfes in der Wechselrede mit dem Rotkäppchen erzeugen in den Textstellen in den *Jahrestagen* einen entsprechend bedrohlichen Unterton, signalisiert dieser Wolf doch, »wie das Verlockende, Gewohnte, Vertraute urplötzlich fremd und unheimlich erscheinen kann«; Hans Ritz: Die Geschichte vom Rotkäppchen. Ursprünge, Analysen, Parodien eines Märchens, Bad Homburg 1981, S. 45.

24 Lewis Carroll: Alice in Wonderland. Authoritative texts of *Alice's adventures in Wonderland, Through the looking-glass, The hunting of the snark.* Backgrounds. Essays in criticism, edited by Donald J. Gray, ²New York 1992, S. 67.

25 Was sich auch anhand der innerhalb der *Alice*-Anspielungen zu findenden Stimmen zeigt: »*ward hei di dotscheiten, Cresspahl?*« (JT, 1106; Kursivdruck im Original).

derer Relevanz sind. Hinsichtlich der von Machtmenschen ausgehenden Bedrohungen denkt Gesine an die eigene Tochter, die sich ihrem Alter entsprechend noch naiv verhält. Das geschieht beispielsweise gegenüber Gesines Arbeitgeber de Rosny, der aufgrund seines ›katzenhaften‹ Lächelns (vgl. JT, 1471) und einiger weiterer märchenhafter Verbindungen (vgl. JT, 714, 1056) durchaus ein Pendant zu Pontij auf der Gegenwartsebene darstellt: »Sie versteht gar nichts. [...] Sie begreift nicht, daß wir von diesem Menschen abhängen« (JT, 461). Märchenanspielungen und Zitate aus der phantastischen Literatur zeigen somit einerseits Maries und auch Gesines Lesesozialisation, andererseits ergeben sich durch die hinzugezogenen Kontexte neue Aspekte in der Deutung.

Außerhalb von Märchen und phantastischer Literatur erlangt gerade Bertolt Brecht im Dialog von Marie und Gesine eine Sonderrolle mit Blick auf Maries Erziehung. Anspielungen auf das Werk von Brecht erfolgen bei moralischen Fragen wie der Aufnahme von Francine (vgl. JT, 709, 734) oder dem Verhalten der ›Tante Times‹ (vgl. JT, 608), wobei ihre Relevanz durch die im Roman erfolgte Wiederholung erhärtet wird. Die hier ironisch-kritisch verlaufende Behandlung Brechts wurde in der Forschung schon entsprechend beachtet.[26]

Eine weitere Sonderstellung in Bezug auf die erzählte Vergangenheit nimmt das Pferd von Jakob ein. Dessen Schlachtung weist in ihrer Beschreibung Parallelen zu der Brecht-Ballade *O Falladah, die du hangest*[27] auf und markiert Gesines endgültige Entscheidung für eine Ausreise in den Westen. Bei Brecht stürzt ein Pferd vor Schwäche auf die Straße und aus dessen Perspektive wird geschildert, wie sich Menschen noch vor dem Tod des Tieres an dessen Fleisch bedienen. In ähnlicher Weise sind Menschen auch Gesine in der Frankfurter Allee, derselben Straße, die auch Schauplatz der Ballade ist, einmal »auf den Leib« (JT, 1838) gerückt, bis sie Geld herausrückte. Zudem wird in den *Jahrestagen* ein vergleichbarer Vorfall geschildert, als Gesine Frau Abs auf ein im Bruchweg tot umgefallenes Pferd aufmerksam macht, woraufhin Frau Abs nach dem Messer verlangt (vgl. JT, 1196). In diesem Tageseintrag wird auch geschildert, wie Jakob nach einem Angriff sowjetischer Tiefflieger zu seinem Fuchs gekommen ist (vgl. JT, 1192), der offenbar eine besondere Bedeutung für Gesine gewinnt, da er in wichtigen Erinnerungen an Jakob wie an ihren Vater beteiligt ist (vgl. JT, 1516).

26 Der »ironische[] Respekt[]« gegenüber Brecht wird für Auerochs insbesondere bei den Ereignissen um Francine deutlich; Bernd Auerochs: Erzählte Gesellschaft. Theorie und Praxis des Gesellschaftsromans bei Balzac, Brecht und Uwe Johnson, München 1994, S. 180.

27 Entdeckt wurde die Anspielung schon im *Kommentar*; vgl. 15. August 1968, in: Helbig u.a. (Hg.), Kommentar (Online-Version) (Anm. 16), 1844, 4-14.

Gesine versetzt sich bei der Schilderung des Schlachtvorgangs ebenfalls in die Perspektive des Pferdes, was in Kombination mit anderen Gemeinsamkeiten wie u.a. dem vertrauensvollen letzten Gang des Tieres in Lew Tolstojs *Leinwandmesser* als weiteren möglichen Vorläufer ins Blickfeld rückt. Neben der szenischen Darstellung lassen sich auch thematische Gemeinsamkeiten finden: Wie Jakobs Pferd hat auch das Pferd Leinwandmesser – hier allerdings nach einer Erkrankung – keinen wirtschaftlichen Nutzen mehr, sodass eine Schlachtung und Verteilung der Überreste den größten Nutzen für die Allgemeinheit verspricht. Jakobs Pferd wurde durch die Auflösung des Schlegel-Hofes zu einer finanziellen Belastung, weshalb der Tod des Pferdes das Scheitern der Utopie von Schlegels Hof noch einmal vor Augen führt. Die Intertexte um Jakobs Fuchs wie die Brecht-Anspielungen rund um Francine können als Andeutung auf eine Verantwortung des Einzelnen interpretiert werden. Zudem kann das tote Pferd, dessen Überreste zwischen Interessenten verteilt werden, als Sinnbild für den gescheiterten Staat einstehen, sodass Gesines Weggang in den Westen mit diesem Ereignis feststeht.

Literarische Zitate und Anspielungen bereichern also auf versteckte Weise auch moralische Fragen in den *Jahrestagen*, auch wenn unterschiedliche Kontextualisierungen – überwiegend Textstellenkontexte, bisweilen weitere Kontexte rund um den Prätext z.B. hinsichtlich einzelner Märchenanspielungen – zur Erschließung des Mehrgewinnes vonnöten sind. Mehrfachnennungen oder Auslassungen gehören zu den charakteristischen Merkmalen des Einbaus literarischer Zitate auf der Ebene der Handlung. Zum Erzählen dieser Geschichten ist ein entsprechendes Handwerk notwendig,[28] wobei zu diesem Handwerk als Material auch literarische Zitate oder bekannte Schreibweisen anderer Schriftsteller gehören können.

## Intertexte und Techniken zum Erzählen von Geschichten: Die Bedeutung der literarischen Zitate für die erzählerische Vermittlung

Mehrmals auftauchenden literarischen Zitaten ist die Eigenschaft gemein, dass sie Verknüpfungen zwischen den einzelnen Textstellen ihres Erscheinens herstellen. Aus diesem Grund ist davon auszugehen, dass auch literarische Zitate und Anspielungen eine strukturierende Funktion inneha-

28 »Im Interesse der Geschichte in einem Roman muss das schreibende Gewerbe alle vorrätigen und erfindlichen Techniken, Reserven, Auskünfte anwenden«; Johnson, Wenn Sie mich fragen … (Anm. 13), S. 61.

ben.[29] Diesem Zweck dienlich sind leitmotivische Zitate, zu denen einige in der *Jahrestage*-Forschung häufig zitierte Formulierungen gehören, wie die den Anfang und das Ende verbindende »das Kind das ich war«[30] und die mit dem Erzählen verknüpfte Wendung »Ich stelle mir vor« (JT, 12, 811). Mehrere literarische Vorläufer kommen hier infrage. Die jeweiligen Kontexte solcher Formulierungen oder auch bestimmter Motive und der variierte Gebrauch sind besonders zu beachten. Gleiches gilt für die literarischen Vorläufer.

Die über den Roman verteilten Glückwünsche für eine Reise, die an eine Formulierung aus *Der Besuch der alten Dame* von Friedrich Dürrenmatt erinnern,[31] entfalten beispielsweise eine Bedeutung auf sowohl Gegenwarts- als auch Vergangenheitsebene. In der Erzählung der Vergangenheitsgeschichte sind Cresspahl und die Folgen des Nichtreisens (vgl. JT, 294), die für Alfred Ill im *Besuch* fatal sind, für die Familiengeschichte aber von Bedeutung. Obwohl von den Güllenern wie Jerichower Bürgern (letzteren in Gestalt von Papenbrock) jeweils Glück für die Reise gewünscht wird,[32] findet diese letztlich nicht statt. Die Lagerhaft von Cresspahl wird nach seiner Rückkehr überdies ebenfalls als Reise umschrieben (vgl. JT, 1511). Auf der Gegenwartsebene wird durch diese Glückwünsche auf das Ende des Romans und die Reise nach Prag hingewiesen, was sich besonders prägnant im Stimmengespräch vom 27. Mai 1968 zeigt. Stimmen kommentieren Gesines Versuch, in einen überfüllten Zug zu steigen, der ihr knapp gelingt. Prag-Neuigkeiten sind zu Beginn des Kapitels zu finden, sodass manche der Stimmen-Kommentare warnenden oder vorausdeutenden Charakter gewinnen: »*Und du bist in die Falle gelaufen, junge Frau*« (JT, 1227; Kursivdruck im Original). Gesine ist zwar das Einsteigen geglückt, ob dies auch für den Ausstieg gilt, wird von den Stimmen jedoch bezweifelt: »*Die kann noch steckenbleiben, wenn sie raus will.* [...] / *Gönn ich ihr. / Gönnen wir dir*« (JT, 1230; Kursivdruck im Original). Auch die Masse der Güllener Bürger zeichnet sich am Ende des zweiten Aktes

29 Die »kohärenzstiftende Funktion« von Intertexten wurde bereits von Sabine Fischer-Kania angesprochen; Sabine Fischer-Kania: Geschichte entworfen durch Erzählen. Uwe Johnsons »Jahrestage«, Münster 1995, S. 217. Als »Puzzle-Prinzip« bezeichnet Uwe Neumann die Schreibweise Johnsons, in der sich erst durch mehrere Verweise ein Zitat herauskristallisiert; Uwe Neumann: Bei Thomas Mann zu Besuch, in: Johnson-Jahrbuch 13, 2006, S. 33-81, hier: S. 60.

30 JT, 489, 1017, 1048, 1097, 1450, 1474, 1743, 1891.

31 Vgl. 14. November 1967, in: Helbig u.a. (Hg.), Kommentar (Online-Version) (Anm. 16), 294, 16.

32 Die Güllener wünschen »Eine gute Reise, eine gute Reise!« und »Viel Glück, viel Glück!«; Friedrich Dürrenmatt: Werkausgabe in siebenunddreißig Bänden, Bd. 5: Der Besuch der alten Dame. Eine tragische Komödie. Neufassung 1980, Zürich 1998, S. 83.

durch wiederholende Aussagen aus, woran in *Jahrestage* die Sprechweise der Bediensteten Koby und Loby erinnert: »*Und Glück auf die Reise! / Und Glück auf die Reise!*« (JT, 1230; Kursivdruck im Original) Mit einer ähnlichen Formulierung verabschiedet Gesine Jonas Blach aus ihrem Leben (vgl. JT, 1644). Sie findet sich überdies kurz vor der Abreise nach Europa und wird vom Flughafenpersonal angesprochen, wobei in diesem Satz auch der Begriff »Dame« die Verbindung zu Dürrenmatt noch einmal untermauert: »Weil's für eine Dame ist wie Sie. Glück auf die Reise!« (JT, 1886) Die Herausstellung dieser Formulierung in der Perspektive Gesines und ihre mit Unglück verbundenen Konnotationen sorgen dafür, dass an Stellen ihres Gebrauches leitmotivisch Ängste und womöglich Vorausdeutungen für die am Ende des Romans anstehende Prag-Reise forciert werden.

Die Geschlossenheit des Romans wird durch die Wiederholung solcher literarischen Zitate und Motive unterstützt. Eine strukturierende Funktion können auch einzelne Tageseinträge ausüben, die in ihrem Aufbau oder in der Anordnung bestimmter Episoden womöglich nach einem Vorläufer konzipiert wurden und in der Johnson-Forschung als strukturelle Zitate bezeichnet werden.[33] Gleich mehrere Episoden sind strukturell und in ihrem Aufbau an Episoden aus dem Werk von Thomas Mann angelehnt. Es handelt sich dabei um Geschichten, die Gesines Vater ins Zentrum stellen. Der Vergleich der jeweiligen Textkontexte und der sich sehr ähnelnden, aber in kleineren Abweichungen entfalteten Sätze ergibt neue, nicht auf den ersten Blick ersichtliche Schwerpunkte: Der Fünfeichen-Abschnitt als Anlehnung an den vielbeachteten Beginn von *Tristan* (vgl. JT, 1287f.)[34] weist u.a. durch den Umstand, dass es sich bei dem strukturellen Zitat um einen Erzählbeginn handelt, auf die Fortführung von Cresspahls Geschichte hin. Gesines an *Tonio Kröger* angelehnte Tanzstunde betont ihre Teilhabe am Leben in Kontrast zu ihrem inhaftierten Vater. Das geschieht vor allem durch die Erwähnungen der von der Gesellschaft gemiedenen Leslie Danzmann, die Gesine wiederum meidet, weil die ehemalige Sekre-

33 Der Begriff wurde von Spaeth in die Forschung eingeführt; vgl. Spaeth, ITX (Anm. 8), S. 79.

34 Vgl. Hille Haker: Moralische Identität. Literarische Lebensgeschichten als Medium ethischer Reflexion. Mit einer Interpretation der *Jahrestage* von Uwe Johnson, Tübingen 1999, S. 247. Das Thematisieren von Konzentrationslagern ist für Neumann durch diesen Abschnitt erleichtert worden; vgl. Uwe Neumann: Uwe Johnson und der »Nouveau Roman«. Komparatistische Untersuchungen zur Stellung von Uwe Johnsons Erzählwerk, Frankfurt am Main 1992, S. 451. Bekannt ist das Zitat auch deswegen, weil sich Johnson ebenfalls dazu geäußert hatte; vgl. Uwe Johnson: Lübeck habe ich ständig beobachtet, in: Fahlke (Hg.), »Ich überlege mir die Geschichte …« (Anm. 13), S. 79-85, hier: S. 83f.

tärin des Vaters im Gegensatz zu ihm in Freiheit lebt (vgl. JT, 1463). Diese Beispiele für strukturelle Thomas Mann-Entlehnungen haben einen ganz eigenen Stellenwert. Strukturelle Ähnlichkeiten zu Episoden anderer Autoren zeigen sich bisweilen in der Konstruktion ganzer Tageseinträge.

Der Vergleich von Kontexten, der sich hier als wichtig erwiesen hat, erlangt noch mehr Relevanz bei Zitaten, die erst durch eine Beleuchtung der Kontexte eine eigene Funktion erlangen. Mit Blick auf die erzählerische Vermittlung handelt es sich um literarische Zitate, deren Funktion in ebendieser Aufforderung zur Kontextualisierung liegt. Beispielsweise verlangt die Sonderform des Titelzitats das Hinzuziehen von Kontexten wie den Gesamtinhalt des Intertextes oder weiterer Hintergründe, um für die Interpretation der Textstelle, an der es in den *Jahrestagen* zu finden ist, von Nutzen zu sein. Es zeigt sich dabei, dass besonders viele Titelanspielungen auf lyrische Intertexte einen Mehrwert für die Interpretation darstellen, der je nach Textstelle unterschiedlich ausfällt.

Charakterisierend und gleichzeitig vorausdeutend fungiert beispielsweise die Titelanspielung auf das Gedicht *Und was bekam des Soldaten Weib?* von Brecht. Sie fällt versteckt und beinahe beiläufig an einer Stelle, an der Alexander Paepcke und dessen Abschiedsgeschenke für die Kinder, darunter Gesine, aufgezählt werden: »Und was bekam des Soldaten Weib?« (JT, 886)[35] Durch die Verteilung von Geschenken an Kinder im Kontext der Anspielung ergibt sich einerseits eine Bedeutungsverschiebung – nicht wie im Gedicht das Weib, sondern die Kinder, die für Alexander besonders wichtig gewesen sind, erhalten Geschenke –, andererseits eine Vorausdeutung auf Alexanders Tod, der auch den Soldaten im Gedicht erwartet.

Bei einer Untersuchung der Integration von Figuren aus anderen Werken sind ebenfalls notwendigerweise weitere Kontexte zu beachten. Auch hier handelt es sich um eine Sonderform der Intertextualität, für die eine eigenständige Terminologie existiert.[36] Der in New York bisweilen anzutreffende Anselm Kristlein[37] aus der gleichnamigen Trilogie von Martin Walser hat als Protagonist eine Sonderrolle inne,[38] wobei mehrere Merk-

35 Im *Kommentar* als Anspielung erkannt; vgl. 17. März 1968, in: Helbig u.a. (Hg.), Kommentar (Online-Version) (Anm. 16), 886, 16f.

36 So kann für Wolfgang G. Müller in Bezug auf literarische Figuren von »interfigurality« gesprochen werden; Wolfang G. Müller: Interfigurality. A Study on the Interdependence of Literary Figures, in: Heinrich F. Plett (Hg.): Intertextuality, Berlin 1991, S. 101-121, hier: S. 102.

37 Vgl. hierzu JT, 331, 874, 1663, 1710.

38 Die auffälligen Auftritte wurden als ›Revanche‹ Johnsons für den Auftritt von Karsch im zweiten Band der Trilogie angesehen; vgl. u.a. Mecklenburg, Erzählkunst (Anm. 10), S. 113.

male dieser Figur in den *Jahrestagen* wiederaufgenommen werden. In Bezug auf die gesamte Trilogie und die *Jahrestage* ist demnach ein Vergleich vonnöten, wobei sich in beiden literarischen Werken die Protagonisten durch das Erzählen auszeichnen. Gesine vermag durch ihr Erzählen für die Tochter und damit für die Familie, die Kristlein auch in den *Jahrestagen* vernachlässigt, einen anderen Rang gewinnen. Überdies zeigen insbesondere Figuren aus der Vergangenheit Verbindungen zu Figuren aus dem Werk von Thomas Mann auf, die schon in einer ähnlichen Namensgebung bestehen. Die Lebensläufe und damit die Bedeutung der Figuren für ihre jeweiligen Romane können sich aber voneinander unterscheiden.[39]

Mehrere Kontexte müssen auch bei den sogenannten zitierenden Zitaten hinzugezogen werden. Bei dieser Zitatform handelt es sich um literarische Zitate, die wiederum Rückbezug nehmen auf andere literarische Vorläufer, sodass eine Traditionskette durchscheint, deren möglicher Mehrwert für die Interpretation zu erschließen ist. So erlangt die Anspielung auf ein Simonides-Epigramm, dessen literarische Rezeptionskette Schiller und Heinrich Böll einschließt, sowohl für die Vergangenheits- als auch für die Gegenwartsebene durch die Kontexte eine zusätzliche Deutung.

Der Anklang an das Epigramm, das zu den geflügelten Worten gehört,[40] findet sich im Literaturunterricht von Gesine, in welchem gerade Fontanes *Schach von Wuthenow* durchgenommen wird: »Eine Überschrift ist ein Meilenstein am Wege: Wanderer, nach neunzehn Kilometern kommst du nach Jerichow« (JT, 1698). Kapitelüberschriften als mögliche Wegweiser für die lesenden Schüler stehen somit auf der einen, die in Herodots *Historien* zu findende, Simonides zugeschriebene und ebenfalls als Wegweiser fungierende Denkmalinschrift über die Pflichtausübung der Spartaner bei den Thermopylen auf der anderen Seite. Die Verbindung wird schon durch das einleitende »Wanderer« evoziert, denn gerade diese sollten den Inhalt der Inschrift weitertragen.

Das Epigramm wurde oft verarbeitet, so auch von Schiller in dessen Elegie *Der Spaziergang*: »›Wanderer, kommst du nach Sparta, verkündige dorten, du habest / ›Uns hier liegen gesehn, wie das Gesetz es befahl‹«.[41]

39 Für weitere Ausführungen vgl. Neumann, Bei Thomas Mann (Anm. 29), S. 57-77.

40 Manuel Baumbach widmet sich der Rezeptionsgeschichte des Epigramms. Dabei lässt er nicht unerwähnt, dass es in der ersten Auflage von Richard Zoozmanns *Zitatenschatz der Weltliteratur* und seit der 27. Auflage in den *Geflügelten Worten* von Georg Büchmann zu finden ist; vgl. Manuel Baumbach: »Wanderer, kommst du nach Sparta …« Zur Rezeption eines Simonides-Epigramms, in: Poetica 32, 2000, S. 1-22, hier: S. 1.

41 Friedrich Schiller: Der Spaziergang, in: Schillers Werke. Nationalausgabe, hg. von Norbert Oellers und Siegfried Seidel, Bd. 2.1: Gedichte, hg. von Norbert Oellers, Weimar 1983, S. 308-314, hier: S. 311.

Gegen unterschiedliche Übersetzungen wie von Cicero in den *Tusculanae disputationes* und später Herder behauptete sich Schillers Adaption.[42] Durch Anführungszeichen werden die Worte bei Schiller überdies als entlehnt gekennzeichnet und die Rezeptionsgeschichte derselben bewusst hervorgerufen.

Gleiches gilt für Bölls den Titel seiner Kurzgeschichtensammlung *Wanderer, kommst du nach Spa…* ausmachende Kurzgeschichte, auf die mit dem genannten Satz der *Jahrestage* ebenfalls angespielt wird, nicht zuletzt, weil auch hier der Schulkontext von Bedeutung ist. Umfunktioniert als Lazarett ist die Schule als solche bei Böll aber nur noch erkennbar durch ebendiese Worte, die ein schwer verwundeter Abiturient an der Tafel noch aus seiner Schulzeit wiedererkennt.[43] Markanterweise handelt es sich um ein unvollendetes Zitat, bedingt durch die große Handschrift und die Tafelgröße, sodass der Rest lediglich durch Punkte angedeutet ist. Die ›Verstümmelung‹ des Zitats und die Verstümmelung des offenbar tödlich verletzten jungen Mannes wurden in der Forschung dementsprechend zusammengeführt, allerdings nicht ohne auch die Rezeptionskette des ursprünglichen Zitats zu beachten.[44]

In den *Jahrestagen* wird die Schule also ebenfalls mit dem Epigramm in Verbindung gebracht, ein Umstand, der sich an einer anderen Stelle wiederholt. Hier sind es allerdings Verse aus Schillers *Der Spaziergang*, die in der Beschreibung von Gesines Wiederaufnahme der Schule von 1946, »wie das Gesetz zur Reform des Unterrichts es befahl« (JT, 1429), anklingen. Eine Wegweiserfunktion, die dem Epigramm eigen ist und bei Johnson im Schulkontext den Überschriften für literarische Texte zugeschrieben wird, kann auch allgemein der Schule zugesprochen werden. Darüber hinaus kann die Zeitung ebenso aufgrund der ihr inhärenten Beeinflussungs-

42 Vgl. Baumbach, »Wanderer, kommst du nach Sparta …« (Anm. 40), S. 20. Die deutschen Übersetzungen werden von Anuschka Albertz untersucht; vgl. Anuschka Albertz: Exemplarisches Heldentum. Die Rezeptionsgeschichte der Schlacht an den Thermopylen von der Antike bis zur Gegenwart, München 2006, S. 174.

43 Vgl. Heinrich Böll: Wanderer, kommst du nach Spa…, in: ders., Erzählungen, hg. von Viktor Böll und Karl Heiner Busse, Frankfurt am Main 1994, S. 296-305.

44 Der Rezeptionsgeschichte des Epigramms, zu der auch die Instrumentalisierung des Todes der Spartaner vor allem im Zweiten Weltkrieg gehört, soll laut Baumbach durch die Kurzgeschichte ein Ende gemacht werden. Dies gelingt für ihn aber aufgrund der Bekanntheit des Epigramms gerade nicht; vgl. Baumbach, »Wanderer, kommst du nach Sparta …« (Anm. 40), bes. S. 6, 21. Andrea Geier zufolge fokussiert die Kurzgeschichte eher »eine grundlegende Auseinandersetzung mit der Ethik der Ästhetik, welche Künstler wie Rezipienten gleichermaßen in die Verantwortung nimmt«; Andrea Geier: Bildgedächtnis und Bildkritik in der deutschsprachigen Prosa seit 1945 (H. Böll, A. Duden, K. Drawert, U. Hahn), in: Oxford German Studies 37, No. 2, 2008, S. 270-291, hier: S. 290.

möglichkeiten als Wegweiser sowie Bote fungieren. In einem Tageseintrag zur *Times* findet sich dementsprechend eine ähnliche Formulierung: »über die Mixtur aus Strukturproblemen und Grundstücksproblemen in White Plains, Fremder, kommst du nach White Plains …« (JT, 517) Dieser Satzteil sticht aus der Aufzählung an jener Stelle heraus. Die Anrede »Fremder« berührt überdies die Übersetzungsgeschichte des Epigramms. Auf Vergangenheits- wie Gegenwartsebene werden nicht zuletzt anhand der rezeptionsgeschichtlichen Hintergründe dieses zitierenden Zitats kritisch die Funktionen von Schule, Literatur und der Zeitung angesprochen.

Nicht immer lassen sich allerdings Zitate oder eine Bedeutung derselben bestimmen. Schwierig wird ein Erkennen von literarischen Zitaten innerhalb der fremdsprachlichen Textsegmente, die Bestandteil der *Jahrestage* sind und die Miriam N. Reinhard als »*durchgehende hybride Vielstimmigkeit*«[45] charakterisiert. Wolfgang Engler verweist auf die »*Inszenierung von Fremdheit*«[46] und sieht diese als eine der sogenannten erzählerischen Gesten von Johnson. An den Stellen ihres Einbaus sind literarische Zitate in Originalsprache mit der Identität der Figuren sowie mit den Themen ›Heimat‹ und ›Spracherwerb‹ verknüpft.[47]

In einigen Fällen sind die aus einer anderen Sprache stammenden literarischen Referenzen allerdings ins Deutsche übersetzt, wodurch der für die Intertextualität ebenfalls wichtige Aspekt der Übersetzung berührt und zugleich die Einordnung als literarisches Zitat erschwert wird. Gesines scheiternder Versuch, in die Erinnerungen des Fischlands wieder einzutauchen, wird von ihr folgendermaßen resümiert: »1947, im Sommer, war ich auf dem Fischland. Niemals mehr.« (JT, 1496) Barbara Scheuermann verweist auf die Wortähnlichkeit der letzten beiden Worte zu den charakteristischen Worten des Raben aus Edgar Allan Poe's *The Raven*.[48] Trauernd um die verstorbene Liebe, ertönt auf die das Vergessen sowie Wiederfinden der Geliebten abzielenden Fragen des lyrischen Ichs in Poe's Gedicht lediglich ein »Nevermore.«[49] als Antwort eines Raben.

45 Miriam N. Reinhard: Entwurf und Ordnung. Übersetzungen aus »Jahrestage« von Uwe Johnson. Ein Dialog mit Fragen zur Bildung, Bielefeld 2012, S. 52; Kursivdruck im Original.

46 Wolfgang Engler: Uwe Johnson – Gesten des Erzählens, in: Johnson-Jahrbuch 13, 2006, S. 85-101, hier: S. 92; Kursivdruck im Original.

47 Die literarischen Zitate entstammen oftmals dem sprachlichen Hintergrund der jeweiligen Person, machen auf Wechselbeziehungen von Sprachen aufmerksam und sind für Scheuermann dem Realismus-Konzept Johnsons zugehörig, in welchem anhand von »Sprache auf die Wirklichkeit bestimmter Personen referiert« wird; Scheuermann, Zur Funktion des Niederdeutschen (Anm. 10), S. 299.

48 Vgl. ebd., S. 233.

49 Edgar Allan Poe: The Raven, in: ders., Selected writings of Edgar Allan Poe. Poems,

Gesines Erinnerungsversuch aus dem Jahr 1947 kann mit diesen Fragen gleichgesetzt werden: Die Antwort ist in beiden Fällen ähnlich und besagt, dass die Rückkehr der Geliebten und somit ein Wiedereintauchen in die Erinnerung unmöglich ist. Die Wechselrede von Rabe und Mensch erfährt in diesem Tageseintrag ebenfalls ein Pendant in Form eines Stimmengesprächs zwischen der mit dem Fischland verbundenen Alexandra Paepcke und Gesine:

> *Da wußtest du, daß ich nicht wiederkomme, Gesine.*
> *Ja, Alexandra.*
> *Da warst du fertig mit dem Wunsch, dich umzubringen.*
> *Ja, Alexandra.*
> *Du hast noch daran gedacht.*
> *Ja, Alexandra.*
> *Aber du wirst es nun nicht mehr tun.*
> *Nein, Alexandra.* (JT, 1496; Kursivdruck im Original)

Geschichte und Darstellung derselben sind stets miteinander verbunden, sodass bei der Bedeutung der literarischen Zitate für die erzählerische Vermittlung Aspekte der Geschichte immer mitbedacht werden. Überwiegend muss man hier übergreifende Kontexte hinzuziehen. Einen Sonderfall stellen Pseudozitate dar, die ihrem Namen entsprechend Intertextualität zu fingieren scheinen. Den Zitaten in Originalsprache und den Pseudozitaten ist gemein, dass sie zu den Mitteln der Verfremdung gehören, denen eigen ist, dass die Lektüre aufgrund auffallender (fremdsprachlicher) Segmente oder verschiedener Signale ins Stocken gerät.

## Geschichten ohne Ursprung?<br>Die ›verlorene‹ Gesine

Damit kommen die Ausführungen wieder zu dem einleitenden Zitat. Auch an anderen Stellen wird durch Signalwörter oder einem der Formulierung inhärenten Hinweis auf eine mögliche Dichteraussage der Eindruck erweckt, es könne sich um ein literarisches Zitat handeln. Formulierungen mit Hinweis auf einen Dichterursprung können, wie von Johnson selbst angegeben,[50] lediglich auf mündliche Aussagen eines Dichters verweisen.

Tales, Essays and Reviews, edited with an introduction by David Galloway, Harmondsworth 1967, S. 77-80, hier: S. 78.

50 Vgl. Eberhard Fahlke / Jeremy Gaines: Auskünfte für eine Übersetzerin. Zum Brief-

Ein literarischer Ursprung ist somit nicht immer gegeben oder erscheint an manchen Stellen unwahrscheinlich, was auch für den folgenden Satz gilt: »Hier wurde gestern erst nach dir gefragt: wie uns ein Dichter berichtet« (JT, 450). Dies erwähnt Gesine in einem Brief an Anita innerhalb eines Tageseintrags, der sich auch mit Gesines Hauswart Mr. Shaks befasst. Dieser wird auch Shakespeare genannt: »Und er hat sich seinem Namen gefügt und kann nicht nur den Hamlet halb auswendig, sondern auch Richard the Fourth« (JT, 449). Als Briefmarkensammler bedankt er sich für die Briefmarken von Anita, ein mögliches literarisches Zitat oder eine Anspielung sind hier also auszuschließen.

In Bezug auf eine andere Gesine aus einem Roman, der die von Gesine angeführten Sätze zugeschrieben werden können, lassen sich tatsächlich Romane finden, die vor diesem in *Jahrestage* erzählten Zeitpunkt erschienen sind und als Titelheldin eine Gesine vorzuweisen haben. Weder Gerhard Ringelings *Die schöne Gesine* (1936) noch Konrad Bestes *Gesine und die Bostelmänner* (1936) weisen aber die von Gesine angegebenen Worte auf, wenngleich es in beiden Romanen wie auch an dieser Stelle der *Jahrestage* um das Verhältnis der Protagonistin zu Männern geht.[51] Somit bestünde der nächste Schritt darin, unabhängig vom Titel Romane zu identifizieren, in denen eine Gesine auftritt: ein schwer zu bewerkstelligendes und vielfach mit Glück verbundenes Unterfangen. Gesines Fund konnte also (noch) nicht reproduziert werden und auch andere mit Signalen behaftete Textstellen weisen keinen offensichtlichen Ursprungstext auf.

Allgemein zeigt sich aber an den einzelnen, hier lediglich beispielhaft kurz untersuchten Stellen durchaus ein verstecktes Deutungspotenzial bei den überwiegend auf die Geschichte sowie deren erzählerische Vermittlung ausgerichteten literarischen Zitaten und Anspielungen. »Geschichte ist ein Entwurf« (JT, 1891) – dieser Ausspruch von Kliefoth am Ende von Johnsons Roman kann auf diese Thematik bezogen werden, denn auch die *Jahrestage* greifen zu ihrer Entfaltung auf andere Entwürfe aus der

wechsel zwischen Uwe Johnson und Leila Vennewitz, in: Fahlke (Hg.), »Ich überlege mir die Geschichte …« (Anm. 13), S. 315-357, hier: S. 320.

51 Anika Davidson befasst sich in einer Rezension mit dieser Stelle, u.a. hinsichtlich des männlichen Blickes, aber auch in Bezug auf Gesine und ihre Thematisierung von sich selbst als »Gesine in einem Roman« (JT, 1751), womit ihr Status im Erzählgefüge neben dem Genossen Schriftsteller angesprochen ist; vgl. Anika Davidson: Von Zuschreibungen bei Johnson und Zumutungen der Wissenschaft. Zu: Annekatrin Klaus, »Sie haben ein Gedächtnis wie ein Mann, Mrs. Cresspahl!« Weibliche Hauptfiguren im Werk Uwe Johnsons, in: Johnson-Jahrbuch 7, 2000, S. 267-281, hier: S. 268. Es wird zudem die Wiederholung in der Literatur angesprochen, da Gesines Name – wie auch Themen und Motive in der Literatur – vielfach Verwendung gefunden hat.

Geschichte und der Kultur zurück. Aufgrund des dialogischen, teilweise selbstreflexiven Verhältnisses zu anderen, ebenfalls fiktionalen Geschichten entfaltet sich bei literarischen Zitaten ein eigenes Deutungspotenzial. Dieses Potenzial kann offensichtlich oder versteckt durch die neuen Kontexte und Zusammenhänge der anderen Texte hervorgerufen werden. Bei den untersuchten Textstellen handelt es sich um ein Interpretationsangebot, dem bei einer Thematik wie der Intertextualität noch viele weitere folgen können, sodass vielleicht auch die verlorene Gesine noch aufgefunden werden kann.

# Kritik

MICHELE SISTO

# Uwe Johnson per tutti

## *Der italienische Verlag L'Orma legt die italienischen* Jahrestage *vollständig vor*[1]

Ich betrete den Buchladen Assaggi in Rom, es könnte aber auch Lettera 22 in Mesagne oder Comunardi in Turin sein. Mein Blick bleibt in der Auslage auf dem vierten Band von *I giorni e gli anni (Jahrestage)* von Uwe Johnson hängen. Ich ziehe scharf die Luft ein: endlich. Endlich! Am liebsten würde ich dem Verleger schreiben, ein Telegramm schicken, dazu zwei Dutzend Rosen. Zu viel Enthusiasmus? Wohl kaum für die *happy few*, die das Buch lange fünfundvierzig Jahre herbeisehnten. Es sind jene Leser, Kritiker, Schriftsteller, Germanisten, Historiker und Journalisten, die die Geschichte dieses unermesslichen Werkes verfolgten und zugleich zu ihr beitrugen. Kaum ein anderes Werk spiegelt den Wandel im italienischen Verlagswesen und in der Literatur der letzten Jahrzehnte so gut wider, wie die Übersetzung des Opus magnum von Johnson. Hier lohnt es sich also, die wichtigsten Wendepunkte dieser Geschichte kurz nachzuzeichnen.

Die erste Station ist die Frankfurter Buchmesse im Jahr 1959. Dort gibt es von der deutschen Literaturkritik tosenden Beifall und laute Skandalrufe für zwei Romandebüts: Es handelt sich zum einen um *Die Blechtrommel* von Günter Grass, geschrieben in Paris von einem Deutschen aus Danzig, der wenig später Westberlin zu seiner Wahlheimat macht. Zum anderen ist die Rede von *Mutmassungen über Jakob*, geschrieben in der DDR von Uwe Johnson, der, in Cammin geboren, das inzwischen zu Polen gehört, ebenfalls in Westberlin angekommen ist. Es wäre zu erwarten gewesen, dass die italienischen Verlage um die beiden neuen Stars wetteifern wür-

1 Dem Text liegt eine Besprechung zugrunde, die zuerst auf Italienisch erschienen ist; vgl. Michele Sisto: Uwe Johnson per tutti, in: alfabeta2. URL: https://www.alfabeta2.it/2016/03/26/uwe-johnson-liberato/ [Zugriff vom 8.10.2016]. Aus dem Italienischen übersetzt von Sophia Forck und für das Deutsche leicht überarbeitet.

den. Aber weit gefehlt, das Gegenteil ist der Fall. Und das ist nicht einmal überraschend, sondern entspricht normalen Verhältnissen. Die Verleger wissen ganz genau, dass sich Romane von deutschen Gegenwartsautoren, vielleicht mit Ausnahme von Hans Hellmuts Kirsts Trilogie *08/15*, schlecht verkaufen, und Grass und Johnson waren zu diesem Zeitpunkt absolut Unbekannte in Italien.

Nun ist – das haben uns in aller Ausführlichkeit Experten der Branche wie André Schiffrin erläutert – das Verlagswesen, besonders das literarische, eine Industrie *sui generis:* Es folgt nicht nur den Regeln der Wirtschaft, sondern auch der Logik der Literatur. Unter gewissen Umständen und bei gewissen Akteuren kann so ein *intérêt spécifique* entstehen, wie Pierre Bourdieu es nennt. In diesen Fällen kann man sich *für* den symbolischen Wert und *gegen* den ökonomischen entscheiden, und ein hochgeschätztes Buch übersetzen, auch wenn sich die Kosten, die damit einhergehen, wirtschaftlich nicht rechnen. In diesem Spannungsverhältnis gelingt es einigen Verlegern, sich einen Namen zu machen, indem sie nicht nur das Bedürfnis der Masse befriedigen, sondern auch einmal dem Geschmack der *happy few* folgen.

Doch wer sind jene, die sich im italienischen Verlagswesen für den symbolischen Wert und die Logik der Literatur einsetzen? Schriftsteller und Kritiker natürlich. Wer sonst? 1959 waren als Verlagslektoren tätig: bei Mondadori niemand Geringeres als Elio Vittorini, Vittorio Sereni und die Germanistin Lavinia Mazzucchetti, bei Einaudi Italo Calvino, Natalia Ginzburg und der Germanist Cesare Cases und bei Feltrinelli Giorgio Bassani (nur noch für kurze Zeit), Nanni Balestrini und Enrico Filippini, letzterer verantwortlich für die deutsche Literatur. Sie alle vertraten das *intérêt spécifique* der Literatur; nicht alle aber hatten das gleiche Interesse, auf das Neue zu setzten. Die Älteren, vorwiegend Mazzucchetti und Cases, die im Realismus der 1930er Jahren ihre Literaturauffassung und in Thomas Mann ihren Autor gefunden hatten, verwerfen Grass und Johnson, abgestoßen von der »barocken Geschwätzigkeit«[2] des ersten und der »Konfusion« und »Langeweile«[3] des letzteren. Der deutlich jüngere Filippini dagegen ist, genau wie sein Kollege Balestrini, Anhänger der neuesten

2 So schreibt Mazzucchetti in ihrem Verlagsgutachten über Grass, zitiert in Michele Sisto: La letteratura tradotta come fattore di cambiamento nel campo letterario italiano, in: Irene Fantappiè / Michele Sisto (Hg.): Letteratura italiana e tedesca 1945-1970. Campi, polisistemi, transfer / Deutsche und italienische Literatur 1945-1970. Felder, Polysysteme, Transfer, Rom 2013, S. 92; Übersetzung M. S.

3 So schreibt Cases über Johnson und im Allgemeinen über die neuere deutsche Literatur der 1960er Jahre; Cesare Cases: Scegliendo e scartando. Pareri di lettura, a cura di Michele Sisto, Torino 2013; Übersetzung M. S.

italienischen Literaturbewegung, jener Neoavantgarde, der er später sogar den Kampfnamen »Gruppo 63« geben wird: Er hat Interesse daran, sich selbst als Befürworter des Neuen sowohl in der ausländischen als auch in der italienischen Literatur darzustellen. Er überzeugt den ziemlich skeptischen Giangiacomo Feltrinelli, beide Werke zu erwerben und die Romane zweier junger unbekannter Deutscher auf den heimischen Markt zu bringen.

*Il tamburo di latta (Die Blechtrommel)*, die der Verleger Bompiani zwar übersetzt, jedoch der vielen Sexszenen wegen nicht veröffentlicht hatte, wird bei Feltrinelli zum geplanten Skandalerfolg. *Congetture su Jakob (Mutmassungen über Jakob)* übersetzte Filippini selbst. Der Roman erscheint 1961 in der Buchreihe *Le Comete*, kurz vor dem *Capriccio italiano* seines Freundes Edoardo Sanguineti, einem kurzen Roman aus 111 keineswegs streng zusammenhängenden Abschnitten, und dem Band *Gruppo 63: la nuova letteratura*. Uwe Johnson erreichte also Italien unter der Flagge jener »experimentellen Literatur«, die, so die Intention ihrer Vertreter, den »veralteten« Neorealismus ablösen sollte. Er wird von Renato Barilli in der Zeitschrift der Neoavantgarde *Il Verri* gefeiert und Elio Vittorini, dessen Zeitschrift *Il Menabò* der »experimentellen Literatur« damals aufgeschlossen gegenüberstand, plädiert für die Vergabe des Prix International des Éditeurs an Johnson.

Diese *few* sind es, die ein Interesse daran haben, dass Johnson auch in Italien existiert: Jungautoren wie Filippini, der nicht nur auf der Suche nach Verbündeten von internationalem Renommee für seine Gruppe, sondern auch nach Modellen für seine antirealistischen Experimente ist; junge Kritiker wie Barilli, der denselben literarischen Kampf ausficht; junge Verleger wie Feltrinelli, der sein Verlagshaus erst sechs Jahre zuvor gegründet hat und mit Erfolgen wie *Doktor Schiwago* und *Der Leopard* in kurzer Zeit ein ernst zu nehmender Konkurrent für Mondadori und Einaudi geworden ist. Ihr Interesse kann man insofern als spezifisch bezeichnen, als dass es sich aus den Kämpfen innerhalb des literarischen (und verlegerischen) Milieus speiste. Was jedoch nichts daran ändert, dass die meisten Exemplare von *Congetture su Jakob* gewissermaßen aus politischen Gründen verkauft werden, da Johnson im Jahr des Mauerbaus als »Dichter der beiden Deutschland« in den Zeitungen propagiert wird.

Bis zum Ende der 1960er Jahre zählt Johnson, gemeinsam mit Grass, zu den führenden deutschen Autoren bei Feltrinelli, der neben der *Danziger Trilogie* auch *Il terzo libro su Achim (Das dritte Buch über Achim)* sowie *Due punti di vista (Zwei Ansichten)* veröffentlicht. Das heißt aber nicht, dass Johnson zwangsläufig innerhalb der Poetik der Neoavantgarde gelesen werden muss: Wäre er von Einaudi verlegt worden und nicht von Feltrinelli, so hätte sich die Aufmerksamkeit weniger auf die formalen

Neuerungen konzentriert, und er wäre vielleicht im Rahmen der damals entstehenden Neuen Linken in einem Zug mit Musil, zu dessen *Uomo senza qualità (Der Mann ohne Eigenschaften)* Cesare Cases die Einleitung verfasst, und Brecht, dessen *Me-ti* von Johnson in Deutschland herausgegeben und von Cases in Italien übersetzt wird, gelesen worden. Die Geschichte will jedoch, dass Johnson von der Gruppo 63 nach Italien getragen wird, die ihn sich gewissermaßen aneignet.

Mit dem Aufbruch der Studenten- und Arbeiterbewegung im Jahr 1968 scheint aber die Idee der Neoavantgarde, dass die Umwälzung der Sprache Auslöser einer sozialen Revolution sein kann, veraltet zu sein. Viele Intellektuelle wenden sich in der Folge von der Literatur ab und der Politik zu. Zu ihnen zählt auch, als ein Extremfall, ausgerechnet Giangiacomo Feltrinelli, der im Untergrund Partisanengruppen organisiert, mit der Absicht, einem befürchteten Putsch der Faschisten zuvorzukommen. In diesem Klima vollzieht sich die Trennung des Verlages von der Gruppo 63. Auch Filippini verlässt den Verlag, und das genau zu dem Zeitpunkt, als Johnson seine Arbeit an *Jahrestage* beginnt. Die dazugehörigen vier Bände erscheinen, wie bekannt, 1970, '71, '73 und nach einer länger währenden Schaffenskrise '83. Der erste Band wird umgehend ins Italienische übersetzt und erscheint 1972 mit dem Titel *Anniversari: Dalla vita di Gesine Cresspahl* in der Reihe *I Narratori di Feltrinelli*, gemeinsam mit *L'interrogatorio all'Avana (Das Verhör von Habana)* von Enzensberger und *Prima del calcio di rigore (Die Angst des Tormanns beim Elfmeter)* von Peter Handke – zwei weitere Autoren, die von Filippini nach Italien gebracht wurden – sowie mit *Storie naturali* von Sanguineti und *Vogliamo tutto* von Balestrini. Mit der Übersetzung von *Jahrestage* wird Bruna Bianchi betraut, die in jenen Jahren Handke, Enzensberger und auch Martin Walser eine italienische Stimme gibt; alle erscheinen bei Feltrinelli. Sie übersetzt auch Grass, aber der Verleger weigert sich, ihn zu veröffentlichen, weil der Schriftsteller offen die wenig radikale Politik des Sozialdemokraten Willy Brandt unterstützt. Nach dem Tod Feltrinellis 1972 verblutet der Verlagskatalog regelrecht: Neben Grass gehen auch Enzensberger, Frisch und Dürrenmatt zu Einaudi, Handke geht zu Garzanti, Bachmann war schon längst zu Adelphi gewechselt. Auch Johnson verschwindet aus dem Katalog Feltrinellis, ohne jedoch bei einem anderen Verleger eine neue Heimat zu finden. Das *intérêt spécifique* muss überdurchschnittlich hoch sein, um sich in das Unterfangen zu stürzen, 2.000 Seiten Prosa, noch dazu der besonders gewagten Art, zu übersetzen.

Ein ähnliches Schicksal widerfährt nicht nur Johnson. Auch Peter Weiss, dessen Werke von Einaudi als Muster des Brecht'schen »Engagements« im Kontrast zu den »Avantgardisten« Grass und Johnson verlegt werden, verliert an symbolischem Wert, als die Neue Linke mit dem Aufkommen des Terrorismus in die Krise gerät: Selbst den getreuen Einaudi-Lektoren, darunter Cases und Fortini, gelingt es nicht, ihren Verleger zu überzeugen, die Übersetzung der drei Bände der *Ästhetik des Widerstands* anzugehen. Das Problem des ›zu‹ großen Umfangs betrifft nicht nur die Literatur. Es gilt ebenso für gewagtere deutsche Experimente der 1970er Jahre in anderen Medien: Man denke etwa an die Film-Trilogie *Heimat* von Edgar Reitz.

Für die Literatur gibt Cesare Cases 1981 im Interview mit Goffredo Fofi in *Scena* zu Protokoll, die deutschen Schriftsteller seien

> mühsam, aber dennoch nie ohne Biss. Die Trilogie des Widerstands von Weiss beispielsweise ist schwer verdaulich, selbst in Deutschland will sie niemand lesen, aber wenn man den Aufwand in Kauf nimmt, findet man eine wirklich ernsthafte geschichtliche Auseinandersetzung mit der politischen Linken der Hitler- und Stalinzeit. Dieser moralische Einsatz der Deutschen, dieses Arbeitsethos, mit Ausnahme vielleicht eines Grass, der die Feder zu leicht sitzen hat, bewirkt, dass selbst verfehlte Bücher vor Relevanz strotzen. Sie sind nicht befriedigend, aber sie sind ohne Zweifel kohärent: Johnson, Dorst, mit ihren Epen und Zyklen … Verglichen mit den schwächelnden Literaturen anderer Länder dieser Tage, ist das ein Trumpf […].[4]

*Jahrestage*, ein »verfehltes Buch«? Cases, der eigentlich kein großer Fan von Johnson war, aber trotzdem in den 1980er Jahren versuchte, den Roman von Einaudi zu Ende übersetzen zu lassen, provoziert wie gewöhnlich. Heute dürfen die italienischen Leser selbst ein Urteil fällen. In Deutschland ist *Jahrestage* inzwischen in den festen Kanon der Literatur des 20. Jahrhunderts eingegangen und die gleichnamige Verfilmung von Margarethe von Trotta war im Jahr 2000 ein großer Erfolg.

In der italienischen Literaturszene nach 1972 fehlte weitere zwanzig Jahre jede Spur von Johnson, die einzige bemerkenswerte Ausnahme ist *Un viaggio a Klagenfurt (Eine Reise nach Klagenfurt)*, das 1988 dank Luigi Reitani im SE-Verlag erschien. Bis sich eines Tages jemand fand, der die Fackel von Filippini weitertrug und Inge Feltrinelli überzeugte, Johnson wieder zu verlegen: Es ist Michele Ranchetti, der hier ein *inté-*

4 Goffredo Fofi: Italia-Germania, andata e ritorno. Una conversazione con Cesare Cases sull'attuale situazione della cultura tedesca, in: Scena VI, H. 3-4, 1981, S. 57-59, hier: S. 58; Übersetzung M.S.

*rêt spécifique* vertritt, das aber alles andere als rein literarisch ist. Obwohl er Gedichte schreibt, die von Fortini gepriesen wurden, bleibt Ranchetti am Rande der literarischen Gesellschaft. Er kannte Filippini und ebenso auch den Katalog des Verlages sehr gut, da er zu Beginn der 1960er Jahre Leiter der damals neu gegründeten Feltrinelli-Buchhandelsgesellschaft war. Danach folgte er dem Ruf an die Universität, um Kirchengeschichte zu unterrichten, wirkte bei den italienischen Übersetzung der Werke von Freud und Wittgenstein mit und beschäftigte sich intensiv mit Benjamin, während er weiterhin als Berater für diverse Verlage arbeitete. Ihn fasziniert Johnsons »äußerste Strenge moralischer wie formaler Art«, jenes »Bedürfnis nach intellektueller Klarheit, mit der auch ethische Klarheit einhergeht«, das er bereits in Wittgenstein fand und auch in Paul Celan wiedererkannte.[5]

Im postmodernen Kontext des ausgehenden 20. Jahrhunderts erscheint Johnson mit seiner unbedingten Ernsthaftigkeit völlig unzeitgemäß, geradezu wie ein UFO. Sowohl die Poetik des Engagements als auch das Experimentelle gelten in Italien als längst überholt. Das gilt besonders für die jüngeren Schriftsteller wie die sogenannten *Cannibali*, die sich bemühen, jedes Engagement und Experiment hinter einer ironischen und dem Anschein nach flachen Schreibweise zu verbergen. Dennoch gibt Ranchetti nicht auf, und 1995 wird bei Feltrinelli zunächst *Congetture su Jakob* neu aufgelegt. Der Band mit einem Vorwort von Ranchetti fällt Delia Angiolini und Nicola Pasqualetti in die Hände, die ohnehin gerade planen, die *Jahrestage* ins Italienische zu übertragen. Man schliesst sich zusammen und das Projekt wird auf den Weg gebracht. 2002 bringt Feltrinelli den ersten Band in einer Neuübersetzung unter dem neuem Titel *I giorni e gli anni* heraus, 2005 folgt der zweite Band. Im Vorwort des ersten Bandes stellt Ranchetti den Roman als ein Werk vor, das nicht nur außerhalb des Horizontes der italienischen Literaturlandschaft liegt, sondern überhaupt »ohnegleichen« ist: Es stehe für »eine Ethik, die anders als die literarische Ethik ist«, die sich der Fiktion entziehen will und für ein »neues Genre« zwischen Geschichtsschreibung und Erzählliteratur stehen möchte, das seine Vorbilder »in der Philosophie Adornos und in den Schriften Benjamins« findet.[6]

Es ist das Jahr 2002. Der Markt neigt, nicht ohne Teilnahme einiger Kritiker und Autoren, dazu, die Literatur in eine Abteilung der *Fiction*

5 Michele Ranchetti: Su Uwe Johnson, in: Uwe Johnson: Congetture su Jakob, traduzione di Enrico Filippini, Milano 1995, S. 2; Übersetzung M.S.

6 Michele Ranchetti: Introduzione, in: Uwe Johnson: I giorni e gli anni. Dalla vita di Gesine Cresspahl, traduzione di Nicola Pasqualetti e Delia Angiolini, Milano 2002, S. 7; Übersetzung M.S.

zu verbannen, die in ihrer Beschaffenheit der sogenannten Wirklichkeit, aber im Grunde genommen dem Journalismus gegenübersteht. Es ist der Sieg der Genreliteratur, vom Krimi bis zur Fantasy. Da ist es nicht verwunderlich, dass das von Ranchetti vorgeschlagene Modell einer »Geschichtsforschung innerhalb einer Erzählung«[7] gerade für junge Schriftsteller attraktiv wird, die sich bewusst vom herrschenden Verständnis der Literatur abwenden wollen. Im neugegründeten Literatenblog *Nazione Indiana* erscheint eine von großer Herzenswärme getragene Rezension der italienischen *Jahrestage*. Sie stammt vom vierundzwanzigjährigen Roberto Saviano, der gerade an *Gomorra* schreibt und auf der Suche nach einer eigenen Poetik und Position ist. Aber selbst der Welterfolg von Saviano, der sich mit seiner Besprechung den wenigen Wartenden anschließt, veranlasst Feltrinelli nicht dazu, die Übersetzung zu Ende zu bringen, die unvollendet beim zweiten Band verharrt.

Das ist der Moment, in dem zwei weitere unserer *few* (die, wie sich zeigt, gar nicht so *wenige* sind) in Erscheinung treten: Marco Federici Solari und Lorenzo Flabbi. Sie sind die Gründer des Verlages L'Orma. Ihre Bildung im akademischen Milieu hat sie mit Kanon und Kritik, ihre Erfahrung als Übersetzer mit der Logik des Buchmarktes vertraut gemacht. Nach einer langen europäischen Irrfahrt gelangen sie über Berlin und Paris schließlich nach Rom und fragen sich: Warum sind längst kanonisierte deutsche und französische Autoren wie Uwe Johnson und Annie Ernaux überhaupt nicht in den Regalen der italienischen Buchhandlungen zu finden? Die beiden gehen eine Wette ein, mit sich und dem Buchmarkt: Sie behaupten, es sei möglich, die Versäumnisse der großen Buchkonzerne zum Vorteil der kleinen Verleger zu nutzen. Die großen Verlagshäuser hatten zunehmend Schriftsteller des 20. Jahrhunderts vernachlässigt, die in ihren Heimatländern zum Kanon zählten. Warum sollte man nicht genau bei diesen beginnen, um ein verlegerisches Projekt von Format zu starten? Und siehe da, auf diesem Weg generierte sich ein spezifisches Interesse, ein symbolischer Wert. Man könnte auch sagen, dass erst mit dem Ziel, Johnsons großen Roman zu Ende zu übersetzen, der Verlag L'Orma 2012 überhaupt entstanden ist. Vier Jahre später hat die Veröffentlichung des letzten Bandes den süßen Beigeschmack einer gewonnen Wette. Und das nicht nur für den Verlag: Nach der anglo-amerikanischen Fassung (1975-87, von Harcourt Brace Jovanovich) und der französischen (1975-1992, von Gallimard) hat nun endlich auch die italienische Literatur eine eigene Version von *Jahrestage*.

7 Ebd.

Der Johnson bei L'Orma ist nicht mehr der ethisch-geschichtliche Autor des Ranchetti, und auch nicht der experimentelle von Filippini, obwohl die Übersetzung von Angiolini und Pasqualetti wegen der Erhöhung des stilistischen Niveaus und der Einführung von archaischen Vokabeln kritisiert wurde: »Man hat fast den Eindruck, dass die Übersetzer Uwe Johnson mit Carlo Emilio Gadda verwechselt haben«,[8] schrieb die Germanistin Paola Quadrelli in der Zeitschrift *tradurre*. Die Deutung Johnsons als sozusagen Ehrenmitglied der Neoavanguardia hätte die Übersetzer noch nach Jahrzehnten beeinflusst.

Wie lässt sich ›der neue Johnson‹ beschreiben? Die Verleger stellen *I giorni e gli anni* gemeinsam mit *Il posto (La Place)* und *Gli anni (Les Années)* von Annie Ernaux in ihrer Buchreihe *Kreuzvillle Aleph* vor, mit der sie »die Bildwelt eines neuen Europas«, d.h. »die Gegenwart und ihre Tradition, Gründe und Furore« wiedergeben wollen.[9] Durch die beiden anderen Reihen des Verlages wird Johnsons Roman in einen Kontext gebettet, dessen Konturen Jahr für Jahr ersichtlicher werden. Einerseits erscheint unter dem Titel *Hoffmanniana* die erste italienische Gesamtausgabe der Werke von E.T.A. Hoffmann, geleitet vom Germanisten Matteo Galli, einem der Befürworter der Operation ›Johnson‹. Andererseits versammelt der Kritiker Andrea Cortellessa in der Reihe *Fuoriformato* experimentelle Texte, die sich nicht auf ein Genre, Layout, Stil reduzieren lassen. Der Johnson von L'Orma hat kein Vorwort. Vielleicht war es nicht nötig. Vielleicht gibt es keine italienische Feder, die es heute schreiben könnte. Aber es gibt den Roman. Endlich. Und zwar ganz. Jetzt können ihn alle lesen, nicht nur die *happy few*.

8 Paola Quadrelli: Inventività linguistica e virate gratuite. Nicola Pasqualetti e Delia Angiolini di nuovo alla prese con Uwe Johnson, in: rivistatradurre. URL: http://rivistatradurre.it/2014/11/inventivita-linguistica-e-virate-gratuite-2/ [Zugriff vom 8.10.2016]; Übersetzung M.S.

9 Vgl. die Webseite des Verlags lormaeditore. URL: http://www.lormaeditore.it/collane [Zugriff vom 8.10.2016].

# Gesellschaft

FELIX GEORGI • SVENJA OBER

# Chronist und Kind seiner Zeit

## *Tagungsbericht zu: Uwe Johnson in seiner Zeit, 4. Internationale Uwe Johnson-Tagung in Rostock, 3.-5. Juni 2016*[1]

Vom 3. bis 5. Juni 2016 tagten Johnsonianer aus aller Welt zum vierten Mal in Rostock. Während das Thermometer auf dem Neuen Markt 30 Grad im Schatten zeigte, versammelten sich Wissenschaftler, Johnson-Leser und Neugierige im Rathaus der Hansestadt. Der Strand hätte näher gelegen bei diesen Temperaturen. Was hielt die gut hundert Besucher davon ab, ans Meer zu fahren? Und womit rechnen Johnson-Leser, wenn das Tagungsthema *Uwe Johnson in seiner Zeit* lautet?

Das Tagungsthema lässt vermuten, dass ein sowohl historischer als auch literaturwissenschaftlicher Blick auf Johnson und seine Werke geworfen wird. Gewöhnlich sind Johnson-Leser und -Kenner gut informiert, wenn es um die deutsche Geschichte geht, was kaum überrascht: Das bringt die gründliche Lektüre der Romane so mit sich.

Schon im ersten Vortrag zeigte sich, dass die Sachlage in Bezug auf die Verbindung von Literatur und Geschichte komplizierter ist. Daraus ergaben sich vor allem Fragen nach dem Wie: Wie, auf welche Weise wird die Historie dargestellt? Und wie liest man dies, Jahrzehnte später? Wie deutet man die Darstellungsweise? Daniel Weidner aus Berlin, der erste Vortragende, ging davon aus, dass Chronistik mehr ist als die Darstellung eines Verlaufs. Sie verweise immer auch auf die Verhältnisse, in die das Dargestellte eingebettet ist. Unter dem Titel *Der Autor als Zeitschriftsteller. Uwe Johnson und die Tradition literarischer Chronistik* machte er im Roman *Jahrestage* die *New York Times* und Gesines Tagebücher als kennzeichnend für eine solche Darstellung aus. Gesines Tagebücher seien weder narrativ noch reflexiv geschrieben. Sie seien nicht für Gesine

1 Autor und Autorin sind Studierende der Universität Rostock. Der Beitrag entstand im Rahmen des Hauptseminars von Prof. Dr. Holger Helbig »Uwe Johnson in seiner Zeit«.

selbst verfasst, sondern für ihren Vater in Kriegsgefangenschaft und ihre Tochter Marie. Die Auslegung obliege dem Leser, er rückte in die Position des Adressaten ein, in der er sich qua Anlage des Romans ohnehin befindet. Johnsons chronistische Darstellungsweise zeige heute noch, dass der Autor den Finger am Puls der Zeit hatte. Die Gegebenheiten seiner Zeit stellte er literarisch unter Berücksichtigung der gesellschaftspolitischen Rahmenbedingungen dar.

Anke Bastrop aus Rostock verfolgte mit dem Vortrag *»Auf der Stelle liess ich mir den Ausdruck schenken von ihm.« Zu Uwe Johnsons Porträts* den Umgang mit der Historie auf ganz andere, aber doch parallele Weise. Johnson entwirft in seinen Porträts nicht nur ein Bild der erinnerten Person, er transportiert auch einen Blick auf die Zeit. Am Beispiel von Hannah Arendt, die als Gräfin Seydlitz Eingang in Johnsons Werk gefunden hat, veranschaulichte Bastrop das Zustandekommen dieser besonderen Art von Darstellung von Geschichte. Der Umgang mit den Porträtierten sei eine Auseinandersetzung mit der Zeit, die zugleich Arbeit am Werk ist, wie etwa der Briefwechsel zwischen Arendt und Johnson aufzeigt. Das Erfinden der Figuren sei eigentlich ein Vorgang des Erinnerns, das gilt für die Romane wie für die Porträts auf je eigene Weise. In beiden Fällen gelange man vom Kleinen zum Großen: von einer Figur über deren Lebensumstände zu den Gegebenheiten einer Epoche.

Wie historisch aussagekräftig die Betrachtung des Autors Johnson ist, machte auch der nächste Vortragende, Christoph Kapp aus Potsdam deutlich. Auch Kapp nahm eine Personenkonstellation unter die Lupe, die Aufschluss über die Gegebenheiten von Johnsons Zeit gibt. Mit dem Vortragstitel *»Kaum gibt sich der Lektor mit einem Autor auch ausserhalb des Geschäftshauses ab …« Uwe Johnson und Walter Boehlich* war schon angezeigt, dass dieses Mal nicht das Werk im Mittelpunkt stand, auch wenn die Konstellation ohne Werk nicht zu denken ist. Bei dem Vortrag wurde herausgestellt, dass weder Johnson als Schriftsteller noch Boehlich als Lektor auf ihre beruflichen Rollen zu beschränken sind. Die beiden zerstritten sich wegen ihrer unterschiedlichen Auffassungen von politischer Verantwortung. Ihre Meinungsverschiedenheit zeigt, dass das damalige Verständnis von linkspolitischer Einstellung ein anderes war, als man heute wohl darunter verstehen würde. Man muss aus heutiger Sicht genau hinsehen, wenn man nachvollziehen will, wie es zu einem derartig grundsätzlichen Streit kommen konnte. Schließlich endet Johnsons private Beziehung zum einstigen Lektor des Suhrkamp Verlages 1970 im Zerwürfnis. Boehlich hatte sich immer weiter nach links begeben, so weit, dass Johnson das nicht mehr akzeptabel fand.

Der Abendvortrag im Festsaal des Rathauses wurde von Helmut Böttiger aus Berlin gehalten. Unter dem Titel *Uwe Johnson und die Gruppe 47* zeichnete Böttiger die Sonderstellung Johnsons in der Gruppe nach, die durch die Mischung aus politischem Engagement und ästhetischer Avanciertheit bestimmt gewesen sei. Böttiger verdeutlichte, dass es sich dabei um die besondere Ausformung einer Überzeugung handelte, die in der Gruppe durchaus angelegt war: Johnson sah in der Aufgabe des Schriftstellers, die gegebenen Verhältnisse abzubilden, auch eine didaktische Verantwortung. Es lag zugleich an der gesellschaftlichen Akzeptanz dieser Idee, dass die Gruppe 47 und mit ihr Uwe Johnson die deutsche Literaturszene in den 1960er Jahren maßgeblich prägen konnte.

Am Samstagvormittag wurde auf verschiedene Weise vorgeführt, woran sich Johnsons Sonderstellung ablesen lässt. Es ging dabei vor allem um die Frage, woran sich jene ästhetische Avanciertheit, von der Böttiger am Vorabend gesprochen hatte, festmachen und wie sie sich analytisch fassen lässt.

Den Auftakt machte Jisung Kim aus Tokio, der der Frage nachging, wie Aktualität als Forderung in der Darstellung des Zeitgeschehens sich bei Johnson poetologisch niederschlug. An plakativen Beispielen ist kein Mangel, wie Kim schon mit seinem Titel anzeigte: *»Neu wäre ein Roman, der zu tun hat mit der Zeit, in der der Leser lebt.« Uwe Johnsons Modernität.* Kim nahm besonders Johnsons Essay *Berliner Stadtbahn* unter die Lupe. Die politische Lage verwandelt sich bei Johnson laut Kim in eine literarische Kategorie. Kim zeigte eindrücklich, wie sehr Johnson die Umstände seiner Zeit reflektiert. Dazu gehörte auch, die eigene Position, vermittelt über die Forderung nach Aktualität, als modern zu reklamieren. Als Ergebnis der Betrachtung blieben zwei Fragen: Wie wird die Forderung im Werk eingelöst? Und in welchem Maße begründet sie die Zugehörigkeit zur Moderne?

Gleich im Anschluss schlug Matthew Miller aus Hamilton, New York, eine Antwort vor, indem er mithilfe eines Vergleichs von Uwe Johnson und Peter Weiss die *Möglichkeiten des modernen Epos* sondierte. Modern wirkt die Gattung in Johnsons *Jahrestagen* etwa durch die Art der Darstellung von Aktualität: durch die Integration von Nachrichten und Medien. Genauso relevant für die Darstellung der Aktualität bei Johnson ist, dass er sich in seinen Beschreibungen sowohl bezogen auf Geografie als auch auf Ideologien über die gängige Einteilung der Welt im Kalten Krieg hinwegsetzt. Im Hinblick auf die Reflexion der gesellschaftspolitischen Verhältnisse war Johnson damit seiner Zeit voraus. Millers Befund deckte sich in seinen Grundzügen mit den Thesen Daniel Weidners: In beiden Fällen erscheint die konsequente Aktualisierung tradierter Verfahren als Möglichkeit, die Tradition der Gattung fortzusetzen.

Mareike Stoll aus Princeton, New Jersey, zeigte auf ganz andere Weise, dass die Werke Johnsons unvermindert aktuell sind. Mit einem *Cross-Reading* von Johnsons *Jahrestagen* und Ta-Nehisi Coates' *Between the World and Me* illustrierte sie die Konstanz gesellschaftspolitischer Probleme von den 1960er Jahren bis heute. Der Rassismus in den USA und der Umgang mit der nationalsozialistischen Vergangenheit in Deutschland sind nach wie vor Themen, deren literarische Darstellung die Frage nach dem Zeitgemäßen impliziert. Stoll zeigte vor allem Parallelen zwischen den Problembeschreibungen, die in den *Jahrestagen* angeboten werden, und denen, die in den heutigen Gesellschaften in Deutschland und den USA zum Tragen kommen. Deutlich wurde auf diese Weise, in welch hohem Maße Johnson den Nerv der Zeit trifft: seiner und unserer.

Wie Matthew Miller fragte auch Arne Klawitter aus Tokio nach der Art der Darstellung von Aktualität, im Gegensatz zu Miller aber auf einer detailorientierten, erzählanalytischen Ebene. Klawitter verwies in seiner Untersuchung zur *Erzähl-und Fokussierungstechnik in »Jahrestage«* auf die Verantwortung des Lesers, wenn es um die Identifikation von Aktualität in den Werken Johnsons geht. Wegen des ständigen Wechsels von homo- und heterodiegetischem Erzähler obliege es dem Leser herauszufinden, welche Zeit jeweils dargestellt wird. Durch diese »flackernde Erzählweise« werde keine Geschichte, sondern eine Person erzählt: Gesine. Durch sie werde die Verbindung von Vergangenheit und Gegenwart beschrieben.

Ehe am Samstagnachmittag die Mitgliederversammlung und Kuratoriumssitzung der Uwe Johnson-Gesellschaft stattfanden, gab es zwei Vorträge, mit denen die Rostocker Johnson-Forschung ihre Arbeit dokumentierte. Es lohnte sich, noch eine Weile dem Strand fern zu bleiben.

Katja Leuchtenberger, die stellvertretende Leiterin des Akademienvorhabens »Uwe Johnson-Werkausgabe« der Berlin-Brandenburgischen Akademie der Wissenschaften an der Universität Rostock, gab einen ersten Einblick hinter die Kulissen des Projekts. Sie stellte die beteiligten Partner und die großen Umrisse der Ausgabe vor – in Buchform 22 Bände in ca. 43 Teilbänden –, verdeutlichte die Verbindung von Buch und digitaler Präsentation und gab einen Eindruck von dem editorischen Aufwand, der damit verbunden ist. Vor allem die digitale Ausgabe, die auf historisch-kritische Vollständigkeit setzt, stellt für das Rostocker Team eine Herausforderung dar. Zur Freilegung der Quellen, die für sich genommen schon viel Archivarbeit erfordert, kommt die technische Auszeichnung aller Funde und Stellen, damit diese digital überhaupt sichtbar und nutzbar werden. Den späteren Lesern soll so ermöglicht werden, ausgehend vom Text alle Arbeitsschritte des Autors nachverfolgen zu können, die zu eben jenem Text geführt haben.

Während Katja Leuchtenberger von Büchern sprach, an denen noch gearbeitet wird, stellten Heide Meincke und Julia Eimicke ein Buch vor, das gerade rechtzeitig zur Tagung fertig geworden war: ein *Literarisches Lesebuch Uwe Johnson*. Es ist für die Schule bestimmt, wenn auch kein klassisches Schulbuch. Drei Jahre haben Lehrer, Studierende, Referendare und Wissenschaftler zusammengearbeitet, um eine Auswahl aus Johnsons Texten zu treffen und sie didaktisch aufzubereiten. Eine filmische Dokumentation machte die Komplexität des Arbeitsprozesses sichtbar. Jede Schule Mecklenburg-Vorpommerns wurde mittlerweile mit mindestens einem Klassensatz des Lesebuchs ausgestattet. Das Modell wird nun auf andere Autoren übertragen.

Der Abend wurde abgerundet durch eine Lesung von Regina Scheer, die aus ihrem Roman *Machandel* las. Ermöglicht wurde diese Veranstaltung durch eine Kooperation mit der *anderen buchhandlung*.

Am Sonntag lag das Hauptaugenmerk auf dem Kalten Krieg und der 68er-Bewegung, beides wichtige zeitgeschichtliche Aspekte in Johnsons Werk. Auch bei der Betrachtung dieser Themen stellte sich die Frage nach der Deutung seiner Darstellungsweise: Welche Bedeutung gewannen Johnsons politische Erfahrungen und Einstellungen in diesem Zusammenhang?

Gary Lee Baker aus Granville, Ohio, verdeutlichte in seinem Vortrag *Uwe Johnson und der Kalte Krieg*, dass man diese Frage nicht umgehen kann. Johnson hat den Ost-West-Konflikt am eigenen Leib erfahren. Die Realitäten des Kalten Krieges sind ihm vor allem im Berliner Alltag deutlich geworden. Kim hatte in seinem Vortrag am Samstag auf die Bedeutung von Aktualität als poetologischer Kategorie für Johnson verwiesen, Baker betonte wiederum die persönliche Bedeutung des Kalten Krieges für den Autor: Er betrachtete die (die Stadtteile verbindende) S-Bahn aus *Berliner Stadtbahn* als ein Symbol der Teilung. Mit der Fahrt über die Grenze werde die Alltäglichkeit des Lebens in den beiden Blöcken und die Unausweichlichkeit der daraus resultierenden Konflikte dargestellt. Der Kalte Krieg ist vom Alltag nicht zu lösen. Das macht ihn für Johnson zu einem bestimmenden Moment seiner Zeit, bis hin zu der Einsicht, dass sich damit auch das Schreiben über den Alltag verkompliziert. Baker sprach von der »Mauerkrankheit«, um Johnsons emotionale Teilhabe am politischen Konflikt auszudrücken.

Die Vorträge von Rainer Paasch-Beeck und Henri Seel gaben ebenfalls Aufschluss darüber, wie Geschichte im Werk Johnsons dargestellt wird. In seinem Vortrag *Mit den Augen Cresspahls. Willy Brandt und die deutsche Sozialdemokratie im Spiegel von Uwe Johnsons »Jahrestagen«* stellte

Rainer Paasch-Beeck aus Kiel die Beziehung von Johnson zum ehemaligen Bundeskanzler Willy Brandt vor. Die Sympathie des Autors für Brandt erklärte er mit Brandts Vergangenheit als Widerständler und Antifaschist. Dabei stand Johnson Brandt keinesfalls kritiklos gegenüber, eher war das Gegenteil der Fall. Paasch-Beeck zeigte, dass Johnson sich, auch während er in New York lebte, mit der politischen Situation in Deutschland aufmerksam beschäftigt hat und wie sich das in seinem Werk niederschlug. Einige Erfahrungen Brandts integrierte Johnson in den *Jahrestagen* als Erfahrungen von Heinrich Cresspahl. Wie seine Tochter Gesine erscheint auch Heinrich Cresspahl als Verkörperung historischer Erfahrungen: Beide Biografien lassen sich verstehen als eine Darstellung von Geschichte.

Die 68er-Bewegung und die mit ihr einhergehenden Studentenproteste finden ebenso Einzug in Johnsons Werk. In diesem Zusammenhang ging der Rostocker Henri Seel Johnsons kritischer Haltung gegenüber den Studentenprotesten genauer nach. Protest gegen politische Missstände habe Johnson grundsätzlich für wichtig erachtet. Dass viele Demonstranten uninformiert und eigennützig handelten, sah er kritisch. Für Johnson sei die Verantwortung des Einzelnen für die persönliche Haltung von großer Bedeutung gewesen. Unter dem Titel *»Do not trust anybody over thirty. Es ist also kein Aufstand.« Uwe Johnson und die 68er-Bewegung* erinnert Seel daran, dass die *Jahrestage* explizite Aussagen über die 68er-Bewegung enthalten. Gesine sei der Gegenentwurf zu den uninformierten Demonstranten. Der Autor und seine Figur erschienen bei Seel eingeordnet in einen zeitgeschichtlichen Rahmen. Wie auch der Ansatz von Paasch-Beeck, trug Seels Vorgehen implizit Bakers These von der persönlichen Betroffenheit Rechnung. Da schien nichts näher zu liegen, als auch einmal unverstellt durch das Werk nach der Person und ihren Positionen zu sehen.

Das war, was Friedrich Kießling in seinem abschließenden Vortrag unternahm. Kießling, Historiker in Eichstätt, war der Einzige, der eine Betrachtung Johnsons und seiner Zeit ohne die Berücksichtigung der fiktionalen Werke versuchte. Unter dem Titel *Uwe Johnson und die Ideenwelt der Bundesrepublik. Ein historischer Blick* betrachtete er ebenfalls Geschichtsdarstellung, nur eben so, wie man als Geschichtswissenschaftler Personen der Zeitgeschichte analysiert: auf die ihren Äußerungen zugrundeliegenden Überzeugungen hin. Dabei fehlte es keineswegs an Aufmerksamkeit für die Sprache, nur lassen sich ausgehend von Johnsons Äußerungen keine eindeutigen Zuordnungen vornehmen. Johnson steht quer zu politischen Gruppierungen und generationsspezifischen Positionen, die die Ideenwelt im Deutschland der Nachkriegszeit prägten. Dabei habe Johnson Überzeugungen der Frankfurter Schule oder der Gruppe 47 geteilt, etwa im Hinblick auf die Ablehnung der Regierungen Adenauers und Kiesingers oder bezüglich der Kritik am Vietnamkrieg. Er lasse sich deshalb aber noch nicht dem linken Mainstream zuordnen. Kießling beschrieb Johnson als Einzelgänger, er attestierte dem Schriftsteller eine intellektuelle Verweigerungshaltung. Der Autor ziehe sich aufs Werk zurück. Die Betrachtung des Schriftstellers aus der Historikerperspektive gibt ein notwendig unvollständiges Bild der Person. In diesem Sinne schloss Kießling umsichtig: »Ich gebe ihn zurück in Ihre Germanistenhände. Ich denke: Da gehört er hin.«

Das war ein willkommener Schlusspunkt, kritisch und anregend. Spätestens damit erwies sich das Thema der Tagung als noch komplexer als gedacht. Die Fragen nach der Darstellung der Geschichte und der Aktualität, die sich daraus ergeben – aus dem historischen Moment und seiner erzählerischen Gestaltung – bedürfen zumindest einer Kontextualisierung. Sie soll dazu dienen, die Voraussetzungen der Analyse historisch abzusichern. Man könnte es ›methodische Vorsicht‹ nennen. Unabhängig davon, welche analytischen Schwerpunkte gesetzt und welche methodischen Aspekte berücksichtigt wurden, bildete die Untersuchung der Darstellung von Geschichte im Werk Johnsons in den drei Tagen ganz offensichtlich den Mainstream des germanistischen Vorgehens. Auch Historie als Thema in Johnsons Werk ließ sich gut unter dem Titel der Tagung reflektieren, in diesem Zusammenhang wurde Johnson als Person und Kind seiner Zeit deutlich. Die literaturwissenschaftliche Sichtweise hat sich der historischen angenähert, das war eine Bereicherung.

Mit ausreichend Abstand betrachtet, sollte die Annäherung fortgesetzt werden bis es zu einem Miteinander reicht. Denn die Tagung hat auch gezeigt, wie sich der Blick auf Johnson mit der Zeit folgerichtig verändert. Am ersten und am letzten der drei Tage stand der Chronist im Mittelpunkt, der Zeitzeuge und Kommentator des Tagesgeschehens. Am zweiten Tag galt die Aufmerksamkeit ganz wesentlich den Verfahren, die Johnson als zeitgemäß deklarierte. In seiner Literatur kommt beides zusammen – so könnte man die unausgesprochene Prämisse der Tagung zusammenfassen. Das entspricht dem von Johnson behaupteten Zusammenhang. Er ist erst einmal aus seiner Zeit heraus nachzuvollziehen. Wenn man Johnson nicht mit Johnson erklären will, dann braucht es dazu die Historiker. Denn diese Zeiten sind heute nicht mehr selbstverständlich.

Am Ende der Tagung ergriff ein Zeitzeuge das Wort um auszusprechen, wie bewegend die Johnson-Lektüre sein kann und welche Einsichten sein Werk für den Leser bewahrt und bereithält. Das war begeistert gesprochen nach drei Tagen beeindruckend akribischer Analyse, und zeigte, dass die Wissenschaft die Leser nicht verfehlt hatte. Der melancholische Unterton der Begeisterung lag an der historischen Entfernung. Die Tagung als Ganzes war eine Bemühung um Rekonstruktion, keine Erinnerungsleistung.

Nach dem Wochenende im Rathaus herrschte auch Einverständnis darüber, dass Johnsons Werk zeitlos ist. Das schien eine sichere und zugleich vage Voraussetzung aller Interpretationen zu sein, etwa so, wie man annimmt, ein Blick auf die Wellen am Strand könne zu philosophischen Einsichten führen. Vielleicht hatte gerade diese Vorstellung die Besucher der Tagung abgehalten, an den Strand zu fahren.

STEFANIE KOHL • YURI YOSHIKAWA

# Uwe Johnson international
# 8.840 Kilometer zwischen uns

## *Tagungsbericht zu: Identität und Sprache. Studien zum Kanon der Gegenwart. Workshop mit Studierenden und Doktoranden der Waseda Universität Tokio, 19.-22. Juni 2015 in Rostock, und zu: Uwe Johnson und der Kanon der deutschen Nachkriegsliteratur. Workshop mit Studierenden und Doktoranden der Universität Rostock, 1.-7. Oktober 2015 in Tokio*

Der Austausch zwischen Studierenden und Nachwuchswissenschaftlern aus zwei Nationen über einen zentralen Autor der deutschsprachigen Literatur des 20. Jahrhunderts erscheint vor dem Hintergrund des Forschungsumfelds, das sich in den vergangenen Jahren in Rostock zu Uwe Johnson ergeben hat, folgerichtig. Gerade der ›fremde‹ Blick auf einen Autor und dessen Werk ist eine Bereicherung für jede Forschung. In Bezug auf Uwe Johnson war dieser ›fremde‹ Blick lange Zeit vorwiegend auf das europäische und englischsprachige Ausland begrenzt, was sich mit dem ersten Doktorandenworkshop der Uwe Johnson-Gesellschaft 2011 in Rostock änderte. Zwei Nachwuchswissenschaftler aus Japan stellten damals ihre Promotionsvorhaben zu Johnson vor und legten den Grundstein für die mittlerweile enge und rege Zusammenarbeit mit der japanischen Germanistik in Tokio.

Seit dem 1. Januar 2015 fördert nun der Deutsche Akademische Austauschdienst (DAAD) den Austausch zwischen Studierenden der Waseda Universität in Tokio und Studierenden der Universität Rostock. Im Rahmen des Partnerschaftsprojektes *Uwe Johnson und der Kanon der deutschen Nachkriegsliteratur* ergab sich 2015 für die Studierendengruppen gleich zweimal die Gelegenheit für einen gemeinsamen Austausch. Im Anschluss an den 3. Internationalen Doktorandenworkshop[1] luden die Uwe

1 Vgl. dazu Martin Fietze/Uva Piterane: Suche nach der Identität des Erzählers. Tagungsbericht zu: Vertrauen auf die Neugier der Leser. 3. Internationaler Doktorandenworkshop der Uwe Johnson-Gesellschaft, und zu: Identität und Sprache. Studien zum Kanon der Gegenwart. Workshop mit Studierenden und Doktoranden der Waseda Universität Tokio, 17.-22. Juni 2015, in: Johnson-Jahrbuch 22, 2015, S. 289-297. Auf diesem 3. Doktoranden-

Johnson-Gesellschaft in Kooperation mit der Uwe Johnson-Forschungsstelle sowie der Arbeitsstelle »Uwe Johnson-Werkausgabe« der Berlin-Brandenburgischen Akademie der Wissenschaften zu einem dreitägigen Workshop ein, der vom DAAD gefördert worden ist. Begleitet von Prof. Hiroshi Yamamoto und Prof. Arne Klawitter folgten sechs Bachelor- und Masterstudierende der Waseda Universität der Einladung nach Rostock.

Der Workshop war für die japanischen Studierenden eine neue Erfahrung, denn sie hatten erstmals die Möglichkeit, ihre Forschung zu moderner deutschsprachiger Literatur deutschen Germanisten vorzustellen, zu diskutieren und Anregungen für die weitere Forschungsorientierung zu erhalten.

Der Schwerpunkt lag bei diesem ersten Workshop auf der doppelten Wirkung von Sprache: zum einen das Wie des Erzählens betreffend, zum anderen aber auch funktional für die erzählte Welt. Am Beispiel ausgewählter Autoren und Romane der Gegenwart dachten die japanischen Studenten u.a. über Themen wie Erinnerung, Assimilation und Individualität nach. Dabei interessierte es sie besonders, wie sich diese, z.B. durch den Einsatz von Neologismen, sprachlich niederschlagen und beschreiben lassen und wo die Grenzen von Sprache liegen. Auf Grundlage der Vorträge wurde dann gemeinsam mit den Rostocker Studenten über Parallelen zum Werk Johnsons nachgedacht.

Natsuno Tokunaga stellte im ersten Vortrag des Workshops ihre Untersuchungen zu einem Roman von Gertrud Leutenegger vor. In *Panischer Frühling* nutzt die namenlose Ich-Erzählerin Assoziationen, um die Erinnerungen an ihre Kindheit nicht verblassen zu lassen. Tokunaga orientierte sich bei ihrer Untersuchung an einer psychoanalytischen Definition von Assoziationen, bei der die Verbindung von Vorstellungen und Einfällen im Vordergrund stehen und dabei durch Zielvorstellungen oder Affekte gesteuert werden. Im Roman streift die Protagonistin durch London und überlässt sich in ihren Tagträumen ganz ihren Affekten. Sie begegnet einem Obdachlosen und lässt sich auf ein Gespräch mit ihm ein. Im Bemühen der Erzählerin um die Vergegenwärtigung der Erinnerungen ihrer Kindheit wird dieser Obdachlose zu einem zentralen Bewegungspunkt. Die Hoffnung der Ich-Erzählerin, ihn noch einmal wiederzufinden, um seine und ihre Erinnerungen zu einem vollständigen Bild ihrer Kindheit zusammenzufügen und übereinanderzulegen, symbolisiert nach Tokunaga die in dem Text vermittelt über Erzählung entstehenden assoziativen Netzwerke der Erinnerungen zwischen zwei Figuren.

workshop stellte auch Jisung Kim sein Promotionsvorhaben zu Uwe Johnson vor; vgl. Jisung Kim: Dekonstruktive Momente in Uwe Johnsons Poetik, in diesem Band, S. 207-224.

Yuri Yoshikawa beschäftigte sich im Anschluss mit Christoph Ransmayrs *Die letzte Welt*. Dieser Roman referiert auf Ovids *Metamorphosen*. Obwohl die Zahl der identifizierbaren mythologischen Figuren bei Ransmayr überschaubar ist und ihre göttlichen Charaktere zu großen Teilen getilgt wurden, scheint es, als hätte Ransmayr sprachlich trotzdem Ovids Werk bewahrt. Ransmayrs Held Cotta versucht aus fragmentarischen Überlieferungen der *Metamorphosen* Ovids letztes Buch zu rekonstruieren. Dabei wird ihm bewusst, dass er so selbst zum Bestandteil eines Buches geworden ist. Yoshikawa kam für Ransmayrs *Die Letzte Welt* zu dem Schluss, dass Sprache und die daraus entstehende Literatur ohne den Kontext anderer Literatur nicht bestehen können.

Herta Müller stand gleich zweimal im Fokus des japanischen Forschungsinteresses. Zunächst führte Asuka Toriyama anhand der Erzählung *Reisende auf einem Bein* die Darstellung des Verhältnisses von den Dingen und den Menschen aus. Die Beschreibungen der Dinge sind in der Erzählung sehr fragmentarisch, der Herta Müller eigene Sprachstil bringt darüber hinaus auch surreale Elemente in die Erzählung hinein. So werden die Dinge ohne sinnstiftende Ordnung oder sprachlichen Zusammenhang zwischen den Worten geschildert. Toriyama verstand das als Widerstand gegen die Normen. Irena, die Protagonistin, hat nach ihrer Immigration nach Deutschland Probleme, sich an die neue Umgebung anzupassen, und versucht dem entgegenzuwirken, indem sie alle sie umgebenden Dinge kategorisiert. Sobald die Dinge diese Kategorien jedoch überschreiten, fühlt sich die Hauptfigur der Erzählung davon bedroht. Durch die sprachliche Betonung der Bedrohung und die Übermacht der Dinge, so fasste Toriyama zusammen, werden die Assimilationsprobleme der Protagonistin verdeutlicht.

Yuki Nakazato stellte im Anschluss dar, wie Neologismen in Herta Müllers nobelpreisprämiertem Roman *Atemschaukel* funktionieren und kam dabei, wie schon Toriyama zuvor, auf das Verhältnis von Dingen und Menschen zurück. Die Hauptfigur Leopold erfindet während seiner Zeit in einem sowjetischen Arbeitslager Worte wie »Hungerengel«,[2] »Herzschaufel«[3] oder »Kartoffelmensch«.[4] Grundlegendes Prinzip im Arbeitslager ist die absolute Verwaltung gemäß genauer Quantifizierung. Alles Lebensnotwendige wird gleichmäßig unter den Häftlingen verteilt, die durch Nummern statt Namen im Lager ihren Status als Individuum verloren haben. Zudem ist im Lager die Gleichung »1 Schaufelhub =

2 Herta Müller: Atemschaukel, München 2009, S. 25.

3 Ebd., S. 33.

4 Ebd., S. 192.

1 Gramm Brot«[5] Gesetz. Die Reduktion der Dinge auf Maßeinheiten und der Menschen auf Zahlen führt schließlich dazu, dass der Ich-Erzähler Leo die Grenze zwischen Dingen und Menschen nicht mehr klar wahrnehmen kann. Letztlich bemerkt Leo, dass die beschriebene, absurde Austauschbarkeit nicht nur das Lager beherrscht, sondern auch sein Privatleben außerhalb des Lagers erodiert. Eine Fotografie, die Leo zeigt und Notizen seiner Mutter trägt, enthüllt, dass diese Leo für einen ersetzbaren Sohn hielt. Die Vermischung von Dingen und Menschen wird in *Atemschaukel* zur Ersetzbarkeit des Individuellen. Die Neologismen, die Leo im Lager erfunden hat, unterstreichen diese Groteske.

Die ungarische Adalbert-von-Chamisso-Förderpreisträgerin Terézia Mora ist eine der repräsentativen Schriftstellerinnen für die Migrantenliteratur. Sie lebte eine Zeit lang im Grenzgebiet zwischen Österreich und Ungarn. Das Motiv der Grenze ist es dann auch, was Kei Tokunaga in den Blick nahm. Sie interessierte sich dafür, wie dieses Motiv bei Mora verarbeitet wird, und zog einen Vergleich zu anderen Beispielen aus der Migrantenliteratur. Tokunaga wählte hierfür aus dem Erzählband *Seltsame Materie* zwei Novellen aus: Zum einen *Der See* und zum anderen *STILLE. mich. NACHT.* Beide Erzählungen behandeln das Thema in einer besonderen, einer »seltsamen« Form von Materialität. In *STILLE. mich. NACHT.* wird die Grenze, eine Landesgrenze, als etwas Hörbares, etwas sinnlich Wahrnehmbares und darum Substanzielles dargestellt. Im Gegensatz dazu beschreibt Mora die Grenze in *Der See* als Mauer. In Kombination mit den Beschreibungen werden Grenzen oftmals auch mit »Schlamm«[6] in Verbindung gebracht, der weder fester Körper noch Flüssigkeit ist. Laut Tokunaga liegt die Auffälligkeit von Moras Grenzmotiv gerade in einer sich durch den Schlamm offenbarenden substanziellen Unentschlossenheit.

Auch der letzte Vortrag des Workshops griff die Komplexität von Grenzen auf. Takashi Aiko beschäftigte sich mit den Grenzen von Sprache. In Wolfgang Hilbigs Roman *Alte Abdeckerei* erkundet der Erzähler unbegleitet die stillstehende Brikettfabrik Germania II und ihr Umfeld. Aiko beobachtet, dass für den Leser im Verlauf des Romans nicht immer unterscheidbar ist, wo eine unbewusste träumerische Szene anfängt und das Bewusste endet – die Grenze dazwischen verwischt zunehmend. In seinen Betrachtungen fokussierte Aiko die Beziehung zwischen Sprache und Identität des Erzählers. In diesem Zusammenhang interpretierte er

5 Ebd., S. 86.

6 Terézia Mora: STILLE. mich. NACHT, in: dies., Seltsame Materie. Erzählungen, Reinbek bei Hamburg 1999, S. 21-52, hier: S. 22.

»Erde«[7] als Metapher für Sprache. Als die Hauptfigur begreift, dass ›Erde‹ nichts Festes und Vertrauenswürdiges mehr bezeichnet, bringt dies seine eigene Identität an den Rand des Verschwindens. Am Ende des Romans taucht zudem eine Serie von Deformierungsversuchen des Titels *Alte Abdeckerei* auf.[8] Die Sprache ist an dieser Stelle frei von jeglicher Ordnung. Aiko konstatierte, dass hier eine sprachliche Utopie verwirklicht wurde. In der Auflösung des erzählenden Ichs wird das Misstrauen des Autors gegenüber der Zuverlässigkeit der Sprache dargestellt. Dies ließe sich auf die Zensur in der DDR zurückführen.

Im Rahmen des Workshops wurden konkrete Forschungsansätze präsentiert und diskutiert. Im gemeinsamen abschließenden Resümee wurde festgestellt, dass sich über die Beiträge hinweg Themenschwerpunkte wie Erinnerung und Grenze ergeben haben und dass jeder Vortragende, ohne es explizit zu machen, auch über die Unzuverlässigkeit von Sprache nachgedacht hat. Letztlich konnte festgehalten werden, dass sich jeder der drei Themenschwerpunkte auch im Werk von Uwe Johnson wiederfindet. Am Ende dieses ersten Workshops stand die Vermutung, dass dies Themen sind, die die Nachkriegsliteratur insgesamt charakterisieren.

Es zeigte sich aber auch der allgemeine Mehrwert eines interkulturellen Austauschs: Sprachliche und kulturelle Kontexte wurden detailliert besprochen und Verständnisprobleme, die aus Sprachbarrieren resultierten, abgebaut. Beigetragen hat dazu sicherlich auch das kulturelle Freizeitprogramm, mit dem die Rostocker Studierenden nicht nur ihre eigene Heimat, sondern natürlich auch die von Uwe Johnson vorstellten. Eine Hafenrundfahrt nach Warnemünde und ein Rundgang entlang der markantesten Wahrzeichen Rostocks boten Gelegenheit, die Stadt besser kennen zu lernen und auch über das Fachliche hinaus miteinander ins Gespräch zu kommen.

Gleiches war auch das Ziel des zweiten Workshops im Rahmen des DAAD-Partnerschaftsprojektes. Während der Fokus in Rostock auf der Vielschichtigkeit von Sprache in deutschsprachigen Texten der DDR- und Gegenwartsliteratur lag, ging es in Tokio vor allem um Uwe Johnson.

Vom 1. bis 7. Oktober waren, begleitet von Prof. Holger Helbig und Dr. Katja Leuchtenberger, sechs Studierende und Doktoranden der Universität Rostock zu Gast in Tokio, um dort im zweiten Teil des Workshops *Uwe Johnson und der Kanon der deutschen Nachkriegsliteratur* das Gespräch mit den japanischen Studierenden fortzusetzen. Unter der Leitung von Prof. Hiroshi Yamamoto und Prof. Arne Klawitter reichten die Themen

7 Wolfgang Hilbig: Alte Abdeckerei, Frankfurt 1993, S. 39.
8 »alte Abdeckerei ... Altdeckerei ... Alteckerei ... Alteckrei ... Alterei ...«; ebd., S. 116f.

des Workshops von der Betrachtung Johnsons als Autor eines Schulromans über das literarische Jahr 1959 bis hin zum Protest in der Literatur. Gemeinsam war diesen thematischen Zugängen, dass sie die Zeit nach dem Zweiten Weltkrieg in den Blick nahmen und über die Nachkriegszeit als Zeit des Neuanfangs nachdachten.

So ging es im ersten Vortrag von Henri Seel insbesondere um das literarische Jahr 1968 und wie sich die Poesie in dieser Zeit zum gesellschaftlichen Protest der 68er-Bewegung verhielt. Seel zeichnete die Entwicklung dieser Protestbewegung in ihren Anfängen in der Studentenbewegung in den USA nach und kontrastierte den dortigen Protest gegen den Vietnamkrieg mit dem Protest in Deutschland, in dem es besonders um den Umgang der Elterngeneration mit den Verbrechen des Nationalsozialismus ging. Dabei wurde als weiterer Schauplatz neben Demonstrationen und Sit-ins auch die literarische Dimension des 68er-Protests aufgezeigt, u.a. mit den Fragen nach der gesellschaftlichen Relevanz von Literatur und der Auseinandersetzung mit der Gruppe 47. Im Anschluss hieran wurde gezeigt, wie Johnson in seinem Schreiben auf solch literarisches Engagement reagiert und insbesondere, wie der 68er-Protest in *Jahrestage* eine Literarisierung erfährt. Im Fazit wurde deutlich, dass ein erweiterter Blick auf das Jahr 1968 auch Literatur umfassen muss, die zunächst nicht mit ›Protest‹ identifiziert wird.[9]

Der folgende Vortrag knüpfte thematisch dort an, wo der Vortrag von Henri Seel endete: Antje Pautzke betrachtete den Briefwechsel Uwe Johnsons als Geschichtsbuch. Sie stellte dar, dass der Brief lange Zeit ausschließlich als literarische Gattung galt, sich aber darüber hinaus auch eigne, in mehrfacher Hinsicht als historische Quelle wahrgenommen zu werden. Briefe sind authentische Quellen der Zeitgeschichte. Am Beispiel der Briefwechsel zwischen Uwe Johnson und Günter Grass bzw. Hans Magnus Enzensberger illustrierte Pautzke die Zeit des realhistorischen Protestes um 1968 am konkreten Beispiel. Bekanntlich überließ Uwe Johnson während seines USA-Aufenthalts dem Bruder seines Schriftstellerkollegen Hans Magnus Enzensberger seine Berliner Wohnung in der Niedstraße. Ohne sein Wissen bereitete dort die Kommune I eine später als »Pudding-Attentat« bezeichnete Protestaktion vor. Über Auszüge aus Briefen von Johnson, Grass und Enzensberger zeichnete Pautzke die Geschehnisse um das »Pudding-Attentat« nach und gab damit ein Bild der Zeit, wie es eindrücklicher in keinem Geschichtsbuch zu finden ist.

9 Vgl. dazu Henri Seel: »Do not trust anybody over thirty. Es ist also kein Aufstand.« Uwe Johnson und die 68er-Bewegung, in diesem Band, S. 99-115.

Heide Meincke konzentrierte sich in ihrem Beitrag auf die literarische Darstellung des Neuanfangs nach dem Zweiten Weltkrieg an den Schulen bzw. Universitäten des Landes. Am Beispiel von Johnsons *Ingrid Babendererde*, dem Tageskapitel des 2. August 1968 aus den *Jahrestagen*, Hermann Kants *Die Aula* und Günter Görlichs *Den Wolken ein Stück näher* machte sie auf die partiell gravierenden Unterschiede in der Beschreibung dieses Neuanfangs aufmerksam. Insbesondere die Romane von Uwe Johnson und Günter Görlich scheinen dabei die zwei Enden des Spektrums abzubilden. Während Görlich seine Romanfiguren treu nach dem Parteiprogramm der DDR agieren lässt, entwirft Johnson mit den drei Protagonisten in *Ingrid Babendererde* kritische und reflektierte Oberschüler im Jahr 1953. Vor diesem Hintergrund ist es umso aufschlussreicher, dass dieser erste Roman Johnsons in der DDR von allen Verlagen abgelehnt worden ist.

Für Johnsons zweiten Roman *Mutmassungen über Jakob* interessierte sich André Kischel. Er setzte sich mit dem Jahr 1959 in der jüngeren deutschsprachigen Literaturgeschichte auseinander. Es gilt heute vielen als ein Wendejahr in der deutschen Nachkriegsliteratur, in dem laut Hans Magnus Enzensberger »das Klassenziel der Weltkultur«[10] wieder erreicht wurde. Neben Johnson debütierte Günter Grass mit der *Blechtrommel*, Heinrich Böll stellte seinen vielbeachteten Roman *Billard um halb zehn* vor. Kischel verglich die drei heute kanonischen Romane, und arbeitete dabei insbesondere heraus, wie sich Johnson mittels Erzähltechnik und Thema bereits mit seinem Debüt in den Kanon der modernen Literatur einschrieb.

Dass der Autor Uwe Johnson getauft wurde und bis 1960 Mitglied der evangelisch-lutherischen Kirche war, ist nicht allgemein bekannt. Ob die damit einhergehende Sozialisation auch Spuren in Johnsons Werk hinterlassen hat, ist eine Frage, mit der sich Paul Onasch beschäftigt. In seinem Vortrag zur Bibel-Rezeption und Kirchengeschichte in Ost und West diente der Autor Uwe Johnson als Bindeglied, da er sowohl in der DDR als auch in der BRD geschrieben, wenn auch nur in der BRD veröffentlicht wurde. Einen Vergleich der Bibelrezeption in Ost und West stellte Onasch exemplarisch an Günter Grass' Drama *Hochwasser* und Uwe Johnsons Roman *Ingrid Babendererde* an. In beiden Romanen wird auf die Sintfluterzählungen im Buch *Genesis* rekurriert. Während Johnson jedoch vorwiegend implizit und über einzelne ›Signalvokabeln‹ biblische Kontexte aufruft, nutzt Grass die biblische Sintfluterzählung als Folie für

10 Hans Magnus Enzensberger: Gemeinplätze die Neueste Literatur betreffend, in: Kursbuch 15, 1968, S. 187-197, hier: S. 190.

sein Drama. Ein noch größerer Unterschied besteht in der Thematik, unter der in beiden Werken auf die Heilige Schrift verwiesen wird. Angesichts einer politisch und wirtschaftlich stabilen Lage in der BRD der 1950er Jahre kann sich Grass einer von einer konkreten Situation losgelösten Kritik kleinbürgerlichen Verhaltens in der westdeutschen Gesellschaft zuwenden, Johnson hingegen kritisiert die konkrete politische Repression der Staats- und Parteiführung in der DDR des Jahres 1953.

Inwieweit sich Johnsons Blickweise nach seiner Übersiedlung in die BRD veränderte, untersuchte Onasch anhand eines Vergleichs der Pastorenfiguren in Uwe Johnsons *Jahrestage* und Christa Wolfs *Kindheitsmuster*. Beide lassen ihre Pastorenfiguren im nationalsozialistischen Deutschland zwischen privatem Leben, privatem Glauben und beruflicher Profession agieren, was wiederum in beiden Fällen mit inneren Spannungen bei den Figuren einhergeht. Bei Wolf bleibt die Kritik jedoch auf einer persönlichen Ebene und fällt damit beträchtlich impliziter aus als in den *Jahrestagen*. Hieraus schlussfolgerte Onasch, dass aufgrund der jahrzehntelangen Spannungen zwischen Kirche und Staat in der DDR die Kritik an der Rolle der Deutschen Evangelischen Kirche im nationalsozialistischen Deutschland bei ostdeutschen Autoren subversiver erfolge. Neben allen Unterschieden falle jedoch auf, dass west- wie ostdeutsche Autoren die Bibel als bedeutsame Quelle ihrer literarischen Arbeit genutzt haben. Johnson sei ein paradigmatisches Beispiel für den grenzüberschreitenden Gebrauch des ›Buches der Bücher‹.

Stefanie Kohl legte den Fokus ihres Vortrags auf das Historische. Sie zeichnete die Gründungsgeschichte des Deutschen Historischen Museums in Berlin nach und ging dabei auf die politischen und gesellschaftlichen Faktoren ein, die das Museum als Erinnerungsort deutscher Geschichte vom ersten Konzept bis zur Eröffnung beeinflussten. In Ostberlin gab es im ehemaligen Zeughaus Unter den Linden bereits seit 1952 ein Museum für Deutsche Geschichte, das den Bürgern ein Geschichtsbild vermittelte und zur Ausbildung eines neuen sozialistisch geprägten Nationalbewusstseins beitragen sollte. Die BRD besaß bis 1989 kein solches Haus, hatte jedoch Mitte der 1970er damit begonnen, Konzepte für ein Deutsches Historisches Museum zu erarbeiten. Wie Kohl erläuterte, machte es der Fall der Mauer binnen kurzer Zeit notwendig, zum einen vorhandene Museumskonzepte an das Ausstellen von deutsch-deutscher Geschichte anzupassen, zum anderen einen geeigneten Ort für ein gesamtdeutsches Museum zu finden. Damit ließ sich auch die Querverbindung zum Literarischen und zur Poetik Johnsons finden. Gerade Geschichte und Teilung sind Themenfelder, die er in seinen Werken vielfältig verarbeitet hat, sein Opus magnum *Jahrestage* gilt als exemplarisch für den Erinnerungsroman.

Heute befindet sich das Deutsche Historische Museum im Zeughaus Unter den Linden und hat den Anspruch, gesamtdeutsche Geschichte an ein breites, nationales und internationales Publikum zu vermitteln. Dies gab bei den Teilnehmern den Impuls für eine angeregte Diskussion darüber, inwiefern Museen zu Erinnerungsorten werden können und inwieweit es kulturelle Unterschiede in der Auffassung des Begriffes gibt.

Anhand der Schilderungen von Katja Leuchtenberger, der stellvertretenden Arbeitsstellenleiterin der »Uwe Johnson-Werkausgabe« zu den Entwicklungen der Ausgabe seit dem letzten Workshop im Juni und zum Fortgang der Arbeiten am ersten Band der Rostocker Ausgabe ließ sich zum Abschluss des Workshops gut erkennen, wie aktuell bzw. zeitlos die vielfältigen Themenschwerpunkte in Uwe Johnsons Texten sind und wodurch die Kanonisierung eines Autors gefördert werden kann.

Neben dem Fachlichen bot sich wie schon in Rostock auch in Tokio die Möglichkeit, Land und Leute näher kennenzulernen. Die Studierenden der Waseda Universität machten die Gäste aus Deutschland auf vielfältige Weise mit der japanischen Kultur vertraut. Ein gemeinsamer Besuch eines Shintō-Schreins, die Teilnahme an einer traditionellen Teezeremonie sowie das Kennenlernen von echtem japanischem Sushi sind nur einige von mehreren eindrucksvollen gemeinsamen Erfahrungen. Das unterstützte den interkulturellen Austausch auf der zwischenmenschlichen und sozialen Ebene.

Nachdem es auf der 4. Internationalen Uwe Johnson-Tagung ein Wiedersehen mit einigen der japanischen Kollegen gab, sind für 2017 erneut zwei Arbeitstreffen geplant, auf denen die Forschungsperspektiven erweitert werden sollen. Der Wille zur Fortsetzung dieser spannenden und produktiven Kooperation ist sowohl in Tokio als auch in Rostock vorhanden.

# Siglenliste

## Werke

| | |
|---|---|
| BU | Begleitumstände |
| DBA | Das dritte Buch über Achim |
| HNJ | Heute Neunzig Jahr |
| IB | Ingrid Babendererde |
| JT | Jahrestage |
| KP | Karsch, und andere Prosa |
| MJ | Mutmassungen über Jakob |
| RK | Eine Reise nach Klagenfurt |
| SV | Skizze eines Verunglückten |
| ZA | Zwei Ansichten |

## Briefwechsel

| | |
|---|---|
| AJB | Hannah Arendt / Uwe Johnson: Der Briefwechsel 1967-1975, hg. von Eberhard Fahlke und Thomas Wild, Frankfurt am Main 2004. |
| EJB | Hans Magnus Enzensberger / Uwe Johnson: »fuer Zwecke der brutalen Verständigung«. Der Briefwechsel, hg. von Henning Marmulla und Claus Kröger, Frankfurt am Main 2009. |
| FJB | Max Frisch / Uwe Johnson: Der Briefwechsel 1964-1983, hg. von Eberhard Fahlke, Frankfurt am Main 1999. |
| JGB | Uwe Johnson / Anna Grass / Günter Grass: Der Briefwechsel, hg. von Arno Barnert, Frankfurt am Main 2007. |
| JKB | Uwe Johnson / Walter Kempowski: »Kaum beweisbare Ähnlichkeiten«. Der Briefwechsel, hg. von Eberhard Fahlke und Gesine Treptow, Berlin 2006. |

JRB Uwe Johnson / Fritz J. Raddatz: »Liebes Fritzchen« – »Lieber Groß-Uwe«. Der Briefwechsel, hg. von Erdmut Wizisla, Frankfurt am Main 2006.

JUB Uwe Johnson / Siegfried Unseld: Der Briefwechsel, hg. von Eberhard Fahlke und Raimund Fellinger, Frankfurt am Main 1999.

JZB Uwe Johnson: »Leaving Leipsic next week«. Briefe an Jochen Ziem. Texte von Jochen Ziem, hg. von Erdmut Wizisla, Berlin 2002.

# Beiträger

Dr. HELMUT BÖTTIGER, c/o Uwe Johnson-Gesellschaft, Gertrudenstraße 11, Torhaus, 18057 Rostock

YVONNE DUDZIK, University Nanjing, School of Foreign Studies, German Studies Department, Xianlin Dadao 163, Qixia District, Nanjing 210046, VR China

MARTIN FIETZE, Arbeitsstelle »Uwe Johnson-Werkausgabe« der Berlin-Brandenburgischen Akademie der Wissenschaften an der Universität Rostock, Gertrudenstraße 11, Torhaus, 18057 Rostock

FELIX GEORGI, Universität Rostock, Institut für Germanistik, Uwe Johnson-Professur für Neuere Deutsche Literaturwissenschaft, Gertrudenstraße 11, Torhaus, 18057 Rostock

Prof. Dr. WILLI GOETSCHEL, University of Toronto, Department of German, 50 St. Joseph Street, Toronto, ON M5S 1J4, Canada

Prof. Dr. HOLGER HELBIG, Universität Rostock, Institut für Germanistik, Uwe Johnson-Professur für Neuere Deutsche Literaturwissenschaft, Gertrudenstraße 11, Torhaus, 18057 Rostock

CHRISTOPH KAPP, Universität Potsdam, Institut für Germanistik, Am Neuen Palais 10, 14469 Potsdam

JISUNG KIM, Waseda University, Faculty of Letters, Arts and Sciences, German Department, Toyama 1-24-1, Shinjuku-ku, 162-8644, Tokio, Japan

ANDRÉ KISCHEL, M.A., Arbeitsstelle »Uwe Johnson-Werkausgabe« der Berlin-Brandenburgischen Akademie der Wissenschaften an der Universität Rostock, Gertrudenstraße 11, Torhaus, 18057 Rostock

STEFANIE KOHL, M.A., Universität Rostock, Institut für Germanistik, Uwe Johnson-Professur für Neuere Deutsche Literaturwissenschaft, Gertrudenstraße 11, Torhaus, 18057 Rostock

Prof. Dr. MATTHEW D. MILLER, Colgate University, 13 Oak Drive, Hamilton, NY 13346, USA

Dr. UWE NEUMANN, An der Schloßgärtnerei 24, 22926 Ahrensburg
SVENJA OBER, Arbeitsstelle »Uwe Johnson-Werkausgabe« der Berlin-Brandenburgischen Akademie der Wissenschaften an der Universität Rostock, Gertrudenstraße 11, Torhaus, 18057 Rostock
RAINER PAASCH-BEECK, Christian-Albrechts-Universität zu Kiel, Institut für Neuere deutsche Literatur und Medien, Leibnizstraße 8, 24118 Kiel
HENRI SEEL, Universität Rostock, Ernst Barlach-Briefedition, Gertrudenstraße 11, Torhaus, 18057 Rostock
Prof. Dr. MICHELE SISTO, Università Gabriele d'Annunzio di Chieti-Pescara, Dipartimento di Lingue, Letterature e Culture, Viale Pindaro, 42, 65127 Pescara, Italien
YURI YOSHIKAWA, Waseda University, Graduate School of Letters, Arts and Science, Toyama 1-24-1, Shinjuku-ku, 162-8644 Tokio, Japan

# Bild- und Rechtenachweis

S. 16: Klaus und Sabine Baumgärtner an Uwe Johnson, 6.8.1960 © Peter Suhrkamp Stiftung, Uwe Johnson-Archiv Rostock. Depositum der Johannes und Annitta Fries Stiftung

S. 17: Klaus und Sabine Baumgärtner an Uwe Johnson, 8.8.1960 © Peter Suhrkamp Stiftung, Uwe Johnson-Archiv Rostock. Depositum der Johannes und Annitta Fries Stiftung

S. 18: Uwe Johnson an Klaus und Sabine Baumgärtner, 10.8.1960 © Peter Suhrkamp Stiftung, Uwe Johnson-Archiv Rostock. Depositum der Johannes und Annitta Fries Stiftung

S. 19: Manfred Bierwisch an Uwe Johnson, 15.2.1963 © Peter Suhrkamp Stiftung, Uwe Johnson-Archiv Rostock. Depositum der Johannes und Annitta Fries Stiftung

S. 23: Klaus Peter Dencker an Uwe Johnson, 21.7.1971 © Klaus Peter Dencker, Deutsches Literaturarchiv Marbach

S. 24: Uwe Johnson an Klaus Peter Dencker, 11.8.1971 © Klaus Peter Dencker, Deutsches Literaturarchiv Marbach

S. 202: Stefano di Giovanni (Sassetta): Der Selige Ranieri Rasini befreit die Armen aus dem Gefängnis in Florenz; Abbildung aus Dillian Gorden: The Fifteenth Century Italian Paintings, London 2003